Von Ellis Peters sind
als Heyne-Taschenbücher erschienen:

Im Namen der Heiligen · Band 01/6475

Ein Leichnam zuviel · Band 01/6523

Das Mönchskraut · Band 01/6702

Der Aufstand auf dem Jahrmarkt · Band 01/6820

Der Hochzeitsmord · Band 01/9007

Die Jungfrau im Eis · Band 01/6629

Zuflucht im Kloster · Band 01/7617

Des Teufels Novize · Band 01/7710

Lösegeld für einen Toten · Band 01/7823

Pilger des Hasses · Band 01/8382

Ein ganz besonderer Fall · Band 01/8004

Mörderische Weihnacht · Band 01/8103

Der Rosenmord · Band 01/8188

Der geheimnisvolle Eremit · Band 01/8230

Bruder Cadfael und das fremde Mädchen · Band 01/8669

Brüder Cadfael und der Ketzerlehrling · Band 01/8803

ELLIS PETERS

BRUDER CADFAEL UND DAS GEHEIMNIS DER SCHÖNEN TOTEN

Ein mittelalterlicher Kriminalroman

Aus dem Englischen
von Hans-Joachim Maass

WILHELM HEYNE VERLAG
MÜNCHEN

HEYNE ALLGEMEINE REIHE
Nr. 01/9442

Titel der Originalausgabe
THE POTTER'S FIELD
Erschienen 1989 bei Headline Book Publishing PLC, London

2. Auflage

Copyright © 1989 by Ellis Peters
Copyright © 1993 der deutschen Ausgabe by
Hoffmann und Campe Verlag, Hamburg
Wilhelm Heyne Verlag GmbH & Co. KG, München
Printed in Germany 1995
Umschlagillustration: Andreas Reiner
Umschlaggestaltung: Atelier Ingrid Schütz, München
Gesamtherstellung: Presse-Druck Augsburg

ISBN: 3-453-08266-4

Ellis Peters · Bruder Cadfael

ERSTES KAPITEL

Die Saint-Peter-Messe des Jahres 1143 lag bereits eine Woche zurück, und die Fratres gewöhnten sich wieder an den alltäglichen Trott eines trockenen und vielversprechenden August. Die Getreideernte wurde schon in die Scheunen gefahren, als Bruder Matthew, der Kellermeister, die Angelegenheit erstmals zur Sprache brachte, die er während des jährlichen Marktes an einigen Tagen mit dem Prior der Augustinerabtei Johannes des Evangelisten in Haughmond besprochen hatte, etwa sechs Kilometer nordöstlich von Shrewsbury. Haughmond war eine Gründung FitzAlans, der in Ungnade gefallen und enteignet worden war, seit er Schloß Shrewsbury gegen König Stephen gehalten hatte, obwohl Gerüchte wissen wollten, daß er aus seiner Zuflucht in Frankreich nach England zurückgekehrt sei und sich bei den Streitkräften der Kaiserin in Bristol in Sicherheit befinde. Doch viele seiner Pächter am Ort waren dem König treu ergeben geblieben und behielten ihre Ländereien. Haughmond Abbey gedieh unter ihrer Schirmherrschaft und ihren Schenkungen, und so war die Abtei ein hochachtbarer Nachbar, mit dem sich gelegentlich zu beiderseitigem Nutzen Geschäfte machen ließen. Bruder Matthew zufolge war jetzt so eine Gelegenheit gekommen.

»Der Vorschlag zu diesem Landtausch ging von Haughmond aus«, sagte er, »aber er wäre für beide Häuser sinnvoll. Ich habe dem Vater Abt und Prior Robert schon die notwendigen Tatsachen vorgelegt. Ich habe Skizzen der beiden fraglichen Felder mitgebracht, die beide groß und von vergleichbarer Bodengüte sind. Das Feld, das unser Haus besitzt, liegt gut zwei Kilometer hinter Haughton und wird auf allen Seiten von Land begrenzt, das der Abtei von Haughmond durch Schenkung vermacht worden ist. Es liegt auf der Hand, daß es für sie vorteilhaft sein wird, ihre Ländereien um dieses Feld zu erweitern, einmal, weil es den Anbau erleichtert, zum andern, weil Zeit und Mühe gespart werden. Sie brauchen nicht mehr hin und her zu gehen, um ihr weiter südlich liegendes Feld zu erreichen. Dieses, das Haughmond gegen unseres einzutauschen wünscht, liegt diesseits des Herrenhauses von Longner, rund eineinhalb Meilen von uns, aber lästig weit von Haughmond entfernt. Es wäre also vorteilhaft, diesen Tausch in Betracht zu ziehen. Ich habe mir das Gelände angesehen, und der Handel würde beiden Seiten zugute kommen. Ich empfehle, den Vorschlag anzunehmen.«

»Wenn das Feld diesseits von Longner liegt«, sagte Bruder Richard, der Subprior, der einmal rund eine Meile jenseits des Herrenhauses gewohnt hatte und das Gelände kannte, »wie liegt es dann zum Fluß? Kann es überschwemmt werden?«

»Nein. Der Severn liegt zwar an einer Seite, ja, aber das Ufer ist hoch, und die Wiese steigt von dort sanft bis zu einem Feldrain und einem Knick mit Bäumen und Büschen auf dem Hügelkamm an. Es ist das Feld, auf dem Bruder Ruald bis vor etwa fünfzehn Monaten Pächter war. Am Flußufer gab es zwei oder drei kleine Lehmgruben, aber ich glaube, die Vorkommen sind erschöpft. Man kennt das Feld unter dem Namen Töpferacker.«

Eine leichte Bewegung machte sich im Kloster bemerkbar, als sich alle Köpfe in eine Richtung drehten und die Augen aller einen kaum wahrnehmbaren Moment lang auf

Bruder Ruald ruhten. Dieser war ein zartgliedriger, stiller, ernster Mann mit einem langen, strengen Gesicht mit ebenmäßigen Zügen, der auf eine alterslose, klassische Weise gut aussah. Während der Andachtsstunden des Tages bewegte er sich immer noch halb entrückt und wie in Verzückung, denn er hatte erst vor zwei Monaten seine endgültigen Gelübde abgelegt, und seine Sehnsucht nach dem Leben im Kloster, die er erst nach fünfzehnjähriger Ehe und fünfundzwanzigjähriger Ausübung des Töpferhandwerks erkannt hatte, hatte sich bis zu quälender Pein gesteigert, bevor er aufgenommen worden war und im Kloster Frieden gefunden hatte. Einen Frieden, den er selbst jetzt auch nicht einen Augenblick aufzugeben schien. Selbst wenn die Augen aller auf ihm ruhten, bewahrte er unerschütterliche Ruhe. Jeder hier kannte seine Geschichte, die kompliziert und seltsam genug war, doch das störte ihn nicht. Er war endlich, wo er sein wollte.

»Es ist gutes Weideland«, sagte er einfach. »Und falls nötig, könnte man es kultivieren. Es liegt oberhalb jeder bekannten Überschwemmungslinie. Das andere Feld kenne ich natürlich nicht.«

»Es mag vielleicht etwas größer sein«, sagte Bruder Matthew, der sich um Objektivität bemühte. Er neigte den Kopf zur Seite, betrachtete seine Pergamentblätter und verglich die beiden Felder mit zu schmalen Schlitzen zusammengekniffenen Augen. »Doch bei der Entfernung bleiben uns Zeit und Mühe erspart. Wie ich schon sagte, wäre der Handel für beide Seiten von Vorteil.«

»Der Töpferacker!« sagte Prior Robert nachdenklich. »So ein Feld wurde mit dem Silber für Judas' Verrat zur Beerdigung von Fremden gekauft. Ich hoffe, der Name bedeutet kein böses Omen.«

»Es wurde nur nach meinem Handwerk benannt«, erwiderte Ruald. »Erde ist unschuldig. Nur der Gebrauch, den wir von ihr machen, kann sie besudeln. Ich habe dort ehrlich gearbeitet, als ich noch nicht wußte, wohin ich in Wahrheit gehöre. Es ist gutes Land. Man könnte es besser verwenden als für eine Werkstatt und einen Brennofen wie bei mir. Dafür hätte schon ein schmaler Hof genügt.«

»Und der Zugang ist leicht?« fragte Bruder Richard. »Von der Landstraße aus gesehen liegt es jenseits des Flusses.«

»Ein kleines Stück flußaufwärts gibt es eine Furt und eine Fähre, die sogar noch näher beim Feld anlegt.«

»Dieses Land wurde Haughmond erst vor einem Jahr von Eudo Blount auf Longner geschenkt«, erinnerte sie Bruder Anselm. »Ist Blount an diesem Austausch beteiligt? Er hat keine Einwände erhoben? Oder muß er erst noch befragt werden?«

»Ihr werdet euch erinnern«, sagte Bruder Matthew, in jedem Augenblick geduldig und Herr der Lage, wie es seine Art war, »daß Eudo Blount der Ältere Anfang des Jahres in Wilton starb, bei der Nachhut, die den Rückzug des Königs sicherte. Sein Sohn, ebenfalls Eudo benannt, ist jetzt Herr auf Longner. Ja, wir haben mit ihm gesprochen. Er hat keine Einwände. Die Schenkung ist Eigentum Haughmonds und kann so verwendet werden, wie es der Abtei am vorteilhaftesten erscheint, welchem Zweck dieser Tausch zugute kommen würde. Von dort sind keine Widerstände zu erwarten.«

»Und auch keinerlei Beschränkung des Gebrauchs, den wir davon machen wollen?« fragte der Prior scharf. »Die Abmachung wird zu den üblichen Bedingungen erfolgen? So daß beide Seiten nach Belieben mit den Feldern verfahren können? Sie bebauen, kultivieren oder als Weideland nutzen, ganz nach Wunsch?«

»Das ist abgemacht. Falls wir pflügen wollen, steht dem nichts entgegen.«

»Mir scheint«, sagte Abt Radulfus und warf einen langen Blick auf die aufmerksamen Gesichter seiner Schar, »wir haben genug gehört. Falls jemand noch etwas zur Sprache bringen will, soll er es jetzt bitte ungescheut tun.«

In dem anschließenden nachdenklichen Schweigen wandten sich viele Augen erneut mit milder Erwartung dem strengen Gesicht Bruder Rualds zu, der als einziger distanziert und unbeteiligt blieb. Wer sollte die Qualitäten jenes Felds, auf dem er so viele Jahre lang gearbeitet hatte, besser beurteilen können oder besser geeignet sein festzustellen, ob sie mit einer Zustimmung zu dem vorgeschlagenen Tausch gut fahren würden? Doch er hatte pflichtgemäß alles gesagt, was er zu sagen hatte, und spürte kein Bedürfnis, dem noch ein Wort hinzuzufügen. Nachdem er der Welt den Rücken gekehrt hatte und seiner ersehnten Berufung gefolgt war, gab es für ihn weder Feld noch Haus oder Brennofen und Familie mehr. Er sprach nie über sein früheres Leben, und vermutlich dachte er auch gar nicht mehr daran. In all diesen Jahren war er auf Wanderschaft und weit weg von zu Hause gewesen.

»Sehr wohl, denn!" sagte der Abt. »Offensichtlich gewinnen sowohl wir als auch Haughmond durch diesen Tausch. Ich bitte Euch, Matthew, mit dem Prior zu verhandeln und den Vertrag entsprechend aufzusetzen, und sobald sich ein Tag festsetzen läßt, werden wir die Abmachung vor Zeugen schließen und besiegeln. Und sobald das erledigt ist, denke ich, sollten Bruder Richard und Bruder Cadfael sich das Gelände ansehen und darüber zu Rate gehen, wie wir das Feld am nutzbringendsten verwenden können.«

Bruder Matthew rollte seine Pläne mit flinker Hand und einem befriedigten Ausdruck zusammen. Ihm oblag es, Eigentum und Geldmittel des Hauses streng im Auge zu behalten, Ländereien, Ernten, Schenkungen und Legate danach abzuschätzen, welchen Gewinn sie dem Kloster von Saint Peter und Saint Paul bringen konnten, und er hatte den Töpferacker mit kundigem Geschick bewertet. Was er gesehen hatte, hatte ihm gefallen.

»Sonst gibt es nichts zu besprechen?« fragte Radulfus.

»Nichts, Vater!«

»Dann ist dieses Ordenskapitel beendet«, sagte der Abt, verließ das Gebäude vor den anderen und betrat das von der Augustsonne gebleichte Gras des Friedhofs.

Bruder Cadfael ging nach der Abendandacht in dem angenehm kühlen Sonnenschein eines klaren Abends in die Stadt hinauf, um mit seinem Freund Hugh Beringar zu Abend zu essen und seinen Patensohn Giles zu besuchen, einen dreieinhalbjährigen, hochgewachsenen, kräftigen Jungen, der so etwas wie ein gutmütiger Tyrann des gesamten Haushalts war. Angesichts der heiligen Pflicht, die ein Pate seinem Schutzbefohlenen schuldig ist, hatte Cadfael Erlaubnis, das Haus mit angemessener Regelmäßigkeit zu besuchen, und wenn die Zeit, die er mit dem Jungen verbrachte, mehr mit Spiel als mit den ernsthaften Ermahnungen eines verantwortungsbewußten Paten verbracht wurde, war das weder für Giles noch für seine Eltern ein Grund zur Klage.

»Er hört mehr auf dich«, sagte Aline, die lächelnd und heiter zusah, »als auf mich. Aber er wird dich müde machen, bevor du das bei ihm erreichst. Zum Glück muß er bald ins Bett.«

Sie war so blond, wie Hugh schwarz war, weizenblond und zartgliedrig sowie eine Spur höher gewachsen als ihr Mann. Das Kind hatte die gleiche lange, schlanke Gestalt und war flachsblond wie sie. Eines Tages würde er seinen Vater um Haupteslänge überragen. Hugh selbst hatte es vorhergesagt, als er seinen neugeborenen Erben, ein Winterkind, kurz vor Weihnachten zum ersten Mal sah, das schönste Geschenk zum Fest. Jetzt, im Alter von drei Jahren, hatte Giles die ungestüme Energie eines gesunden Welpen, und wenn diese verbraucht war, ergab er sich mit der gleichen Selbstvergessenheit dem Schlaf. Schließlich wurde er auf Alines Armen ins Bett gebracht, worauf Hugh und Cadfael allein zurückblieben, beim Wein zusammensaßen und auf die Ereignisse des Tages zurückblickten.

»Rualds Feld?« fragte Hugh, als er erfuhr, was am Morgen im Kapitel beschlossen worden war. »Das ist doch das große Feld neben Gut Longner, wo er früher sein kleines Grundstück und den Brennofen hatte? Ich erinnere mich an die Schenkung an Haughmond, denn ich war damals Zeuge. Das war Anfang Oktober im letzten Jahr. Die Blounts sind für Haughmond immer gute Schirmherren gewesen. Obwohl ich sagen muß, daß die Klosterbrüder das Land kaum je genutzt haben, solange sie es besaßen. In euren Händen wird es bessere Verwendung finden.«

»Es ist lange her, daß ich in seine Nähe gekommen bin«, sagte Cadfael. »Warum ist es so vernachlässigt? Als Ruald ins Kloster kam, war niemand da, der sein Handwerk hätte weiterführen können, ich weiß, aber Haughmond hat wenigstens einen Pächter in das Häuschen gesetzt.«

»Das haben sie getan. Eine alte Witwe, doch was sollte die schon mit dem Boden anfangen? Jetzt ist auch sie nicht mehr da. Sie lebt im Haushalt ihrer Tochter in der Stadt. Der Brennofen ist zum Steinbruch geworden, und das Häuschen verfällt. Es ist höchste Zeit, daß wieder jemand dort einzieht. Die Klosterbrüder haben sich in diesem Jahr nicht einmal die Mühe gemacht, die Heuernte einzubringen. Sie werden froh sein, wenn sie das Land los sind.«

»Das kommt beiden Seiten sehr gut zupaß«, sagte Cadfael nachdenklich. »Und wie Matthew berichtet, hat auch der junge Eudo Blount auf Longner nichts einzuwenden.

Obwohl der Abt von Haughmond ihn zuvor um seine Einwilligung gebeten haben muß, da die Schenkung ja ursprünglich von Eudos Vater gekommen war. Ein Jammer«, sagte er traurig, »daß der Geber vorzeitig zu seinem Schöpfer eingegangen ist und in dieser Angelegenheit nicht mehr für sich selber sprechen kann.«

Eudo Blount der Ältere, Gutsherr auf Longner, hatte seine Ländereien nur wenige Wochen nach der Schenkung des Felds an das Kloster in der Obhut seines Sohns und Erben zurückgelassen, um sich in Waffen König Stephens Armee anzuschließen, die damals die Kaiserin und deren Truppen in Oxford belagerte. Diesen Feldzug hatte er überlebt, nur um wenige Monate später bei dem unerwarteten fluchtartigen Rückzug aus Wilton zu sterben. Der König hatte nicht zum ersten Mal nicht nur seinen mächtigsten Gegner unterschätzt, Earl Robert of Gloucester, sondern auch die Geschwindigkeit, mit der der Feind vorrükken konnte, und war so nur in Begleitung seiner Vorhut in eine gefährliche Situation geraten, aus der er sich nur infolge eines heldenhaften Nachhutgefechts hatte in Sicherheit bringen können, das den Großhofmeister des Königs, William Martel, die Freiheit und Eudo Blount das Leben gekostet hatte. Stephen hatte sich bei seiner Ehre verpflichtet gefühlt, für die Freilassung Martels einen hohen Preis zu zahlen. Doch niemand in dieser Welt konnte Eudo Blount freikaufen. An seiner Stelle wurde sein ältester Sohn Herr auf Longner. Sein jüngerer Sohn, ein Novize im Kloster von Ramsey, hatte den Leichnam seines Vaters im März nach Hause gebracht, um ihn dort beizusetzen, wie Cadfael jetzt wieder einfiel.

»Ein prachtvoller, hochgewachsener Mann war das«, erinnerte sich Hugh, »nicht mehr als zwei oder drei Jahre über vierzig. Und gut sah er aus! Keiner seiner Söhne kann es mit ihm aufnehmen. Seltsam, wie das Schicksal spielt.

Die Dame des Hauses ist ein paar Jahre älter und siecht an einem Leiden dahin, das sie zu einem Schatten ihrer selbst gemacht hat und ihr vor Schmerzen keine Ruhe läßt. Und doch, sie schleppt sich weiter durch dieses Leben, während er dahingegangen ist. Läßt sie sich von euch Medikamente kommen? Die Herrin auf Longner? Ich vergesse immer ihren Namen.«

»Donata«, erwiderte Cadfael. »Ihr Name ist Donata. Doch jetzt, wo du es erwähnst, fällt es mir wieder ein. Es gab eine Zeit, in der ihre Zofe von Zeit zu Zeit einen Arzneitrank holte, um ihren Schmerz zu lindern. Doch das ist jetzt schon ein Jahr oder mehr her. Ich habe gedacht, sie sei schon auf dem Weg der Besserung und würde die Kräuter nicht mehr so oft brauchen. Dabei habe ich kaum je etwas für sie tun können. Es gibt Krankheiten, gegen die meine geringen Fähigkeiten nichts ausrichten.«

»Ich habe sie bei der Beisetzung von Eudo gesehen«, sagte Hugh und starrte schwermütig durch die offene Flurtür in die Sommerdämmerung, die sich blau und leuchtend auf seinen Garten senkte. »Nein, diese Krankheit läßt nicht nach. Donata besteht ja fast nur noch aus Haut und Knochen, und ich schwöre, daß das Licht durch ihre Hand schien, als sie sie hob, und ihr Gesicht war grau wie Lavendel und zu lauter tiefen Falten geschrumpft. Eudo ließ mich kommen, als er sich entschlossen hatte, nach Oxford zu gehen und sich der Belagerung anzuschließen. Ich fragte mich, wie er es über sich bringt, sie in einem solchen Zustand allein zu lassen. Stephen hatte ihn nicht gerufen, und selbst wenn er es getan hätte, hätte er nicht persönlich zu gehen brauchen. Er wäre nur verpflichtet gewesen, für vierzig Tage einen bewaffneten und berittenen Knappen hinzuschicken. Doch er bestellte sein Haus, überließ sein Gut der Obhut seines Sohnes und ritt los.«

»Es mag sehr wohl sein«, sagte Cadfael, »daß er es nicht

mehr ertragen konnte, sich Tag für Tag ein Leid anzusehen, das er weder verhindern noch bessern konnte.«

Seine Stimme war sehr leise, und Aline, die in diesem Augenblick wieder die Halle betrat, hörte die Worte nicht. Schon ihr bloßer Anblick, wie sie in ihrer Erfüllung als glückliche Frau und Mutter zufrieden strahlte, verscheuchte all solche Gedanken und brachte beide Männer dazu, eilig jede Spur eines düsteren Ernstes zu verscheuchen, der einen Schatten auf ihre Heiterkeit hätte werfen können. Sie setzte sich zu ihnen. Ausnahmsweise hatte sie einmal nichts zu tun, denn das Licht war schon so schwach, daß sie weder nähen oder auch nur spinnen konnte, und der warme, angenehme Abend war viel zu schön, um durch brennende Kerzen vertrieben zu werden.

»Er schläft tief und fest. Er ist schon beim Abendgebet eingenickt. Aber trotzdem konnte er sich noch aufraffen, von Constance seine Gutenachtgeschichte zu verlangen. Er wird kaum mehr als die ersten Worte gehört haben, aber Gewohnheit ist Gewohnheit. Und ich will auch meine Geschichte«, sagte sie und lächelte Cadfael an, »bevor ich dich ziehen lasse. Was gibt's bei euch drüben im Kloster Neues? Seit der Messe bin ich kaum aus dem Haus gekommen, nur zum Gottesdienst in Saint Mary's. War die Messe dieses Jahr ein Erfolg? Was meinst du? Ich glaubte, weniger Flamen dort zu sehen als sonst, aber trotzdem gab es einige wunderbare Stoffe. Ich habe gut eingekauft, ein paar schwere walisische Wollstoffe für Winterkleidung. Dem Sheriff ist es gleichgültig, was er anzieht«, sagte sie und warf Hugh einen schelmischen Blick zu, »aber ich werde nicht zulassen, daß mein Mann in fadenscheinigen Sachen herumläuft und sich erkältet. Würdest du glauben, daß sein bester Hausmantel zehn Jahre alt ist und ich ihn schon zweimal mit einem neuen Futter versehen habe? Trotzdem will er sich nicht davon trennen.«

»Alte Diener sind die besten«, bemerkte Hugh geistesabwesend. »Um die Wahrheit zu sagen, greife ich nur aus alter Gewohnheit nach diesen Sachen. Mein Herz, du darfst mich neu einkleiden, wann immer du willst. Ach ja, und neu ist auch, wie mir Cadfael sagt, daß Shrewsbury und Haughmond einen Landtausch vereinbart haben. Das Feld, das man den Töpferacker nennt, neben Gut Longner, wird der Abtei zugeschlagen. Gerade rechtzeitig zum Pflügen, falls du das beschließen solltest, Cadfael.«

»Das mag schon sein«, gab Cadfael zu. »Wenigstens im oberen Teil, der weiter vom Fluß entfernt ist. Der untere Teil wird eine gute Weide abgeben.«

»Ich habe immer bei Ruald gekauft«, sagte Aline betrübt. »Er war ein guter Handwerker. Ich frage mich immer noch, was ihn dazu brachte, der Welt um des Klosters willen den Rücken zu kehren, und das so plötzlich?«

»Wer weiß?« Cadfael blickte, wie er es neuerdings nur selten tat, auf den viele Jahre zurückliegenden Wendepunkt in seinem eigenen Leben zurück. Nach all seinen Reisen, seinen Kämpfen, nachdem er Hitze, Kälte und Mühsal ertragen hatte, nach den Vergnügungen und Schmerzen, ohne die man keine Erfahrungen machen kann, blieb die urplötzliche, unwiderstehliche Sehnsucht, eine Kehrtwendung zu machen und sich in die Stille zurückzuziehen, ein Rätsel. Dabei war es gewiß kein Rückzug gewesen. Vielmehr ein Auftauchen in Licht und Gewißheit. »Er hat es selbst nie erklären oder beschreiben können. Er konnte nur sagen, Gott habe sich ihm offenbart und so habe er die Richtung eingeschlagen, die ihm gewiesen wurde, und sei dorthin gegangen, wohin es ihn rief. So etwas kommt vor. Ich glaube, Radulfus hatte zunächst seine Zweifel. Er beließ ihn die volle Zeit und noch etwas mehr in seinem Noviziat. Sein Verlangen war nachgerade extrem, und unser Abt mißtraut Extremen. Und außerdem war der Mann fünfzehn Jahre verheiratet gewesen, und seine Frau war keineswegs mit seiner Entscheidung einverstanden. Ruald ließ ihr alles, was er zu geben hatte, doch sie hatte dafür nur Spott und Verachtung übrig. Sie kämpfte viele Wochen gegen seinen Entschluß an, doch er ließ sich nicht erweichen. Nachdem er bei uns aufgenommen wurde, blieb sie nicht mehr lange in dem Häuschen. Sie verkaufte jedoch nichts von dem, was er ihr zurückgelassen hatte. Nur wenige Wochen später ging sie aus dem Haus, ließ die Tür offen, alles so zurücklassend, wie es war, und verschwand.«

»Mit einem anderen Mann, wie alle Nachbarn sagten«, bemerkte Hugh zynisch.

»Nun«, sagte Cadfael verständnisvoll, »ihr Mann hatte sie verlassen. Und nach allem, was ich höre, hat sie das sehr verbittert. Vielleicht hat sie sich einen Liebhaber genommen, um sich zu rächen. Hast du die Frau je gesehen?«

»Nein«, erwiderte Hugh, »nicht daß ich wüßte.«

»Ich aber«, sagte Aline. »Sie half an Markttagen und während der Messe an seinem Stand aus. Letztes Jahr natürlich nicht mehr, da war er im Kloster, und sie war schon weggegangen. Natürlich wurde viel darüber geredet, daß Ruald sie verlassen hatte, und Klatsch ist nie sehr liebenswürdig. Sie war bei den Marktfrauen nicht sehr beliebt, gab sich nie Mühe, sich mit jemandem anzufreunden, und ließ keine der anderen Frauen an sich heran. Und dann, müßt ihr wissen, war sie sehr schön und überdies eine Fremde. Er hatte sie vor Jahren aus Wales mitgebracht, und selbst nach all diesen Jahren noch sprach sie kaum englisch und gab sich nie Mühe, etwas anderes zu sein als eine Fremde. Sie schien sich außer Ruald nichts zu wünschen. Kein Wunder, daß sie verbittert war, als er sie verließ. Die Nachbarn sagten, sie habe ihn irgendwann gehaßt und behauptet, sie hätte einen Liebhaber. Außerdem soll sie gesagt haben, auf einen solchen Ehemann gut verzichten zu können. Trotzdem kämpfte sie bis zum Ende um ihn. Frauen nehmen manchmal Zuflucht zum Haß, wenn Liebe ihnen nichts als Schmerz einbringt.« Sie hatte sich mit ungewohntem Ernst in die Qual einer anderen Frau hineinversetzt. Nun schüttelte sie das Bild mit einigem Entsetzen ab. »Jetzt bin *ich* die Klatschbase! Was werdet ihr von mir denken? Und außerdem liegt alles schon ein Jahr zurück, und inzwischen dürfte sie versöhnt sein. Kein Wunder, daß sie alles hinter sich ließ – sie hatte hier ohnehin kaum Wurzeln geschlagen – und nach Wales zurückging, ohne einer Menschenseele ein Wort davon zu sagen. Nachdem Ruald gegangen war, hielt sie hier nichts mehr. Was spielt es aber für eine Rolle, ob mit einem anderen Mann oder allein?«

»Mein Liebes«, erklärte Hugh gerührt und amüsiert zugleich, »du wirst für mich immer ein Rätsel bleiben. Wie kommt es überhaupt, daß du so viel über den Fall weißt? Und woher diese hitzigen Gefühle?«

»Ich habe sie zusammen gesehen, und das genügte. So nur über einen Messestand hinweg war deutlich zu sehen, wie ungestüm sie ihm zugetan war. Und ihr Männer«, sagte Aline mit resignierter Nachsicht, »seht natürlich in erster Linie die Rechte des Mannes, wenn er tut, was er sich vorgenommen hat, ob er nun ins Kloster gehen oder in den Krieg ziehen will, aber ich bin eine Frau und sehe, was für ein großes Unrecht dieser Frau angetan worden ist. Hatte sie denn in dieser Frage keine Rechte? Und habt ihr euch nie mal die Mühe gemacht nachzudenken – *er* durfte sich die Freiheit nehmen, ins Kloster zu gehen und Mönch zu werden, aber sein Weggang hat *ihr* keine Freiheit gegeben. Sie konnte sich keinen neuen Mann nehmen, solange der, den sie hatte, ob Mönch oder nicht, noch am Leben war. War das gerecht? Ich hoffe fast«, gestand Aline rundheraus ein, »daß sie mit ihrem Liebhaber auf und davon ging, statt hier allein zu leben und zu leiden.«

Hugh streckte seinen Arm weit aus, um seine Frau an sich zu ziehen, wobei er ein Mittelding zwischen einem Lachen und einem Seufzer hören ließ. »Meine Teuerste, du hast schon recht mit dem, was du sagst, denn diese Welt ist voller Ungerechtigkeit.«

»Trotzdem glaube ich, daß es nicht Rualds Schuld war«, sagte Aline begütigend. »Ich wage sogar zu behaupten, daß er sie freigegeben hätte, wenn er gekonnt hätte. Doch jetzt ist es geschehen, und ich hoffe, daß sie mit ihrem Leben einigermaßen zufrieden ist, wo immer sie lebt. Und ich nehme an, daß einem Mann nichts anderes übrigbleibt als zu gehorchen, wenn er plötzlich eine Berufung in sich fühlt. Vielleicht hat ihn der Entschluß genausoviel gekostet. Was für ein Bruder ist aus ihm geworden, Cadfael? War es wirklich ein unabänderlicher Entschluß?«

»Es sieht wahrhaftig so aus«, erwiderte Cadfael. »Der Mann geht voll und ganz in seinem Klosterleben auf. Ich glaube wirklich, daß er keine Wahl hatte.« Er hielt nachdenklich inne, da es ihm schwerfiel, für ein Ausmaß von Selbstaufgabe, wie es ihm selber unmöglich war, die angemessenen Worte zu finden. »Er lebt jetzt in dieser vollkommenen Sicherheit, an der weder gut noch böse etwas ändern kann, da für ihn bis zum heutigen Tag alles gut ist. Wenn man jetzt von ihm verlangte, zum Märtyrer zu werden, würde er das mit der gleichen Heiterkeit auf sich nehmen, als wäre es die Seligkeit. Tatsächlich wäre es für ihn die Seligkeit, weniger kennt er nicht. Ich bezweifle, daß er überhaupt noch an irgendeinen Teil des Lebens, das er vierzig Jahre lang geführt hat, auch nur einen Gedanken verschwendet, daran oder an die Frau, die er kannte und im Stich ließ. Nein, Ruald hatte keine Wahl.«

Aline sah ihn mit aufgerissenen Augen, die in all ihrer Unschuld so klug waren, unverwandt an. »Ist es für dich auch so gewesen«, fragte sie, »als deine Zeit kam?«

»Nein, ich hatte eine Wahl. Ich habe eine Wahl getroffen. Es war sogar eine schwierige Wahl, aber ich habe sie getroffen und halte daran fest. Ich bin kein so auserwählter Heiliger wie Ruald.«

»Der soll ein Heiliger sein?« fragte Aline. »Das scheint mir doch etwas zu einfach.«

Die Urkunde über den Landtausch zwischen Haughmond und Shrewsbury wurde in der ersten Septemberwoche aufgesetzt, gesiegelt und bezeugt. Ein paar Tage später machten sich Bruder Cadfael und Bruder Richard, der Subprior, auf den Weg, um die Neuerwerbung in Augenschein zu nehmen und deren bestmögliche Nutzung zum Vorteil der Abtei zu prüfen. Der Morgen war dunstig, als sie aufbrachen, doch als sie die Fähre erreichten, die vom Feld aus ein Stück stromaufwärts verkehrte, drang die Sonne schon durch den Dunst, und die Sandalen der Männer hinterließen dunkle Fußspuren in dem von Tau benetzten Gras auf dem Steilufer. Auf der anderen Flußseite erhob sich sandig und steil das jenseitige Ufer, das hier und da von der Strömung ausgehöhlt war und allmählich in eine schmale Grasfläche überging, an deren Ende sich ein mit Büschen und Bäumen bestandener Hügelkamm erhob. Als sie die Boote verließen, hatten sie noch einige Minuten an diesem schmalen Streifen Weideland entlangzugehen, und dann standen sie an der Ecke des Töpferackers, der in seiner ganzen Größe schräg vor ihnen lang.

Es war ein sehr angenehm anzusehender Ort. Von der sandigen Böschung des Flußufers stieg der grasbewachsene Hang allmählich zu einem natürlichen Feldrain mit Buschwerk und Dornensträuchern und einem filigranartigen Schirm aus Birken hin an, die sich vor dem Himmel abhoben. In der jenseitigen Ecke duckte sich die Hülle des leeren Häuschens, dessen Garten nicht eingezäunt war und dessen Pflanzenbewuchs in die umgebende Wildnis aus ungemähtem Gras hineinwucherte. Das Heu, das Haughmond nicht hatte einbringen wollen, war schon frühherbstlich verblichen, da es bereits vor Wochen gereift und in Samen geschossen war, und unter den ausgebleichten stehenden Stielen waren noch immer die verschiedensten Wiesenblumen zu sehen, Glockenblumen und Engelwurz, Klatschmohn, Gänseblümchen und Tausendgüldenkraut, und frische grüne Grastriebe durchbrachen das Wurzelgeflecht der welkenden Gräser. Unterhalb des höhergelegenen Knicks zeigten sich in dem Brombeergestrüpp die ersten Früchte, deren Farbe von Rot in Schwarz zu wechseln begann.

»Wir könnten es immer noch schneiden und als Streu für die Tiere trocknen«, sagte Bruder Richard mit einem abschätzenden Blick auf den üppigen Wildwuchs, »aber wäre es der Mühe wert? Wir könnten es auch absterben lassen und unterpflügen. Dieses Land ist seit Generationen nicht mehr unter dem Pflug gewesen.«

»Das wäre schwere Arbeit«, sagte Cadfael, der voller Vergnügen den glitzernden Lichtschein der Sonne auf den weißen Birkenstämmen auf dem Hügelkamm betrachtete.

»Nicht so schwer, wie man glauben könnte. Der Boden darunter ist gut, krümeliger Lehm. Wir haben starke Ochsen, und das Feld ist lang genug, um ein Sechsergespann ins Joch zu nehmen. Wir brauchen beim ersten Pflügen eine tiefe, breite Furche. Ich wäre dafür«, sagte Bruder Richard, der mit dem Nutzvieh genügend Erfahrungen hatte, und marschierte quer über das Feld auf den Hügelkamm zu. Er tat es mit dem sicheren Instinkt des Landmanns, der sich lieber an den höhergelegenen Teil des Ackers hält, statt durch das tiefe Gras zu waten. »Den unteren Streifen könnten wir als Weideland nutzen und diesen oberen Teil pflügen.«

Cadfael war zu dem gleichen Schluß gekommen. Das Feld, von dem sie sich getrennt hatten und das weiter hinter Haughton lag, hatte sich am besten als Viehweide geeignet, doch hier würden sie sehr gut Weizen oder Gerste anbauen und das Vieh erst auf der unteren Weide grasen lassen können, um es dann auf das abgeerntete Stoppelfeld zu treiben, um das Land für das nächste Jahr zu düngen. Das Land gefiel ihm, und doch lag so etwas wie Traurigkeit auf ihm. Die kläglichen Überreste des Gartenzauns, den sie jetzt erreichten, das wild wuchernde Gestrüpp, in dem Kräuter und Unkraut um Raum für die Wurzeln, um Licht und Luft wetteiferten, der türlose Eingang und die Fenster ohne Läden, all das ließ spüren, daß hier keine Menschen mehr wohnten, daß das Leben ausgezogen war. Ohne diese Überreste wäre dies ein Bild des Friedens gewesen, ein Bild von ländlicher, in sich ruhender Schönheit. Doch es war unmöglich, das verlassene Häuschen und den kleinen Garten anzusehen, ohne daran zu denken, daß hier fünfzehn Jahre lang zwei Leben gelebt worden waren, vereint in einer kinderlosen Ehe, und daß von all den Gedanken und Empfindungen, die den beiden Menschen gemeinsam gewesen waren, jetzt keine Spur mehr zu finden war. Ebenso unmöglich war es, die kahle, eingeebnete Stelle zu übersehen, an der der Brennofen gestanden hatte, den man all seiner Steine beraubt hatte. Beide Männer mußten daran denken, daß hier ein Handwerker gearbeitet und seinen Brennofen beschickt und befeuert hatte, der jetzt aber kahl und kalt war. Hier mußte einmal menschliches Glück zu Hause gewesen sein, Zufriedenheit des Gemüts, die Erfüllung tüchtiger Hände. Kummer, Bitterkeit und Zorn hatte es gewiß auch gegeben, doch jetzt waren nur noch die Trümmer dieses vergangenen Lebens zu sehen, kalte, gleichgültige Melancholie.

Cadfael kehrte der einst bewohnten Ecke des Feldes den

Rücken zu, und jetzt lag die weite Wiesenfläche vor ihm, die leicht dampfte, als die Sonne Morgendunst und Tau verschwinden ließ und die klaren kleinen Farbtupfer der Blumen unter den emporschießenden Gräsern leuchteten. Vögel glitten über den Büschen des hochgelegenen Knicks dahin und flatterten zwischen den Bäumen des Hügelkamms umher, und die unbehagliche Erinnerung an den Menschen war vom Töpferacker verschwunden.

»Nun, wie lautet dein Urteil?« fragte Bruder Richard.

»Ich glaube, wir täten gut daran, es mit einer Wintersaat zu versuchen. Jetzt tief pflügen, dann noch ein zweites Mal, um Winterweizen zu säen und ein paar Bohnen dazu. Um so besser, wenn wir vor dem zweiten Pflügen noch mit etwas Mergel düngen können.«

»Besser könnten wir es kaum nutzen«, stimmte Richard zufrieden zu und ging vor Cadfael den sanften Abhang hinunter auf die sanft geschwungene und glitzernde Flußbiegung unter den kleinen Sanddünen zu. Cadfael trottete hinter ihm her. Die trockenen Gräser raschelten in einem langgezogenen, rhythmischen Seufzen um seine Fesseln wie zum Gedenken an eine Tragödie. Wir sollten, dachte er, das Land dort oben lieber gleich urbar machen, damit der Boden Frucht trägt. Dort, wo früher der Brennofen gestanden hat, sollte grünes Getreide wogen, und das Häuschen sollten wir entweder abreißen oder einen Pächter hineinsetzen und darauf achten, daß er das Unkraut jätet und den Garten pflegt. Entweder das oder alles aufpflügen. Lieber gleich vergessen, daß in Feld und Garten mal ein Töpfer gearbeitet hat.

In den ersten Oktobertagen wurde das sechsköpfige Ochsengespann der Abtei mit dem schweren, hochrädrigen Pflug durch die Furt auf die andere Seite des Flusses gebracht, wo es die erste Grassode auf Rualds Acker schnitt und umdrehte. Die Tiere begannen an der oberen Ecke, in der Nähe des verfallenen Häuschens, und zogen die erste Furche unterhalb des Knicks mit seinem üppigen Buschwerk und den Brombeersträuchern, die den Feldrain bildeten. Der Ochsentreiber trieb sein Gespann an, und die Tiere trotteten teilnahmslos vorwärts. Das Messersech schnitt tief durch Grasnarbe und Erde, die Pflugschar durchschnitt die verfilzten Wurzeln, und das Streichbrett schleuderte die Lehmklumpen wie eine sich träge brechende Welle zur Seite, brachte schwarzen Erdboden und den kräftigen Geruch der Erde nach oben. Bruder Richard und Bruder Cadfael waren gekommen, um sich den Beginn der Arbeit anzusehen. Abt Radulfus hatte den Pflug gesegnet, und alle Vorzeichen waren günstig. Die erste gerade Furche wurde über das gesamte Feld gezogen und hob sich schwarz vor der herbstlichen Blässe der Gräser ab, und der auf sein Geschick stolze Pflüger ließ sein langes Gespann in einer weit ausholenden Kurve umdrehen, damit die Tiere auf dem Rückweg möglichst dicht an der ersten Furche blieben. Richard hatte recht gehabt; der Erdboden war nicht zu schwer, und die Arbeit würde rasch vorangehen.

Cadfael hatte der Arbeit den Rücken gekehrt und stand in der klaffenden Türöffnung des Häuschens und starrte in den kahlen Raum. Schon vor einem ganzen Jahr, nachdem sich die Frau den Staub dieses Orts von den Füßen geschüttelt und die Trümmer ihres Lebens hinter sich gelassen hatte, um anderswo einen Neuanfang zu suchen, war die gesamte bewegliche Habe von Rualds Ehe mit Einverständnis seines Landherrn auf Longner entfernt und dem Almosenpfleger Bruder Ambrose übergeben worden, der sie unter seinen Bittstellern nach deren Bedürfnissen verteilen sollte. Nichts war im Haus geblieben. Im Kamin lagen noch die Reste der letzten kalten Asche, und der Wind hatte Laub in die Zimmerecken geweht, das sich dort zu Nistplätzen für überwinternde Igel und Haselmäuse abgelagert hatte. Lange Brombeerzweige hatten von den Sträuchern draußen durch die leere Fensterhöhle einen Weg ins Haus gefunden, und auf Cadfaels Schulter wippte ein Scharlachdornzweig, der die Hälfte seiner Blätter verloren hatte, dafür aber mit roten Beeren gesprenkelt war. Nesseln und Kreuzkraut hatten in den Spalten der Bodenbretter Wurzeln geschlagen, um dort emporzuwachsen. Die Erde braucht nur sehr kurze Zeit, um die Spuren menschlichen Lebens zu tilgen.

Cadfael hörte das Rufen von der anderen Seite des Ackers, schenkte ihm jedoch keine Beachtung, sondern dachte nur, der Treiber brülle sein Gespann an, bis Richard ihn am Ärmel zupfte und ihm ins Ohr zischte: »Da drüben muß etwas passiert sein! Sieh mal, sie sind stehengeblieben. Sie haben etwas gefunden – oder zerbrochen – oh, doch hoffentlich nicht das Kolter!« Es war ihm anzusehen, wie ärgerlich er geworden war. Ein Pflug ist ein kostbares Gerät, und ein eisenbewehrtes Kolter konnte sich auf neuem und unerprobtem Boden leicht als verwundbar erweisen.

Cadfael drehte sich um und starrte auf die Stelle, an der das Ochsengespann stehengeblieben war, am hinteren Ende des Ackers, wo sich das Gestrüpp von Büschen erhob. Sie hatten den Pflug dicht daran entlang geführt, um den Boden möglichst gut zu nutzen, und die Ochsen standen jetzt still und geduldig in ihrem Geschirr, nur ein paar Meter vor dem Pflug in der frischen Furche, während Treiber und Pflüger die Köpfe zusammensteckten und sich über etwas in der Erde beugten. Und im selben Moment kam der Pflüger auf die Beine und rannte Hals über Kopf mit herumrudernden Armen auf das Häuschen zu. Er stolperte immer wieder in dem verfilzten Gras.

»Bruder . . . Bruder Cadfael . . . Könnt Ihr herkommen? Kommt her, seht mal! Da ist etwas . . .«

Richard hatte den Mund geöffnet, um den Mann wegen dieser unzusammenhängenden Aufforderung zur Ordnung zu rufen, doch Cadfael hatte dem erschreckten und besorgten Pflüger ins Gesicht geblickt und setzte sich rasch in Bewegung, um über das Feld zu laufen. Es war offenkundig, daß dieses Etwas, was immer es sein mochte, ebenso unwillkommen wie unvorhergesehen und so geartet war, daß nur eine höhere Autorität die Verantwortung übernehmen und ein klärendes Wort äußern konnte. Der Pflüger rannte neben ihm her und sprudelte unzusammenhängende Worte hervor, die nicht dazu angetan waren, Licht in die Angelegenheit zu bringen.

»Das Kolter hat es nach oben gezerrt – unter der Erde ist noch mehr, ich weiß aber nicht, was . . .«

Der Ochsentreiber war inzwischen aufgestanden und stand mit hilflos herabhängenden Armen da.

»Bruder, wir konnten da einfach nicht weiterpflügen, wir können ja nicht wissen, worauf wir da gestoßen sind.« Er hatte das Gespann ein wenig vorziehen lassen, um die Stelle frei zu machen und zu zeigen, was die Arbeit so unverhofft unterbrochen hatte. Dicht vor dem leicht abfallenden Flußufer, das den Feldrain markierte und wo abgeschnittene Besenginsterbüsche sich über die leicht geschwungene Furche neigten, wo der Pflug gewendet hatte, hatte das Kolter tiefer ins Erdreich geschnitten und in der Furche etwas hinter sich hergeschleift, was weder Wurzel noch Stiel war. Cadfael kniete sich hin und beugte sich tief herunter, um besser zu sehen. Bruder Richard, den die Bestürzung, die seine Knechte zunächst so wirr hatte reden lassen und jetzt vor Furcht stumm werden ließ, endlich doch beeindruckte, trat zurück und sah wachsam zu, als Cadfael eine Hand durch die Furche gleiten ließ und die langen Fäden berührte, die sich im Kolter verheddert hatten und ans Tageslicht gezogen worden waren.

Fasern, aber von Menschenhand gemacht. Nicht die knorrigen Fäden von Wurzeln, die aus dem Erdreich gerissen worden waren, sondern halbverrottete Stoffetzen, deren Farbe einst schwarz oder das gewöhnliche Dunkelbraun gewesen war und die jetzt die Farbe der Erde angenommen, jedoch noch immer genug von ihrer eigentlichen Natur in sich hatten, um zu langen, ausgefransten Lumpen zerrissen zu werden, als das Eisen des Kolters die Falten durchschnitt, aus denen sie stammten. Und da war noch etwas, was mit ihnen ans Tageslicht gekommen und vielleicht von ihnen umhüllt gewesen war und jetzt fast in der Länge eines männlichen Unterarms in der Furche lag, schwarz, gewellt und zart: eine lange, dichte Strähne dunklen Haars.

ZWEITES KAPITEL

Bruder Cadfael kehrte allein in die Abtei zurück und bat um sofortige Audienz bei Abt Radulfus.

»Vater, etwas Unvorhergesehenes läßt mich so eilig zu Euch zurückkehren. Wenn es unwichtig gewesen wäre, hätte ich Euch damit nicht behelligt, doch der Pflug hat auf dem Töpferacker etwas ans Licht gebracht, was sowohl dieses Haus als auch das weltliche Gesetz angeht. Ich habe noch nichts unternommen. Ich brauche Euer Einverständnis, um dies auch Hugh Beringar mitzuteilen, um dann, seine Einwilligung vorausgesetzt, weiter zu untersuchen, was ich bis jetzt so belassen habe, wie wir es vorgefunden haben. Vater, das Kolter hat ein paar Fetzen Stoff und eine Locke menschlichen Haars zutage gefördert. Das Haar einer Frau, wie mir scheinen will. Es ist lang und fein, und ich denke, es ist nie geschnitten worden. Und, Vater, es wird unter der Erde festgehalten.«

»Du willst mir also sagen«, sagte Radulfus nach einer langen und bedeutungsvollen Pause, »daß es noch immer auf einem menschlichen Kopf sitzt.« Seine Stimme klang gleichmütig und fest. Es gab nur wenige unwahrscheinliche Situationen, denen er in seinen mehr als fünfzig Jahren nicht begegnet war. Und wenn dies die erste ihrer Art war, so war es keineswegs die ernsteste, der er sich je gegenübergesehen hatte. Die Klostergemeinschaft ist immer noch abhängig und wird von einer Welt beherrscht, in der alles möglich ist. »An diesem ungeweihten Ort liegt irgendein Mensch begraben. Gesetzwidrig.«

»Das befürchte ich auch«, sagte Cadfael. »Wir haben aber nicht weitergemacht, um uns Gewißheit zu verschaffen, da wir deine Einwilligung wünschen und den Sheriff dabeihaben wollen.«

»Was habt ihr dann getan? Wie habt ihr die Dinge dort auf dem Feld zurückgelassen?«

»Bruder Richard hält an dem Ort Wache. Das Pflügen geht weiter, jedoch mit der gebotenen Vorsicht und in einiger Entfernung von dieser Stelle. Es schien mir nicht nötig zu sein«, erklärte er, »die Arbeit zu verzögern. Wir wollten auch nicht allzuviel Aufmerksamkeit auf das lenken, was dort vorgeht. Das Pflügen erklärt unsere Anwesenheit. Niemand braucht sich zu wundern, daß wir uns dort zu schaffen machen. Und selbst wenn es sich als wahr erweisen sollte, kann es doch sehr, sehr lange zurückliegen und schon weit vor unserer Zeit geschehen sein.«

»Möglich«, sagte der Abt und ließ seinen unbestechlichen Blick auf Cadfaels Gesicht ruhen, »obwohl ich denke, daß du nicht an eine solche Gnade glaubst. Soviel ich aus Akten und Urkunden weiß, hat es in der Nähe dieser Stelle nie eine Kirche oder einen Friedhof gegeben. Ich bete zu Gott, daß es nicht zu weiteren Entdeckungen dieser Art kommt. Eine ist mehr als genug. Nun, du hast meine Vollmacht. Tu, was getan werden muß.«

Cadfael tat, was getan werden mußte. Als erstes mußte er Hugh von dem Vorgefallenen in Kenntnis setzen und sicherstellen, daß der weltlichen Obrigkeit nichts von dem verborgen blieb, was sich weiter ereignen würde. Hugh kannte seinen Freund gut genug, um keine Zweifel zu äußern, keine Fragen zu stellen und keine Zeit mit Einwänden oder Bedenken zu verlieren, sondern er ließ sofort die

Pferde satteln, nahm einen Lehnsmann der Garnison mit, der, falls nötig, Botenritte übernehmen konnte, und machte sich mit Cadfael zur Furt des Severn und zum Töpferacker auf.

Als sie an dem oberen Feldrain entlang zu der Stelle ritten, an der Bruder Richard bei den Ginsterbüschen wartete, war das Ochsengespann weiter unten auf dem abschüssigen Feld noch bei der Arbeit. Die langgezogenen, schmalen, leicht geschwungenen Ackerfurchen hoben sich mit ihrer kräftigen, dunklen Erdfarbe von dem dichten, verfilzten, verblichenen Gras der Wiese ab. Nur diese Ecke unterhalb des Knicks war jungfräulich belassen. Nach der ersten unheilverkündenden Kehrtwendung war der Pflug in gehörigem Abstand von der grausigen Fundstelle weitergezogen worden. Die Wunde im Erdreich, die das Kolter zurückgelassen hatte, endete urplötzlich dort, wo die langen dunklen Fasern in der Furche mitgezogen worden waren. Hugh bückte sich, um genau hinzusehen und die Stoffetzen zu berühren. Die Fäden lösten sich unter seinen Händen auf, während die langen, gelockten Haarsträhnen festsaßen. Als er sie hochhob und leicht an ihnen zog, glitten sie ihm durch die Finger. Sie waren noch in der Erde verwurzelt. Er trat zurück und starrte mit finsterer Miene in die tiefe Furche.

»Was immer du hier gefunden hast, wir sollten es lieber ausgraben. Wie es scheint, wollte dein Pflüger das Land etwas zu gut ausnutzen. Er hätte uns Ärger erspart, wenn er sein Gespann ein paar Meter vor der Erhebung hätte wenden lassen.«

Doch dazu war es nun zu spät. Es war geschehen. Der Fund konnte nicht mehr mit Erdreich bedeckt und dann vergessen werden. Die beiden Männer hatten Spaten mitgebracht und eine Breithacke, um das verfilzte Wurzelgeflecht des seit langer Zeit nicht mehr gestörten Pflanzenwuches behutsam abzuschälen, sowie eine Sichel, um die überhängenden Ginsterzweige zurückzuschneiden, die ihre Bewegungen behinderten und diese geheime Grabstätte zum Teil verdeckt hatten. Innerhalb einer Viertelstunde wurde offenkundig, daß die unter der Erde ruhende Gestalt tatsächlich so lang war wie ein Grab, denn die verrotteten Stoffetzen tauchten hier und da am Fuß des aufgeworfenen Erdwalls auf, und Cadfael warf den Spaten fort, um sich hinzuknien und die Erde mit bloßen Händen wegzuschaufeln. Es war nicht einmal ein tiefes Grab. Man hatte dieses eingehüllte Bündel unterhalb des Knicks einfach ins Erdreich gelegt, die dicken Grassoden daraufgepackt und es den Büschen überlassen, den Ort zu verhüllen. Das Grab war jedoch tief genug, um den Leichnam an einer solchen Stelle ungestört ruhen zu lassen; ein weniger wirkungsvoller Pflug hätte keine so enge Kurve beschreiben können, um sie zu erreichen, und auch das Kolter wäre nicht tief genug in das Erdreich und damit in das heimliche Grab eingedrungen.

Cadfael betastete die freigelegten Fetzen schwarzen Stoffs und spürte die Knochen darunter. Der lange Schnitt des Kolters hatte die jenseits des Erdwalls liegende Seite von der Mitte bis zum Kopf aufgeschlitzt, wo es mit den Fäden auch die dichte Haarsträhne ans Tageslicht gezerrt hatte. Cadfael wischte dort, wo das Gesicht sein mußte, das Erdreich zur Seite. Der Leichnam war von Kopf bis Fuß in verrottenden Wollstoff gewickelt, in eine Art Umhang, doch es konnte kein Zweifel mehr bestehen, daß es ein menschliches Geschöpf war, das hier heimlich unter die Erde gebracht worden war. Gesetzwidrig, hatte Radulfus gesagt. Gesetzwidrig begraben, gesetzwidrig vom Leben zum Tode befördert.

Mit den Händen schaufelten sie geduldig das Erdreich zur Seite. Es bedeckte den unverkennbaren Umriß eines

Menschen. Sie arbeiteten sich unter dem Leichnam behutsam vor, um ihn aus seinem Bett herauszubekommen, hoben ihn aus dem Grab und legten ihn ins Gras. Leicht, schlank und zerbrechlich kam er ans Licht. Er mußte mit angehaltenem Atem und äußerst behutsam berührt und getragen werden, da die Wollfäden bei jeder Berührung zerbröselten und sich auflösten. Cadfael schlug vorsichtig die Stoffalten zur Seite, so daß die verwitterten Überreste entblößt wurden.

Gewiß eine Frau, denn sie trug ein langes dunkles Gewand ohne Gürtel und ohne Schmuck. Seltsamerweise hatte es den Anschein, als hätte man ihr den langen Rock sorgfältig glattgezogen und in ordentliche Falten gelegt, die immer noch durch den Umhang bewahrt wurden, in den man sie vor der Beisetzung eingewickelt hatte. Das Gesicht war von allem Fleisch entblößt, und die Hände, die aus den langen Ärmeln hervorlugten, waren nichts als Knochen, wurden jedoch durch die Umhüllung zusammengehalten. An den Handgelenken und den entblößten Fesseln fanden sich Spuren getrockneten und zusammengeschrumpften Fleisches. Das einzige, was an ihr noch an ihre frühere Lebensfülle erinnerte, war der üppige, schwarze, geflochtene Haarschopf, aus dem das Kolter neben ihrer rechten Schläfe eine aufgelöste Strähne herausgezogen hatte. Seltsamerweise hatte man die Frau offenbar für die Beisetzung ausgestreckt, wie es sich gehörte, und ihre Hände waren hochgezogen und auf der Brust gefaltet. Noch seltsamer war, daß sie ein einfaches Kreuz umklammert hielt, ein Kreuz aus zwei zurechtgeschnittenen Holzstäbchen, die mit einem Streifen Leinentuch zusammengebunden waren.

Cadfael zog die Ränder des verrotteten Tuchs behutsam wieder über den Schädel, von dem das dunkle Haar in so sonderbar anmutender Fülle aufwallte. Als ihr totenkopfähnliches Gesicht bedeckt war, wurde die Frau noch ehrfurchtgebietender, und alle vier Männer traten ein wenig zurück, um sie in ehrerbietiger Verwunderung anzustarren, denn angesichts eines so gefaßten und schmucklosen Todes schienen Mitleid und Entsetzen gleichermaßen fehl am Platz zu sein. Die Männer spürten nicht einmal so etwas wie den Willen, sich zu fragen oder einzugestehen, was an ihrer Beisetzung an dieser Stelle so sonderbar war, noch nicht; die Zeit dafür würde noch kommen, doch jetzt nicht, nicht hier. Erst mußte vollbracht werden, was nötig war, ohne jeden Kommentar und ohne unziemliche Fragen.

»Nun«, sagte Hugh trocken, »was nun? Fällt dies in meine Zuständigkeit, Brüder, oder in eure?«

Bruder Richard, dessen Gesicht etwas grauer war als gewöhnlich, sagte zweifelnd: »Wir befinden uns auf Land der Abtei. Doch das hier befindet sich kaum in Übereinstimmung mit dem Gesetz, und das Gesetz ist Euer Aufgabenbereich. Ich weiß nicht, was sich der Herr Abt in einem so sonderbaren Fall wünschen wird.«

»Er dürfte wünschen, daß wir die Leiche zur Abtei bringen«, sagte Cadfael mit Überzeugung. »Wer immer sie sein mag und wie lange sie hier schon ungesegnet begraben liegt, sie ist eine Seele, die erlöst werden muß, und wir sind ihr ein christliches Begräbnis schuldig. Das Land, von dem wir sie zu ihm bringen, gehört der Abtei, und er wird wünschen, daß sie auch wieder auf Land der Abtei begraben wird. Wenn«, sagte Cadfael mit Nachdruck, »sie empfangen hat, was wir ihr sonst noch schuldig sind, falls sich das überhaupt je feststellen läßt.«

»Wir können es zumindest versuchen«, sagt Hugh und warf einen nachdenklichen Blick auf die Reihe der Ginsterbüsche und um die klaffende Grube, die sie durch das verfilzte Gras geschnitten hatten. »Ich frage mich, ob sich hier noch mehr finden läßt, was man vielleicht mit ihr in die Erde gelegt hat. Wir sollten zumindest noch etwas weiter und tiefer graben und uns überzeugen.« Er bückte sich, um den zerfallenden Umhang wieder um ihren Körper zu legen, und schon seine bloße Berührung ließ Fäden zerreißen und Staubkörnchen aufwirbeln. »Wir werden ein besseres Leichentuch brauchen, wenn wir sie mitnehmen wollen, und eine Bahre, wenn wir sie ganz und unversehrt wegtragen wollen, wie wir sie jetzt sehen. Richard, nehmt mein Pferd und reitet zum Herrn Abt. Sagt ihm einfach, daß wir hier tatsächlich einen Leichnam gefunden haben, und schickt uns eine Bahre und eine Decke, damit wir sie in einem schicklichen Zustand nach Hause bringen können. Mehr ist nicht nötig, jetzt noch nicht. Und was wissen wir denn auch schon? Keine weiteren Berichte, bis wir da sind.«

»So sei es!« erklärte Bruder Richard mit einer solchen Wärme, daß jeder sehen konnte, wie erleichtert er war. Seine schlichte Natur war für solche Entdeckungen nicht geschaffen. Er gab einem geordneten Leben den Vorzug, bei dem alle Dinge sich so verhielten, wie sie sollten, und bei dem ihm allzu große Anstrengungen des Körpers wie des Geistes erspart blieben. Er machte sich bereitwillig auf den Weg und ging zu Hughs grobknochigem Grauen, der auf dem grüneren Land unterhalb des Knicks stand und friedlich graste. Bruder Richard wuchtete einen stämmigen Fuß in den Steigbügel und saß auf. Außer mangelnder Übung in letzter Zeit war an seiner Reitkunst nichts auszusetzen. Er war ein jüngerer Sohn aus einer Ritterfamilie und hatte schon im Alter von sechzehn Jahren die Wahl zwischen Waffendienst und Dienst im Kloster getroffen. Hughs Pferd, das außer seinem Herrn kaum einen Reiter auf sich duldete, ließ sich herab, diesen Reiter ohne Murren an dem Knick entlang zu der tiefer gelegenen Wiese am Fluß zu tragen.

»Durchaus möglich, daß er ihn an der Furt abwirft«, sagte Hugh nachdenklich, als er Roß und Reiter in Richtung Fluß verschwinden sah, »wenn ihn die Lust dazu überkommt. So, jetzt wollen wir nachsehen, ob wir hier noch etwas finden können.«

Der Lehnsmann schnitt unter den raschelnden Besenginsterbüschen tief in den Erdwall. Cadfael wandte sich von der Toten ab, um mit geschürztem Habit in ihr Grab hinunterzusteigen, und begann, den lockeren Lehm behutsam aus der Grube zu schaufeln und die Höhlung zu vertiefen, in der die Frau gelegen hatte.

»Nichts«, erklärte er schließlich, als er auf einem festgestampften Boden kniete, der eine blassere Farbe angenommen hatte, als der Untergrund eine Tonschicht freilegte. »Seht ihr das? Weiter unten am Fluß hatte Ruald zwei oder drei Stellen, wo er seinen Lehm herholte. Die Vorkommen sind inzwischen erschöpft, heißt es, zumindest dort, wo man leicht an sie herankommt. Diese Stelle hat niemand angerührt, lange bevor man die Frau hierher gelegt hat. Tiefer brauchen wir nicht zu graben. Hier gibt es nichts mehr zu finden. Wir können uns die Erde an den Seiten noch mal genauer ansehen, aber ich bezweifle nicht, daß dies alles ist.«

»Mehr als genug«, sagte Hugh und wischte sich die erdverschmierten Hände an dem dichten, verfilzten Gras ab. »Und andererseits doch nicht genug. Viel zuwenig, um ihr Alter zu bestimmen oder ihr einen Namen zu geben.«

»Oder eine Familie oder ein Haus, in dem sie einmal gelebt hat«, wie Cadfael düster einräumte, »oder eine Todesursache. Hier können wir nichts mehr ausrichten. Ich habe gesehen, was ich sehen mußte, um zu erfahren, wie man sie hineingelegt hat. Was noch zu tun bleibt, läßt sich besser in Abgeschiedenheit erledigen, wenn wir genug Zeit haben und vertrauenswürdige Zeugen.«

Erst eine Stunde später schritten Bruder Winfried und Bruder Urien oben am Knick mit Umhängen und der

36

Bahre herbei. Sie hoben das schmale Knochenbündel behutsam hoch, hüllten es in die Tücher und deckten es zu, um es unziemlichen Blicken zu entziehen. Hughs Lehnsmann wurde entlassen und in die Garnison beim Schloß zurückgeschickt. Dann setzte sich der kleine Trauerzug mit der Unbekannten schweigend und zu Fuß in Richtung Abtei in Bewegung.

»Es ist eine Frau«, sagte Cadfael, als er Abt Radulfus in der Abgeschiedenheit von dessen Empfangszimmer Bericht erstattete. »Wir haben sie in der Leichenhalle aufgebahrt. Ich bezweifle, daß sie noch etwas an sich hat, was sich von irgendeinem Menschen wiedererkennen läßt, selbst wenn ihr Tod erst vor kurzem eingetreten ist, was ich für unwahrscheinlich halte. Ihr Gewand könnte jede Pächtersfrau tragen, ohne Stickerei, ohne Gürtel, einst wohl das übliche Schwarz, jetzt Graubraun. Sie trägt keine Schuhe, keinen Schmuck, nichts, was auf ihren Namen hindeutet.«

»Ihr Gesicht . . .?« fragte der Abt, jedoch in einem zweifelnden Ton, der zeigte, daß er keine Hoffnung hatte.

»Vater, ihr Gesicht bietet jetzt den gewohnten Anblick. Es ist nichts mehr da, was einen Mann dazu bringen könnte zu sagen: Dies ist meine Frau oder Schwester oder eine Frau, die ich einmal gekannt habe. Nichts mit Ausnahme vielleicht ihres üppigen dunklen Haars. Doch das haben viele Frauen. Für eine Frau ist sie von durchschnittlicher Körpergröße. Ihr Alter können wir nur schätzen, und auch das nur grob. Ihrem Haar nach zu urteilen war sie nicht alt, doch ein junges Mädchen dürfte sie auch nicht gewesen sein. Eine Frau in der Blüte ihrer Jahre, doch wer kann sagen, ob sie nur fünfundzwanzig war oder vierzig?«

»Dann hat sie also gar keine besonderen Kennzeichen an sich? Nichts, woran man sie von den anderen unterscheiden könnte?« fragte Radulfus.

»Die Art, wie sei beigesetzt worden ist«, erwiderte Hugh. »Ohne Trauergemeinde, ohne Riten, gegen das Gesetz in ungeweihter Erde verscharrt. Und doch – Cadfael wird es Euch sagen. Oder, falls es Euch lieber ist, Vater, könnt Ihr Euch selbst überzeugen, denn wir haben sie so belassen, wie wir sie gefunden haben.«

»Mir wird allmählich klar«, sagte Radulfus mit Nachdruck, »daß ich mir diese Frau tatsächlich selbst ansehen muß. Doch da schon soviel gesagt worden ist, könnt Ihr mir genausogut erzählen, was es denn ist, das die Sache noch seltsamer macht als die Umstände ihres heimlichen Begräbnisses. Und doch . . .?«

»Und doch, Vater, wurde sie ausgestreckt und schicklich hingelegt, mit geflochtenem Haar und auf der Brust gefalteten Händen, die ein aus zwei Holzstäbchen von einer Baumhecke oder einem Busch zusammengebundenes Kreuz hielten. Wer immer sie in die Erde gelegt hat, hat es dabei nicht ganz an Ehrerbietung fehlen lassen.«

»Vielleicht können selbst die schlimmsten Männer dabei so etwas wie Ehrfurcht empfinden«, sagte Radulfus gedehnt und runzelte die Stirn über diesen Beweis für ein hin und her gerissenes Gemüt. »Doch es war eine Tat, die im dunkeln geschah, heimlich. Das läßt eine noch schlimmere Tat vermuten, die ebenfalls im dunkeln erfolgte. Wenn sie tatsächlich eines natürlichen Todes gestorben ist, ohne daß auch nur der Schatten von Schuld auf einen anderen Menschen fallen könnte, warum dann kein Priester und keine Beisetzungsriten? Du hast bis jetzt nicht behauptet, Cadfael, daß dieses arme Geschöpf so gesetzwidrig zum Tode befördert worden ist, wie man es beigesetzt hat, doch ich behaupte es. Was könnte es sonst für einen Grund geben, sie insgeheim und ohne priesterlichen Segen unter die Erde zu bringen? Und selbst das Kreuz, das ihr Totengräber ihr in die Hände legte, scheint aus Heckenzweigen geschnitten zu sein, damit man es nie als Eigentum eines anderen Menschen erkennt und nie mit dem Finger auf den Mörder zeigen kann! Dem, was du sagst, entnehme ich, daß alles, was ihr eine Identität hätte zurückgeben können, von ihrem Leichnam entfernt wurde, um ihr Geheimnis selbst jetzt noch zu wahren, wo der Pflug sie wieder ans Licht gebracht hat und ihr endlich die Möglichkeit gegeben ist, den Zustand der Gnade zu erlangen.«

»So scheint es tatsächlich zu sein«, sagte Hugh mit ernster Stimme, »wäre da nicht die Tatsache, daß Cadfael keine Spur einer Verletzung an ihr finden kann, keinen gebrochenen Knochen, nichts, was darauf hindeutet, wie sie gestorben ist. Nach so langer Zeit in der Erde könnte der Stich eines Dolchs oder Messers unserer Aufmerksamkeit entgehen, aber wir haben keinerlei Anzeichen dafür gefunden. Man hat ihr weder das Genick gebrochen noch ihr den Schädel eingeschlagen. Cadfael glaubt auch nicht, daß sie erwürgt worden ist. Es sieht aus, als wäre sie im Bett gestorben – sogar im Schlaf. Doch dann hätte niemand sie heimlich beerdigt und alles versteckt, was sie von allen anderen Frauen unterschieden hätte.«

»Nein, das ist wahr! Niemand würde sein Seelenheil so in Gefahr bringen, es sei denn aus Verzweiflung.« Der Abt brütete einige Augenblicke schweigend über das Problem nach, das ihm so unversehens aufgebürdet worden war. Jetzt war es einfach, an der Toten wiedergutzumachen, was man ihr an Unrecht angetan hatte, wie es ihrer unsterblichen Seele zukam. Selbst ohne einen Namen konnten Gebete für sie gesprochen und die Messe gelesen werden; und jetzt konnte sie endlich auch das christliche Begräbnis erhalten, das ihr einst verweigert worden war. Doch die Gerechtigkeit dieser Welt verlangte auch nach Genugtuung. Er blickte zu Hugh hoch. Ein Amt musterte das andere. »Was sagt Ihr dazu, Hugh? Wurde diese Frau ermordet?«

»Angesichts des Wenigen, das wir wissen, und angesichts des Vielen, das wir nicht wissen«, sagte Hugh vorsichtig, »wage ich nicht, etwas anderes anzunehmen. Sie ist tot und ohne die letzte Ölung in der Erde verscharrt worden. Solange ich keinen Grund habe, das Geschehen als etwas Besseres zu bewerten, sehe ich dies als Mord an.«

»Dem kann ich also nur entnehmen«, sagte Radulfus nach einem nachdenklichen Schweigen, »daß Ihr nicht glaubt, daß sie schon lange in ihrem Grab liegt. Dies ist keine infame Tat, die lange vor unserer Zeit geschehen ist, denn dann brauchten wir uns nur noch darum zu sorgen, daß das korrigiert wird, was ihrer Seele angetan wurde. Die Gerechtigkeit Gottes reicht über Jahrhunderte und kann jahrhundertelang abwarten, doch unsere Gerechtigkeit ist hilflos, wenn unsere Zeit um ist. Wie lange Zeit ist deiner Meinung nach seit ihrem Tod vergangen?«

»Das kann ich nur in aller Demut vermuten«, erwiderte Cadfael. »Möglicherweise ist es nicht mehr als ein Jahr her, aber es können auch drei oder vier, selbst fünf Jahre gewesen sein, mehr jedoch nicht. Sie ist kein Opfer aus früherer Zeit. Sie hat noch vor kurzem gelebt und geatmet.«

»Und ich kann mich ihrer also nicht entledigen«, sagte Hugh und verzog das Gesicht.

»Nein. Ebensowenig wie ich.« Der Abt legte seine langen, sehnigen Hände flach auf den Tisch und erhob sich. »Um so mehr Grund habe ich, sie mir von Angesicht zu Angesicht anzusehen und meine Verpflichtung ihr gegenüber anzuerkennen. Kommt, gehen wir, und sehen wir uns unseren anspruchsvollen Gast an. Das bin ich ihr schuldig, bevor wir sie wieder der Erde anvertrauen, diesmal jedoch unter besseren Vorzeichen. Wer weiß, vielleicht gibt es etwas, irgendeine Kleinigkeit, die einen Menschen, der sie einst gekannt, sich an die lebende Frau erinnern läßt.«

Als Cadfael seinem Superior über den großen Innenhof

und an dem südlichen Vorbau ins Kloster und die Kirche folgte, kam es ihm unnatürlich vor, wie sie es alle vermieden, einen bestimmten Namen auszusprechen. Dieser war noch nicht genannt worden, und so mußte Cadfael sich unwillkürlich fragen, wer ihn als erster über die Lippen bringen würde und weshalb er selbst das Unvermeidliche nicht schon vorweggenommen hatte. Es konnte nicht sehr viel länger unausgesprochen bleiben. Allerdings konnte es der Abt ebenfalls als erster versuchen. Der Tod, ob vor langer Zeit oder erst jüngst erfolgt, konnte ihn nicht schrecken.

In der kleinen, kühlen Leichenhalle brannten Kerzen an Fuß- und Kopfende der steinernen Totenbahre, auf der die namenlose Frau ruhte, über die man ein Leinengewand gebreitet hatte. Bei der Untersuchung ihrer sterblichen Überreste auf irgendeinen Hinweis, der die Umstände ihres Todes klären konnte, hatte man ihre Knochen so wenig wie möglich berührt und sie, als die fruchtlose Untersuchung beendet war, so genau wieder zusammengelegt, wie es möglich war. Soweit Cadfael erkennen konnte, wies die Frau keinerlei Anzeichen einer äußeren Verletzung auf. Der starke Geruch von Erde hing schwer in der Luft des geschlossenen Raums, wurde jedoch durch die Kälte des Steins gemildert, und Gefaßtheit und Würde der Totenruhe überwanden die einschüchternde Gegenwart eines vor langer Zeit eingetretenen Todes, der so unverhofft wieder dem Licht und der aufdringlichen Neugier menschlicher Augen ausgesetzt worden war.

Abt Radulfus trat ohne jedes Zögern an die Tote heran und zog das Leinentuch zurück, das sie bedeckte, wobei er es einfach auf seinem Arm zusammenlegte. Er blieb einige Minuten reglos stehen, um sich die sterblichen Überreste der Toten aus schmalen Augenschlitzen anzusehen, angefangen bei dem dunklen üppigen Haar bis zu den schlanken, nackten Knochen der Füße, zu deren Entblößung die kleinen, im Verborgenen lebenden Bewohner des Knicks ohne Zweifel ihr Teil beigetragen hatten. Auf den gleißend weißen Knochen des Schädels verweilte er am längsten, fand dort jedoch nichts, was sie von all den langen Generationen ihrer toten Schwestern unterschied.

»Ja. Sonderbar!« sagte er halb zu sich selbst. »Jemand muß ihr gewiß so etwas wie Zärtlichkeit entgegengebracht und ihre Rechte respektiert haben, falls er das Gefühl hatte, es nicht wagen zu können, sie ihr zu gewähren. Vielleicht hat der eine sie umgebracht und ein anderer sie begraben? Ein Priester womöglich? Aber wozu ihren Tod verborgenhalten, wenn er daran unschuldig war? Ist es denkbar, daß ein und derselbe Mann sie getötet und begraben hat?«

»Derlei ist schon vorgekommen«, erwiderte Cadfael.

»Ein Liebhaber vielleicht? Irgendein fataler, unglücklicher Zufall, der nie beabsichtigt war? Ein Augenblick der Gewalt, auf der Stelle bedauert und bereut? Aber nein, wenn das alles wäre, hätte man es nicht zu verbergen brauchen.«

»Und von Gewaltanwendung ist keine Spur zu sehen«, bemerkte Cadfael.

»Wie ist sie dann gestorben? Nicht durch Krankheit, denn sonst läge sie, mit den Tröstungen der Kirche versehen und geweiht, auf dem Friedhof. Durch Gift?«

»Das ist denkbar. Vielleicht hat auch eine Stichwunde ihr Herz getroffen, ohne an ihren Knochen eine Spur zu hinterlassen, denn diese sind ganz und unversehrt und wurden nie durch einen Schlag oder einen Bruch verletzt.«

Radulfus deckte sie wieder mit dem Leinentuch zu und strich es auf ihr glatt. »Nun, wie ich sehe, gibt es hier nicht viel, was ein Mann mit einem lebenden Gesicht oder einem Namen verbinden könnte. Gleichwohl denke ich, daß wir es versuchen müssen. Falls sie hier in den letzten fünf Jahren gelebt hat, muß jemand sie gut gekannt haben und wissen, wann sie zuletzt gesehen wurde. Außerdem muß er dann ihr Fehlen bemerkt haben. Gehen wir«, sagte der Abt, »wir sollten uns hinsetzen und sorgfältig sämtliche Möglichkeiten überlegen, die uns einfallen.«

Da war Cadfael klar, daß dem Abt die erste und unheilvollste Möglichkeit schon in den Sinn gekommen war und tiefe Besorgnis ausgelöst hatte. Als alle drei wieder in der Stille des Empfangszimmers saßen und die Tür zur Außenwelt hinter sich geschlossen hatten, mußte der Name ausgesprochen werden.

»Zwei Fragen warten auf eine Antwort«, sagte Hugh und ergriff die Initiative. »Wer ist sie? Und wenn sich das nicht mit Sicherheit beantworten läßt, erhebt sich die Frage, wer könnte sie sein? Und die zweite: Ist in den letzten fünf Jahren irgendeine Frau ohne ein Wort oder eine Spur aus dieser Gegend verschwunden?«

»Von *einer* solchen Frau«, sagte der Abt schwer, »wissen wir mit Gewißheit. Und der Ort ist nur zu passend. Doch bislang hat noch niemand je in Frage gestellt, daß sie fortgegangen ist, und zwar aus eigenem Antrieb. Diese Sache war für mich schwer zu akzeptieren, so wie die Frau sie nie akzeptiert hat. Doch hat sich Bruder Ruald ebensowenig davon abhalten lassen, der Neigung seines Herzens zu folgen, wie man die Sonne am Aufgehen hindern könnte. Als ich seiner erst sicher war, blieb mir keine Wahl. Zu meinem Kummer hat sich die Frau nie damit ausgesöhnt.«

Damit war der Name des Mannes ausgesprochen. Doch bei der Frau erinnerte sich vielleicht niemand auch nur an den Namen. Innerhalb der Klostermauern mußte es viele geben, die sie nie zu Gesicht bekommen oder von ihr gehört hatten, bis sich ihr Mann des himmlischen Beistands sicher gewesen war, geduldig vor der Klosterpforte stand und Einlaß begehrte.

»Ich muß Euch um die Einwilligung bitten«, sagte Hugh, »ihn die Leiche betrachten zu lassen. Selbst wenn sie tatsächlich seine Frau sein sollte, wird er vielleicht nicht in der Lage sein, es mit einiger Sicherheit zu bestätigen, doch es muß von ihm verlangt werden, daß er es zumindest versucht. Der Acker gehörte ihnen, und das Häuschen dort war ihr Zuhause, nachdem er gegangen war.« Er schwieg lange und ließ dabei das verschlossene und nachdenkliche Gesicht des Abts keine Sekunde aus den Augen. »Ist Ruald irgendwann nach seinem Eintritt hier zu seinem früheren Häuschen zurückgeschickt worden, und zwar bis zu der Zeit, als sie mit einem anderen Mann weggegangen sein soll? Es gab Habseligkeiten, die er ihr übergab, vielleicht gab es Abmachungen, die sie treffen mußten und die vielleicht sogar die Anwesenheit von Zeugen erforderten. Ist bekannt, ob er sie nach der Trennung noch einmal wiedergesehen hat?«

»Ja«, erwiderte Radulfus sofort. »Während der ersten Tage seines Noviziats hat er sie zweimal besucht, jedoch in Begleitung von Bruder Paul. Als Novizenmeister war Paul um den Seelenfrieden des Mannes besorgt, nicht weniger als um den der Frau, und er hat sein Bestes getan, um sie dazu zu bringen, Rualds Berufung anzuerkennen und ihr ihren Segen zu geben. Vergeblich! Doch er ist mit Paul losgegangen und mit Paul zurückgekehrt. Mir ist keine andere Gelegenheit bekannt, wann er sie gesehen oder gesprochen haben könnte.«

»Hat er sich auch nie zur Arbeit aufs Feld begeben oder sonst etwas erledigt, was ihn in die Nähe des Ackers geführt hätte?«

»Das alles liegt mehr als ein Jahr zurück«, erklärte der Abt vernünftigerweise. »Selbst Paul würde es schwerfallen zu sagen, wo Ruald in dieser ganzen Zeit gearbeitet hat. In der Zeit seines Noviziats muß er meist in Gesellschaft eines weiteren Bruders gewesen sein, wahrscheinlich von mehreren, wann immer er außerhalb der Klostermauern zur Arbeit geschickt wurde. Aber ich denke mir«, sagte er und erwiderte Hughs Blick nicht weniger fest, »daß Ihr den Mann selbst fragen wollt.«

»Mit Eurer Erlaubnis, Vater, ja.«

»Etwa jetzt, jetzt gleich?«

»Wenn Ihr erlaubt, ja. Es dürfte noch nicht allgemein bekannt sein, was wir gefunden haben. Er sollte am besten unvorbereitet sein, ohne eine Vorwarnung erhalten zu haben, so daß er nicht das Bedürfnis spürt, uns zu täuschen. Das geschieht nur zu seinem Besten«, sagte Hugh mit Nachdruck, »falls er später in die Lage kommen sollte, sich verteidigen zu müssen.«

»Ich werde ihn rufen lassen«, sagte Radulfus. »Cadfael, geh bitte zu ihm, und wenn der Sheriff einverstanden ist, kannst du ihn vielleicht gleich in die Kapelle bringen? Wie Ihr sagt, sollte er sich der Probe in Unschuld unterziehen, um seiner selbst willen. Und jetzt fällt mir etwas wieder ein«, sagte der Abt, »was er selbst gesagt hat, als dieser Landtausch zum ersten Mal besprochen wurde. Erde ist unschuldig, sagte er. Nur der Gebrauch, den wir von ihr machen, kann sie besudeln.«

Bruder Ruald war ein Musterbeispiel an Gehorsam, dem Teil des Gelübdes, der Cadfael schon immer die größte Mühe gemacht hatte. Er hatte sich die Verpflichtung, jeden von einem Superior gegebenen Befehl »ohne Halbherzigkeit oder Murren« auf der Stelle zu befolgen, als wäre es ein göttlicher Befehl, zu Herzen genommen, und gewiß ohne nach dem »Warum?« zu fragen, das Cadfaels erster Instinkt war, inzwischen gezähmt, doch längst nicht vergessen. Auf Aufforderung Cadfaels, der ihm in der Dauer seiner Ordenszugehörigkeit voraus und ihm somit übergeordnet

45

war, folgte ihm Ruald ohne jeden Einwand in die Leichenhalle. Über das, was ihn dort erwartete, wußte er nur, daß
Abt und Sheriff gemeinsam seine Anwesenheit wünschten.

Selbst auf der Schwelle der Halle, als er sich plötzlich der
Gestalt auf der Totenbahre, den Kerzen sowie Hugh und
Radulfus gegenübersah, die auf der anderen Seite des Stein-
quaders leise miteinander sprachen, zögerte Ruald keine
Sekunde, sondern trat vor und wartete auf das, was man
von ihm verlangte. Er bot ein Bild äußerster Demut und
vollkommener Gelassenheit.

»Ihr wolltet mich sehen, Vater.«

»Du bist ein Mann aus dieser Gegend«, sagte der Abt,
»und hast bis vor kurzem all deine Nachbarn gut gekannt.
Du kannst uns vielleicht helfen. Wir haben hier, wie du
sehen kannst, einen zufällig aufgefundenen Leichnam, und
keiner von uns kann der Toten beim besten Willen einen
Namen geben. Vielleicht gelingt es dir besser. Komm
näher.«

Ruald gehorchte und starrte vertrauensvoll auf die ver-
hüllte Gestalt, als Radulfus das Tuch mit einer schnellen
Bewegung zur Seite zog und die starr daliegenden Knochen
und das fleischlose Gesicht mit seinen Locken dunklen
Haars enthüllte. Zwar wurde Rualds Gelassenheit bei dem
unerwarteten Anblick sichtbar erschüttert, doch die Wellen
von Mitleid, Erschrecken und Kummer, die ihm übers
Gesicht fuhren, waren nicht mehr als eine kurze Kräuselung
des Wassers auf einem sonst ruhigen Teich, und er wandte
nicht den Blick ab, sondern betrachtete die Tote aufmerksam von Kopf bis Fuß und blickte dann wieder zum
Gesicht, als könnte er durch langes Hinsehen vor seinem
geistigen Auge das Fleisch noch einmal herbeizaubern, das
die nackten Knochen einst umhüllt hatte. Als er schließlich
hochsah und den Abt anblickte, geschah es mit leichter
Verwunderung und resignierter Traurigkeit.

»Vater, hier gibt es nichts mehr, was ein Mann wiedererkennen und mit einem Namen belegen könnte.«

»Sieh noch einmal hin«, sagte Radulfus. »Da ist eine Gestalt, eine Körpergröße, Farbe. Dies ist eine Frau gewesen. Jemand muß ihr einmal nahegestanden haben, vielleicht ein Ehemann. Es gibt manchmal Möglichkeiten des Wiedererkennens, die nicht von den Gesichtszügen abhängen. Hat sie nichts an sich, was eine Erinnerung wachruft?«

Es gab ein langes Schweigen, während Ruald pflichtschuldig sorgfältig jeden Stoffetzen musterte, in den sie gehüllt war, sowie die gefalteten Hände, die immer noch das primitive Kreuz umklammert hielten. Dann sagte er eher voll Kummer, den Abt enttäuschen zu müssen, als aus Trauer über einen fernen Todesfall: »Nein, Vater. Ich bedaure sehr. Da ist nichts. Ist die Angelegenheit so gravierend? Gott sind alle Namen bekannt.«

»Wie wahr«, sagte Radulfus, »so wie Gott auch weiß, wo alle Toten beerdigt liegen, selbst die, die man insgeheim irgendwo verscharrt hat. Ich muß dir sagen, Bruder Ruald, wo diese Frau gefunden worden ist. Wie du weißt, sollte heute morgen mit dem Pflügen des Töpferackers begonnen werden. Bei der Wende nach der ersten Furche, unterhalb des Knicks und zum Teil durch Gebüsch verborgen, stieß das Ochsengespann der Abtei auf einen Fetzen wollenen Stoffs und eine Locke von dunklem Haar. Auf diesem Feld, das einst das deine war, hat der Herr Sheriff diese tote Frau exhumiert und herbringen lassen. Jetzt sieh noch einmal hin, bevor ich sie zudecke, und sag mir, ob es nichts gibt, was dir zuruft, wie ihr Name sein müßte.«

Als Cadfael Rualds scharfes Profil musterte, erschien es ihm, als würde dessen gefaßte Haltung nur in diesem Augenblick durch ein Erzittern aufrichtigen Entsetzens, ja der Schuld erschüttert, wenn auch einer Schuld ohne Angst, und zwar nicht der Schuld an einem leiblichen Tod, sondern an dem Tod einer Neigung, der er den Rücken gekehrt hatte, ohne auch nur einen Blick zurückzuwerfen. Er beugte sich näher über die tote Frau, starrte sie aufmerksam an, und auf seiner Stirn und der Lippe brachen feine Schweißperlen aus. Das Kerzenlicht erfaßte ihren Glanz. Dieses letzte Schweigen dauerte lange Augenblicke, bis er bleich und zitternd hochsah und dem Abt ins Gesicht blickte.

»Vater, Gott vergebe mir eine Sünde, die ich erst jetzt verstanden habe. Ich bereue zutiefst, was ich jetzt als schrecklichen Mangel in mir empfinde. Da ist nichts. Nichts in mir ruft etwas wach. Ich empfinde nichts bei ihrem Anblick. Vater, selbst wenn dies tatsächlich Generys wäre, meine Frau Generys, würde ich sie nicht wiedererkennen.«

DRITTES KAPITEL

Etwa zwanzig Minuten später, im Empfangszimmer des Abts, hatte er seine Ruhe zurückgewonnen, die Ruhe der Resignation, selbst was seine eigenen Unzulänglichkeiten und Fehler betraf, aber er hörte nicht auf, sich anzuklagen.

»Um meiner selbst willen mußte ich mich gegen sie wappnen. Was muß das für ein Mann sein, der eine Zuneigung beendet, die ein halbes Leben gewährt hat, und schon nach einem Jahr nichts mehr empfindet? Ich schäme mich, so neben dieser Bahre stehen und die Überreste einer Frau ansehen zu können und sagen zu müssen: Ich kann es nicht sagen. Soviel ich weiß, könnte es auch Generys sein. Ich vermag nicht zu erkennen, weshalb sie es sein sollte oder wie es dazu kommen konnte, aber ebensowenig kann ich sagen: Es ist nicht so. In meinem Herzen habe ich keinerlei Regung verspürt. Und was die Augen und das Gemüt betrifft, was ist jetzt in diesen Knochen, das irgendeinem Mann etwas sagen könnte?«

»Es sei denn«, entgegnete der Abt streng, »insoweit es zu allen Männern spricht. Sie wurde in ungeweihter Erde begraben, ohne Riten und insgeheim. Von dort ist es nur ein kurzer Schritt zu der Schlußfolgerung, daß sie auf ebenso heimliche und ungesegnete Weise zu Tode gekommen ist, und zwar durch einen Menschen. Ich schulde ihr, wenn auch verspätet, Vorsorge für ihr Seelenheil, und von der irdischen Gerechtigkeit fordert sie Sühne für ihren Tod. Du hast bezeugt, und ich glaube es, daß du nicht sagen kannst, wer sie ist. Doch da sie auf Land gefunden wurde, das einst in deinem Besitz war, neben dem Häuschen, aus dem deine Frau ausgezogen und in das sie nie zurückgekehrt ist, ist es nur natürlich, daß der Sheriff dir Fragen zu stellen hat. So wie er wohl noch vielen anderen Fragen zu stellen hat, bevor diese Angelegenheit aufgeklärt ist.«

»Das ist sein gutes Recht«, sagte Ruald demütig, »und ich werde jede Frage beantworten, die man mir stellt. Bereitwillig und wahrheitsgemäß.«

Und das tat er auch, sogar mit bekümmerter Bereitwilligkeit, als wollte er sich wegen seiner erst jetzt erkannten Versäumnisse gegenüber seiner Frau geißeln, weil er seine Erfüllung genossen, während sie nur das Gift der Bitterkeit und des Verlusts gekostet hatte.

»Es war recht, dem Ruf zu folgen, der mich erreichte, und zu tun, was mir auferlegt wurde. Nicht recht jedoch war, daß ich mich meiner Freude hingab und ihre Not völlig vergaß. Jetzt ist der Tag gekommen, an dem ich mich nicht einmal mehr an ihr Gesicht erinnern kann oder daran, wie sie sich bewegte. Jetzt macht sich nur die Unruhe, die sie in mir zurückgelassen hat und die ich zu lange unbeachtet gelassen habe, mit voller Wucht bemerkbar. Wo immer sie sein mag, sie hat jetzt ihre Vergeltung. In diesen letzten sechs Monaten«, sagte er in kummervollem Ton, »habe ich nicht einmal für ihren Seelenfrieden gebetet. Sie ist mir völlig aus dem Sinn gegangen, weil ich glücklich war.«

»Ihr habt sie doch zweimal besucht«, sagte Hugh, »nachdem Ihr hier als Postulant aufgenommen worden wart.«

»Das habe ich, mit Bruder Paul, wie er Euch bestätigen wird. Ich hatte Dinge für ihren Lebensunterhalt, die ich ihr mit Erlaubnis des Vaters Abt geben wollte. Es geschah nach Recht und Gesetz. Das war das erste Mal.«

»Und wann war das?«

»Am achtundzwanzigsten Mai im letzten Jahr. Und wieder gingen wir Anfang Juni zu der Hofstelle, nachdem ich das Geld für den Verkauf meines Rades und der Werkzeuge und der anderen Dinge beisammen hatte, die sich im Häuschen noch verwerten ließen. Ich hatte gehofft, sie hätte sich inzwischen mit mir ausgesöhnt, um mir zu verzeihen und mir ihr Wohlwollen zu erweisen, doch so war es nicht. Sie hatte in all jenen Wochen mit mir gestritten, damit ich an ihrer Seite blieb wie zuvor. Doch an jenem Tag ging sie voller Haß und Zorn auf mich los und lehnte es verächtlich ab, auch nur irgend etwas anzurühren, was mir gehörte, schrie mich an, ich könne ruhig gehen, denn sie habe einen Liebhaber, der ihrer Liebe würdig sei, und alle Zärtlichkeit, die sie je für mich empfunden habe, sei zu bitterer Galle geworden.«

»Das hat sie Euch gesagt?« fragte Hugh in scharfem Ton. »Daß sie einen Liebhaber hatte? Ich wußte, daß dies gemunkelt wurde, als sie das Häuschen verließ und sich auf und davon machte. Aber Ihr habt es von ihren eigenen Lippen gehört?«

»Ja, das hat sie gesagt. Sie war verbittert, weil sie mich, nachdem es ihr nicht gelungen war, mich an ihrer Seite zu halten, ebensowenig loswerden konnte, um in den Augen der Welt frei zu sein, denn ich war noch immer ihr Ehemann, ein Mühlstein an ihrem Hals, den sie nicht abschütteln konnte. Doch das werde sie nicht daran hindern, sagte sie, sich ihre Freiheit mit Gewalt zu nehmen, denn sie habe einen Liebhaber, der hundertmal mehr wert sei als ich, und ihm werde sie bis ans Ende der Welt folgen, wenn er sie nur dazu auffordere. Bruder Paul kann das alles bezeugen«, sagte Ruald schlicht. »Er wird es Euch bestätigen.«

»Und bei dieser Gelegenheit habt Ihr sie zum letzten Mal gesehen?«

»Das war das letzte Mal. Am Ende des Monats Juni war sie verschwunden.«

»Und seid Ihr seit dieser Zeit je wieder auf diesem Feld gewesen?«

»Nein. Ich habe auf Land der Abtei gearbeitet, meist auf dem Gaye, doch dieses Feld ist erst jetzt Land der Abtei geworden. Anfang Oktober im letzten Jahr wurde es Haughmond geschenkt. Eudo Blount von Longner, mein Landherr, machte es ihnen zum Geschenk. Ich hatte nie gedacht, das Feld je wiederzusehen oder davon zu hören.«

»Oder von Generys?« warf Cadfael sanft ein und beobachtete, wie sich Rualds schmales Gesicht in einer kurzen Zuckung von Schmerz und Scham straffte. Selbst diese Empfindungen würde er getreulich auf sich nehmen, da sie durch die Gewißheit der Freude gemildert und erträglich gemacht wurden, die ihn jetzt nie verließ. »Ich habe eine Frage zu stellen«, sagte Cadfael, »wenn Ihr erlaubt, Vater Abt. Hast du in all den Jahren, die du mit ihr verbracht hast, je Grund gehabt, dich über die Ergebenheit und Treue deiner Frau zu beklagen oder über die Liebe, die sie dir entgegenbrachte?«

Ohne Zögern erwiderte Ruald: »Nein! Sie war mir immer treu ergeben und voller Zuneigung. Fast zu sehr! Ich bezweifle, daß ich ihre Hingabe je so erwidern konnte. Ich habe sie aus ihrem Land in ein anderes Land gebracht, das ihr fremd war«, sagte Ruald, der sich jetzt die Wahrheit vor Augen führte und kaum derer achtete, die es mit anhörten, »in dem ihre Zunge fremd war und in dem man ihr Verhalten kaum verstand. Erst jetzt erkenne ich, wieviel mehr sie mir gab, als ich ihr je hätte wiedergeben können. Es war einfach nicht in mir.«

Es war früher Abend, fast schon Zeit für das Abendgebet, als Hugh das Pferd holen ließ, das Bruder Richard so fürsorglich im Stall untergebracht hatte, und vom Torhaus in das Foregate-Viertel ritt, wo er einen Augenblick zögerte, ob er sich nach links wenden und zu seinem Haus in der Stadt reiten sollte oder nach rechts, um sich bis zum Anbruch der Dämmerung weiter um die Wahrheit zu bemühen. Über dem Fluß stiegen schwache blaue Dunstschleier auf, und der Himmel war verhangen, doch würde es noch eine Stunde oder mehr hell bleiben. Zeit genug, nach Longner und zurück zu reiten und einige Worte mit dem jungen Eudo Blount zu wechseln. Es war zweifelhaft, ob er dem Töpferacker nach der Schenkung an Haughmond überhaupt noch einen Gedanken gewidmet hatte, doch sein Herrenhaus lag in der Nähe des Feldes jenseits des Hügelkamms inmitten der Wälder seiner Domäne, und es konnte sein, daß einer seiner Leute fast täglich dort vorbeikam. Es würde zumindest eine Anfrage lohnen.

Er machte sich auf den Weg zur Furt, verließ die Landstraße beim Spital von Saint Giles und nahm einen Feldweg zum Fluß. Auf der anderen Seite ließ er den zum Teil gepflügten Abhang linker Hand liegen. Jenseits des Knicks, der an das frisch unter den Pflug genommene Land grenzte, begann oberhalb der Wasserwiesen ein sanfter, bewaldeter Hang, und auf einer Lichtung innerhalb dieses Baumgürtels stand das Herrenhaus von Longner, das in dieser Höhe vor jeder Überschwemmung geschützt war. Das niedrige Kellergewölbe war in den Hang hineingebaut, und eine steile Steintreppe führte zur Eingangstür des Erdgeschosses. Ein Stallknecht kam gerade aus dem Stall und überquerte den Hof, als Hugh durch das offene Tor hineinritt, und kam vergnügt herüber, um das Zaumzeug zu nehmen und zu fragen, was Hugh von seinem Herrn wünsche.

Eudo Blount hatte die Stimmen auf dem Hof gehört und kam an die Tür, um zu sehen, wer sein Besucher war. Der Sheriff war ihm als hoher Verwaltungsbeamter der Grafschaft natürlich wohlbekannt, und so begrüßte er ihn herzlich, denn er war ein fröhlicher und von Natur aus offener junger Mann, der jetzt seit einem Jahr als Herr auf Longner saß und sowohl zu seinen Leuten wie der wohlgeordneten Welt draußen ein gutes Verhältnis hergestellt hatte. Das jetzt sieben Monate zurückliegende Begräbnis seines Vaters und dessen heldenhafter Tod hatten ihm zwar Kummer gebracht, jedoch auch mitgeholfen, das gegenseitige Vertrauen und die Achtung zu begründen und zu bestärken, die der neue junge Gutsherr bei Pächtern und Dienerschaft genoß. Selbst der einfachste Zinsbauer, der ein Fleckchen Blount-Land bebaute, empfand so etwas wie Stolz auf die wenigen Auserwählten Martels, die den Rückzug des Königs von Wilton gedeckt hatten und in der Schlacht gestorben waren. Der junge Eudo war kaum dreiundzwanzig Jahre alt und unerfahren, da er noch nicht viel von der Welt gesehen hatte. Er war insoweit ebenso fest an seine Scholle gebunden wie jeder Zinsbauer seines Guts, ein kräftiger, gutaussehender, hellhäutiger Bursche mit einem Schopf dichten braunen Haars. Es würde ihm Freude machen und ihn ganz in Anspruch nehmen, ein potentiell reiches Landgut, das zur Zeit seines Großvaters ein wenig vernachlässigt worden war, wieder zu Wohlstand zu führen, und er würde seine Sache gut machen und es seinem eventuellen Erben blühender hinterlassen, als er es von seinem Vater übernommen hatte. Im Moment, wie sich Hugh erinnerte, war dieser junge Mann erst seit drei Monaten verheiratet, und der strahlende Glanz der Erfüllung war neu und frisch an ihm.

»Ich komme in einer Angelegenheit, die Euch kaum Freude machen wird«, sagte Hugh ohne jede Vorrede, »obwohl es auch keinerlei Grund gibt, weshalb sie Euch Kummer machen sollte. Die Abtei hat heute morgen auf dem Töpferacker ihr Ochsengespann eingesetzt.«

»Das habe ich gehört«, sagte Eudo heiter. »Mein Mann Robin hat sie kommen sehen. Ich werde mich freuen, den Acker wieder bebaut zu sehen, obwohl es mich jetzt nichts mehr angeht.«

»Der erste Ertrag hat uns allerdings nicht gerade Freude gemacht«, sagte Hugh unverblümt. »Der Pflug hat unterhalb des Knicks eine Leiche zutage gefördert. Wir haben jetzt in der Leichenhalle der Abtei eine tote Frau liegen – oder zumindest ihre Gebeine.«

Der junge Mann hatte seinem Besucher gerade Wein eingegossen und hielt mitten in der Bewegung inne, so abrupt, daß der Krug erzitterte und ihm etwas Rotwein auf die Hand verschüttete. Er wandte Hugh runde, blaue, erstaunte Augen zu und starrte ihn mit offenem Mund an.

»Eine tote Frau? Wie, dort begraben? Gebeine, sagt Ihr – wie lange ist sie dann tot? Und wer kann es sein?«

»Wer kann das wissen? Gebeine sind alles, was wir haben, aber es handelt sich tatsächlich um eine Frau. Oder vielmehr, es war einmal eine. Sie ist vielleicht schon fünf Jahre tot, wie man mir sagt, länger jedoch nicht, vielleicht sogar erst seit kürzerer Zeit. Habt Ihr je Fremde dort gesehen, oder hat sich da etwas begeben, was einem Eurer Leute aufgefallen ist? Ich weiß, daß für Euch keine Notwendigkeit bestand, dieses Feld im Auge zu behalten, da dies seit einem Jahr Haughmonds Aufgabe ist, aber da es so nahe bei Longner liegt, hätten es Eure Männer vielleicht bemerkt, falls sich dort Eindringlinge aufgehalten haben. Habt Ihr nie irgendeinen Hinweis bekommen, daß sich etwas Unerlaubtes dort zugetragen haben könnte?«

Eudo schüttelte heftig den Kopf. »Ich bin nicht mehr dort oben gewesen, seit mein Vater, Gott sei seiner Seele gnädig, das Feld der Abtei vermachte. Man hat mir gesagt, daß während der Messe von Zeit zu Zeit Vagabunden in dem Häuschen gelegen haben, und im letzten Winter sollen ein paar Landstreicher dort übernachtet haben, aber ich habe keine Ahnung, wer sie waren oder was sich dort zugetragen hat. Man hat mir nie von Schäden oder drohender Gefahr berichtet. Mir ist nichts davon bekannt. Es kommt mir alles sehr sonderbar vor.«

»Uns allen«, bestätigte Hugh bedauernd und nahm den ihm angebotenen Becher. Es wurde allmählich dunkel in der Halle, und im Kamin brannte schon ein Feuer. Draußen vor der geöffneten Tür war das Licht bereits schwachblau vor Dunst, durchzogen von dem blassen Gold des Sonnenuntergangs. »Ihr habt in diesen letzten paar Jahren nie von einer Frau gehört, die Haus und Hof verlassen hat?«

»Nein, von keiner. Meine Leute wohnen hier überall in der Gegend, sie hätten es erfahren, und es wäre auch mir bald zu Ohren gekommen. Oder meinem Vater, als er noch lebte. Er hatte die Dinge fest in der Hand. Alles, was hier geschah, gelangte zu seiner Kenntnis, da jeder wußte, daß er nicht zulassen würde, daß einer seiner Männer vom rechten Wege abkam.«

»Das ist mir wohlbekannt«, sagte Hugh aus voller Brust. »Aber Ihr werdet nicht vergessen haben, daß da doch eine Frau war, die ihr Haus verließ und ohne ein Wort verschwand. Und genau von jener Hofstelle.«

Eudo starrte ihn mit großen Augen ungläubig an. Schon die bloße Vorstellung entlockte ihm ein breites Grinsen. »Rualds Frau? Das kann doch nicht Euer Ernst sein! Jeder wußte, daß sie gegangen war. Das war kein Geheimnis. Und meint Ihr wirklich, es könnte erst so kurze Zeit zurückliegen? Doch selbst wenn es so wäre und dieses arme Ding wäre dennoch schon jetzt zu Gebeinen verwest – der Gedanke ist doch verrückt. Generys hat sich mit einem anderen Mann davongemacht – und das kann man ihr kaum zum Vorwurf machen –, als sie entdecken mußte, daß sie noch gebunden sein sollte, während er sich die Freiheit nehmen konnte, seiner Neigung zu folgen. Wir hätten schon dafür gesorgt, daß sie keine Not leiden müßte, doch das war für sie nicht genug. Witwen können wieder heiraten, aber sie war keine Witwe. Aber Ihr könnt doch nicht im Ernst glauben, daß es *Generys* ist, die bei Euch in der Leichenhalle liegt?«

»Ich kann es beim besten Willen nicht sagen«, gestand Hugh ein. »Aber der Ort und die Zeit und die Form, in der sie auseinandergingen, macht einen doch nachdenklich. Bis jetzt wissen nur wenige von uns um diese Sache, aber schon bald muß es allgemein bekanntgemacht werden, und dann werdet Ihr hören, was alle Zungen dazu flüstern. Es wäre besser, wenn Ihr Euch für mich bei Euren Leuten erkundigt, um herauszufinden, ob einem von ihnen irgendwelche Heimlichkeiten auf diesem Feld aufgefallen sind oder ob zweifelhafte Burschen sich in dem Häuschen herumgetrieben haben. Vor allem, wenn Frauen dabeigewesen sind. Wenn es uns irgendwie gelingt, den Namen der Frau herauszubekommen, werden wir schon ein gutes Stück weiter sein.«

Es hatte den Anschein, als hätte sich Eudo inzwischen mit der Realität dieses Todesfalles abgefunden und als nähme er die Sache sehr ernst, wenngleich nicht als einen Faktor, dem es erlaubt werden konnte oder sollte, den ruhigen Gang seines geordneten Daseins zu stören. Er saß nachdenklich da, starrte Hugh über die Weinbecher hinweg an und bedachte die Weiterungen des Falls. »Glaubt Ihr, daß diese Frau heimlich umgebracht worden ist? Könnte *Ruald* tatsächlich in einen solchen Verdacht geraten? Ich kann nichts Böses über ihn glauben. Natürlich werde ich mich bei meinen Leuten erkundigen und Euch Nachricht geben, falls ich etwas Wichtiges herausfinde. Doch wenn da etwas gewesen wäre, hätte ich es gewiß schon längst erfahren.«

»Gleichwohl bitte ich Euch, mir diesen Gefallen zu tun. Eine Kleinigkeit, die sich jemand vielleicht ganz gedankenlos entschlüpfen läßt, könnte sich leicht als bedeutungsvoll erweisen, wenn es um einen Todesfall geht. Ich werde alles in Erfahrung bringen, was Ruald betrifft, und noch manchen anderen befragen. Er hat gesehen, was wir gefunden haben«, sagte Hugh düster, »und konnte zu ihr weder ja noch nein sagen, doch das kann man ihm nicht anlasten. Es wäre wirklich für jeden schwer, ihr Gesicht jetzt wiederzuerkennen, selbst wenn er viele Jahre mit ihr gelebt hat.«

»Es ist undenkbar, daß er seiner Frau etwas angetan hat«, bekannte Eudo hartnäckig. »Er befand sich schon im Kloster, war seit drei oder vier Wochen dort, vielleicht schon länger, während sie noch in dem Häuschen lebte, bevor sie wegging. Dies ist wieder nur eine arme Seele, die Wegelagerern oder ähnlichem Gesindel zum Opfer gefallen ist und die man wegen der Kleider, die sie trug, erdolcht oder erschlagen hat.«

»So dürfte es sich kaum abgespielt haben«, bemerkte Hugh und verzog das Gesicht. »Sie war anständig gekleidet, war behutsam in die Erde gebettet worden, und ihre Hände lagen auf der Brust über einem kleinen Holzkreuz gefaltet, das aus Heckenzweigen geschnitten worden ist. Und was die Art ihres Todes betrifft, war an ihr keine Verletzung zu sehen, kein gebrochener Knochen. Allerdings *kann* es ein Messer gewesen sein. Doch wer will das jetzt noch sagen? Sie wurde jedoch behutsam und mit einigem Respekt begraben. Das macht den Fall so sonderbar.«

Eudo schüttelte den Kopf und runzelte die Stirn. Die Angelegenheit wurde immer rätselhafter. »Wie es vielleicht ein Priester getan hätte?« äußerte er zweifelnd. »Wenn er sie tot aufgefunden hätte? Doch dann hätte er es laut verkündet und sie gewiß in die Kirche gebracht.«

»Es dürfte einige geben«, sagte Hugh, »die schon bald

sagen werden, ›wie es ein Ehemann getan hätte‹, wenn die beiden in bitterem Streit gelegen hätten und sie ihn erst zur Gewalttätigkeit und dann zur Reue getrieben hätte. Nein, noch müssen wir uns um Ruald keine Sorgen machen. Er hat sich in Gesellschaft zahlreicher Brüder befunden, und das schon lange, als seine Frau noch bei guter Gesundheit gesehen wurde. Wir werden aus ihren Aussagen sein Tun und Lassen seit Beginn seines Noviziats zusammensetzen. Und auf der Suche nach anderen Frauen, die Haus und Hof verlassen haben, die letzten Jahre genau untersuchen.« Er erhob sich und warf einen Blick auf die dunkler werdende Dämmerung draußen vor der Tür. »Ich sollte jetzt lieber gehen. Ich habe Eure Zeit schon zu sehr in Anspruch genommen.«

Eudo stand bereitwillig und ernst mit ihm auf. »Nein, es war richtig, erst herzukommen. Und ich werde mich bei meinen Leuten erkundigen, verlaßt Euch darauf. Ich habe manchmal immer noch das Gefühl, als gehörte dieses Feld mir. Man gibt kein Land aus der Hand, nicht einmal der Kirche, ohne das Gefühl zu haben, noch ein paar Wurzeln in ihm zurückzulassen. Ich glaube, ich habe mich von diesem Acker ferngehalten, um keinen Groll empfinden zu müssen, weil es brach lag. Ich war froh, von dem Landtausch zu hören, denn ich wußte, daß die Abtei das Feld besser nutzen würde. Um die Wahrheit zu sagen, hat es mich überrascht, daß mein Vater sich entschloß, es Haughmond zu geben, denn mir war klar, wie schwer es ihnen fallen würde, es richtig zu nutzen.« Er hatte Hugh zu der äußeren Tür begleitet, um seinen Gast zu verabschieden und aufsitzen zu sehen, als er plötzlich innehielt und zu der mit einem Vorhang versehenen Türöffnung in einer Ecke der großen Halle blickte.

»Darf ich Euch bitten, noch einmal hereinzukommen und ein paar nachbarliche Worte mit meiner Mutter zu

59

wechseln, Hugh, da Ihr schon mal hier seid. Sie kann jetzt überhaupt nicht mehr ausgehen und bekommt nur sehr selten Besuch. Seit der Beerdigung meines Vaters hat sie das Haus nicht mehr verlassen. Wenn Ihr einen Augenblick zu ihr hineinschauen könntet, würde sie das freuen.«

»Aber gern, gewiß«, sagte Hugh und kehrte sofort um.

»Aber sagt ihr nichts von dieser toten Frau. Das würde sie nur aufregen. Es ist immerhin Land, das vor kurzem noch uns gehört hat, und Ruald war unser Pächter . . . Sie hat auch so weiß Gott genug zu ertragen. Wir versuchen, die schlechten Nachrichten der Welt von ihr fernzuhalten, und dies um so mehr, wenn sich Dinge in allernächster Nähe ereignen.«

»Kein Wort!« erklärte sich Hugh einverstanden. »Wie ist es ihr ergangen, seit ich sie zum letzten Mal sah?«

Der junge Mann schüttelte den Kopf. »Keine Veränderung. Sie wird nur mit jedem Tag ein wenig dünner und blasser, beklagt sich aber nie. Ihr werdet es ja sehen. Geht nur zu ihr hinein!« Er legte die Hand an den Vorhang und senkte die Stimme, so daß nur Hugh ihn hören konnte. Es war ihm anzusehen, daß es ihm widerstrebte, mit seinem Gast hineinzugehen, denn seine lebenskräftige Jugend fühlte sich in Gegenwart der Krankheit unbehaglich und hilflos, so daß man ihm nachsehen konnte, daß er den Blick abwandte. Kaum hatte er die Tür zum Boudoir geöffnet und das Wort an die Frau darin gerichtet, wurde seine Stimme unnatürlich sanft und gehemmt, als spräche er zu einer etwas unnahbaren Fremden, der er jedoch Zuneigung schuldig war. »Mutter, wir haben Besuch. Hugh Beringar.«

Hugh ging an ihm vorbei und betrat einen kleinen, von einer flachen Kohlenpfanne auf einem flachen Steinquader erwärmten Raum, der von einer Fackel in einem Wandleuchter erhellt wurde. Gleich unter dem Licht saß die verwitwete Herrin von Longner auf einer Bank an der Wand. Sie saß aufrecht, durch Kissen und grobe Wolldecken gestützt, und beherrschte in ihrer Reglosigkeit und Haltung den Raum. Sie war schon jenseits der fünfundvierzig, und ihr langes Siechtum hatte sie vorzeitig ergrauen und abmagern lassen. Vor sich hatte sie einen Spinnrocken, und sie wickelte die Wolle mit einer Hand auf, die so zerbrechlich aussah wie ein verwittertes Blatt, die aber mit Geduld und Geschick die Wollfäden krempelte und drehte. Als Hugh eintrat, blickte sie mit einem überraschten Lächeln hoch und ließ die Spindel sinken.

»Oh, mein Herr, wie reizend von Euch! Es ist lange her, seit ich Euch zum letzten Mal sah.« Das war bei der Beerdigung ihres Mannes vor inzwischen sieben Monaten gewesen. Sie reichte ihm die Hand, die leicht wie eine Anemone in der seinen lag und sich genauso kalt anfühlte, als er sie küßte. Ihre Augen, riesig und von einem trüben Blau, lagen tief in den Höhlen und musterten ihn mit gemessener und kluger Intelligenz. »Euer Amt steht Euch«, sagte sie. »Verantwortung scheint Euch zu bekommen. Ich bin nicht so eitel zu glauben, Ihr hättet die Reise hierher meinetwegen auf Euch genommen, wo eure Zeit durch wichtigere Dinge so in Anspruch genommen wird. Hattet Ihr etwas mit Eudo zu besprechen? Was immer Euch hergeführt hat, es ist mir immer willkommen, Euch zu sehen.«

»Man hält mich beschäftigt«, erwiderte Hugh mit überlegter Zurückhaltung. »Ja, ich hatte etwas mit Eudo zu besprechen. Jedoch nichts, was Euch bekümmern müßte. Und ich sollte nicht zu lange bleiben, um Euch nicht zu sehr in Anspruch zu nehmen, und über Amtliches werde ich ohnehin nicht mit Euch sprechen. Wie geht es Euch? Gibt es etwas, was Ihr braucht oder womit ich Euch dienen kann?«

»Alle meine Wünsche werden erfüllt, bevor ich sie auch nur äußern kann«, erklärte Donata. »Eudo ist eine gute

Seele, und ich schätze mich glücklich, die Tochter zu haben, die er mir ins Haus gebracht hat. Ich habe keinen Grund zur Klage. Habt Ihr gewußt, daß das Mädchen schon schwanger ist? Und kräftig und gesund wie gutes Brot, so daß sie sicher Söhne bekommen wird. Eudo hat gut für sich gesorgt. Vielleicht vermisse ich von Zeit zu Zeit die Außenwelt. Mein Sohn ist vollauf damit beschäftigt, sein Gut mit jeder Ernte etwas weiter zu bringen, besonders jetzt, wo er sich auf einen eigenen Sohn freut. Als mein Herr noch am Leben war, sah er über die Grenzen seiner Ländereien hinaus. Ich erfuhr von jedem Auf und Ab im Schicksal des Königs. Der Wind wehte immer von dort, wo Stephen war. Jetzt hinke ich hinter der Zeit her. Was geht in der Welt da draußen eigentlich vor?«

Für Hugh hörte sich das nicht so an, als würde sie des Schutzes vor Störungen durch die Außenwelt bedürfen, ob von nah oder fern, doch mit Rücksicht auf die Besorgnisse ihres Sohns wählte er seine Worte sorgsam. »In unserem Teil sehr wenig. Der Earl of Gloucester ist dabei, den Süden für die Kaiserin in eine Festung zu verwandeln. Beide Fraktionen halten fest, was sie haben, und im Augenblick ist keine Seite sehr fürs Kämpfen. Wir sitzen hier abseits der Unruhen. Zum Glück für uns!«

»Das hört sich an«, sagte sie aufmerksam und hellwach, »als hättet Ihr aus einer anderen Ecke viel schlimmere Nachrichten. Ich bitte Euch, Hugh, wenn Ihr jetzt schon da seid, wollt Ihr mir doch nicht verweigern, daß mal eine frische kleine Brise über Eudos Zaunpfähle zu mir dringt? Er hüllt mich in Kissen und Decken, aber Ihr braucht das nicht auch noch zu tun.« Und in der Tat kam es Hugh vor, als hätte sogar seine unerwartete Gesellschaft etwas fahle Farbe in ihr eingefallenes Gesicht gebracht, als wäre in den tiefliegenden Augen wieder so etwas wie ein Funke des Lebens zu erkennen.

Er wand sich ein wenig, gab dann aber zu: »Aus einer anderen Ecke gibt es tatsächlich Neuigkeiten genug, für den König vielleicht sogar zuviel. In St. Albans steht das Schlimmste noch bevor. Wie es scheint, hat die Hälfte aller Lords bei Hof den Earl of Essex beschuldigt, mit der Kaiserin wieder einmal verräterische Abmachungen getroffen und den Sturz des Königs geplant zu haben, und man hat ihn gezwungen, sein Amt als Festungskommandant des Tower niederzulegen sowie auf sein Schloß und seine Ländereien in Essex zu verzichten. Das oder der Galgen, und er ist noch längst nicht bereit zu sterben.«

»Und *hat* er all das hergegeben? Das muß für einen Mann wie Geoffrey de Mandeville sehr bitter sein«, sagte sie staunend. »Mein Herr hat ihm nie getraut. Ein arroganter, tyrannischer Mann, sagte er immer. Der hat seinen Mantel schon oft nach dem Wind gedreht, daß es sehr wohl möglich scheint, daß er es erneut vorhatte. Es ist gut, daß er rechtzeitig in die Schranken gewiesen wurde.«

»So hätte es sein können, doch nachdem man ihm erst mal seine Ländereien genommen hatte, ließ man ihn laufen, worauf er sich sofort in seinen heimatlichen Landstrich begab, um den Abschaum der Gegend um sich zu scharen. Er hat Cambridge geplündert. Er hat alles genommen, was sich zu nehmen lohnte, und sogar die Kirchen ausgeraubt, bevor er die Stadt in Brand setzte.«

»Cambridge?« fragte die Dame entsetzt und ungläubig. »Hat er es *gewagt*, eine Stadt wie Cambridge anzugreifen? Da muß der König doch wohl etwas gegen ihn unternehmen. Man darf nicht zulassen, daß er nach Belieben plündert und brennt.«

»Das wird nicht leicht sein«, sagte Hugh traurig. »Der Mann kennt die Sumpflandschaft der Fens wie die Linien seiner Hand. Es wird nicht einfach sein, ihn in solchem Gelände zu einer offenen Feldschlacht zu zwingen.«

Sie beugte sich vor, um die Spindel aufzuheben, als eine Bewegung ihres Fußes sie wegrollen ließ. Die Hand, mit der sie das Garn aufwickelte, war schwach und durchsichtig, und die über ihren tiefliegenden Augen halb geschlossenen Augenlider waren weiß wie Marmor und von feinen Äderchen durchzogen wie bei den Kristallen einer Schneeflocke. Falls sie Schmerzen hatte, verriet sie nichts davon, bewegte sich aber mit unendlicher Vorsicht und Mühe. Der entschlossene Zug um den Mund verriet Zurückhaltung und geduldige Ergebenheit.

»Mein Sohn befindet sich dort in den Sümpfen«, sagte sie leise. »Mein jüngerer Sohn. Wie Ihr Euch erinnern werdet, hat er sich im September letzten Jahres entschlossen, die Mönchskutte anzulegen, und ist in das Kloster von Ramsey eingetreten.«

»Ja, ich erinnere mich. Als er im März den Leichnam Eures Gemahls herbrachte, fragte ich mich, ob er es sich inzwischen vielleicht überlegt hatte. Ich hätte nie gedacht, daß Euer Sulien zum Mönchsdasein bestimmt war, denn nach allem, was ich von ihm wußte, hatte er einen guten, gesunden Appetit auf das Leben in dieser Welt. Ich dachte, er hätte sich in den vergangenen sechs Monaten anders besonnen. Aber nein, er ging wieder ins Kloster zurück, nachdem er seine Sohnespflichten erfüllt hatte.«

Sie sah einen Augenblick lang schweigend zu ihm hoch. Die geschwungenen Augenlider zogen sich von den immer noch glänzenden Augen zurück. Um ihre Lippen spielte ein feines Lächeln, das rasch wieder verschwand. »Ich hatte gehofft, er würde bleiben, nachdem er wieder zu Hause war. Aber nein, er ging zurück. Gegen eine Berufung kann man, wie es scheint, nichts ausrichten.«

Das klang wie ein gedämpftes Echo auf Rualds unabänderlichen Abschied von der Welt, von Frau und Ehe, und tönte Hugh noch in den Ohren, als er sich auf dem dunkler

werdenden Hof von Eudo verabschiedete, aufsaß und
nachdenklich nach Hause ritt. Von Cambridge nach Ramsey sind es kaum zwanzig Meilen, wie er sich unterwegs
ausrechnete. Zwanzig Meilen weiter nordwestlich und
damit noch etwas weiter von London, dem Brückenkopf
von Stephens Machtbereich, entfernt. Ein wenig tiefer in
der fast undurchdringlichen Welt der Fens, und der Winter
nahte. Wenn ein toller Hund wie de Mandeville erst mal
irgendwo Fuß gefaßt und sich in dieser Wasserwüste festgesetzt hatte, würde es Stephens ganze Streitmacht brauchen,
um ihn dort wieder zu verjagen.

Bruder Cadfael begab sich noch mehrmals zum Töpferakker, solange das Pflügen weiterging, doch weitere unerwartete Funde blieben aus. Der Pflüger und sein Ochsengespann waren bei jeder Wendung unterhalb des Feldrains mit
äußerster Behutsamkeit vorgegangen, da sie auf neue grausige Funde gefaßt waren, doch die Furchen öffneten sich
glatt und dunkel und unschuldig, eine nach der anderen.
Das Wort hatte sich bei Cadfael im Kopf festgesetzt. Erde,
hatte Ruald gesagt, sei unschuldig. Nur der Gebrauch, den
wir von ihr machen, kann sie besudeln. Ja, Erde und noch
viele andere Dinge, Wissen, Geschick, Kraft, alle sind
unschuldig, bis ihr Gebrauch sie befleckt. Cadfael dachte in
der kühlen herbstlichen Schönheit dieses großen Feldes, das
sich von dem Hügelkamm mit Büschen, Brombeersträuchern und Bäumen sanft zum Fluß hin senkte und an den
Seiten von jungfräulichen Feldrainen begrenzt wurde, an
den Mann, der hier einst viele Jahre lang gearbeitet und
diese Rechtfertigung des Bodens geäußert hatte, auf dem er
sich abmühte und dem er seinen Lehm entnahm. Von großer Offenheit, anständig und von sanften Manieren, ein
guter Arbeiter und ehrlicher Bürger, so hätte jeder von ihm
gesagt, der ihn kannte. Aber wie gut kann der Mensch

seinen Mitmenschen kennen? Schon jetzt gingen, was Ruald betraf, die Meinungen weit auseinander. Über Ruald, den einstigen Töpfer und heutigen Benediktinermönch in Shrewsbury. Die Leute hatten nicht lange gebraucht, um ihre Meinung zu ändern.

Die Geschichte der Frau, die man auf dem Töpferacker gefunden hatte, war schon bald allgemein bekannt und zum Tagesgespräch der ganzen Gegend geworden, und wohin sollte sich der Klatsch wohl als erstes wenden, wenn nicht zu der Frau, die dort fünfzehn Jahre gelebt hatte und am Ende dieser Zeit ohne ein Wort zu einem anderen Menschen verschwunden war? Und wer sollte wohl der Schuldige sein, wenn nicht ihr Mann, der sie wegen einer Mönchskutte verlassen hatte?

Die Frau selbst, wer immer sie sein mochte, war durch die Fürsorge des Abts schon wieder beigesetzt worden, diesmal in einer bescheidenen Ecke des Friedhofs, mit allen Riten, die man ihr schuldete, mit Ausnahme des Namens. Die Gemeindezugehörigkeit der ganzen Domäne von Longner war eigenartig, denn sie hatte früher den Bischöfen von Chester gehört, die all ihre örtlichen Ländereien, wenn sie nahe genug lagen, zu Außenstellen der Gemeinde von Saint Chad in Shrewsbury erklärt hatten. Da aber niemand wußte, ob diese Frau ein Gemeindemitglied oder eine durchreisende Frau gewesen war, hatte es Radulfus für einfacher und gnädiger gehalten, ihr einen Platz auf dem Gelände der Abtei zuzugestehen, um zumindest eines der vielen Probleme ledig zu sein, die sie mitgebracht hatte.

Doch wenn sie schließlich Ruhe gefunden hatte, alle anderen fanden keine.

»Du hast noch keinerlei Anstalten gemacht, ihn in Gewahrsam zu nehmen«, sagte Cadfael zu Hugh am Ende eines langen Tages in der Abgeschiedenheit seiner Werkstatt. »Oder auch nur, ihn hart zu vernehmen.«

»Das war noch nicht nötig«, entgegnete Hugh. »Falls ich ihn je brauchen sollte, weiß ich, wo er sich befindet, und dort ist er sicher. Er wird sich nicht rühren. Du hast doch selbst gesehen, daß er alles schlimmstenfalls als gerechte, ihm von Gott auferlegte Strafe akzeptiert – oh, nicht unbedingt wegen Mordes, sondern einfach wegen all der Unzulänglichkeiten, die er neuerdings in sich entdeckt – oder bestenfalls als eine Prüfung seines Glaubens und seiner Geduld. Wenn wir uns alle gegen ihn wenden und ihn für schuldig erklären würden, würde er es demütig und mit Dankbarkeit auf sich nehmen. Nichts würde ihn dazu bringen, dem auszuweichen. Nein, ich werde mir vielmehr vornehmen, mir von seinem gesamten Tun und Lassen seit seinem Eintritt ins Kloster ein Bild zu machen. Sollte es je dazu kommen, daß ich Grund habe, ihn ernsthaft zu verdächtigen, weiß ich, wo ich ihn finde.«

»Und bis jetzt hast du keinen solchen Anlaß gefunden?«

»Nicht mehr als am ersten Tag und auch nicht weniger. Und ich habe auch keine andere Frau gefunden, die ihren rechtmäßigen Platz verlassen hätte. Der Ort, die denkbare Zeit, das Zerwürfnis zwischen ihnen, der Zorn, das alles spricht gegen Ruald und legt den Schluß nahe, daß dies Generys gewesen ist. Doch Generys war noch am Leben, nachdem er schon hier im Kloster lebte, und ich habe noch keine Gelegenheit gefunden, bei der er sich mit ihr hätte treffen können, abgesehen von der Begegnung zusammen mit Bruder Paul, von der uns beide erzählt haben. Ist es aber absolut undenkbar, daß er, vielleicht nur ein einziges Mal, allein einen Gang erledigt hat und gegen jedes Gebot zu ihr gegangen ist? Denn ich bin sicher, daß Radulfus der Bitterkeit zwischen ihnen ein Ende machen wollte. Wohin ich auch blicke«, sagte Hugh gereizt und müde, »sehe ich nur Ruald und Generys, und ich kann niemanden finden, der sonst ins Bild paßt.«

»Aber du glaubst es nicht«, schloß Cadfael daraus und lächelte.

»Von Glauben oder Nichtglauben kann man hier nicht sprechen. Ich suche weiter. Ruald wird uns nicht weglaufen. Wenn böse Zungen ihn als den Schuldigen bezeichnen, ist er hier im Kloster vor Schlimmerem bewahrt. Und wenn sie ihn zu Unrecht beschuldigen, kann er das als christliche Prüfung auffassen und geduldig auf seine Erlösung warten.«

VIERTES KAPITEL

Am achten Tag des Oktober begann der Morgen mit einem grauen, auf dem Gesicht kaum wahrnehmbaren Nieselregen, der erst nach einiger Zeit die Nässe spüren ließ. Die arbeitenden Menschen des Foregate-Viertels gingen in Sackleinen gehüllt ihrer Arbeit nach, und der junge Mann, der auf der Landstraße an dem Gelände des Pferdemarkts vorbeitrottete, hatte sich seine Kapuze tief in die Stirn gezogen und sah wie einer der vielen anderen aus, die an diesem mühsamen Morgen trotz des Wetters hinaus mußten. Die Tatsache, daß er das Benediktinerhabit trug, erregte keine Aufmerksamkeit. Man hielt ihn für einen der ortsansässigen Klosterbrüder, der vielleicht einen Botengang von der Abtei nach Saint Giles zu erledigen hatte und jetzt auf dem Rückweg war, um noch rechtzeitig zur Messe und zum Ordenskapitel dazusein. Er machte weit ausgreifende Schritte, trottete aber dahin, als wären die in Sandalen steckenden Füße nicht nur schlammbedeckt, sondern auch wund. Sein Habit war fast bis zum Knie geschürzt und entblößte muskulöse, wohlgeformte, glatte und junge Beine, die bis zu den Fesseln schlammverschmiert waren. Es hatte den Anschein, als hätte er einen längeren Weg hinter sich als nur bis zum Hospital und zurück und als hätte er ihn auf weniger belebten und gepflegten Straßen als denen des Foregate zurückgelegt.

Er war von mittlerer Körpergröße, jedoch schlank und

eckig wie so viele junge Leute, die noch nicht darin geübt sind, einen Männerkörper zu beherrschen, so wie sich einjährige Fohlen ungeschickt und hüpfend bewegen. Und es fiel Bruder Cadfael als sonderbar auf zu sehen, wie ein solcher Jüngling die Füße zwar entschlossen, doch behutsam aufsetzte und sich mit Mühe vorwärtsbewegte. Cadfael war auf dem Weg zu seiner Werkstatt, dort, wo der Pfad in den Garten abbog, stehengeblieben und hatte sich umgesehen und zurückgeblickt, als der junge Mann gerade durch die Pforte am Torhaus trat. Der Schritt des Neuankömmlings fiel ihm als erstes auf, bevor er sonst etwas an ihm bemerkte. Verspätete Neugier ließ ihn ein zweites Mal hinsehen, gerade noch rechtzeitig, um zu beobachten, daß der Mann, der soeben eingetreten war, zwar offenkundig ein Bruder, jedoch stehengeblieben war, um mit dem Pförtner zu sprechen wie ein Fremder, der sich höflich erkundigt, an wen er sich wenden solle. Anscheinend kein Bruder aus diesem Haus. Und als jetzt Cadfael aufmerksam hinsah, konnte es auch keiner sein, den er kannte. Ein abgetragenes schwarzes Habit sieht aus wie das andere, vor allem dann, wenn die Kapuze gegen den Regen tief in die Stirn gezogen ist, doch Cadfael hätte jedes Mitglied dieses umfangreichen Haushalts erkannt, ob nun einen zum Chordienst verpflichteten Mönch, einen Novizen, Haushalter oder Postulanten, und das auf größere Entfernung als nur quer über den Hof, und dieser Bursche war keiner davon. Nicht daß daran etwas seltsam wäre, da ein Bruder aus einem anderen Haus des Ordens sehr wohl in einer offiziellen Angelegenheit nach Shrewsbury geschickt werden konnte. Doch dieser Besucher hatte etwas an sich, was ihn auffallen ließ. Er kam zu Fuß: Offizielle Sendboten von Haus zu Haus legten den Weg eher zu Pferde zurück. Und dieser Mann mußte, seiner äußeren Erscheinung nach zu urteilen, eine beträchtliche Strecke zu Fuß zurückgelegt haben. Er war schäbig gekleidet, hatte wunde Füße und wirkte erschöpft.

Es war nicht allein Cadfaels Gewohnheitssünde, die Neugier, die ihn sein ursprüngliches Vorhaben aufgeben und den großen Hof zum Torhaus überqueren ließ. Es war fast Zeit, sich für die Messe bereit zu machen, und wegen des Regens mußte jeder, der im Freien etwas zu tun hatte, das möglichst schnell hinter sich bringen und wieder eilig unter Dach Schutz suchen, so daß im Augenblick sonst niemand zu sehen war, der seine Hilfe beim Überbringen von Botschaften oder beim Begleiten eines Bittstellers hätte anbieten können. Es sei allerdings eingestanden, daß Neugier eine Rolle spielte. Cadfael näherte sich dem Paar am Tor mit aufmerksamem Blick und beflissener Zunge.

»Ihr braucht einen Boten, Bruder? Kann ich helfen?«

»Unser Bruder hier sagt, er habe Anweisung«, sagte der Pförtner, »sich zunächst beim Herrn Abt zu melden. So wünscht es sein Abt. Er hat etwas zu berichten, bevor er sich ausruhen kann.«

»Abt Radulfus ist noch in seiner Amtswohnung«, sagte Cadfael, »denn dort habe ich ihn erst vor kurzem verlassen. Soll ich Euren Besuch ankündigen? Er war allein. Wenn es so ernst ist, wird er Euch gewiß sofort empfangen.«

Der junge Mann zog sich die nasse Kapuze vom Kopf und schüttelte sich die Tropfen, die langsam durch sie hindurchgesickert waren, aus einer Tonsur, die allmählich zu lang wurde, um vorschriftsgemäß zu sein, und von einem Scheitel, der mit einem merkwürdigen Gestrüpp lockiger Haare von einem dunklen Braungold bedeckt war. Ja, er mußte lange unterwegs gewesen sein und von seinem fernen Kloster, wo immer es lag, hartnäckig zu Fuß auf sein Ziel losgestapft sein. Er hatte ein ovales Gesicht, das sich von einer breiten Stirn und auseinanderstehenden Augen zu einem energischen, vorspringenden Kinn hin verjüngte, das im Augenblick von einem feinen goldbraunen Flaum bedeckt war, der zu seinem unrasierten Scheitel paßte. Er mochte zwar erschöpft sein und wunde Füße haben, aber sonst schien ihm sein langer Marsch kaum geschadet zu haben, denn seine Wangen wiesen eine gesunde Rötung auf, und seine Augen waren von einem klaren hellen Blau. Ihr Blick ruhte leuchtend und fest auf Cadfael.

»Ich wäre froh, wenn er mich gleich empfängt«, sagte er, »denn ich sollte mir wirklich den Reisestaub abwaschen. Aber ich bin beauftragt, mich ihm erst zu offenbaren. Und ich muß tun, wie man mir geheißen hat. Und, ja, die Angelegenheit ist für den Orden ernst genug – und auch für mich, obwohl das ohne Bedeutung ist«, fügte er hinzu und schüttelte mit der Feuchtigkeit seiner Kapuze und seines Skapuliers für den Augenblick die Sorgen um seine eigenen Probleme ab.

»Vielleicht ist er anderer Meinung«, sagte Cadfael. »Aber kommt mit, dann werden wir es feststellen.« Und damit ging er mit energischen Schritten vor seinem Besucher her über den großen Innenhof zur Wohnung des Abts und ließ den Pförtner zurück, der sich aus dem hartnäckigen Regen wieder in die Behaglichkeit seiner Wohnung zurückziehen konnte.

»Wie lange seid Ihr unterwegs gewesen?« fragte Cadfael den jungen Mann, der neben ihm herhumpelte.

»Sieben Tage.« Seine Stimme war leise und klar und paßte zu allen anderen Anzeichen seiner Jugend. Cadfael schätzte, daß er nicht älter als zwanzig sein konnte, vielleicht nicht einmal das.

»Allein auf so einen weiten Botengang geschickt?« sagte Cadfael staunend.

»Bruder, man hat uns alle in alle Winde zerstreut. Vergebt mir, wenn ich für mich behalte, was ich zu sagen habe, da ich es erst dem Herrn Abt berichten muß. Ich möchte es so schnell wie möglich, und wenn es geht, nur einmal erzählen und dann alles weitere ihm überlassen.«

»Das könnt Ihr ruhigen Gewissens tun«, versicherte ihm Cadfael und fragte nicht weiter. Die Worte des Fremden ließen erkennen, daß es um etwas Ernstes ging, und der jungen Stimme war ein erster Anflug von beherrschter Verzweiflung anzumerken. An der Tür zur Wohnung des Abts ließ ihn Cadfael ohne weiteres in das Vorzimmer ein und klopfte an die halboffene Tür zum Empfangszimmer. Die beschäftigt und geistesabwesend wirkende Stimme des Abts bat ihn einzutreten. Radulfus hatte eine Mappe mit Dokumenten vor sich liegen. Ein langer Zeigefinger markierte die Stelle, an der er gelesen hatte. Er blickte nur kurz auf, um zu sehen, wer eingetreten war.

»Vater, hier ist ein junger Bruder aus einem fernen Haus unseres Ordens. Er kommt mit Befehl von seinem Abt, Euch persönlich zu berichten, und wie es scheint, hat er ernste Neuigkeiten. Er ist hier an der Tür. Darf ich ihn einlassen?«

Radulfus blickte mit gerunzelter Stirn auf, schüttelte ab, was ihn gerade beschäftigt hatte, und wandte seine volle Aufmerksamkeit diesem unerwarteten Vortrag zu.

»Aus welchem fernen Haus?«

»Ich habe nicht gefragt«, erwiderte Cadfael, »und er hat es nicht gesagt. Er hat Anweisung, nur Euch zu berichten. Er ist aber sieben Tage auf der Straße gewesen, um uns zu erreichen.«

»Bring ihn herein«, sagte der Abt und schob die Pergamente auf seinem Schreibtisch zur Seite.

Der junge Mann trat ein, verneigte sich tief vor dem Abt, und als hätte man plötzlich in Gemüt und auf der Zunge ein Siegel gebrochen, holte er tief Luft und sprudelte einen Schwall von Worten hinaus, die sich wie ein Blutstrom ergossen und durcheinanderpurzelten.

»Vater, ich bin der Überbringer sehr schlechter Neuigkeiten aus der Abtei von Ramsey. Vater, in Essex und den Fens sind die Menschen zu Teufeln geworden. Geoffrey de Mandeville hat unsere Abtei beschlagnahmt. Sie soll seine Festung werden. Er hat uns wie Bettler auf die Straße geworfen, diejenigen von uns, die noch am Leben sind. Die Abtei von Ramsey ist zu einer Höhle für Räuber und Mörder geworden.«

Er hatte nicht einmal gewartet, bis man ihm Sprecherlaubnis erteilte oder er seine Nachrichten, wie es sich gehörte, in einem Frage- und Antwortspiel preisgeben durfte, und Cadfael hatte kaum die Tür zu den beiden hinter sich schließen können, wenn auch zugegebenermaßen langsam und mit gespitzten Ohren, als die Stimme des Abts den atemlosen Wortschwall des jungen Mannes scharf unterbrach.

»Warte! Bleibe bei uns, Cadfael. Es kann sein, daß ich schnell einen Boten brauche.« Und zu dem Jungen sagte er knapp: »Komm erst mal zu Atem, mein Sohn. Setz dich, denke nach, bevor du sprichst, und laß mich einen einfachen Bericht hören. Nach sieben Tagen dürften diese paar Minuten kaum ins Gewicht fallen. Also, zunächst will ich festhalten, daß wir bis zu diesem Augenblick noch nichts davon gehört haben. Wenn du schon so lange zu Fuß unterwegs bist, um uns zu erreichen, wundert es mich, daß die Nachricht dem Sheriff nicht mit größerer Geschwindigkeit überbracht worden ist. Bist du der erste, der diesem Überfall lebend entronnen ist?«

Der Junge gehorchte zitternd der Hand, die Cadfael ihm auf die Schulter gelegt hatte, und sank gehorsam auf die Bank an der Wand. »Vater, ich hatte große Mühe, mich von de Mandevilles Linien abzusetzen, und das wäre jedem anderen Sendboten ebenso ergangen. Besonders ein Mann zu Pferde, wie man ihn vielleicht mit der Nachricht zu den

Sheriffs des Königs schicken würde, wäre kaum lebendig durchgekommen. Sie nehmen in drei Grafschaften jedes Pferd, jedes Tier, jeden Bogen oder jedes Schwert, und ein berittener Mann würde sie auf sich ziehen, als wären es Wölfe. Es kann sehr wohl sein, daß ich der erste bin, da ich nichts bei mir habe, um dessentwillen es sich lohnen würde, mich zu töten. Es ist also gut möglich, daß Hugh Beringar noch nichts weiß.«

Der einfache und anscheinend selbstverständliche Gebrauch von Hughs Namen ließ sowohl Cadfael als auch Radulfus leicht zusammenzucken. Der Abt wandte sich sofort um, um sich das junge Gesicht, das ihm so vertrauensvoll zugewandt war, etwas genauer anzusehen. »Du kennst den Herrn Sheriff hier? Wie kommt das?«

»Das ist der Grund – oder vielmehr ein Grund –, weshalb man mich hergeschickt hat, Vater. Ich stamme von hier. Mein Name ist Sulien Blount. Mein Bruder ist Herr auf Longner. Ihr dürftet mich noch nie gesehen haben, aber Hugh Beringar kennt meine Familie gut.«

Aha, dachte Cadfael, dem jetzt ein Licht aufging, und musterte den Jungen erneut von Kopf bis Fuß, dies ist also der jüngere Bruder, der sich vor gut einem Jahr entschloß, in den Benediktinerorden einzutreten und Ende September Novize in Ramsey wurde, etwa um die Zeit, als sein Vater den Töpferacker der Abtei von Haughmond übereignete. Ich frage mich allerdings, warum er die Benediktiner gewählt hat statt den von seiner Familie bevorzugten Augustinerorden? Er hätte sich genausogut dem Töpferakker anschließen und unter den Klosterbrüdern von Haughmond still und friedlich leben können. Trotzdem, überlegte Cadfael, als er die Tonsur des jungen Mannes betrachtete mit ihrem neuen Flaum dunklen, goldenen Haars in dem Ring aus feuchten braunen Locken, warum sollte ich ihn wegen einer Vorliebe tadeln, die meiner eigenen Wahl schmeichelt? Ihm werden die Bescheidenheit, die Vernunft und menschliche Liebenswürdigkeit des Heiligen Benedikt ebenso gefallen haben wie mir. Es war ein wenig beunruhigend, daß diese angenehme Überlegung nur dazu führte, daß sich andere und gleichermaßen unausweichliche Fragen erhoben. Warum so weit weg nach Ramsey? Warum nicht hier in Shrewsbury?

»Hugh Beringar wird ohne Verzögerung alles erfahren«, sagte der Abt begütigend, »was du mir erzählen kannst. Du sagst, de Mandeville habe Ramsey eingenommen. Wann ist das passiert? Und wie?«

Sulien befeuchtete sich die Lippen und setzte einigermaßen ruhig und zusammenhängend das Bild zusammen, das er sieben Tage lang mit sich herumgetragen hatte.

»Es war vor genau neun Tagen. Wir wußten wie alle in der Gegend, daß der Earl auf Ländereien zurückgekehrt war, die einst ihm gehörten, und Männer um sich versammelt hatte, die in der Vergangenheit zu seinen Leuten zählten, dazu all die, die sich in der Gegend herumtrieben oder mit dem Gesetz in Konflikt geraten waren und sich jetzt bereit zeigten, ihm in seinem Exil zu dienen. Aber wir wußten nicht, wo sich seine Streitkräfte befanden, und ahnten auch nichts davon, daß er etwas gegen uns plante. Ihr wißt, daß Ramsey fast eine Insel ist, die man trockenen Fußes nur über einen einzigen Damm erreichen kann? Aus diesem Grund wurde es schließlich einmal als Ort des Rückzugs vor der Welt ausgewählt.«

»Und das dürfte auch der Grund sein, weshalb der Earl es begehrte«, sagte Radulfus grimmig. »Ja, das ist uns bekannt.«

»Doch welchen Grund hätten wir je gehabt, diesen Damm zu bewachen? Wie sollten wir, da wir Klosterbrüder sind, ihn unter Waffen bewachen, selbst wenn wir es gewußt hätten? Sie kamen zu Tausenden«, sagte Sulien, der offensichtlich genau überlegt hatte, was er mit dieser Zahl sagte, denn es war ihm ernst damit. »Sie überquerten den Damm und nahmen das Kloster in Besitz. Sie trieben uns auf den Hof und dann aus dem Tor und nahmen alles, was wir hatten. Wir durften nur unser Habit behalten. Einen Teil unseres Klosters setzten sie in Brand. Einige von uns, die sich dem entgegenstellten, wenn auch gewaltlos, wurden von ihnen geschlagen oder getötet. Auf einige andere, die in der Nähe umherstreiften, jedoch außerhalb der Insel, wurde mit Pfeilen geschossen. Sie haben unser Haus in eine Höhle für Banditen und Folterknechte verwandelt und es mit Waffen und bewaffneten Männern gefüllt, und von dieser Festung aus ziehen sie los, um zu rauben und zu plündern und zu morden. Im Umkreis von Meilen besitzt niemand mehr die Mittel, seine Felder zu bestellen oder etwas von Wert in seinem Haus zu behalten. So ist es geschehen, Vater, und ich habe es mitangesehen.«

»Und euer Abt?« fragte Radulfus.

»Abt Walter ist wirklich ein mutiger Mann, Vater. Am nächsten Tag begab er sich allein in ihr Lager und legte mit einem Holzscheit aus ihrem Feuer einen Brand, der einige ihrer Zelte vernichtete. Er hat gegen sie alle die Exkommunikation ausgesprochen, und es ist ein Wunder, daß sie ihn nicht töteten, sondern nur verhöhnten und unbehelligt gehen ließen. De Mandeville hat all diejenigen Herrenhäuser der Abtei beschlagnahmt, die nahe zur Hand liegen, und sie seinen Männern als Garnisonen zugewiesen, doch einige, die in größerer Entfernung liegen, hat er unbehelligt gelassen, und dort hat Abt Walter mit den meisten der Brüder Zuflucht gesucht. Ich wußte ihn in Sicherheit, als ich ihn verließ und bis Peterborough durchkam. Diese Stadt ist noch nicht bedroht.«

»Wie kam es, daß er dich nicht auch mitnahm?« wollte der Abt wissen. »Ich verstehe sehr wohl, daß er jedem der

Vasallen des Königs die Nachricht zukommen lassen mußte, aber warum gerade dieser Grafschaft?«

»Ich habe es überall erzählt, wohin ich auch kam, Vater. Aber mein Abt hat mich um meiner selbst willen zu Euch geschickt, denn ich habe einen eigenen Kummer. Ich war durch mein Gelübde verpflichtet, ihm das vorzutragen«, sagte Sulien in zögerndem Tonfall und mit gesenktem Blick, »und da wir auseinandergerissen wurden, bevor sich diese Frage lösen ließ, hat er mich hergeschickt, um mich Euch mit meiner Last zu unterwerfen, um von Euch Rat oder Strafe oder Absolution anzunehmen, was immer Ihr in meinem Fall für richtig halten werdet.«

»Dann ist es also eine Angelegenheit zwischen uns beiden«, sagte der Abt schnell, »und kann warten. Erzähl mir alles, was du mir über den Umfang dieses Schreckens in den Fens berichten kannst. Von Cambridge wissen wir, aber wenn der Mann in Ramsey jetzt eine sichere Basis hat, welche Orte können dann sonst noch in Gefahr sein?«

»Er hat sich erst vor kurzem dort niedergelassen«, sagte Sulien, »und die Dörfer in der Nähe haben als erste leiden müssen. Kein Häuschen ist ihnen zu armselig, um aus dem Pächter nicht noch einen Tribut herauszupressen oder ihm Leben oder Gesundheit zu nehmen, wenn er nichts anderes zu geben hat. Aber ich weiß, daß Abt Walter um Ely fürchtete, da es eine so reiche Beute ist und in einer Gegend liegt, die der Earl so gut kennt. Er wird in diesem Sumpfgebiet bleiben, in dem ihn keine Armee zu einer offenen Feldschlacht zwingen kann.«

Diese Beurteilung wurde mit einem Heben des Kopfes und einem Glitzern des Auges geäußert, die eher an einen angehenden Soldaten als an den Novizen eines Mönchsklosters gemahnten. Radulfus hatte es ebenfalls bemerkt und wechselte mit Cadfael über die Schulter des jungen Mannes hinweg einen langen stummen Blick.

»So, dann wissen wir es! Wenn das alles ist, was du uns zu berichten hast, wollen wir dafür sogen, daß Hugh Beringar sofort und in vollem Umfang alles erfährt. Cadfael, wirst du bitte dafür sorgen? Laß Bruder Sulien hier bei mir und schick Bruder Paul zu uns. Nimm ein Pferd und komm bei deiner Rückkehr wieder hierher.«

Bruder Paul, der Novizenmeister, lieferte Sulien nach etwas mehr als einer halben Stunde wieder im Empfangszimmer des Abts ab, jedoch einen anderen Jüngling, an dem nichts mehr vom Straßenschlamm zu sehen war, der sich rasiert hatte, ein trockenes Habit trug und dessen Haar säuberlich gebürstet, wenn auch noch nicht von den rebellischen Locken befreit war. Er faltete vor dem Abt ehrerbietig die Hände und ließ alle Anzeichen der Demut und der Verehrung erkennen, doch immer mit dem unverwandten und selbstbewußten Starren seiner klaren blauen Augen.

»Laß uns allein, Paul«, sagte Radulfus und fügte, nachdem die Tür sich leise hinter Paul geschlossen hatte, an den Jungen gewandt hinzu: »Hast du dein Fasten gebrochen? Es wird noch eine Weile dauern, bevor wir im Speisesaal die Mahlzeit einnehmen, und ich denke, du hast heute noch nicht gegessen.«

»Nein, Vater, ich habe mich vor Tagesanbruch auf den Weg gemacht. Bruder Paul hat mir Brot und Bier gegeben. Ich danke sehr.«

»Dann können wir also zu dem kommen, was dir Kummer macht. Es ist nicht notwendig, daß du stehst. Ich würde es lieber sehen, daß du es dir bequem machst und frei sprechen kannst. Sprich mit mir so, wie du mit Abt Walter sprechen würdest.«

Sulien gehorchte dem Befehl und setzte sich, war jedoch in seinem jugendlichen Körper innerlich steif und unfähig, auch von Herzen kommen zu lassen, was er in Worten und äußerer Form so glutvoll vorbringen konnte. Er saß mit geradem Rücken und gesenkten Augen da, und die Knöchel seiner ineinander verhakten Finger waren weiß.

»Vater, es war Ende September letzten Jahres, als ich als Postulant in Ramsey eintrat. Ich habe versucht, getreulich einzuhalten, was ich gelobte, doch hat es Schwierigkeiten gegeben, die ich nie vorhergeahnt hatte, und es wurden Dinge von mir verlangt, von denen ich nie geglaubt hätte, ich würde mich ihnen stellen müssen. Nachdem ich mein Elternhaus verließ, schloß sich mein Vater den Streitkräften des Königs an und war mit ihm in Wilton. Es mag sein, daß Euch all dies schon bekannt ist, wie er dort mit der Nachhut fiel, als er den Rückzug des Königs deckte. Mir fiel die Aufgabe zu, seinen Leichnam zu holen und zur Beerdigung im vergangenen März nach Hause zu bringen. Ich hatte die Erlaubnis meines Abts und war zum festgesetzten Tag pünktlich wieder da. Aber ... es ist schwer, sich an zwei Orten zu Hause zu fühlen, wenn man sich von dem ersten Zuhause noch nicht ganz gelöst und das zweite noch nicht ganz akzeptiert hat und sich dann gezwungen sieht, noch einmal hin- und herzureisen. Und in jüngster Zeit hat es in Ramsey auch Streitigkeiten gegeben, die uns auseinandergerissen haben. Für einige Zeit gab Abt Walter sein Amt an Bruder Daniel ab, der keineswegs fähig war, in seine Fußstapfen zu treten. Diese Frage ist inzwischen gelöst, doch zunächst gab es Zerrissenheit und Kummer. Jetzt nähert sich das Jahr meines Noviziats seinem Ende, und ich weiß weder, was ich tun soll, noch was ich tun möchte. Ich habe meinen Abt um mehr Zeit gebeten, bevor ich meine endgültigen Gelübde ablege. Als diese Katastrophe über uns hereinbrach, hielt er es für das Beste, mich herzuschicken, zu meinen Ordensbrüdern hier in Shrewsbury. Und hier unterwerfe ich mich jetzt Eurer Führung und Anleitung, bis ich meinen künftigen Weg klar vor mir sehe.«

»Du bist dir deiner Berufung nicht mehr sicher«, sagte der Abt.

»Nein, Vater, das bin ich nicht mehr. Ich fühle mich hin- und hergerissen. Zwei Winde stürmen aus verschiedenen Richtungen auf mich ein.«

»Abt Walter hat es dir nicht einfacher gemacht«, bemerkte Radulfus und runzelte die Stirn. »Er hat dich hierher geschickt, wo du beiden noch stärker ausgesetzt bist.«

»Vater, ich glaube, er hat es nur gut mit mir gemeint. Mein Zuhause ist hier, aber er hat nicht gesagt: Geh nach Hause. Er hat mich dorthin geschickt, wo ich vielleicht noch in der von mir erwählten Disziplin leben und zugleich den starken Sog von Heimatort und Familie spüren kann. Warum sollte es mir einfach gemacht werden«, sagte Sulien, der plötzlich seine blauen Augen aufriß und den Abt unfehlbar ritterlich und doch tief verstört ansah, »wenn am Ende die richtige Antwort stehen muß? Aber ich kann zu keiner Entscheidung kommen, weil es mich schon beschämt, in die Vergangenheit zu blicken.«

»Dazu besteht kein Anlaß«, sagte Radulfus. »Du bist nicht der erste und wirst auch nicht der letzte sein, der zurückblickt, und auch nicht der erste oder letzte, der wieder umkehrt, falls du dich dafür entscheiden solltest. Jeder Mann hat nur ein Leben in sich und nur eine Natur, mit der er Gott dienen kann, und wenn es nur eine Möglichkeit gäbe, das zu tun, ein zölibatäres Leben im Kloster, würden Zeugung und Geburt aufhören, die Welt würde entvölkert, und weder innerhalb noch außerhalb der Kirche würde Gott mehr angebetet werden. Es geziemt sich für einen Mann, in sich hineinzuhorchen und sich für den bestmöglichen Gebrauch der Gaben zu entscheiden, die er von seinem Schöpfer erhalten hat. Du tust nichts Unrechtes, wenn du jetzt in Frage stellst, was du einmal für dich als richtig angesehen hast, und zu dem Schluß kommst, daß es falsch zu sein scheint. Schlag dir jeden Gedanken aus dem Kopf, du könntest gebunden sein. Wir wollen nicht, daß du dich gebunden fühlst. Wer nicht frei ist, kann auch nicht aus freier Überzeugung geben.«

Der junge Mann blickte ihn einige Augenblicke schweigend und ernst an. Seine Augen waren so durchsichtig und klar wie Glockenblumen, und mit seinen fest aufeinandergepreßten Lippen schien er eher seinen Mentor als sich selbst zu prüfen. Dann sagte er mit Nachdruck: »Vater, ich bin mir nicht einmal meiner Handlungen sicher, glaube aber, daß ich nicht aus den richtigen Gründen um Aufnahme in den Orden nachgesucht habe. Ich denke, das ist auch der Grund, weshalb der Gedanke, ihn jetzt zu verlassen, mich so beschämt.«

»Mein Sohn«, sagte Radulfus, »das allein wäre für den Orden schon Grund genug, auf dich zu verzichten. Viele vor dir sind aus den falschen Gründen bei uns eingetreten und später aus den richtigen geblieben, doch es wäre eine Sünde, gegen die eigene Überzeugung und gegen die Wahrheit, nur aus Stolz und Hartnäckigkeit zu bleiben.« Und er lächelte, als er sah, wie sich die geraden braunen Augenbrauen des Jungen in verzweifelter Verwunderung zusammengezogen. »Verwirre ich dich noch mehr? Ich frage nicht, warum du eingetreten bist, obwohl ich glaube, der Grund dürfte eher der Wunsch gewesen sein, der Welt da draußen zu entfliehen, als die Welt hier im Kloster zu umfassen. Du bist jung und hast von dieser äußeren Welt noch sehr wenig gesehen, und es kann sein, daß du falsch beurteilt hast, was dir da draußen begegnet ist. Jetzt besteht kein Grund zur Eile. Du solltest bis auf weiteres deinen Platz hier bei uns einnehmen, aber getrennt von den anderen Novizen. Ich wünsche nicht, daß sie durch deinen Kummer verwirrt werden. Ruhe dich ein paar Tage aus, bete inständig um Beistand und Führung, vertraue darauf, daß sie dir gewährt werden wird, und triff dann deine Wahl. Denn *du* mußt die Wahl treffen und darfst nicht zulassen, daß ein anderer sie dir abnimmt.«

»Erst Cambridge«, sagte Hugh und ging mit langen, gereizten Schritten auf dem Innenhof des Schlosses umher, als er die Nachricht aus den Fens verdaute, »und jetzt Ramsey. Und Ely in Gefahr! Dein junger Mann hat ganz recht. Was für eine lohnende Beute für einen Wolf wie de Mandeville. Ich will dir mal was sagen, Cadfael. Ich sollte in der Rüstkammer lieber nachsehen, ob alle Lanzen, Schwerter und Bogen noch tauglich sind, und mir ein paar gute Burschen aussuchen, die jederzeit einsatzbereit sind. Stephen kommt manchmal nur mühsam in Gang, da er einen Anflug von Trägheit in sich hat. So kann es dauern, bis er in Erregung gerät. Jetzt muß er aber etwas gegen dieses Gesindel unternehmen. Er hätte de Mandeville den Hals umdrehen sollen, als er ihn noch hatte. Er ist oft genug gewarnt worden.«

»Ich halte es für unwahrscheinlich, daß er dich rufen wird«, bemerkte Cadfael, »selbst wenn er sich entschließt, eine neue Streitmacht aufzustellen, um diese Wölfe auszuräuchern. Sicher kann er sich an die benachbarten Grafschaften wenden. Er wird schon bald Männer brauchen.«

»Er soll sie auch schnell haben«, sagte Hugh grimmig, »denn ich bin bereit, sofort aufzubrechen, wenn er mir ein Zeichen gibt. Er wird vielleicht keine Männer hier an der Grenze ausheben wollen, wenn man bedenkt, daß er Chester nicht mehr vertraut als Essex, und Chester wird irgendwann auch an der Reihe sein. Doch ob ja oder nein, ich werde mich für ihn bereit halten. Wenn du wieder zurückreitest, Cadfael, überbringe dem Abt meinen Dank für seine Nachricht. Wir werden den Waffenmeistern und

83

Pfeilmachern zu tun geben und uns vergewissern, daß unsere Pferde bereitstehen. Es kann der Garnison nicht schaden, von Zeit zu Zeit in aller Eile in Alarmbereitschaft versetzt zu werden, selbst wenn sich herausstellen sollte, daß die Männer nicht gebraucht werden.« Er begab sich mit seinem Freund zum Außenhof und dem Torhaus, um ihn zu verabschieden. Die neue Komplexität in Englands ohnehin schon wirrer und unruhiger Situation machte ihm immer noch zu schaffen. »Es ist sonderbar, wie die Leben von hoch und niedrig miteinander verflochten werden, Cadfael. De Mandeville nimmt seine Rache im Osten und schickt damit diesen Burschen von Longner in aller Hast hierher nach Hause, an die walisische Grenze. Ob man sagen könnte, das Schicksal habe ihm eine Gunst erwiesen? Es könnte sich sehr wohl so erweisen. Du hast ihn erst jetzt kennengelernt, nicht wahr? Mir ist er nie als geeigneter Postulant für das Kloster erschienen.«

»Ich habe mir nur gedacht«, erwiderte Cadfael vorsichtig, »daß er die endgültigen Gelübde vielleicht noch nicht abgelegt hat. Er sagte, er habe auch ein eigenes ungelöstes Problem auf dem Herzen, und sein Abt habe ihm auferlegt, es Radulfus vorzutragen. Es ist denkbar, daß er es jetzt mit der Angst bekommen hat, wo die Zeit knapp wird. So etwas kommt vor! Ich werde mich gleich erkundigen, was Radulfus mit ihm vorhat.«

Was Radulfus mit der gequälten Seele vorhatte, wurde deutlich, als Cadfael wie befohlen in das Zimmer des Abts zurückkehrte. Dieser saß jetzt allein an seinem Schreibtisch, da der Neuzugang inzwischen mit Bruder Paul weggeschickt worden war, um sich von seinem langen Fußmarsch auszuruhen und anschließend seinen Platz – mit gewissen Einschränkungen – bei seinen Brüdern einzunehmen, ohne einer von ihnen zu sein.

»Er braucht einige Tage Ruhe«, sagte Radulfus, »Zeit fürs Gebet und zum Nachdenken, denn er zweifelt an seiner Berufung, und, um die Wahrheit zu sagen, ich tue das auch. Ich weiß jedoch nichts über seinen Gemütszustand und sein Verhalten um die Zeit, als der Wunsch in ihm entstand, ins Kloster zu gehen. Ich fühle mich nicht berechtigt zu beurteilen, wie aufrichtig seine Motive damals waren oder seine Vorbehalte heute sind. Das ist etwas, was er selbst entscheiden muß. Ich kann nur eines tun: sicherstellen, daß kein weiterer Schatten oder Schlag auf ihn fällt, der ihn ablenken könnte, wenn er mehr als je zuvor einen klaren Kopf braucht. Ich möchte ihn nicht dauernd an das Schicksal von Ramsey erinnern, auch nicht, daß irgendwelches Gerede über diese Sache auf dem Töpferacker ihn aufregt. Wir wollen ihm die Stille und Einsamkeit gönnen, zunächst über seine Erlösung nachzudenken. Ich habe Bruder Vitalis angewiesen, ihn sofort vorzulassen, wenn er zu einem Entschluß gekommen und bereit ist, mich wieder zu sprechen. Doch in der Zwischenzeit solltest du ihn am besten im Kräutergarten beschäftigen, getrennt von den Brüdern, es sei denn beim Gottesdienst und bei den Gebeten. In Speisewie Schlafsaal wird Paul ihn im Auge behalten, und während der Arbeitsstunden wird er bei dir am besten aufgehoben sein, denn du weißt um seine Situation.«

»Mir ist der Gedanke gekommen«, sagte Cadfael und rieb sich nachdenklich die Stirn, »daß er um Rualds Anwesenheit bei uns weiß. Dieser junge Bursche hat seinen Entschluß, ins Kloster einzutreten, nämlich ein paar Monate nach Rualds Eintritt gefaßt. Ruald war bis dahin Blounts Pächter auf Lebenszeit gewesen und lebte in der Nähe des Herrenhauses. Hugh hat mir erzählt, daß der junge Sulien schon als Kind in dieser Werkstatt wie zu Hause war und von den beiden wie ein eigenes Kind behandelt wurde, da sie selber kinderlos geblieben waren. Hat er über Ruald gesprochen oder darum gebeten, ihn zu sehen? Was ist, wenn er ihn aufsucht?«

»Wenn er es tut, ist es nicht zu ändern. Er hat das Recht dazu, und ich habe nicht die Absicht, ihn lange Zeit von den anderen getrennt zu halten. Ich glaube aber, daß ihm im Moment nur Ramsey und sein eigener Kummer im Kopf herumgehen, so daß er für andere Dinge kaum einen Gedanken haben dürfte. Er hat noch nicht seine endgültigen Gelübde abgelegt«, sagte Radulfus, der mit resignierter Besorgnis über die komplizierten Qualen junger Menschen nachdachte. »Wir können nur eins tun: ihm eine Zeitlang Schutz und Ruhe zu bieten. Sein Wille und sein Handeln gehören immer noch ihm. Und was diesen Schatten betrifft, der über Ruald schwebt – was für einen Sinn hätte es, die Bedrohung zu ignorieren? –, wenn die Beziehungen dieser beiden so gewesen sind, wie Hugh es behauptet, wird das für das Gemüt des jungen Mannes noch mehr Kummer und Zerrissenheit bedeuten. Das sollten wir ihm für einen Tag oder zwei ersparen. Doch wenn es passiert, passiert es eben. Er ist ein erwachsener Mann, und wir können ihm seine Bürde nicht abnehmen. Er muß sie auch tragen wie ein Mann.«

Am Morgen des zweiten Tages nach seiner Ankunft begegnete Sulien Bruder Ruald von Angesicht zu Angesicht und aus nächster Nähe. Außer Cadfael war niemand anwesend. Sulien hatte Ruald bei jedem Gottesdienst in der Kirche unter all den anderen Brüdern gesehen, und ihre Blicke waren sich ein- oder zweimal begegnet. Er hatte dem anderen in dem düsteren Kirchenschiff zugelächelt, jedoch keine weitere Antwort erhalten als einen kurzen, flüchtigen Blick von geistesabwesender Liebenswürdigkeit, als betrachte ihn der ältere Mann durch einen Schleier des Staunens und der Verzückung, in der für Gedanken an frühere Gemeinsamkeiten kein Raum war. Jetzt tauchten sie im selben Augenblick auf dem großen Hof auf und gingen beide auf das Südtor des Klosters zu, Sulien vom Garten her, wobei Cadfael ein oder zwei Schritte hinter ihm herschlenderte, während Ruald aus der Richtung der Krankenzimmer kam. Sulien hatte nun, da seine wunden Füße verheilt waren, den kraftvollen, elastischen Gang eines jungen Mannes und umrundete die Biegung der hohen Buchsbaumhecke so stürmisch, daß die beiden Männer fast zusammenstießen. Ihre Ärmel berührten sich, und beide hielten abrupt inne und traten einen Schritt zurück, um sich hastig zu entschuldigen. Hier im Freien, unter einem hohen, weiten Himmel, an dem noch immer ein paar primelgelbe Spuren eines strahlenden Sonnenaufgangs zu sehen waren, begegneten sie einander als zwei bescheidene Sterbliche, ohne jeden Schleier der Verklärung zwischen sich.

»Sulien!« Ruald breitete mit einem warmherzigen, entzückten Lächeln die Arme aus und umarmte den jungen Mann kurz Wange an Wange. »Ich habe dich am ersten Tag in der Kirche gesehen. Wie froh ich bin, dich hier und in Sicherheit zu sehen!«

Sulien stand einen Augenblick stumm da und betrachtete den älteren Mann mit ernstem Gesicht von Kopf bis Fuß. Die Heiterkeit von Rualds dünnem Gesicht und die sonderbare Aura eines Mannes, der endlich nach Hause gefunden und sich zufrieden und behaglich in einem Leben eingerichtet hat, wie er es zuvor nicht gekannt hatte, weder in seinem Handwerk, seinem Haus, seiner Ehe, noch in seiner Gemeinde, nahmen Sulien gefangen. Cadfael, der an der Biegung der Buchsbaumhecke stehengeblieben war und beide mit einem aufmerksamen, klugen Blick betrachtete, sah Ruald kurz so, wie Sulien ihn sah, als einen Mann, der in dem sicheren Bewußtsein lebte, die richtige Wahl getroffen zu haben, und seine unverfälschte Freude auf alle ausstrahlen ließ, die in seine Nähe kamen. Für jemanden, der nichts von einer Bedrohung oder einem Schatten wußte, die über diesem Mann schwebten, mußte er wie jemand erscheinen, der im Besitz des vollkommenen Glücks war. Und die wahre Offenbarung war, daß es sich tatsächlich so verhielt. Ein Wunder!

»Und du?« sagte Sulien, der sein Gegenüber immer noch anstarrte und sich an frühere Zeiten erinnerte. »Wie geht es dir? Bist du zufrieden? Aber ich sehe dir an, daß du es bist!«

»Mir fehlt es an nichts«, sagte Ruald. »Mir geht es sehr gut, besser, als ich es verdiene.« Er ergriff den jungen Mann am Ärmel, worauf dieses ungleiche Paar der Kirche zustrebte. Cadfael folgte ihnen, verlangsamte aber seine Schritte, bis sie außer Hörweite waren. Als sie so dahingingen, sprach Ruald offenbar munter von alltäglichen Dingen, von Bruder zu Bruder. Er wußte von Suliens Flucht aus Ramsey, wie inzwischen das ganze Kloster, ahnte aber offenkundig noch nichts von dem erschütterten Glauben des Jungen an seine Berufung. Und ebenso deutlich war ihm anzusehen, daß er nicht vorhatte, ein Wort über den Verdacht und die mögliche Gefahr verlauten zu lassen, die über seinem Kopf schwebten. Die Rückansicht der beiden Männer, elastische, federnde Jugend und geduldig und gemächlich dahintrottendes mittleres Lebensalter, die Schulter an Schulter dahinschritten, gemahnte an Vater und Sohn auf dem Weg zur gemeinsamen Arbeit, und wie es einem Vater eigen ist, wollte der ältere Mann nicht, daß irgendein Teil seines überschatteten Schicksals den hellen Horizont des Glaubens verdüsterte, der seinen Sohn lockte.

»Ramsey wird zurückerobert werden«, sagte Ruald mit Überzeugung. »Das Böse wird daraus vertrieben werden, obwohl wir möglicherweise viel Geduld beweisen müssen. Ich habe für deinen Abt und deine Brüder gebetet.«

»Das habe ich auch«, sagte Sulien traurig, »auf dem ganzen Weg hierher. Ich habe Glück, diesem Schrecken entronnen zu sein. Aber für die armen Leute dort in den Dörfern ist es schlimmer, denn sie können nirgends Schutz suchen.«

»Für die beten wir auch. Es wird eine Rückkehr geben und eine Abrechnung.«

Der Schatten des südlichen Vorbaus schloß sich über ihnen, und sie blieben unentschlossen stehen, um auseinanderzugehen, Ruald zu seinem Kirchenstuhl und Sulien zu seinem unbedeutenden Platz unter den Novizen, als Ruald endlich sprach. Seine Stimme hörte sich immer noch gleichmütig und weich an, doch aus einer tieferen Quelle des Gefühls in ihm gespeist, hatte sie einen entfernten, hallenden Ton angenommen wie eine in der Ferne läutende Glocke.

»Hast du je etwas von Generys gehört, nachdem sie weggegangen war? Oder weißt du, ob ein anderer etwas gehört hat?«

»Nein, kein Wort«, sagte Sulien überrascht und zitternd.

»Nein, ich auch nicht. Ich hätte es nicht verdient, doch sie hätten es mir aus Liebenswürdigkeit verraten, wenn etwas über sie bekannt geworden wäre. Sie mochte dich, seit du ein Kleinkind warst, und ich dachte, vielleicht... ich würde liebend gern wissen, daß sie wohlauf ist.«

Sulien stand einen langen Augenblick stumm und mit gesenktem Blick da. Dann sagte er mit sehr leiser Stimme: »Das würde ich auch, und Gott allein weiß, wie gern!«

FÜNFTES KAPITEL

Es gefiel Bruder Jerome ganz und gar nicht, daß im Kloster etwas vorging, worüber er selbst auch nur andeutungsweise in Unwissenheit gehalten wurde, und er spürte, daß in der Angelegenheit des aus Ramsey geflüchteten Novizen bei weitem nicht alles offengelegt worden war. Zwar hatte Abt Radulfus im Ordenskapitel eine deutliche Erklärung abgegeben, was das Schicksal von Ramsey und den Schrecken in den Fens betraf, und der Hoffnung Ausdruck verliehen, dem jungen Bruder Sulien, der die Neuigkeit überbracht und hier Zuflucht gesucht hatte, möge eine Zeit der Stille und des Friedens vergönnt sein, damit er sich von seinen Erlebnissen erhole. Das war vernünftig und liebenswürdig, gewiß. Doch inzwischen wußte jeder im Kloster, wer Sulien war, und alle brachten seine Rückkehr unwillkürlich mit der Angelegenheit der auf dem Töpferacker aufgefundenen toten Frau in Verbindung sowie mit dem über Bruder Rualds Kopf schwebenden und sich stetig verdüsternden Schatten. Sie fragten sich, ob Sulien wohl mit allen Einzelheiten dieser Tragödie vertraut gemacht worden war und welche Auswirkung es auf ihn haben würde, wenn er es wußte. Was mußte er von dem früheren Pächter seiner Familie denken? War das der Grund, weshalb der Abt es sich hatte angelegen sein lassen, für ihn um Friede und Ruhe zu bitten und darauf zu achten, daß er seine tägliche Arbeit ohne allzuviel Gesellschaft verrichtete? Und was würde man über das Verhalten von Sulien und Ruald sagen, was würde daran auffallen, wenn sie sich begegneten?

Und inzwischen wußten alle, daß sie sich begegnet waren. Alle hatten sie Seite an Seite zur Messe die Kirche betreten sehen, in einer stillen Unterhaltung begriffen, und beobachtet, wie sie getrennt zu ihren Plätzen gingen, ohne daß bei einem von ihnen eine auffallende Änderung des Verhaltens zu bemerken gewesen wäre. Hinterher gingen alle beide wieder zu ihren jeweiligen Arbeiten, ruhigen Schritts und mit gleichmütigen Gesichtern. Bruder Jerome hatte alles aufmerksam beobachtet und war genauso klug wie zuvor. Das bedrückte ihn. Er war stolz darauf, alles zu wissen, was in und um die Abtei von Saint Peter und Saint Paul vorging, und sein Ruf würde leiden, wenn er es gerade in diesem Fall bei seiner Unwissenheit beließ. Mehr noch, sein Ansehen bei Prior Robert würde vielleicht nicht weniger darunter leiden. Roberts Würde verbot es ihm, seine eigene aristokratische Nase in jede dunkle Ecke zu stecken, doch er erwartete gleichwohl, genau darüber informiert zu werden, was dort vorging. Seine silbernen Augenbrauen würden vielleicht hochmütig hochgezogen werden und unangenehme Folgen andeuten, wenn er herausfand, daß seine vertrauenswürdige Quelle sich letztlich doch nicht als unfehlbar erwies.

Als sich Bruder Cadfael also am selben Nachmittag mit einem vollen Ranzen auf den Weg zum Hospital von Saint Giles machte, um dort einen neuen Insassen zu besuchen und den Medizinschrank aufzufüllen, überließ er den Kräutergarten seinen beiden Gehilfen, von denen Bruder Winfrid dabei zu sehen war, wie er das inzwischen geplünderte Gemüsebeet umgrub und für den Winter fertig machte, während Bruder Jerome die Gelegenheit beim Schopf ergriff und aus eigenem Antrieb einen Besuch machte.

Er ging jedoch nicht ohne einen Auftrag. Bruder Petrus wollte Zwiebeln für die Tafel des Abts, die vor kurzem ausgegraben worden waren und in Cadfaels Lagerschuppen in Schalen trockneten. Normalerweise hätte Jerome diese Aufgabe einem anderen zugewiesen, doch an diesem Tag ging er selbst.

In der Werkstatt im Kräutergarten war der junge Sulien eifrig dabei, Bohnen zu sortieren, die für die nächste Frühjahrsaussaat getrocknet worden waren. Er schied die aus, die nicht einwandfrei oder verdächtig aussahen, und sammelte die besten in einem Tonkrug, der mit einiger Sicherheit von Bruder Ruald in seinem früheren Leben gefertigt worden war. Jerome musterte Sulien vorsichtig von der Türöffnung her, bevor er eintrat und ihn bei seiner Arbeit störte. Der Anblick bestärkte ihn nur in seinem Verdacht, daß hier Dinge vorgingen, über die er, Jerome, nur unzureichend informiert war. Zum einen wies Suliens Scheitel noch immer den neuen Bewuchs von hellbraunen Locken auf, die mit jedem Tag üppiger wurden, und bot insgesamt ein so unschickliches Bild, daß Jeromes Gefühl für äußeren Anstand zutiefst verletzt war. Warum hat er sich inzwischen nicht den Scheitel rasiert und sich ein geziemendes Aussehen verschafft wie alle anderen Brüder? Gleichwohl ging er mit allergrößter Heiterkeit an seine einfache Aufgabe heran und arbeitete mit fester Hand, anscheinend recht unerschüttert durch das, was er inzwischen von Ruald selbst erfahren haben mußte. Jerome konnte sich nicht vorstellen, daß sich die beiden von dem großen Hof vor der Messe in die Kirche begeben hatten, ohne ein Wort über die ermordete Frau zu wechseln, die man auf dem Feld gefunden hatte, das einst dem Vater des jungen Mannes gehört hatte und von Ruald gepachtet worden war. Dieser Vorfall war das Hauptthema von Klatsch, Skandal und Spekulationen, wie sollte es anders sein? Und dieser junge Mann und seine Familie konnten für einen Mann, dem eine Mordanklage drohte, beträchtliche Protektion bieten, wenn sie beschlossen, ihm zur Seite zu stehen. An Rualds Stelle hätte sich Jerome nach Kräften um diese Unterstützung bemüht und das bei der ersten sich bietenden Gelegenheit ausgeplaudert. Er setzte voraus, daß Ruald ebenso gehandelt hatte. Gleichwohl stand dieser unberechenbare Jüngling schweigend und ernst da und sortierte Bohnen, ohne an etwas anderes zu denken, wie es schien. Er schien sogar die Spannung und die Belastung der Ereignisse in Ramsey bereits gemeistert zu haben.

Sulien drehte sich um, als er den Schatten des Besuchers bemerkte, und sah Jerome ins Gesicht. Er wartete schweigend, wie es sich gehörte, um zu vernehmen, was von ihm verlangt wurde. Bis jetzt war ein Bruder für ihn wie der andere, und mit diesem mageren kleinen Mann hatte er bislang noch kein Wort gesprochen. Das schmale, graue Gesicht und die hängenden Schultern ließen Jerome älter aussehen, als er war, und jüngere Brüder hatten die Pflicht, sich den älteren zu unterwerfen und ihnen zu Diensten zu sein.

Jerome bat um Zwiebeln, worauf sich Sulien in den Lagerschuppen begab und das Gewünschte brachte. Er wählte die ansehnlichsten und rundesten aus, da sie für die Tafel des Abts bestimmt waren. Jerome schlug bei der Eröffnung des Gesprächs einen wohlwollenden Ton an: »Wie ergeht es Euch jetzt hier bei uns nach all Euren anderweitigen Prüfungen? Kommt Ihr mit Bruder Cadfael gut zurecht?«

»Sehr gut, vielen Dank«, sagte Sulien vorsichtig, da er noch nicht wußte, was er von diesem besorgten Besucher halten sollte, denn weder dessen äußere Erscheinung noch seine Stimme wirkten sonderlich vertrauenerweckend oder auch nur sympathisch, obwohl sich in ihnen ein offenbar großes Mitgefühl äußerte. »Ich habe Glück, hier zu sein, und ich danke Gott für meine Errettung.«

»So ist's recht, das ist der richtige Geist«, sagte Jerome einschmeichelnd. »Obwohl ich befürchte, daß es selbst hier Dinge gibt, die Euch Kummer machen müssen. Ich wünschte, Ihr hättet unter glücklicheren Umständen zu uns zurückkehren können.«

»Wirklich, das wünsche ich mir auch!« stimmte Sulien aus ganzem Herzen zu, denn in Gedanken war er immer noch bei den aufwühlenden Ereignissen in Ramsey.

Jerome fühlte sich ermutigt. Es hatte den Anschein, als wäre der junge Mann vielleicht doch in der richtigen Stimmung, sich einem anderen anzuvertrauen, wenn man ihn mit Mitgefühl aus der Reserve lockte. »Ich empfinde mit Euch«, sagte er honigsüß. »Es muß entsetzlich sein, nach so furchtbaren Schicksalsschlägen nach Hause zu kommen und dort weitere schlechte Nachrichten vorzufinden. Dieser Todesfall, der jetzt ans Licht gekommen ist, und, schlimmer noch, das Wissen, daß er einen so schwarzen Schatten des Verdachts auf einen Bruder unter uns wirft, einen Bruder überdies, der Eurer ganzen Familie bekannt ist . . .«

Er war so damit beschäftigt, sein Thema weiterzuspinnen, und fühlte sich seiner Sache so sicher, daß ihm nicht einmal aufgefallen war, wie Sulien plötzlich erstarrte und ihn mit unbewegtem ausdruckslosen Gesicht ansah.

»Todesfall?« sagte der junge Mann abrupt. »Welcher Todesfall?«

So mitten im Redefluß unterbrochen, zwinkerte Jerome mit offenem Mund und beugte sich vor, um diesem jungen Gesicht mit der gerunzelten Stirn noch tiefer auf den Grund zu kommen, da er den Verdacht hatte, getäuscht zu werden. Doch der Blick der blauen Augen war so offen und kristallklar, daß nicht einmal Jerome, der selbst ein Meister darin war, sich seine Absichten nicht anmerken zu lassen und abwehrende Ausflüchte bei anderen sofort zu durchschauen, die aufrichtige Verblüffung des jungen Mannes nicht anzweifeln konnte.

»Wollt Ihr etwa sagen«, verlangte Jerome ungläubig zu wissen, »daß Ruald Euch nichts erzählt hat?«

»Wovon erzählt hat? Jedenfalls nicht von einem Todesfall, das steht fest! Ich weiß nicht, was Ihr meint, Bruder!«

»Aber Ihr seid doch heute morgen mit ihm zur Messe gegangen«, protestierte Jerome, der sich nur höchst ungern von seiner Gewißheit verabschiedete. »Ich habe Euch kommen sehen, Ihr habt Euch unterhalten...«

»Ja, das haben wir, aber von schlechten Neuigkeiten war nicht die Rede und auch nicht von einem Todesfall. Ich kenne Ruald, seit ich laufen kann«, sagte Sulien. »Ich habe mich gefreut, ihn wiederzusehen und ihn in seinem Glauben so sicher und so glücklich zu finden. Aber was erzählt Ihr mir da von einem Todesfall? Ich bitte Euch, klärt mich auf!«

Jerome hatte gedacht, Sulien Informationen entlocken zu können, und mußte jetzt entdecken, daß er selbst sich davon trennen mußte. »Ich hatte mir gedacht, daß Ihr schon Bescheid wißt. Unser Ochsengespann hat am ersten Tag des Pflügens auf dem Töpferacker den Leichnam einer Frau zutage gefördert. Gesetzwidrig dort begraben, ohne Riten – der Sheriff glaubt, sie sei auch auf gesetzwidrige Weise zu Tode gekommen. Der erste Gedanke, der allen in den Sinn kam, war, daß es sich um die Frau handeln muß, die einmal Bruder Rualds Ehefrau war, als er noch in der Welt lebte. Ich dachte, Ihr hättet es von ihm erfahren. Hat er Euch nie ein Wort davon gesagt?«

»Nein, kein Wort«, erwiderte Sulien. Seine Stimme war ausdruckslos und hörte sich fast abwesend an, als hätten all seine Gedanken schon mit der grimmigen Wahrheit gerungen und sich tief in sein Wesen zurückgezogen, um jede unüberlegte Äußerung über die volle Bedeutung der Entdeckung zu verbergen und bei sich zu behalten. Der undurchsichtige Blick seiner blauen Augen hielt Jeromes Blick unverändert fest. »Ihr habt gesagt, *es muß sich um diese Frau handeln.* Dann steht es also nicht *fest?* Kann denn niemand sagen, wer sie war, auch Ruald nicht?«

»Es wäre unmöglich, sie wiederzuerkennen. Es ist nichts mehr da, was irgendeinem Mann bekannt sein könnte. Sie haben nur nackte Gebeine gefunden.« Jeromes welkes Fleisch zuckte schon bei dem bloßen Gedanken daran zusammen, eine so starre Erinnerung an die Sterblichkeit betrachten zu müssen. »Man schätzt, daß sie mindestens seit einem Jahr tot ist. Es könnten selbst fünf Jahre sein. Die Erde geht mit jedem Körper anders um.«

Sulien stand einen Augenblick steif und schweigend da, als er mit einem Gesicht, das so reglos war wie eine Maske, diese Nachricht verdaute. Schließlich sagte er: »Habe ich Euch richtig verstanden, daß Ihr sagen wollt, dieser Tod werfe einen schwarzen Schatten des Verdachts auf einen Bruder dieses Hauses? Meint Ihr damit auf Ruald?«

»Wie hätte sich das vermeiden lassen?« erwiderte Jerome rechtfertigend. »Wenn es sich tatsächlich um sie handelt, auf wen sollte sich der Verdacht wohl sonst als erstes richten? Wir wissen von keiner anderen Frau, die diesen Ort öfter aufgesucht hat, wissen aber, daß diese Frau von dort verschwand, ohne einer Menschenseele ein Wort zu sagen. Aber ob lebendig oder tot, wer kann das mit Sicherheit sagen?«

»Das ist unmöglich«, erklärte Sulien mit fester Stimme. »Ruald war schon seit mehr als einem Monat hier in der Abtei, als sie verschwand. Hugh Beringar weiß das.«

»Und gesteht es auch zu, aber das macht es noch nicht unmöglich. Ruald hat sie hinterher zweimal besucht, in

Gesellschaft von Bruder Paul, um über Habseligkeiten zu sprechen, die er zurückgelassen hatte. Wer kann sicher sein, daß er sie nicht auch allein besucht hat? Er war hier im Kloster schließlich kein Gefangener, sondern hat es mit anderen verlassen, um auf dem Gaye und anderswo auf unseren Ländereien zu arbeiten. Wer könnte beschwören, daß er seinen Mitbrüdern nie aus den Augen geriet? Jedenfalls ist der Sheriff im Augenblick damit beschäftigt«, sagte Jerome mit leicht boshafter Befriedigung über seine überlegene Beweisführung, »jeden Gang nachzuvollziehen, den Bruder Ruald in jenen frühen Tagen seines Noviziats außerhalb unserer Tore gemacht hat. Wenn er zu der Erkenntnis kommt, daß sie einander in dieser Zeit nie begegnet und auch nie in Streit geraten sind, hat sich der Verdacht erledigt. Wenn nicht, weiß er, daß Ruald hier ist und auf seine Entscheidung warten wird. Er kann nicht entkommen.«

»Das ist doch töricht«, sagte der Junge mit plötzlicher, wenn auch beherrschter Heftigkeit. »Ich würde selbst dann nicht glauben, daß er ihr auch nur ein Haar gekrümmt hat, wenn es Beweise von vielen Zeugen gäbe. Ich würde wissen, daß sie lügen, denn ich kenne ihn. Er wäre nie zu so etwas fähig. Er *hat es nicht getan*!« wiederholte Sulien. Der starrende Blick seiner blauen Augen stach Jerome wie ein Dolch ins Gesicht.

»Bruder, was erlaubt Ihr Euch!« Jerome reckte seine Körpergröße zu voller Höhe auf, obwohl er selbst dann noch um fast eine Haupteslänge überragt wurde. »Es ist Sünde, sich durch menschliche Zuneigung dazu hinreißen zu lassen, einen Bruder zu verteidigen. Wahrheit und Gerechtigkeit genießen den Vorzug vor fehlbarer Neigung. Das ist in Kapitel 69 der Ordensregel festgelegt. Wenn Euch diese Regel so vertraut wäre, wie es sich geziemt, wüßtet Ihr, daß solche Parteilichkeit ein Vergehen ist.«

Es läßt sich nicht sagen, daß Sulien seinen kämpferischen Blick unter diesem Vorwurf senkte oder den Kopf neigte, und er hätte sich wohl einen weit längeren Vortrag anhören müssen, wenn das scharfe Ohr des ihm übergeordneten Ordensbruders in diesem Augenblick nicht den fernen Laut von Cadfaels Stimme gehört hätte, der draußen auf dem Pfad in einiger Entfernung stehengeblieben war, um mit Bruder Winfrid ein paar fröhliche Worte zu wechseln, der gerade dabei war, seinen Spaten zu säubern und seine Werkzeuge wegzulegen. Jerome hatte nicht den Wunsch, dieses unbefriedigende Zwiegespräch durch eine dritte Partei kompliziert zu sehen, am allerwenigsten durch Cadfael, der bei näherer Überlegung vielleicht gerade deshalb mit der Aufgabe betraut worden war, diesen undisziplinierten Gehilfen zu überwachen, damit er nicht allzu früh allzuviel Wissen um das Geschehene erlangte. Es war also am besten, die Dinge vorerst so zu belassen, wie sie waren.

»Ich sehe Euch aber diese Entgleisung nach«, erklärte Jerome mit plötzlichem Großmut, »da ich sehe, wie sehr Euch diese Neuigkeit überrascht hat, und das zu einer Zeit, in der Ihr ohnehin schwer geprüft seid. Mehr sage ich nicht!«

Und damit trat er einen etwas abrupten, aber gleichwohl würdigen Rückzug an und schaffte es gerade noch, draußen vor der Tür ein Dutzend Schritte zu gehen, bis ihm Cadfael begegnete. Sie wechselten im Vorübergehen ein paar Worte, was Cadfael ein wenig überraschte. Eine so brüderliche Zuvorkommenheit bei Jerome ließ leichte Verlegenheit, wenn nicht gar ein schlechtes Gewissen vermuten.

Sulien war dabei, seine aussortierten Bohnen in einen Topf zu tun, um den Inhalt später auf den Komposthaufen zu werfen, als Cadfael die Werkstatt betrag. Sulien sah sich nicht um, als sein Mentor hereinkam. Er hatte die Stimme ebenso erkannt wie den Schritt.

»Was hat Jerome gewollt?« fragte Cadfael mit nur mildem Interesse.

»Zwiebeln. Bruder Petrus hat ihn geschickt.«

Niemand konnte Bruder Jerome irgendwohin schicken, wenn er nicht mindestens den Rang des Priors Robert besaß. Jeromes Dienste waren denen vorbehalten, bei denen sie auf Wohlgefallen stoßen und ihm einen Vorteil einbringen konnten, und der Koch des Abts, ein rothaariger und streitsüchtiger Mann aus dem Norden, hatte Jerome in dieser Hinsicht nichts zu geben, selbst wenn er ihm wohlgesinnt gewesen wäre, was mit Sicherheit nicht der Fall war.

»Ich kann mir vorstellen, daß Bruder Petrus Zwiebeln will. Aber was hat Jerome gewollt?«

»Er wollte wissen, wie es mir hier bei Euch ergeht«, erwiderte Sulien nach kurzer Überlegung. »Das hat er mich jedenfalls gefragt. Und Ihr wißt doch, Cadfael, wie es um mich steht. Ich bin noch nicht ganz sicher, wie es mir ergeht, und weiß auch nicht, was ich tun sollte, aber bevor ich mich entschließe, ob ich gehen oder bleiben werde, wollte ich den Vater Abt wieder aufsuchen. Er hat gesagt, ich dürfe zu ihm kommen, wann immer ich das Bedürfnis verspüre.«

»Dann geht jetzt, wenn Ihr wollt«, sagte Cadfael einfach und musterte aufmerksam die geschickten Hände, welche die Bank von Überresten säuberten, sowie den Kopf, der so eifrig bemüht war, das junge, strenge Gesicht im Schatten zu lassen. »Vor dem Abendgebet ist noch genug Zeit.«

Abt Radulfus musterte seinen Bittsteller mit einem unvoreingenommenen und nachsichtigen Blick. In den letzten drei Tagen hatte sich der Junge auf verständliche Weise verändert. Seine Erschöpfung war verflogen, sein Schritt war jetzt fest und elastisch, Erschöpfung und Anspannung waren aus dem Gesicht gewichen, und die Augen ließen nichts mehr von Gefahr und Schrecken erkennen. Ob die kurze Zeit der Ruhe sein Problem bereits gelöst hatte, war noch nicht auszumachen, aber gewiß war in seinem Auftreten nichts von Unentschiedenheit zu entdecken, ebensowenig an dem entschlossen vorspringenden und sehr beachtlichen Kinn.

»Vater«, sagte Sulien direkt. »Ich bin gekommen, um Euch um die Erlaubnis zu bitten, meine Familie und mein Elternhaus zu besuchen. Es ist nur gerecht, daß ich Einflüssen von innen und von außen gleichermaßen zugänglich bin.«

»Ich dachte«, sagte Radulfus mild, »du wärst vielleicht gekommen, um mir zu sagen, daß dein Problem gelöst ist und daß du dich entschieden hast. Du wirkst so. Wie es scheint, greife ich den Dingen vor.«

»Nein, Vater, ich bin mir noch nicht sicher. Und ich werde Euch nicht wieder behelligen, bis ich sicher bin.«

»Du möchtest also die Luft von Longner atmen, bevor du eine Entscheidung fürs Leben triffst, und deine vertraute Umgebung, deine Familie und Freunde zu dir sprechen lassen, so wie unser Leben hier gesprochen hat. Anders hätte ich es gar nicht haben wollen«, sagte der Abt. »Natürlich darfst du deine Familie besuchen. Geh in Frieden. Es wäre noch besser, du würdest wieder in Longner schlafen und dir gut überlegen, was du dort gewinnen, aber auch verlieren kannst. Vielleicht brauchst du sogar noch mehr Zeit. Wenn du dich entschlossen hast und dir deiner Entscheidung sicher bist, dann komm zu mir und sag mir, welchen Weg du gewählt hast.«

»Das werde ich, Vater«, erwiderte Sulien. Er sagte es in dem Tonfall, den er während seines mehr als einjährigen Noviziats als selbstverständlich hinzunehmen gelernt hatte, demütig, pflichtbewußt und ehrerbietig, aber sein ausweichender Blick fixierte ein Ziel in der Ferne, das nur für ihn sichtbar war, wie es dem Abt erschien, der in dem mönchischen Gesicht so gut zu lesen verstand, wie Sulien sich dahinter zu verbergen wußte.

»Dann geh, und wenn du willst, jetzt gleich.« Er besann sich, welch langen Fußmarsch dieser junge Mann vor kurzem hatte machen müssen, und fügte ein kleines Zugeständnis hinzu. »Nimm dir ein Maultier aus dem Stall, falls du jetzt schon aufbrechen willst. Und sag Bruder Cadfael, daß du Erlaubnis hast, bis morgen zu bleiben.«

»Das werde ich, Vater!« Sulien erwies dem Abt seine Reverenz und machte sich mit einer zielstrebigen Bereitwilligkeit auf den Weg, die Radulfus leicht amüsiert, aber auch mit einigem Bedauern bemerkte. Es hätte sich gelohnt, den Jungen zu behalten, wenn es wirklich seiner Neigung entsprochen hätte, aber Radulfus kam immer mehr zu der Überzeugung, ihn schon verloren zu haben. Seit seiner Entscheidung für das Kloster war er schon einmal auf Longner gewesen, um den Leichnam seines Vaters nach der Niederlage bei Wilton zur Beisetzung nach Hause zu bringen, war bei der Gelegenheit mehrere Tage geblieben und hatte sich trotzdem für die Rückkehr zu seiner Berufung entschieden. Seitdem hatte er sieben Monate Zeit gehabt, seinen Entschluß zu überdenken, und dieser plötzliche Drang, Longner zu besuchen, obwohl diesmal keine unabweisbare Sohnespflicht den Besuch dringlich machte, schien dem Abt ein bedeutsames Anzeichen dafür, daß die Entscheidung schon so gut wie gefallen war.

Cadfael überquerte gerade den Hof, um zum Abendgebet in die Kirche zu gehen, als Sulien mit der Neuigkeit an ihn herantrat.

»Es ist nur natürlich«, sagte Cadfael herzlich, »daß Ihr den Wunsch habt, Eure Mutter und auch Euren Bruder zu sehen. Geht nur. Unsere guten Wünsche begleiten Euch, und Gott segne Eure Wahl, wie immer Ihr Euch entscheidet.«

Als er den Jungen beim Torhaus hinausreiten sah, erwartete er jedoch nichts anderes als das, was auch Radulfus vorschwebte. Sulien Blount war allem äußeren Anschein nach nicht für das Leben im Kloster geschaffen, wie sehr er sich auch bemüht hatte, an seine fehlgeleitete Wahl zu glauben. Eine Nacht im Elternhaus, jetzt, in seinem eigenen Bett und im Kreis seiner Familie, würde die Angelegenheit entscheiden.

Diese Überlegung ließ während des Abendgebets eine sehr naheliegende Frage in Cadfaels Kopf herumwirbeln. Was hatte den Jungen eigentlich getrieben, sich überhaupt für das Kloster zu entscheiden?

Sulien kam am nächsten Tag rechtzeitig zur Messe zurück. Er wirkte sehr ernst und entschlossen. Er schien der vollen Mannesreife um Jahre näher zu sein als bei seiner Rückkehr von den Schrecken und Entbehrungen des Marsches von Ramsey her, den er mit solch männlicher Kraft und Entschlossenheit überstanden hatte. Ein ausdauernder, aber verletzlicher Jüngling hatte zwei Tage in Gesellschaft Cadfaels verbracht; ein ernster und zielstrebiger Mann kehrte jetzt von Longner zurück, um ihn nach der Messe anzusprechen. Er trug zwar noch den Habit, aber seine absurde Tonsur, der Scheitel voll dunkler, goldfarbener Locken in dem zugewachsenen Ring dunkleren braunen Haars, verlieh ihm etwas unpassend Lächerliches, besonders da sein Gesicht einen so ernsten Ausdruck zeigte. Höchste Zeit, dachte Cadfael, ihn mit beginnender Zuneigung betrachtend, daß er geht und wieder dorthin zurückkehrt, wohin er gehört.

»Ich möchte den Vater Abt sprechen«, sagte Sulien direkt.

»Das habe ich angenommen«, erwiderte Cadfael.

»Möchtet Ihr mitkommen?«

»Ist das nötig? Ich bin sicher, daß das, was Ihr zu sagen habt, nur Euch und Euren Superior etwas angeht, aber ich glaube nicht«, gestand Cadfael, »daß es ihn überraschen wird.«

»Da ist noch etwas, was ich ihm sagen möchte«, sagte Sulien ohne jedes Lächeln. »Ihr wart dabei, als ich zum ersten Mal herkam, und Ihr wart auch der Bote, den er mit meinen Neuigkeiten zu dem Herrn Sheriff geschickt hat. Ich weiß von meinem Bruder, daß Ihr jederzeit Zugang zu Hugh Beringar habt, und ich weiß jetzt, was ich zuvor nicht gewußt habe. Ich weiß inzwischen, was beim Beginn des Pflügens geschehen ist, ich weiß, was auf dem Töpferacker gefunden wurde. Ich weiß, was jeder denkt und sagt, aber ich weiß auch, daß es nicht wahr sein kann. Kommt mit mir zu Abt Radulfus. Ich möchte Euch immer noch gern als Zeugen dabei haben. Und ich glaube, daß er vielleicht auch dieses Mal einen Boten brauchen wird.«

Sein Verhalten war so dringlich und seine Forderung so gebieterisch, daß Cadfael für den Moment achselzuckend darauf verzichtete, weitere Fragen zu stellen. »Nun gut, wie Ihr wollt. Kommt mit!«

Sie wurden unverzüglich beim Abt vorgelassen. Radulfus hatte ohne Zweifel erwartet, daß Sulien gleich nach der Messe um eine Audienz bitten würde. Wenn es ihn überraschte, daß der Junge einen Paten mitgebracht hatte, entweder als Anwalt, um seine Entscheidung zu verteidigen, oder nur aus Pflichtgefühl, da Cadfael der Mentor war, dem er während seiner Prüfungszeit zugeteilt gewesen war, ließ er es sich nicht anmerken.

»Nun, mein Sohn? Ich hoffe, du hast auf Longner alles wohlauf gefunden? Hat es dir geholfen, deinen Weg zu finden?«

»Ja, Vater.« Sulien stand ein wenig steif vor ihm. Der starre Blick wirkte in seinem blassen Gesicht sehr hell und feierlich. »Ich komme, dich um Erlaubnis zu bitten, den Orden zu verlassen und in die Welt zurückzukehren.«

»Das ist deine wohlüberlegte Entscheidung?« fragte der Abt mit dem gleichen milden Tonfall. »Diesmal zweifelst du nicht?«

»Es gibt keinen Zweifel, Vater. Ich war fehlgeleitet, als ich um Aufnahme bat. Das weiß ich jetzt. Ich habe bestimmten Pflichten den Rücken gekehrt, um meinen Seelenfrieden zu finden. Ihr sagtet, Vater, dies müsse meine eigene Entscheidung sein.«

»Das sage ich immer noch«, entgegnete der Abt. »Du wirst von mir kein Wort des Vorwurfs hören. Du bist noch jung, aber ein gutes Jahr älter als damals, als du im Kloster Zuflucht suchtest, und ich denke, du bist auch weiser geworden. Es ist weit besser, auf einem anderen Feld von ganzem Herzen zu dienen, als halbherzig und zweifelnd im Orden zu bleiben. Wie ich sehe, hast du den Habit noch nicht abgelegt«, sagte er mit einem Lächeln.

»Nein, Vater!« Suliens steife junge Würde zeigte sich ein wenig gekränkt über diese Andeutung. »Wie könnte ich, bevor ich Eure Erlaubnis habe? Bevor Ihr mich entlaßt, bin ich nicht frei.«

»Ich entlasse dich. Ich hätte mich gefreut, wenn du beschlossen hättest zu bleiben, aber ich glaube, daß es für dich so besser ist, und vielleicht wird sich die Welt über dich freuen. Geh. Du hast meine Erlaubnis und meinen Segen. Diene dort, wo dein Herz ist.«

Er hatte sich, wenn auch ohne jedes Zeichen der Eile oder als wollte er den jungen Mann damit entlassen, leicht seinem Schreibtisch zugewandt, wo alltäglichere Dinge seine Aufmerksamkeit erforderten, denn er dachte, die Audienz sei beendet; doch Sulien blieb stehen, und die Intensität seines Blicks ließ den Abt in seiner Bewegung innehalten und erneut, und diesmal etwas schärfer, den Sohn ansehen, den er gerade freigegeben hatte.

»Gibt es noch etwas, worum du uns bitten möchtest? Unsere Gebete werden dich gewiß begleiten.«

»Vater«, sagte Sulien. Die alte Anrede kam ihm ganz natürlich über die Lippen. »Jetzt, wo mein eigener Kummer beendet ist, entdecke ich, daß ich zufällig in ein Gewebe von Kümmernissen anderer Menschen verstrickt bin. Auf Longner hat mir mein Bruder erzählt, was mir hier zufällig oder mit Absicht verschwiegen worden ist. Ich habe erfahren, daß beim Beginn des Pflügens auf dem Feld, das mein Vater letztes Jahr der Abtei von Haughmond schenkte und das Haughmond vor zwei Monaten mit diesem Haus gegen besser gelegenes Land getauscht hat, daß das Kolter dabei eine Frauenleiche zutage förderte, die dort schon einige Zeit begraben lag. Aber nicht so lange, daß Art, Zeit und Ursache ihres Todes einfach hingenommen werden könnten. Überall sagen die Leute, es sei Bruder Rualds Frau gewesen, die er verlassen hat, um in den Orden einzutreten.«

»Sie mögen es überall *sagen*«, entgegnete der Abt und sah den jungen Mann mit einem ernsten Gesicht und hochgezogenen Augenbrauen an, »aber es ist nicht überall *bekannt*. Niemand kann sagen, wer sie war, und bis jetzt kann auch niemand wissen, wie sie zu Tode gekommen ist.«

»Aber das ist es nicht, was außerhalb dieser Mauern gesagt und angenommen wird«, beharrte Sulien unbeeindruckt. »Und nachdem ein so schrecklicher Fund erst mal bekannt geworden war, mußten alle Leute doch gleich auf einen Gedanken kommen. Eine Frau wird dort gefunden, wo einmal eine Frau ohne ein Wort verschwunden ist! Was sollten die Leute denn anderes denken, als daß es sich um ein und dieselbe Frau handelt? Natürlich können sich alle irren.

Und ich bin absolut sicher, daß sie unrecht haben! Doch wie ich höre, denkt auch Hugh Beringar so, und wer kann es ihm verdenken. Vater, das bedeutet, daß mit dem Finger auf Ruald gezeigt wird. Man hat mir gesagt, daß die Leute ihn schon jetzt für des Mordes schuldig halten und daß sogar Gefahr für sein Leben besteht.«

»Volkes Stimme sagt nicht unbedingt die Wahrheit«, entgegnete der Abt geduldig. »Und für den Herrn Sheriff kann sie ganz gewiß nicht sprechen. Wenn er das Tun und Lassen Bruder Rualds untersucht, tut er nur seine Pflicht, und er wird das auch bei anderen genauso halten, falls es notwendig wird. Ich darf wohl annehmen, daß Bruder Ruald selbst dir kein Wort davon erzählt hat, denn sonst wäre es nicht dazu gekommen, daß du es erst auf Longner erfahren hast. Mußt du dir Sorgen machen, wenn er sich keine macht?«

»Aber Vater, das ist es ja gerade, was ich zu erzählen habe!« Sulien redete sich jetzt in Feuer. »Niemand braucht sich um ihn Sorgen zu machen. Wie Ihr schon gesagt habt, kann wirklich niemand sagen, wer diese Frau ist, aber es gibt einen, der mit absoluter Sicherheit sagen kann, wer sie *nicht* ist! Denn ich kann beweisen, daß Rualds Frau Generys am Leben und gesund und munter ist – oder zumindest vor drei Wochen noch war.«

»Du hast sie gesehen?« fragte Radulfus ungläubig und mit einer Heftigkeit, die der Glut des hitzigen jungen Mannes fast gleichkam.

»Nein, das nicht! Aber ich habe einen besseren Beweis.« Sulien langte mit der Hand tief in den Halsausschnitt seines Habits und zog etwas Kleines heraus, das er an einer Kette am Hals versteckt hatte. Er zog sie sich über den Kopf und legte sie auf seine offene Handfläche, damit jeder den Anhänger sehen konnte. Es war ein einfacher Silberring mit einem kleinen gelben Stein, wie sie manchmal in den Bergen von Wales und an der Grenze zu finden waren. Der Ring war noch warm, da er an Suliens Brust gelegen hatte. Mochte er auch von geringem Wert sein, für das, was er beweisen sollte, war er unschätzbar. »Vater, ich weiß, daß es unrecht war, diesen Ring zu behalten, aber ich gebe Euch mein Wort, daß ich ihn in Ramsey nicht gehabt habe. Nehmt ihn in die Hand und seht hinein!«

Radulfus warf ihm einen langen, prüfenden Blick zu, bevor er die Hand ausstreckte und den Ring an sich nahm. Er drehte ihn, damit die Innenseite beleuchtet wurde. Seine geraden schwarzen Augenbrauen zogen sich zusammen. Er hatte gefunden, was Sulien ihn finden lassen wollte.

»Ein mit einem großen G verschlungenes großes R. Einfach, aber klar zu erkennen. Und alte Arbeit. Die Ränder sind abgenutzt und stumpf, aber der Mann, der die Gravur gemacht hat, hatte tief geschnitten.« Er sah Sulien in dessen gerötetes Gesicht. »Woher hast du das?«

»Von einem Juwelier in Peterborough, nachdem wir aus Ramsey geflüchtet waren und Abt Walter mich beauftragt hatte, zu Euch zu kommen. Es war reiner Zufall. In der Stadt hielten sich einige Händler auf, die sich fürchteten zu bleiben, als sie erfuhren, wie nahe de Mandeville war und wie viele Soldaten er bei sich hatte. Sie waren dabei, alles zu verkaufen, um dann die Stadt zu verlassen. Andere waren aber beherzter und wollten bleiben. Es war Abend, als ich die Stadt erreichte. Ich war diesem Silberschmied in Priestgate anempfohlen, der mich für die Nacht beherbergen sollte. Er war ein unerschrockener Mann, der sich weder Vogelfreien noch Räubern beugte und der sich Ramsey gegenüber immer wohltätig gezeigt hatte. Seine Wertsachen hatte er versteckt, doch unter den weniger wertvollen Dingen in seinem Laden sah ich diesen Ring.«

»Und du hast ihn erkannt?« fragte der Abt.

»Ich kenne ihn schon lange, seit meiner Kindheit. Ich

hätte ihn auch ohne dieses Zeichen erkannt. Ich fragte ihn, wo und wann er ihm in die Hände gekommen sei, und er sagte, eine Frau habe ihn erst vor etwa zehn Tagen gebracht. Sie habe ihn verkaufen wollen, wie sie sagte, weil sie sich mit ihrem Mann weiter von den marodierenden Banden de Mandevilles absetzen wolle. Sie habe alles, was sie entbehren konnte, zu Geld gemacht, damit sie anderswo in Sicherheit leben könnten. Das taten viele, jedenfalls die, die in der Stadt nicht viel zu verlieren hatten. Ich fragte ihn, was für eine Frau es gewesen sei, und er hat sie mir so beschrieben, daß kein Zweifel möglich war. Vater, noch vor nur drei Wochen war Generys in Peterborough am Leben und wohlauf.«

»Und wie bist du zu dem Ring gekommen?« fragte Radulfus sanft, jedoch mit einem scharfen und einschüchternden Blick in das Gesicht des Jungen. »Und warum? Du konntest unmöglich wissen, daß er hier von so unschätzbarer Bedeutung sein würde.«

»Nein, das konnte ich nicht.« Ein leichter Anflug von Röte huschte Sulien über die Wangen, wie Cadfael bemerkte, aber der feste blaue Blick war so offen und klar wie immer und widerstand selbst Fragen und Vorwürfen. »Du hast mich der Welt zurückgegeben, so daß ich wie jemand sprechen kann und werde, der sich schon außerhalb dieser Mauern befindet. Ruald und seine Frau waren die engen Freunde meiner Kindheit, und als ich kein Kind mehr war, wuchs diese Zuneigung und reifte mit meinem Körper heran. Man wird es dir erzählt haben, daß Generys schön war. Was ich für sie empfand, ließ sie völlig unbehelligt, denn sie hat nie davon erfahren. Nachdem sie jedoch gegangen war, dachte und hoffte ich, vergeblich, wie ich zugeben muß, das Kloster und die Kutte könnten mir den Seelenfrieden wiedergeben. Ich wollte den Preis getreulich bezahlen, aber du hast mir die Schuld erlassen. Doch als ich den Ring sah und in der Hand hielt, den ich als den ihren erkannte, wollte ich ihn haben. So einfach ist es.«

»Aber du hattest kein Geld, um ihn zu kaufen«, sagte Radulfus in dem gleichen, sanften Ton, dem kein Tadel zu entnehmen war.

»Er hat ihn mir gegeben. Ich habe ihm gesagt, was ich jetzt Euch erzählt habe. Vielleicht noch etwas mehr«, fügte Sulien mit einem plötzlich aufblitzenden Lächeln hinzu, das sich in den sonst leidenschaftlich ernsten Augen nur für einen kurzen Augenblick zeigte. »Wir wohnten nur für eine Nacht unter dem gleichen Dach, und wir werden uns wohl nie mehr wiedersehen. Wenn zwei Menschen so zusammentreffen, vertrauen sie einander mehr an als selbst ihren Müttern. Und er hat mir den Ring geschenkt.«

»Und warum«, fragte der Abt ebenso direkt, »hast du ihn Ruald, als du ihn hier wiedersahst, nicht zurückgegeben oder zumindest gezeigt und ihm die Nachricht mitgeteilt?«

»Ich habe ihn mir nicht Rualds wegen von dem Silberschmied erbeten«, sagte Sulien unverblümt, »sondern nur zu meinem Trost. Und was deine Frage betrifft, weshalb ich ihn Ruald nicht gezeigt und ihm nicht erzählt habe, wie und wo ich ihn bekommen habe, kann ich nur sagen, daß ich bis jetzt gar nicht wußte, daß ein Schatten über ihm hängt, ebensowenig wie ich wußte, daß es eine hier vor kurzem beigesetzte tote Frau gab, die für Generys gehalten wurde. Seit meiner Ankunft habe ich nur einmal mit ihm gesprochen, und das nicht mehr als ein paar Minuten auf dem Weg zur Messe. Er schien mir vollkommen glücklich und zufrieden zu sein, weshalb sollte ich da alte Erinnerungen aufwühlen? Daß er ins Kloster gegangen ist, war für ihn ebenso Schmerz wie Freude, und da wollte ich es bei seiner jetzigen Freude belassen. Doch jetzt muß er es allerdings erfahren. Und so übergebe ich Euch den Ring nur zu gern. Er hat für mich seinen Zweck schon erfüllt.«

Es entstand eine kurze Pause, in der der Abt über all das nachdachte, was diese Neuigkeit für die Anwesenden sowie für diejenigen bedeutete, die bisher noch unbeteiligt waren. Dann wandte er sich an Cadfael. »Bruder, willst du Hugh Beringar meine Empfehlung überbringen und ihn bitten, mit dir zu uns zurückzureiten? Gib Nachricht, wenn du ihn nicht sofort findest. Bevor er es selbst gehört hat, sollte niemand von der Sache erfahren, nicht einmal Bruder Ruald, denke ich. Sulien, du bist zwar kein Bruder dieses Hauses mehr, aber ich hoffe, du wirst als Gast bei uns bleiben, bis du deine Geschichte noch einmal erzählt hast, und zwar in meiner Gegenwart.«

SECHSTES KAPITEL

Hugh befand sich im Schloß, und Cadfael fand ihn in der Rüstkammer, wo er, die Wahrscheinlichkeit eines Vorstoßes gegen die Anarchie in Essex bedenkend, die Waffen zählte. Er hatte die Kunde ernst genommen und war darauf gefaßt, notfalls innerhalb eines Tages aufzubrechen, falls der König ihn rief. Doch an Hughs Bereitschaft zum Handeln war selten etwas auszusetzen, und insgesamt war er mit seinen Vorbereitungen zufrieden. Wenn der Ruf erfolgte, konnte er innerhalb weniger Stunden eine ansehnliche Zahl ausgewählter Männer in Marsch setzen. Es war keineswegs gewiß, daß der Ruf den Sheriff einer von dem verwüsteten Land der Fens so weit entfernten Grafschaft erreichte, aber die Möglichkeit blieb bestehen. Für Hugh war schon die bloße Existenz Geoffrey de Mandevilles und seinesgleichen eine Beleidigung seines Gefühls für Ordnung und Anstand.

Er begrüßte Cadfael etwas unaufmerksam und sah weiter mit einem kritischen Auge zu, wie sein Waffenmeister einem Schwert Gestalt gab. Er schenkte der dringenden Aufforderung des Abts nur am Rande Aufmerksamkeit, bis Cadfael ihn durch eine Bemerkung hellwach machte: »Es hat etwas mit der Leiche zu tun, die wir auf dem Töpferacker gefunden haben. Der Fall stellt sich jetzt ganz anders dar.«

Das brachte Hugh endlich dazu, schnell den Kopf herumzudrehen. »Inwiefern ganz anders?«

III

»Komm mit und höre dir an, was der Bursche zu sagen hat, der die Veränderung bewirkt hat. Wie es scheint, hat der junge Sulien Blount aus den Fens nicht nur schlechte Neuigkeiten mitgebracht. Der Abt wünscht, daß er es dir in seiner Gegenwart noch einmal erzählt. Sollte er in Suliens Worten etwas überhört haben, was von Bedeutung ist, wirst du es finden, da ist er ganz sicher. Und hinterher könnt ihr die Köpfe zusammenstecken, denn es sieht so aus, als wäre dir ein möglicher Weg nun verschlossen. Und jetzt zu Pferde. Wir sollten gleich losreiten.«

Doch auf dem Rückweg durch die Stadt, als sie über die Brücke ritten und ins Foregate-Viertel kamen, gab er schon einen ersten Teil der Neuigkeiten preis, um Hugh auf das vorzubereiten, was folgen würde. »Bruder Sulien hat sich, wie es scheint, entschlossen, in die Welt zurückzukehren. Du hattest recht mit deinem Urteil. Er hat sich nie zum Mönch geeignet. Er ist zu dem gleichen Schluß gekommen, ohne allzuviel von seiner Jugend zu vergeuden.«

»Und Radulfus ist damit einverstanden?« wunderte sich Hugh.

»Ich glaube sogar, daß er ihm darin zuvorgekommen ist. Sulien ist ein guter Junge, und er hat sein Möglichstes versucht, aber er sagt selbst, daß er aus den falschen Gründen in den Orden eingetreten ist. Er wird jetzt zu dem Leben zurückkehren, für das er geschaffen ist. Es ist gut möglich, daß du ihn in deiner Garnison hast, noch bevor alles vorbei ist, denn wenn er die eine Berufung aufgibt, wird er eine neue brauchen. Er ist nicht der Mann, der untätig auf den Ländereien seines Bruders herumsitzt.«

»Um so mehr«, sagte Hugh, »da Eudo noch nicht lange verheiratet ist, so daß in einem Jahr oder zwei schon Söhne da sein können. Wenn die Erbfolge gesichert ist, ist kein Platz für einen jüngeren Bruder. Ich hätte es aber schlimmer treffen können. Er scheint für das Kriegshandwerk ein sehr geeigneter junger Mann zu sein. Gut gebaut, nicht auf den Kopf gefallen, und zu Pferde hat er schon immer eine gute Figur gemacht.«

»Seine Mutter wird sich sicher freuen, ihn wiederzuhaben«, überlegte Cadfael. »Sie hat wenig Freude in ihrem Leben, wie du mir sagst; ein heimgekehrter Sohn kann viel für sie tun.«

Der für das Kriegshandwerk geeignete junge Mann saß noch immer mit dem Abt unter vier Augen beisammen, als Hugh mit Cadfael im Gefolge das Empfangszimmer betrat. Die beiden schienen gut miteinander auszukommen, wenn man davon absieht, daß Sulien eine leichte Anspannung anzumerken war. Er saß sehr aufrecht und steif da und lehnte sich mit den Schultern an die Wandtäfelung. Sein Part hier war noch immer erst zur Hälfte erledigt; er wartete aufmerksam und mit geweiteten Augen darauf, ihn beenden zu können.

»Sulien hier«, sagte der Abt. »hat Euch etwas Wichtiges zu erzählen, so daß ich es für das Beste hielt, daß Ihr es direkt von ihm erfahrt, denn Ihr werdet vielleicht Fragen haben, die mir nicht eingefallen sind.«

»Das bezweifle ich«, sagte Hugh und setzte sich so hin, daß er den jungen Mann in dem durch das Fenster einfallenden Licht deutlich sehen konnte. Es war kurz nach zwölf Uhr mittags und die hellste Stunde eines wolkenverhangenen Tages. »Es war richtig von Euch, mich gleich kommen zu lassen. Denn ich nehme an, daß es mit dieser toten Frau zu tun hat. Mehr hat Cadfael mir nicht gesagt. Ich höre, Sulien. Was habt Ihr zu sagen?«

Sulien erzählte seine Geschichte erneut, diesmal etwas kürzer als zuvor, doch mit weitgehend den gleichen Worten, soweit es die Tatsachen betraf. Es gab keine Diskrepanzen, aber sein Vortrag war auch nicht so formuliert, als wäre er einstudiert. Sulien hatte eine liebenswürdige, frische Art, und die Worte kamen ihm leicht über die Lippen. Als er geendet hatte, lehnte er sich mit einem scharfen Seufzen zurück und sagte: »Es kann also keinen Verdacht mehr gegen Bruder Ruald geben. Wann hatte er denn je etwas mit einer anderen Frau zu tun als mit Generys? Und Generys lebt und ist wohlauf. Wer immer es ist, die Ihr gefunden habt, sie kann es nicht sein.«

Hugh hatte den Ring auf der Handfläche, und die eingravierten Initialen waren im Lichtschein deutlich zu sehen. Er betrachtete ihn nachdenklich und mit gerunzelter Stirn. »Euer Abt hat Euch nahegelegt, bei diesem Silberschmied Nachtquartier zu nehmen?«

»So ist es. Er war als guter Freund der Benediktiner von Ramsey bekannt.«

»Und sein Name? Und wo liegt seine Werkstatt in der Stadt?«

»Sein Name ist John Hinde, und die Werkstatt ist in Priestgate, nicht weit von der Klosterkirche entfernt.« Die Antworten kamen zügig, ja sogar bereitwillig.

»Nun, Sulien, wie es scheint, habt Ihr Ruald alle Sorgen mit diesem Rätsel und diesem Todesfall genommen und mich eines Verdächtigen beraubt, falls dieser Mann wirklich je ernstlich in Verdacht stand. Um die Wahrheit zu sagen, habe ich ihn nie so recht im Verdacht gehabt, der Täter zu sein, aber Männer sind Männer – selbst Mönche sind es –, und unter uns sind nur wenige, die nicht töten könnten, wenn die Gelegenheit da ist, das Bedürfnis, der Zorn und die nötige Abgeschiedenheit. Es war möglich! Ich bedaure aber nicht, den Verdacht zerstreut zu sehen. Wie es scheint, müssen wir anderswo nach einer verschwundenen Frau Ausschau halten. Hat Ruald schon davon erfahren?« fragte er und blickte zu dem Abt hoch.

»Noch nicht.«

»Dann laßt ihn jetzt kommen«, sagte Hugh.

»Bruder«, sagte der Abt zu Cadfael gewandt, »sei so gut und suche Ruald und bitte ihn herzukommen.«

Cadfael machte sich nachdenklich auf den Weg. Für Hugh bedeutete diese Rettung Rualds einen Rückschlag. Er mußte wieder von vorn beginnen und wurde damit von den Angelegenheiten des Königs abgelenkt, und das zu einer Zeit, in der es ihm lieber gewesen wäre, sich darauf konzentrieren zu können. Er hatte ohne Zweifel auch nach einer anderen denkbaren Identität der toten Frau gesucht, aber es ließ sich nicht leugnen, daß die verschwundene Generys die einleuchtendste Möglichkeit war. Doch angesichts dieser unerwarteten Wendung konnte zumindest die Abtei von Saint Peter und Saint Paul um so ruhiger in die Zukunft blicken. Was Ruald selber anging, würde er sich um der Frau willen mehr freuen als um seiner selbst willen und für die unerwartete Fügung dankbar sein. Sein so allumfassender, entrückter Seelenfrieden, der dem, was die meisten fehlbaren menschlichen Brüder erreichen konnten, so weit voraus war, war ohnehin ein ständiges, staunenswertes Wunder. Für ihn war alles wohlgetan, was immer Gott entschied oder tat, ob für ihn oder an ihm, selbst wenn es Kummer und Demütigung bedeutete, ja selbst den Tod. Auch das eigene Märtyrertum hätte daran nichts geändert.

Cadfael fand ihn in der Krypta des Refektoriums, wo Bruder Matthew, der Kellermeister, seine geräumigsten Lagerräume hatte. Man hatte ihm Ruald zugeteilt, da dieser ein praktisch veranlagter Mann war, dessen Fähigkeiten eher handwerklicher Art waren als gelehrter oder künstlerischer Natur. Als er ins Zimmer des Abts befohlen wurde, wischte er sich die Hände ab, ließ seine Inventarliste im Stich, berichtete Bruder Matthew in dessen kleinem Zimmer des südlichen Gewölbes über seinen Gang zum Bruder Abt und folgte Cadfael mit schlichtem Gehorsam, der nichts in Frage stellte. Es stand ihm nicht zu, Fragen zu

stellen oder sich zu wundern, obwohl, wie Cadfael überlegte, ihm unter den jetzigen Umständen sehr wohl der
Mut ein wenig sinken konnte angesichts der Tatsache, daß
die weltliche Gewalt dort Seite an Seite mit der klösterlichen saß und beide ihn mit strengen und tiefernsten Gesichtern fixierten. Falls der Anblick dieses doppelten Tribunals,
das auf sein Eintreten wartete, seine Gelassenheit auf der
Schwelle des Empfangszimmers erschütterte, war ihm das
weder an seiner Erscheinung noch an seinem Verhalten
anzusehen. Er erwies den beiden unbeirrt seine Reverenz
und wartete, daß man ihn ansprach. Hinter ihm schloß
Cadfael die Tür.

»Ich habe dich kommen lassen, Bruder«, sagte der Abt,
»weil etwas ans Licht gekommen ist, etwas, das du vielleicht wiedererkennst.«

Hugh hielt ihm auf der offenen Handfläche den Ring hin.
»Kennst du das, Ruald? Nimm es in die Hand, untersuche
es.«

Das war kaum nötig. Ruald hatte schon den Mund geöffnet, um beim bloßen Anblick des Rings auf Hughs Hand zu
antworten. Er nahm den Ring jedoch gehorsam an sich und
drehte ihn sofort herum, damit das Licht von der Seite auf
die schlichten, innen eingravierten verschlungenen Initialen
fiel. Zur Identifizierung hatte er sie nicht gebraucht, er
wünschte und akzeptierte sie jedoch dankbar als ein Zeichen sowohl von erinnerter Eintracht als auch Hoffnung
für künftige Versöhnung und Vergebung. Cadfael sah, wie
ein leichtes Zittern von Wärme und Zuversicht für einen
Augenblick die geduldigen Züge des hageren Gesichts
erhellte.

»Ich kenne ihn gut, Herr. Es ist der Ring meiner Frau. Ich
habe ihn ihr vor unserer Heirat in Wales geschenkt, wo der
Stein gefunden worden ist. Wie ist er hierher gekommen?«

»Laß mich zunächst eins klarstellen – du bist sicher, daß

dieser Ring ihr gehört hat? Es kann keinen zweiten dieser Art geben?«

»Unmöglich. Es könnten zwar auch andere Paare diese Initialen haben, durchaus, aber diese hier habe ich selbst geschnitten, und ich bin kein Kunststecher. Ich kenne jede Linie, jede Unregelmäßigkeit, jeden Fehler der Arbeit, habe miterlebt, wie die hellen Linien im Laufe der Jahre stumpf wurden und anliefen. Diesen Ring habe ich zuletzt an der Hand von Generys gesehen. Wo ist sie? Ist sie zurückgekommen? Darf ich mit ihr sprechen?«

»Sie ist nicht hier«, erwiderte Hugh. »Der Ring wurde im Laden eines Juweliers in der Stadt Peterborough gefunden, und der Juwelier hat bezeugt, ihn nur etwa zehn Tage zuvor von einer Frau gekauft zu haben. Die Frau, die ihn verkaufte, brauchte Geld, um die Stadt zu verlassen und woanders einen sichereren Ort zum Leben finden zu können, da sie angesichts der in den Fens ausgebrochenen Anarchie dort nicht bleiben wollte. Der Juwelier hat sie beschrieben. Es hat den Anschein, als wäre sie tatsächlich die, die einmal deine Frau war.«

Das Strahlen von Hoffnung hatte auf Rualds schlichtem, nicht mehr jungem Gesicht einen langsamen und verhaltenen Sonnenaufgang ausgelöst, doch inzwischen hatte sich auch der letzte kleine Wolkenfetzen verzogen. Er wandte sich mit einem so strahlenden Eifer an Abt Radulfus, daß das Licht vom Fenster, das jetzt mit etwas blasseren Sonnenstrahlen in den Raum drang, nur wie der Widerschein seiner Freude wirkte.

»Dann ist sie nicht tot! Sie lebt und ist wohlauf! Vater, darf ich noch eine Frage stellen? Denn diese Nachricht ist wundervoll!«

»Gewiß darfst du das«, sagte der Abt. »Und wundervoll ist es tatsächlich.«

»Mein Herr Sheriff, wie ist der Ring hergekommen,

wenn er in Peterborough gekauft und verkauft worden ist?«

»Er wurde durch jemanden hergebracht, der erst kürzlich aus dieser Gegend in unser Haus gekommen ist. Sulien Blount. Du kennst ihn. Der Juwelier dort hat ihm auf seiner Reise für eine Nacht Obdach gewährt, und dort hat Sulien den Ring gesehen und erkannt. Aus alter Freundschaft«, sagte Hugh mit Betonung, »wollte er ihn mitbringen, und das hat er nun, und jetzt hältst du ihn in der Hand.«

Ruald hatte sich umgewandt, um den jungen Mann, der stumm und reglos ein wenig abseits stand, mit einem langen und festen Blick zu betrachten. Sulien wirkte, als wünschte er sich unsichtbar zu machen, und da er in einem so kleinen Raum nicht verschwinden konnte, schien er zumindest zu hoffen, durch seine Reglosigkeit allzu aufmerksamer Beobachtung zu entgehen, und so hatte er vor sein allzu offenes Gesicht und die ehrlichen Augen gewissermaßen einen Schleier gezogen. Die beiden wechselten einen sonderbaren und prüfenden Blick, und keiner der Anwesenden bewegte sich oder sprach, um die Intensität des Moments nicht zu stören. Cadfael vernahm in sich die Fragen, die nicht gestellt wurden: Warum hast du mir den Ring nicht gezeigt? Wenn du ihn mir aus Gründen, die ich nur vermuten kann, nicht zeigen wolltest, hättest du mir nicht zumindest erzählen können, daß du in letzter Zeit von ihr gehört hast, daß sie noch lebt und wohlauf ist? Doch alles, was Ruald sagte, ohne den Blick von Suliens Gesicht abzuwenden, war: »Ich kann ihn nicht behalten. Ich habe allem Eigentum abgeschworen. Ich danke Gott, daß ich ihn gesehen habe und daß es Ihm gefallen hat, Generys zu beschützen. Ich bete, er möge sie auch künftig umsorgen.«

»Amen!« sagte Sulien kaum hörbar. Der Laut war ein bloßes Seufzen, aber Cadfael sah, wie seine fest zusammengepreßten Lippen erzitterten und sich bewegten.

»Da du ihn schon nicht behalten darfst, Bruder, darfst du ihn verschenken«, sagte der Abt, der die beiden mit klugen Augen beobachtete, die abwogen und bedachten, sich jedoch jedes Urteils enthielten. Der Junge hatte ihm schon gebeichtet, weshalb er den Ring erworben hatte und weshalb er die Absicht hatte, ihn zu behalten. Er war ein kleines Ding in sich, doch groß in dem, was er bewirken konnte, und jetzt hatte er seine Rolle ausgespielt und war nicht mehr von Bedeutung. Es sei denn dadurch, vielleicht, wie darüber verfügt wurde? »Du darfst ihn verschenken, an wen du willst«, sagte Radulfus.

»Wenn der Herr Sheriff ihn nicht mehr braucht«, sagte Ruald, »gebe ich ihn wieder Sulien zurück, der ihn wiedergefunden hat. Er hat mir die schönste Nachricht gebracht, die ich mir nur denken kann, und mir jenes kleine Stück meines Seelenfriedens zurückgegeben, das nicht einmal dieses Haus hat wiederherstellen können.« Er lächelte plötzlich; das schlichte, lange Gesicht hellte sich auf, und er hielt Sulien den Ring hin. Der Junge streckte sehr langsam, fast zögernd eine Hand aus, um ihn an sich zu nehmen. Als sie sich berührten, wurde die lebhafte Farbe seiner Wangen zu einem feurigen Rot, und er wandte stolz das Gesicht von dem Licht ab, das ihn sonst verraten hätte.

Aha, so ist das also, dachte Cadfael, der jetzt klar sah. Es werden keine Fragen gestellt, weil sie nicht nötig sind. Ruald mußte den jüngeren Sohn seines Gutsherrn fast schon seit dessen Geburt in Haus und Werkstatt beobachtet und gesehen haben, wie er die unbeholfenen Schmerzen des Heranwachsens und die Vorahnung der Mannheit erlebte, und immer in engster Nähe der Gestalt dieser rätselhaften und eindrucksvollen Frau, der Fremden, die für ihn keine Fremde war, der Frau, die zu allen Distanz hielt, aber nicht zu ihm, dieses Wesens, von dem jedermann sagte, sie sei sehr schön, aber nicht jeder kam ihr nahe, und nicht zu jedem war sie freundlich. Kinder verschaffen sich dort ihr Recht, wo andere keinen Zugang finden. Sulien behauptete, es habe sie nicht im geringsten berührt, und sie habe nichts davon gewußt. Aber Ruald hatte es gewußt. Jetzt war es nicht nötig, daß der Junge über seine Motive Auskunft gab oder wegen der Mittel, mit denen er verteidigt hatte, was ihm kostbar war, um Vergebung bat.

»Sehr schön«, sagte Hugh energisch, »so sei es. Ich habe keine weiteren Fragen. Ich bin froh zu sehen, Ruald, daß dein Gemüt Ruhe gefunden hat. Du zumindest brauchst dir in dieser Angelegenheit nicht mehr den Kopf zu zerbrechen. Über dir oder diesem Haus schwebt nicht einmal mehr der Schatten einer Bedrohung, und ich muß woanders suchen. Wie ich höre, Sulien, habt Ihr Euch entschlossen, den Orden zu verlassen. Werdet Ihr in der nächsten Zeit auf Longner sein, falls ich Euch einmal sprechen muß?«

»Ja«, sagte Sulien, der sich noch immer ein wenig steif hielt und seine Würde zu wahren versuchte. »Ich werde da sein, wann immer Ihr mich braucht.«

Ich möchte wirklich wissen, dachte Cadfael, als der Abt Ruald und Sulien mit einer kurzen segnenden Handbewegung entließ und die beiden den Raum verließen, wie der Junge auf den Einfall gekommen ist, »wann immer« zu sagen? Ich hätte eher ein »*falls* Ihr mich braucht« erwartet. Hat er eine Vorahnung davon, daß eines Tages aus irgendeinem Grund mehr von ihm verlangt werden wird?

»Er ist natürlich in diese Frau verliebt gewesen«, sagte Hugh, als er mit Cadfael und dem Abt allein war. »So etwas kommt vor! Wir dürfen nicht vergessen, daß seine Mutter jetzt schon seit acht Jahren krank ist und nach und nach zu diesem zerbrechlichen Wesen dahinsiechte, das sie heute ist. Wie alt muß dieser Bursche gewesen sein, als das begann?

Kaum zehn Jahre. Obwohl er in Rualds Häuschen schon lange davor willkommen war, denn die beiden mochten ihn. Ein Kind ist viele unschuldige Jahre lang in eine liebenswürdige und schöne Frau vernarrt und entdeckt plötzlich, daß es die Regungen eines Mannes im Körper spürt, doch nicht nur dort, auch im Gemüt. Dann gewinnt das eine oder das andere die Oberhand. Ich könnte mir vorstellen, daß dieser Junge der Seele den Vorrang gab und seine Liebe auf ein Podest stellte – oder vielmehr auf einen Altar, falls Ihr mir dieses Wort gestattet, Vater –, um sie still zu verehren.«

»Er sagt, genau das habe er getan«, stimmte Radulfus trocken zu. »Sie hat es nie erfahren. Seine Worte.«

»Ich neige dazu, ihm zu glauben. Ihr habt doch gesehen, wie er rot wurde wie eine Pfingstrose, als ihm aufging, daß Ruald ihn mühelos durchschauen konnte. Hat er seinen Fang denn nie eifersüchtig bewacht, dieser Ruald? Alle Welt scheint sich darin einig zu sein, daß sie eine große Schönheit war. Oder lag es einfach daran, daß er daran gewöhnt war, den Jungen im Haus zu haben, und ihn für harmlos hielt?«

»Nach allem, was ich gehört habe«, sagte Cadfael mit großer Ernsthaftigkeit, »verhielt es sich wohl eher so, daß er wußte, wie unerschütterlich treu seine Frau war.«

»Gerüchte wollen aber wissen, daß sie ihm am Ende von einem Liebhaber erzählte, als er sich entschlossen hatte, sie zu verlassen.«

»Das wollen nicht nur Gerüchte wissen«, rief ihnen der Abt mit fester Stimme ins Gedächtnis zurück. »Das sagt er selbst. Bei dem letzten Besuch, den er ihr machte, und Bruder Paul kann es bestätigen, hat sie ihm gesagt, sie habe einen Geliebten, der ihrer Liebe würdiger sei, und all die Zärtlichkeit, die sie je für ihn, ihren Mann, empfunden habe, habe er selbst zerstört.«

»Das hat sie gesagt«, bestätigte Cadfael. »Aber entsprach es den Tatsachen? Wie ich mich erinnere, hat sie allerdings auch gegenüber dem Juwelier von sich und ihrem Mann gesprochen.«

»Wer kann das wissen?« Hugh hob resigniert die Hände. »Ihrem Mann hat sie vielleicht ins Gesicht geschleudert, was ihr gerade in den Sinn kam, ob es stimmte oder nicht, aber sie hatte keinen Grund, den Silberschmied zu belügen. Sicher ist nur, daß unsere Tote nicht Generys ist. Und ich kann Ruald und jeden anderen vergessen, der sich vielleicht mit Generys eingelassen hat. Ich muß eine andere Frau und einen anderen Grund für einen Mord suchen.«

»Eins macht mir immer noch zu schaffen«, sagte Hugh, als er mit Cadfael an seiner Seite zum Torhaus zurückging, »nämlich daß er es nicht in der Sekunde hinaussprudelte, in der er Ruald wiedersah. Er hätte doch sofort sagen müssen, daß sie lebt und daß es ihr gutgeht. Wer hätte mehr Recht gehabt, es zu erfahren, als ihr Mann, selbst wenn er inzwischen Mönch geworden ist? Und welche Neuigkeit hätte dringender sein können, als der Junge ihn zu Gesicht bekam?«

»Da wußte er aber noch nichts von einer toten Frau oder davon, daß man Ruald im Verdacht hatte«, ließ sich Cadfael vernehmen. Es überraschte ihn selbst, wie zaghaft sich das sogar für seine eigenen Ohren anhörte.

»Zugegeben. Aber er hat gleichwohl gewußt, daß Ruald immerzu an sie dachte, sich fragte, wie es ihr wohl ergeht, ob sie lebt oder tot ist. Es hätte doch nahegelegen, bei Rualds Anblick sofort herauszuplatzen: ›Um Generys brauchst du dir keine Sorgen zu machen, es geht ihr gut.‹ Das war alles, was Ruald wissen mußte, und damit wäre er vollkommen glücklich gewesen.«

»Der Junge war doch selbst in sie verliebt«, fühlte Cadfael nicht weniger unsicher vor. »Vielleicht mißgönnte er in seinem tiefsten Innern Ruald diese Befriedigung.«

»Scheint er dir ein nachtragender Mensch zu sein?« wollte Hugh wissen.

»Sagen wir, er war immer noch sehr mit der Plünderung Ramseys und seiner Flucht beschäftigt. Das war genug, um alle weniger wichtigen Dinge zu verdrängen.«

»Die Sache mit dem Ring, an den er sich von früher her erinnerte, passierte erst nach Ramsey«, rief ihm Hugh ins Gedächtnis zurück, »und war ihm in dem Augenblick wichtig genug, sich damit zu beschäftigen.«

»Stimmt. Und um die Wahrheit zu sagen, macht mir das auch Kopfzerbrechen. Wer will sagen, wie ein Mensch denkt, der unter starker Belastung steht? Doch hier kommt es zunächst einmal auf den Ring an. Sie besaß ihn; Ruald, der ihn ihr geschenkt hatte, erkannte ihn sofort als den ihren. Sie hat ihn verkauft, weil sie jetzt Geld brauchte. Was immer in der Natur und im Handeln des jungen Sulien durcheinander geraten sein mag, er hat den Beweis mitgebracht. Generys lebt, und Ruald ist von aller denkbaren Schuld frei. Müssen wir noch mehr wissen?«

»Wohin wir uns jetzt wenden sollen«, sagte Hugh bekümmert.

»Hast du nichts anderes? Was ist mit der Witwe, die von Haughmond als Pächterin in das Haus gesetzt wurde, nachdem Eudo ihnen das Land zum Geschenk gemacht hatte?«

»Ich habe sie gesehen. Sie lebt jetzt bei ihrer Tochter in der Stadt, nicht weit von der westlichen Brücke. Sie wohnte jedoch nur eine kurze Zeit dort, denn sie hatte einen Schlaganfall, wonach ihr Schwiegersohn sie zu sich holte und das Haus leer zurückließ. Sie hat aber alles wohlgeordnet hinterlassen und nie etwas Verdächtiges gesehen oder gehört, solange sie dort lebte, und auch keine Fremden bemerkt, die sich dort herumtreiben. Das Haus liegt abseits

der Landstraßen. Allerdings erzählt man sich von fahren-
dem Volk, das manchmal dort übernachtet, vor allem während der Messe. Eudo auf Longner hat versprochen, alle
seine Leute zu fragen, ob ihnen dort etwas Unerlaubtes
aufgefallen ist, doch ich habe diesbezüglich noch nichts von
ihm gehört.«

»Wären dort irgendwelche Gerüchte aufgetaucht«, ließ
sich Cadfael vernehmen, »hätte Sulien uns nicht nur seine
Geschichte erzählt, sondern auch davon berichtet.«

»Dann muß ich noch weiter weg suchen.« Seit Bekannt-
werden des Todesfalls hatte er Späher genau zu diesem
Zweck ausgesandt, obwohl seine Aufmerksamkeit durch
die plötzliche und besorgniserregende Komplikation in der
Lage des Königs empfindlich abgelenkt worden war.

»Wir können zumindest die Zeit eingrenzen«, sagte Cadfael nachdenklich. »Als die Witwe dort wohnte, dürften
sich andere dort kaum zu schaffen gemacht haben. Als
billiges Nachtquartier konnten sie es nicht benutzen, denn
es liegt weitab aller Landstraßen, so daß es unwahrscheinlich ist, daß sich ein zufällig vorbeikommender Wanderer
dort einquartiert hat, und ein Paar, das auf der Suche nach
einem ruhigen Ort war, um sich im Gras zu wälzen, hätte
sich inmitten all der Felder dort oben kaum für das einzige
bewohnte Haus entschieden. Als die Pächterin das Haus
jedoch verlassen hatte, war es abgelegen genug für jeden,
der Heimlichkeiten vorhatte, und auch bevor diese Frau
von dem Kloster dort hineingesetzt wurde ... An welchem
Tag genau ist Generys weggegangen? Wann ist sie einfach
verschwunden und hat die Tür weit offen und die Asche im
Herd gelassen?«

»Es kommen drei Tage in Frage«, sagte Hugh, der an der
offenen Pforte im Tor stehenblieb, »aber niemand weiß
genau, an welchem. Ein Kuhhirte von Longner kam am
siebenundzwanzigsten Juni am Flußufer vorbei und sah sie

im Garten. Am letzten Tag im Juni kam eine Nachbarin, die nördlich des Hügelkamms wohnt – das waren die nächsten Nachbarn, die sie hatten, und die lebten fast eine Meile entfernt –, auf dem Weg zur Fähre bei ihr vorbei. Nicht gerade der kürzeste Weg, übrigens, aber ich nehme an, daß sie einen Riecher für Klatsch hatte und die jüngsten Neuigkeiten über irgendeinen saftigen Skandal erfahren wollte. Sie fand die Tür offen, das Haus leer und den Küchenherd kalt. Danach hat hier in der Gegend niemand mehr Rualds Frau gesehen.«

»Die Urkunde, mit der das Feld an Haughmond überging, wurde Anfang Oktober aufgesetzt und bezeugt. An welchem Tag? Du warst einer der Zeugen.«

»Am siebten«, erwiderte Hugh. »Und die Witwe des alten Schmieds zog drei Tage später ein, um sich um das Haus zu kümmern. Da gab es einiges zu tun, denn inzwischen war schon manches geplündert worden. Mal war ein Kochtopf oder etwas Ähnliches verschwunden, dann eine Bettdecke, und der Türriegel war aufgebrochen, um die Diebe einzulassen. O ja, es hatte schon einige ungebetene Besucher gegeben, doch bis dahin war kein großer Schaden entstanden. Erst später haben Diebe alles mitgenommen, was nicht niet- und nagelfest war und ihnen lohnend erschien.«

»Also vom dreißigsten Juni bis zum zehnten Oktober«, überlegte Cadfael nachdenklich, »hätte jemand dort oben sehr wohl einen Mord begehen und die Tote begraben können, ohne daß irgendwer davon erfahren hätte. Und wann zog die alte Frau zu ihrer Tochter in die Stadt?«

»Es war der Winter, der sie aus dem Haus trieb«, erwiderte Hugh. »Etwa um die Weihnachtszeit, als gerade Frost herrschte, bekam sie einen Schlaganfall. Zu ihrem Glück ist ihre Tochter mit einem guten Mann verheiratet, und als das kalte Wetter begann, behielt er den Zustand der alten Frau sorgfältig im Auge, und als sie dann hilflos dalag, brachte er sie in die Stadt, damit sie bei ihnen leben kann. Seit dieser Zeit steht das Häuschen leer.«

»Seit Beginn dieses Jahres können sich dort also auch Dinge mit tödlichem Ausgang ereignet haben, ohne daß es Zeugen gab. Und dennoch«, sagte Cadfael, »glaube ich, ja, ich glaube es wirklich, daß sie schon seit einem Jahr oder mehr in der Erde gelegen hat und dort hineingelegt worden ist, als sich der Boden schnell und leicht ausheben ließ, und nicht in der Frostzeit. Seit dem Frühling dieses Jahres? Nein, die Zeit ist zu kurz. Du mußt noch weiter zurückgehen, Hugh. Ich glaube, daß die Tat irgendwann zwischen Ende Juni und dem zehnten Oktober vergangenen Jahres begangen wurde. Das ist lange genug her, damit die Erde sich legen und das Wurzelwerk kräftiger werden und sich im Lauf der Jahreszeiten ausbreiten konnte. Und falls Vagabunden sich auf ihrer Wanderschaft des Häuschens einmal bedient haben, wer sollte wohl da oben am Knick unter den Ginsterbüschen graben wollen? Ich habe mir schon überlegt, daß derjenige, der sie dort begraben hat, voraussah, daß die Erde irgendwann unter den Pflug kommen würde, und sie so hingelegt hat, daß ihr Schlaf nicht gestört werden würde. Wenn der Pflüger beim Wenden etwas behutsamer gewesen wäre, hätten wir sie nie gefunden.«

»Ich fühle mich versucht«, gab Hugh mit gerunzelter Stirn zu, »zu wünschen, du hättest sie nie gefunden. Aber jetzt ist es nun einmal geschehen. Sie hat einmal gelebt, und jetzt ist sie tot, und wir werden sie nicht mehr los, wer immer sie ist. Und ich weiß nicht recht, warum es so wichtig sein soll, ihr ihren Namen wiederzugeben und von dem, der sie auf eurem Feld begraben hat, Rechenschaft zu fordern, aber für uns beide wird es trotzdem kaum Ruhe geben, bis das erreicht ist.«

Es war eine wohlbekannte Tatsache, daß aller Klatsch und Tratsch aus der umliegenden Gegend, im Gegensatz zu den Gerüchten, die in der Stadt selbst blühten, zunächst im Hospital von Saint Giles zu hören war, das sich gut eine halbe Meile entfernt am Foregate, am Ostrand des Vororts, erstreckte. In dieser wohltätigen Einrichtung suchten die Entwurzelten der Straße immer wieder Schutz: Bettler, Wanderburschen in der Hoffnung auf Arbeit, Taschendiebe, Einbrecher und Betrüger, die ihrerseits entschlossen waren, jeder Arbeit aus dem Weg zu gehen, Verkrüppelte und Kranke, die auf Almosen angewiesen waren, oder Aussätzige, die Behandlung brauchten. Das einzige, was sie auf ihrer Wanderschaft erwerben konnten, waren Neuigkeiten, und die setzten sie als Währung ein, um Interesse auf sich zu lenken. Bruder Oswin, der der nominellen Leitung eines berufenen Laien unterstand, der sein Haus im Foregate-Viertel nur selten verließ, um sich im Hospiz sehen zu lassen, war für die Kranken verantwortlich. Er hatte sich im Lauf der Zeit an das ständige Hin und Her gewöhnt und konnte zwischen den wirklich Armen und Unglücklichen und den armseligen kleinen Gaunern unterscheiden. Gelegentlich tauchte ein Gesunder auf, der irgendeine schwere Behinderung vortäuschte, doch das kam nur selten vor, und Oswin entwickelte mit der Zeit auch für solche Unruhestifter ein immer besseres Auge. Er war eine Zeitlang Cadfaels Gehilfe im Kräutergarten gewesen, bevor man ihn zu diesem Dienst befördert hatte, und hatte von ihm mehr Fähigkeiten erlernt als das bloße Mischen von Tinkturen und Salben.

Drei Tage nach Suliens Enthüllung stellte Cadfael die Medikamente zusammen, um die Bruder Oswin gebeten hatte, und machte sich mit einem vollen Ranzen nach dem Foregate auf, um den Medizinschrank in Saint Giles wieder aufzufüllen, eine regelmäßig wiederkehrende Aufgabe, die er alle zwei bis drei Wochen, je nach Bedarf, unternahm. Da der Herbst jetzt schon recht weit fortgeschritten war, würden die Bewohner der Landstraßen allmählich an das bevorstehende Winterwetter denken und sich überlegen, wo sie während der schlimmsten Kälte Schutz und Unterschlupf finden konnten. Die Zahl der hoffnungslos heruntergekommenen Menschen war noch nicht gestiegen, doch alle, die jetzt unterwegs waren, waren wohl schon dabei, ihre Überlebenspläne zu schmieden. Cadfael ging ohne Hast die Landstraße entlang, wechselte hier und da an offenen Haustüren mit den Bewohnern ein paar Worte und fand ein abstraktes Vergnügen an der Betrachtung von Kindern, die in dem unbeständigen Sonnenschein spielten, im Schlepptau ihre ewigen Gefährten, die Hunde des Foregate-Viertels. Seine Stimmung war, passend zur Herbstluft und dem fallenden Laub, nachdenklich. Er hatte jeden Gedanken an Hughs Problem vorübergehend verdrängt und kehrte mit leicht schuldbewußtem Eifer und größerer Hingabe zu dem klösterlichen Tageslauf und seinen Pflichten darin zurück. Die leisen, nagenden Zweifel, die ihm im Hinterkopf herumgegangen waren, waren eingeschlafen, mochte ihr Schaf auch nur leicht und trügerisch sein.

Er erreichte die Stelle, an der sich die Straße gabelte, und neben der Landstraße erhob sich das lange, niedrige Dach des Hospitals hinter einem sanften, grasbewachsenen Hang und einem Zaun aus Weidenruten. Der gedrungene Turm seiner kleinen Kirche ragte über all das hinweg. Bruder Oswin erschien unter dem Vordach, um ihn zu begrüßen, so beleibt, fröhlich und strahlend wie immer. Die drahtigen Locken seiner Tonsur sträubten sich unter den niedrigen Zweigen der Gartenbäume, und im Arm hielt er einen Korb mit den harten kleinen Spätbirnen, der Sorte, die sich bis Weihnachten hielt. Seit seiner ersten Zeit als Gehilfe Cadfaels im Kräutergarten hatte er gelernt, seinen kräftigen

Körper und seinen lebhaften Geist zu beherrschen. Er zerbrach nicht mehr, womit er umging, und stolperte in seiner Eile und in seinem Eifer, Gutes zu tun, nicht mehr über die eigenen Füße. Tatsächlich hatte er seit Beginn der Arbeit hier im Hospital Cadfaels Erwartungen bei weitem übertroffen. Seine großen Hände und kräftigen Arme eigneten sich besser dazu, die Kranken und Gebrechlichen zu heben und die Streitsüchtigen zu besänftigen, als kleine Täfelchen zu formen und Pillen zu drehen; allerdings verstand er sich darauf, die Medizin, die Cadfael ihm brachte, an die Patienten zu verabreichen, und überdies hatte er sich als einfühlsamer und fröhlicher Krankenpfleger erwiesen, der selbst bei den schwierigsten und undankbarsten Patienten nie aus der Haut fuhr.

Sie füllten gemeinsam die Regale des Medizinschranks, verschlossen ihn wieder, um ihn vor neugierigen Blicken zu schützen, und begaben sich in die Halle. Da der November vor der Tür stand, brannte hier ständig ein Kaminfeuer, vor dem sich ein paar Gäste aufhielten, die noch zu schwach waren, um sich frei zu bewegen. Manche von ihnen würden diesen Ort erst verlassen, wenn man sie zur Beerdigung auf den Friedhof trug. Die Gesündesten waren draußen im Garten und brachten die spätherbstliche Ernte ein.

»Wir haben einen neuen Insassen«, sagte Oswin. »Es wäre gut, du würdest ihn dir mal ansehen und dich vergewissern, ob ich ihn richtig behandle. Es ist ein übler alter Mann, wie ich sagen muß, der eine scheußliche Sprache im Munde führt. Er kam so voller Ungeziefer zu uns, daß ich ihn in einer Ecke der Scheune betten ließ. Selbst jetzt noch, wo wir ihn inzwischen gesäubert und in neue Kleider gesteckt haben, sollte er, wie ich finde, lieber abseits gehalten werden. Seine Wunden könnten andere anstecken. Seine Bosheit würde bestimmt Schaden anrichten, denn er hegt einen Groll gegen die ganze Welt.«

»Die Welt hat ihm wahrscheinlich genug angetan, um es zu verdienen«, gestand Cadfael ihm bekümmert zu, »aber es wäre bedauerlich, wenn er seinen Zorn an jemandem ausließe, der noch schlimmer daran ist als er selbst. Es wird immer Hasser unter uns geben. Wo hast du diesen her?«

»Er kam vor vier Tagen zu uns gehumpelt. Ich habe seinen Worten entnommen, daß er in der Nähe der Walddörfer im Freien geschlafen und sich sein Essen zusammengebettelt hat, wo es möglich war, und wenn es mit der Wohlfahrt knapp wurde, hat er wohl auch gestohlen. Er sagt, er habe während der Messe hier und da ein wenig Arbeit gefunden, aber ich habe den Verdacht, daß er sich auf eigene Rechnung als Taschendieb betätigt hat, denn so, wie er aussieht, würde ihm kein ehrbarer Kaufmann Arbeit geben. Komm mit, überzeug dich selbst!«

Die Scheune des Hospizes war ein geräumiges und sogar komfortables Gebäude, warm von duftendem Sommerheu und von dem reifen Aroma abgelagerter Äpfel erfüllt. Der böse alte Mann, zweifellos mit einem weniger übelriechenden Körper als bei der Ankunft, hatte sein mit Rollen versehenes Bett in der Ecke aufgestellt, in der es am wenigsten zog, und hockte auf seiner Strohmatratze wie ein Vogel auf der Stange. Sein struppiger grauer Kopf war zwischen einst massiven, kräftigen Schultern versunken. Dem boshaften, finsteren Gesicht nach zu schließen, mit dem er seine Besucher begrüßte, hatte sich an seiner Übellaunigkeit nur wenig geändert. Sein Gesicht war geschrumpft und zu einer Maske des Mißtrauens und der Bosheit verzogen, und zwischen den Narben halbverheilter Wunden blitzten kleine, boshafte, wissende Augen sie an. Das Gewand, das man ihm angelegt hatte, war für einen mit zunehmendem Alter schrumpfenden Körper zu groß und wohl absichtlich ausgewählt worden, wie Cadfael dachte, damit es lose am Körper hing und nicht an den

Wunden scheuerte, die sich an dem runzligen Hals des Mannes und auf seinen Schultern fortsetzten. Dort hatte man ein Stück Leinentuch hineingelegt, um die Berührung kratziger Wolle zu lindern.

»Die Entzündung hat sich etwas gebessert«, flüsterte Oswin Cadfael leise ins Ohr. Und, als sie näherkamen, an den alten Mann gerichtet: »Nun, Onkel, wie fühlst du dich an diesem schönen Morgen?«

Die scharfen alten Augen blickten schräg zu ihnen hoch und verweilten auf Cadfael. »Keineswegs besser«, sagte eine angesichts einer so verwüsteten Hülle unerwartet kräftige und volle Stimme, »weil ich jetzt zwei von euch sehe statt nur einen.« Er rutschte näher an die Bettkante heran und blinzelte neugierig. »Ich kenne dich doch«, sagte er und grinste, als verschaffte ihm die Erkenntnis wenn nicht Vergnügen, so doch wenigstens einen Vorteil gegenüber einem möglichen Gegner.

»Jetzt wo du es sagst«, stimmte Cadfael zu und betrachtete das erhobene Gesicht mit gleicher Aufmerksamkeit, »habe ich auch das Gefühl, dich schon irgendwo gesehen zu haben. Doch wenn es so ist, war es unter besseren Umständen. Dreh das Gesicht ins Licht, hierher, so!« Er sah sich die verschorften Wunden genauer an, erfaßte dabei aber schnell die Züge des Gesichts, die Augen des Mannes, die in einem Netz von Falten gelblich strahlten, und beobachtete ihn aufmerksam, während er die aufgeplatzte Wunde untersuchte. An den Rändern der Entzündung zeigte sich der schwache, verformte Schorf frisch verheilter Wunden. »Warum beklagst du dich über uns, wenn man dir hier zu essen gibt, du ein Dach über dem Kopf hast und ein warmes Bett, und Bruder Oswin so großherzig für dich gesorgt hat? Dein Zustand bessert sich, und das weißt du sehr wohl. Wenn du noch zwei oder drei Wochen Geduld hast, kannst du diesen Kummer lossein.«

»Und dann werft ihr mich hier raus«, knurrte die kräftige alte Stimme bitter. »Ich weiß doch, wie es ist! Das ist mein Los in dieser Welt. Erst flickt man mich zusammen, und dann wirft man mich raus, damit ich wieder modere und verfaule. Wohin ich auch komme, es ist überall das gleiche. Wenn ich mal ein Stück von einem Dach finde, unter dem ich für eine Nacht Unterschlupf suchen kann, kommt irgendein Lump daher und versetzt mir einen Fußtritt, um es für sich zu beanspruchen.«

»Hier dürfte dir das kaum passieren«, betonte Cadfael gleichmütig und zog das schützende Leinen wieder um den mageren Hals. »Bruder Oswin hier wird dafür sorgen. Du brauchst nur zuzulassen, daß er dich heilt, und keinen Gedanken dran zu verschwenden, wo du liegen oder was du essen wirst, bis du sauber und gesund bist. Danach ist immer noch Zeit genug, an solche Dinge zu denken.«

»Schöne Worte, aber es wird trotzdem so enden wie immer. Ich habe nie Glück. Ihr habt gut reden«, brummte er und warf Cadfael einen gehässigen Blick zu, »ihr verteilt Brotkrümel als Almosen an eurem Torhaus, während ihr reichlich habt, ihr habt ein festes Dach über dem Kopf und schöne trockene Betten, und dann erzählt ihr Gott, wie fromm ihr seid. Als wenn es euch nicht egal wäre, wo wir armen Seelen in derselben Nacht unser Haupt betten.«

»Aha, da hab ich dich also gesehen«, sagte Cadfael, dem jetzt ein Licht aufging. »Am Vorabend der Messe.«

»Und da hab ich auch dich gesehen. Und was habe ich davon gehabt? Brot und Brühe und einen Penny zum Ausgeben.«

»Den du wohl für Bier ausgegeben hast«, vermutete Cadfael sanft und lächelte. »Und wo *hast* du dann in jener Nacht dein Haupt gebettet? Und in all den Nächten der Messe? Arme wie dich hatten wir in einer unserer Scheunen gemütlich genug untergebracht.«

»Ich würde es trotzdem vorziehen, nicht innerhalb eurer Mauern zu liegen. Außerdem«, sagte er grollend, »wußte ich von einem Ort, der nicht allzu weit weg lag, einem Häuschen, in dem niemand wohnte. Ich war letztes Jahr schon dort, bis dieser rothaarige Teufel von Hausierer mit seinem Weib erschien und mich mit einem Fußtritt hinausbeförderte. Und wo bin ich gelandet? Unter einer Hecke auf dem nächsten Feld. Hat er mich etwa auch nur in einer Ecke neben dem Brennofen schlafen lassen? Nein, der nicht, den Platz wollte er für sich und seine Späße mit seiner Madam. Und dann haben sie in den meisten Nächten gestritten und gekämpft, dabei habe ich sie nämlich gehört.« Seine Suada verebbte zu einem mürrischen Gebrummel, so daß er nicht bemerkte, wie Cadfael plötzlich wie gebannt dastand. »Aber dieses Jahr bin ich reingekommen. Obwohl ich kaum noch Grund hatte, mich darüber zu freuen! Jetzt ist es kaum mehr zu gebrauchen, denn es fällt allmählich auseinander. Was immer ich anrühre, verfällt und verfault.«

»Dieses Häuschen«, sagte Cadfael langsam, »das auch einen Brennofen besaß – wo liegt das?«

»Von hier aus gesehen auf der anderen Flußseite, in der Nähe von Longner. Da arbeitet jetzt aber niemand mehr. Alles in Trümmern, eine Ruine!«

»Und du hast die Nächte der diesjährigen Messe dort verbracht?«

»Es regnet jetzt herein«, sagte der alte Mann bekümmert. »Im letzten Jahr war alles noch gut in Schuß, und ich hatte mir gedacht, dort gut untergebracht zu sein. Aber das ist nun mal mein Schicksal, ich werde immer wie ein streunender Köter verjagt und darf dann am Ende unter irgendeiner Hecke zittern.«

»Erzähl mir«, sagte Cadfael, »von dem letzten Jahr. Dieser Mann, der dich hinauswarf, war das ein Hausierer, der auf der Messe verkaufen wollte? Ist er bis zum Ende der Messe in dem Häuschen geblieben?«

»Er und die Frau.« Der alte Mann war plötzlich hellwach geworden, denn er hatte erkannt, daß seine Informationen hier auf großes Interesse stießen, und begann, dieses Gefühl zu genießen, ganz davon abgesehen, daß er sich diese Tatsache auch zunutze zu machen hoffte. »Ein wildes, schwarzhaariges Geschöpf war das, um keinen Deut besser als ihr Mann. Um keinen Deut! Sie hat mich mit kaltem Wasser übergossen, um mich zu verjagen, als ich wieder zurückkriechen wollte.«

»Hast du sie aufbrechen sehen? Beide zusammen?«

»Nein, sie waren noch da, als ich Hausierer wurde und mit einem Burschen mitging, der nach Beiston wollte. Er hatte mehr gekauft, als er allein bewältigen konnte.«

»Und in diesem Jahr? Hast du denselben Mann auf der diesjährigen Messe gesehen?«

»O ja, er war da«, sagte der Alte gleichgültig. »Ich hatte nie etwas mit ihm zu tun, aber ich habe ihn dort gesehen.«

»Und die Frau, war sie immer noch bei ihm?«

»Nein, in diesem Jahr war nichts von ihr zu sehen. Ich hab ihn immer nur allein oder mit den Burschen in der Kneipe gesehen, und der Himmel weiß, wo er geschlafen hat! Das Häuschen des Töpfers wäre jetzt nicht mehr gut genug für ihn. Wie ich hörte, war sie Akrobatin und Sängerin, immer unterwegs wie er. *Ihren* Namen habe ich aber nie gehört.«

Die leichte Betonung des »ihren« war Cadfaels Ohr nicht entgangen. Er fragte mit einem Gefühl, als würde er den Deckel von einem Krug heben, der gefährliche Enthüllungen freigeben konnte oder auch nicht: »Aber seinen kennst du?«

»Oh, *seinen* Namen kennt jeder an den Ständen und in den Bierkneipen. Er heißt Britric und stammt aus Ruiton.

134

Er kauft auf den Märkten in den Städten und geht mit seiner Ware hier in der Grafschaft und bis nach Wales hinein hausieren. Ist meist unterwegs, aber nie zu weit weg. Soviel ich weiß, geht es ihm gut!«

»Also«, sagte Cadfael und atmete lange und langsam durch, »dann solltest du ihm auch nichts Böses wünschen und deiner Seele etwas Gutes tun. Du hast deine Sorgen, und ich nehme an, Britric hat seine, die weder leichter noch erträglicher sein dürften. Wenn du ißt, was man dir vorsetzt, dich ausruhst und tust, was Bruder Oswin dir sagt, kann auch deine Bürde schon bald leichter sein. Das sollten wir allen Menschen wünschen.«

Der alte Mann, der neugierig und aufmerksam auf seinem Bett hockte, sah, wie sie sich zur Tür zurückzogen. Cadfaels Hand war schon auf dem Riegel, als die Stimme, die so sonderbar volltönend und kräftig war, hinter ihnen her rief: »Zu seinen Gunsten kann ich nur sagen, daß sein Weib sehr hübsch war, wenn auch eine Hexe.«

SIEBTES KAPITEL

Jetzt hatten sie ihn also, einen veritablen Namen, einen Zauber, der dem Gedächtnis auf die Sprünge helfen konnte. Namen sind mächtige Magie. Innerhalb von zwei Tagen nach Cadfaels Besuch in Saint Giles, über den er noch vor dem Ende des Tages Hugh getreulich berichtete, hatten sie über den Hausierer von Ruiton so viel beisammen, daß es eine Chronik hätte füllen können. Wo immer man den Namen Britric auf dem Markt und dem Gelände des Pferdemarkts in ein Ohr flüsterte, öffneten sich sofort die Münder, und die Zungen setzten sich bereitwillig in Bewegung. Wie es den Anschein hatte, gab es nur eins, was die Leute nicht über ihn gewußt hatten, nämlich, daß er die Nächte der vorjährigen Messe in dem Häuschen auf dem Töpferacker verbracht hatte, das damals erst seit einem Monat leerstand und sich in einem noch sehr komfortablen Zustand befand. Nicht einmal die Nachbarn auf Gut Longner hatten das gewußt. Der heimliche Bewohner war am Tage wohl mit seiner Ware unterwegs, ebenso seine Frau, falls sie ihr Geld damit verdiente, daß sie die Menschen unterhielt, und sie dürften Verstand genug besessen haben, die Tür verschlossen und alles in Ordnung zu halten. Wenn sie, wie der alte Mann behauptet hatte, einen großen Teil ihrer Zeit mit Streitigkeiten zugebracht hatten, hatten sie ihre Kämpfe immerhin in ihren vier Wänden gehalten. Und von Longner aus hatte sich niemand zu dem Feld oder zu dem verlassenen Haus begeben, nachdem Generys verschwunden war. Für diejenigen, die es noch bewohnt gekannt hatten, hatte sich so etwas wie Kälte und Verlassenheit darauf gesenkt, und so mieden sie es seitdem und wandten sich ab. Nur der bedauernswerte alte Mann, der auf einen gemütlichen Unterschlupf gehofft hatte, hatte dort sein Glück versucht und war von einem früher eingetroffenen und stärkeren Anwärter weggejagt worden.

Die Witwe des Schmieds, eine straffe kleine Person vorgerückten Alters mit den leuchtenden runden Augen eines Rotkehlchens, spitzte die Ohren, als sie den Namen Britric hörte. »Ach der, o ja, vor ein paar Jahren kam der mit seinem Bündel immer vorbei, als ich mit meinem Mann noch in der Schmiede in Sutton lebte. Er fing sehr klein an, besuchte die Dörfer aber regelmäßig, denn kein Mensch schafft es, einmal die Woche in die Stadt zu kommen. Ich habe mein Salz bei ihm gekauft. Er kam gut zurecht und fürchtete sich auch nicht vor Arbeit, wenn er nüchtern war, doch wenn er getrunken hatte, war er ein wilder Bursche. Ich weiß noch, daß ich ihn letztes Jahr auf der Messe gesehen habe, aber gesprochen habe ich nicht mit ihm. Ich habe nicht gewußt, daß er nachts dort oben im Häuschen des Töpfers schlief. Nun, damals kannte ich es selbst noch nicht. Erst zwei Monate später hat mich der Prior dort hineingesetzt, damit ich mich um das Haus kümmere. Mein Mann war im späten Frühjahr gestorben, und ich hatte Haughmond gebeten, mir Arbeit zu geben. Der Schmied hatte zu Lebzeiten gut für sie gearbeitet, so daß ich wußte, der Prior würde mich nicht abweisen.«

»Und die Frau?« wollte Hugh wissen. »Eine umherziehende Akrobatin, wie ich höre, dunkel, sah sehr gut aus. Hast du ihn mit ihr gesehen?«

»Er hatte ein Mädchen bei sich«, gestand die Witwe nach kurzem Nachdenken ein, »ich kaufte nämlich an diesem

Tag gerade am Stand des Fischhändlers neben Wats Kneipe ein, an der Ecke des Pferdemarkts, und sie kam, um ihn abzuholen. Sie wolle ihn mitnehmen, sagte sie, bevor er seinen ganzen Tagesverdienst und die Hälfte von ihrem dazu vertrinke. Daran erinnere ich mich genau. Sie waren laut. Er hatte einen über den Durst getrunken und wurde streitsüchtig, aber sie konnte es mit ihm aufnehmen. Überschütteten einander mit Flüchen, daß man ganz rot werden konnte, wirklich, aber dann marschierten sie gemeinsam los, waren wieder ein Herz und eine Seele, und sie hielt ihn umfaßt, damit er nicht stolperte, schimpfte aber immer noch. Hübsch?« sagte die Witwe nachdenklich und schnaubte verächtlich. »Für einige vielleicht. Ein dreistes, energisches, schwarzhaariges Stück, dünn und biegsam wie eine Weidenrute.«

»Britric war auch in diesem Jahr auf der Messe, wie man mir sagt«, sagte Hugh. »Hast du ihn gesehen?«

»Ja, er war da. Seinem Aussehen nach schien er in dieser Welt ganz gut zurechtzukommen. Die Leute sagen, daß man mit der Hausiererei gutes Geld verdienen kann, wenn man bereit ist, hart zu arbeiten. Wenn er noch ein Jahr oder zwei weitermacht, dann wird er wie die Händler einen Stand mieten und der Abtei die Gebühren zahlen.«

»Und die Frau? War sie noch bei ihm?«

»Nicht daß ich wüßte.« Die Witwe war nicht dumm, und zu diesem Zeitpunkt gab es in Shrewsbury und Umgebung keine Menschenseele mehr, die nicht wußte, daß der Tod einer Frau aufzuklären war und daß die naheliegenden Antworten auf die sich ergebenden Fragen nicht zufriedenstellend ausgefallen waren, denn die Untersuchung ging weiter, und der Ton war inzwischen schärfer geworden. »In diesem Jahr war ich während der drei Tage nur einmal unten im Foregate«, sagte sie. »Andere sind aber jeden Tag bis zum Abend dageblieben, und die werden es wissen.

Aber ich habe nichts von ihr gesehen. Gott allein weiß, was er mit ihr gemacht hat«, sagte die Witwe und bekreuzigte sich mit matronenhafter Bedächtigkeit, um damit alle bösen Vorzeichen von ihrer eigenen unfehlbaren Tugend fernzuhalten, »aber ich bezweifle, daß sich hier irgend jemand auftreiben läßt, der sie seit der Petrusmesse vom letzten Jahr zu Gesicht bekommen hat.«

»O ja, dieser Bursche!« sagte Meister William Rede, der Ältere der beiden Laien-Haushalter der Abtei, der von den Händlern und Handwerkern, die mit ihren Waren alljährlich zur Messe kamen, die Mieten und Gebühren einzog. »Ja, ich kenne den Mann, den du meinst. Hat etwas von einem Schurken an sich, aber ich habe schon schlimmere gekannt. Von Rechts wegen müßte er eine kleine Gebühr dafür zahlen, daß er hier verkauft, denn er bringt immer ein Bündel mit, wie es sonst nur ein Herkules bewältigen könnte. Aber du weißt ja, wie es ist. Bei einem Mann, der für drei Tage einen Stand errichtet, ist es einfach. Man weiß, wo man ihn findet. Er zahlt seine Gebühren, und man verliert keine Zeit. Aber ein Bursche, der seine Ware bei sich trägt, der verschwindet einfach in der Menge, wenn er einen aus der Ferne sieht, und wenn man hinter ihm herjagt, kann das mehr Zeit kosten, als seine kleine Gebühr wert wäre. An einhundert Ständen herumzulaufen und Blindekuh zu spielen, und das mit all den Leuten, die da kaufen und verkaufen, das ist nichts für mich. Also kommt er davon, ohne seine Abgaben zu zahlen. Kein großer Verlust, denn irgendwann wird er zahlen, sein Geschäft wird größer. Mehr weiß ich nicht über ihn.«

»Hat er in diesem Jahr eine Frau bei sich gehabt?« fragte Hugh. »Dunkel, hübsch, eine Akrobatin?«

»Nicht daß ich wüßte, nein. Im letzten Jahr fiel mir eine Frau auf, die mit ihm aß und trank, und das könnte sehr wohl die sein, die du meinst. Ich bin sicher, daß sie ihm manchmal ein Zeichen gegeben hat, als ich in Sicht kam, damit er sich aus dem Staub machen konnte. In diesem Jahr aber nicht. In diesem Jahr hatte er mehr Waren mitgebracht, und ich könnte mir denken, daß er in Wats Kneipe geschlafen hat, denn er brauchte Platz, um sie zu lagern. Vielleicht erfährst du dort mehr über ihn.«

Walter Renold hatte seine nackten und muskulösen Arme verschränkt, stützte sich mit ihnen auf das große Faß, das er soeben mühelos in eine Ecke des Raums gerollt hatte, und musterte Hugh mit gelassenen kundigen Augen.

»Ach, Britric? Ja, der hat sich während der ganzen Messe hier bei mir einquartiert. Ist in diesem Jahr schwerbeladen angekommen. Ich habe ihm gesagt, er kann seine Siebensachen auf dem Boden unterbringen, Warum nicht? Ich weiß, daß er die Abgaben an die Abtei nicht zahlt, aber der Verlust seines Pennys bringt sie nicht an den Bettelstab. Und der Herr Abt drückt bei den kleinen Leuten schon mal ein Auge zu. Was nicht heißen soll, daß Britric auch sonst ein kleiner Mann wäre, ganz und gar nicht. Ein großer, kräftiger Bursche, rothaarig, manchmal ein bißchen streitsüchtig, wenn er betrunken ist, aber im großen und ganzen kein schlechter Bursche.«

»Im letzten Jahr«, sagte Hugh, »hatte er eine Frau bei sich, wie ich höre. Ich habe allen Anlaß anzunehmen, daß er damals nicht bei dir gewohnt hat, aber wenn er hier getrunken hat, mußt du sie beide öfter gesehen haben. Erinnerst du dich an sie?«

Und ob Wat sich erinnerte, sogar mit großem Vergnügen. »Oh, die! Schwer zu vergessen, wenn man die einmal gesehen hat. Sie konnte sich biegen wie eine Weidenrute, tanzte wie ein Osterlamm und spielte auf der kleinen Flöte. Leichter zu tragen und besser als ein Rebec, es sei denn, ein

Meister spielt. Und außerdem war sie von den beiden die praktischere. Sie hielt den Daumen auf dem Geld, das sie beide einnahmen. Sie sprach vom Heiraten, aber ich bezweifle, daß sie es je schaffen wird, ihn zur Kirchentür zu schleppen. Vielleicht hat sie einmal zuviel davon gesprochen, denn dieses Jahr ist er allein hergekommen. Ich habe keine Ahnung, wo er sie gelassen hat, aber die kommt auch allein durch, wo immer sie sein mag.«

Das hörte sich für Hugh sehr bitter an, als er an die Möglichkeit dachte, die ihm vorschwebte. Wie es schien, hatte Wat noch nicht die Verbindung hergestellt, die das Denken der Witwe schon beeinflußt hatte. Doch bevor er weiterfragen konnte, überraschte Wat ihn, indem er einfach hinzufügte: »Gunnild nannte er sie. Ich habe nie erfahren, woher sie kam – und ich möchte bezweifeln, daß er es gewußt hat –, aber eine Schönheit ist sie, das steht fest.«

Auch das löste bei Hugh einen seltsamen Widerhall aus, als er sich an die nackten Gebeine erinnerte. In seiner Phantasie wurden sie zunehmend lebendiger und zu einem Bild von diesem wilden, zähen, hart arbeitenden Kind der Landstraße, dunkelhaarig und so strahlend wie das bewundernde Glitzern, das sie selbst nach mehr als einjähriger Abwesenheit in den Augen des alternden Kneipenwirts hervorrufen konnte.

»Du hast sie seitdem nicht mehr gesehen? Weder hier noch sonstwo?«

»Wie oft bin ich sonstwo?« entgegnete Wat gutmütig. »Meine Herumtreiberjahre habe ich hinter mir. Jetzt bin ich zufrieden, wo ich bin. Ich habe das Mädchen nie mehr zu Gesicht bekommen. Und dabei fällt mir ein, daß ich ihn in diesem Jahr nicht mal ihren Namen habe nennen hören. Wenn ich daran denke, wie vernarrt er letztes Jahr in sie war«, sagte Wat nachsichtig, »scheint davon nichts mehr geblieben zu sein. Für ihn könnte sie ebensogut tot sein.«

»So, da stehen wir also«, sagte Hugh und faßte für Cadfael kurz zusammen, was er erfahren hatte. Sie befanden sich in der gemütlichen Abgeschiedenheit der Werkstatt im Kräutergarten. »Britric ist der einzige Mann, von dem wir wissen, daß er sich in Rualds Häuschen wie zu Hause gefühlt hat. Es mag noch andere gegeben haben, aber über die werden wir nichts in Erfahrung bringen können. Außerdem hatte er eine Frau bei sich, und es muß zwischen ihnen sehr stürmisch zugegangen sein, nach allem, was wir hören. Sie muß ihn ständig zur Heirat gedrängt haben, doch er schien es nicht allzu eilig zu haben, sich überreden zu lassen. Das alles ist mehr als ein Jahr her. Und in diesem Jahr taucht er nicht nur allein auf der Messe auf, sondern sie wird dort überhaupt nicht mehr gesehen, gerade diese Frau, die auf Messen, Märkten, Hochzeiten und ähnlichen Belustigungen ihren Lebensunterhalt verdient. Das ist zwar kein Beweis, verlangt aber nach Antworten.«

»Und sie hat einen Namen«, sagte Cadfael nachdenklich. »Gunnild. Aber keine Wohnung. Sie taucht aus dem Nichts auf und ist wieder verschwunden und nirgends zu finden. Nun, da bleibt dir nur eins: Du mußt sorgfältig nach beiden Ausschau halten, aber er dürfte leichter zu finden sein. Und wie ich vermute, hast du alle deine Leute schon angewiesen, die Augen offenzuhalten.«

»Sowohl in der Grafschaft als auch jenseits der Grenze«, bemerkte Hugh knapp. »Weiter, so sagen die Leute, gehen seine Runden nicht, wenn man von Reisen in die Stadt absieht, wo er Waren wie Salz und Gewürze kauft.«

»Und jetzt haben wir schon November, und damit ist die Zeit für Märkte und Messen vorbei, aber wir haben immer noch recht trockenes und mildes Wetter. Er dürfte nach wie vor von Dorf zu Dorf ziehen, aber ich vermute«, sagte Cadfael nachdenklich, »daß er nicht allzu weit weg ist. Wenn er in Ruiton noch immer so etwas wie ein Zuhause hat, wird er dorthin aufbrechen, sowie die ersten Frostnächte einsetzen, und wenn die Kälte erst richtig anfängt zu beißen, wird er von dort nicht allzu weit entfernt sein wollen.«

»Um diese Jahreszeit«, bemerkte Hugh, »fällt ihm immer wieder ein, daß er in Ruiton eine Mutter hat, und dann macht er sich auf, um bei ihr zu überwintern.«

»Und du hast dort jemanden sitzen, der auf sein Erscheinen wartet.«

»Mit etwas Glück«, sagte Hugh, »erwischen wir ihn schon vorher. Ich kenne Ruiton. Es liegt kaum acht Meilen von Shrewsbury entfernt. Er wird seine Reisen zeitlich so einrichten, daß sie ihn zunächst in all diese walisischen Dörfer führen, um dann über Knockin nach Osten zu gehen, direkt nach Hause. In jener Ecke liegen viele kleine Weiler eng beieinander, so daß er dort mit seinen Verkäufen weitermachen kann, bis sich das Wetter ändert, und trotzdem nahe bei seinem Zuhause sein. Irgendwo dort werden wir ihn finden.«

Irgendwo dort fanden sie ihn nur drei Tage später tatsächlich. Einer von Hughs Lehnsmännern hatte den Hausierer bei der Arbeit in den walisischen Dörfern aufgespürt und wartete aus Vorsicht auf der englischen Seite auf ihn, bis er herüberkam und sich zunächst nach Meresbrook und von dort ohne jede Eile über Knockin nach Hause begab. Hugh hielt ein wachsames Auge auf seine aufrührerischen Nachbarn in Powys, und so wie er auf seiner Seite der Grenze keinen Verstoß gegen englisches Recht duldete, achtete er peinlich darauf, den Walisern keine Gelegenheit zur Klage zu geben, er habe auf ihrer Seite gegen walisisches Recht verstoßen, es sei denn, sie brachen die stillschweigende Übereinkunft als erste. Seine Beziehungen mit Owain Gwynedd im Nordwesten waren freundlich, was im wohl-

143

verstandenen Interesse beider Seiten lag, aber die Waliser von Powys waren undiszipliniert und unberechenbar. Man durfte sie nicht provozieren, andererseits aber auch nicht gewähren lassen, wenn sie ihm Ärger bereiteten, ohne provoziert worden zu sein. Folglich wartete der Lehnsmann, bis seine nichtsahnende Beute den uralten Wall überquerte, der die Grenze markierte. Er war in dieser Gegend an manchen Stellen unterbrochen und vernachlässigt, ließ sich jedoch noch immer gut erkennen. Bei dem noch immer recht milden Wetter war es nicht unangenehm, auf den Straßen zu gehen, doch es hatte den Anschein, als wäre Britrics Bündel so gut wie leer. Da er mit seinen Einnahmen offenkundig zufrieden war, machte er sich folglich schon vor Anbruch der Kälte auf den Heimweg. Falls er zu Hause in Ruiton noch Vorräte hatte, konnte er sie immer noch an seine Nachbarn und in den Weilern der Gegend verkaufen.

So kam er fröhlich pfeifend und im Gras am Wegesrand einen langen Stab schwingend in die Grafschaft geschritten und marschierte auf Meresbrook zu. Kurz vor dem Dorf lief er einer Patrouille aus zwei leichtbewaffneten Männern der Garnison von Shrewsbury in die Arme, die ihn in die Mitte nahmen und an den Armen packten. Sie fragten ihn ohne jede Erregung, ob er auf den Namen Britric höre. Er war ein hochgewachsener, kräftiger Bursche und einen halben Kopf größer als seine Häscher und hätte sich leicht befreien können, wenn ihm danach zumute gewesen wäre, aber er wußte, was sie waren und was sie vertraten, und versagte es sich, das Schicksal unnötig herauszufordern. Er verhielt sich vorsichtig und besonnen, nannte fröhlich seinen Namen und fragte mit entwaffnender Unschuld, was sie von ihm wollten.

Sie waren jedoch nicht bereit, ihm mehr zu sagen, als daß der Sheriff seine Anwesenheit in Shrewsbury wünsche.

Ihre Zurückhaltung im Verein mit der gleichgültigen Geschicklichkeit, mit der sie ihn behandelten, hätte ihn sehr wohl dazu bringen können, es sich mit seiner bereitwilligen Zusammenarbeit noch einmal zu überlegen und einen Fluchtversuch zu wagen, doch da war es schon zu spät, denn plötzlich waren wie aus dem Nichts zwei weitere Soldaten aufgetaucht und schlenderten vom Straßenrand zu ihnen heran; beide hielten Pfeil und Bogen griffbereit, und ihrem Aussehen nach zu schließen, wußten sie damit umzugehen. Der Gedanke, einen Pfeil in den Rücken zu bekommen, behagte Britric ganz und gar nicht. So fügte er sich, durch die Umstände genötigt, in sein Schicksal. Ein Jammer, wo Wales nur eine Viertelmeile hinter ihm lag. Doch wenn es zum Schlimmsten kam, würde sich später vielleicht eine bessere Möglichkeit zur Flucht ergeben, wenn er jetzt friedlich blieb.

Sie brachten ihn nach Knockin, und um schneller an ihr Ziel zu gelangen, besorgten sie ihm ein Pferd, erreichten Shrewsbury noch vor Anbruch der Nacht und lieferten ihn sicher in einer Zelle im Schloß ab. Um diese Zeit legte er Anzeichen sichtlichen Unbehagens an den Tag, verriet aber keine wirkliche Angst. Hinter seinem verschlossenen und ausdruckslosen Gesicht wog er vielleicht ab, welche Vergehen er sich hatte zuschulden kommen lassen, und fragte sich möglicherweise besorgt, welches davon ans Licht gekommen sein konnte, aber wenn es so war, schien das Ergebnis ihn eher zu verwirren, statt ihn aufzuklären und besorgt zu machen. Alle seine Bemühungen, seinen Häschern Informationen zu entlocken, waren fehlgeschlagen. Jetzt konnte er nur warten, denn es hatte den Anschein, als wäre der Sheriff nicht gleich verfügbar.

Der Sheriff saß, wie sich zeigte, in der Wohnung des Abts mit Prior Robert und dem Herrn des Gutshauses von Upton beim Abendessen. Dieser hatte der Abtei vor kurzem ein Fischereirecht an dem Fluß Tern, der an sein Land grenzte, zum Geschenk gemacht. Die Urkunde war noch vor den Abendgebeten aufgesetzt und gesiegelt worden, und Hugh war einer der Zeugen gewesen. Upton war Pachtland der Krone, und bei solchen Transaktionen waren Zustimmung und Billigung des Vertreters der Krone nötig. Der Bote vom Schloß war klug genug, geduldig in dem Vorzimmer zu warten, bis sich die Gesellschaft von der Tafel erhob. Gute Neuigkeiten halten sich mindestens so gut wie schlechte, und der Verdächtige war hinter Steinmauern sicher genug untergebracht.

»Ist dies der Mann, von dem Ihr gesprochen habt?« fragte Radulfus, als er sich angehört hatte, was der Mann zu sagen hatte. »Derjenige, der sich letztes Jahr in Bruder Rualds Häuschen eingenistet hat?«

»Derselbe«, sagte Hugh. »Und der einzige, von dem ich erfahren habe, daß er sich *tatsächlich* kostenlos dort einquartiert hat. Und wenn Ihr mich entschuldigen wollt, Vater, ich muß gehen und in Erfahrung bringen, was man aus ihm herausbekommen kann, bevor er Zeit gehabt hat, wieder zu Atem und zu Verstand zu kommen.«

»Die Gerechtigkeit liegt mir ebenso am Herzen wie Euch«, gestand der Abt. »Es geht mir nicht um das Leben dieses oder eines anderen Mannes, aber ich wünsche, daß über das Leben der Frau Rechenschaft abgelegt wird. Natürlich könnt Ihr gehen. Ich hoffe, wir kommen diesmal näher an die Wahrheit heran. Ohne sie kann es keine Absolution geben.«

»Darf ich Bruder Cadfael mitnehmen, Vater? Er hat mir als erster von diesem Mann erzählt und weiß am besten, was der alte Mann in Saint Giles über ihn gesagt hat. Vielleicht bringt er Einzelheiten in Erfahrung, die mir entgehen würden.«

Prior Robert blickte bei diesem Vorschlag mißbilligend

an seiner großen Patriziernase hinunter und zog seine langen Lippen zu einem schmalen Strich zusammen. Er war der Ansicht, daß Cadfael außerhalb des Klostergeländes viel zu oft ein Ausmaß an Freiheit gewährt wurde, das der Ordensregel, wie der Prior sie auslegte, strikt zuwiderlief. Abt Radulfus jedoch gab durch ein bedächtiges Kopfnicken seine Einwilligung zu erkennen.

»Ein kluger Zeuge kann gewiß nicht schaden. Ja, nimm ihn mit. Ich weiß, daß er ein ausgezeichnetes Gedächtnis hat und eine gute Nase für Unstimmigkeiten. Außerdem ist er von Anfang an mit dieser Angelegenheit vertraut gewesen und hat auch ein gewisses Recht, wie ich denke, es bis zum Ende zu bleiben.«

So kam es, daß Cadfael, der vom Abendessen im Refektorium kam, statt pflichtschuldigst ins Ordenshaus zu gehen, um in der Bibel zu lesen, oder sich weniger pflichtschuldig daran zu erinnern, daß in seiner Werkstatt dringend noch etwas erledigt werden mußte, um der langweiligen, einschläfernden Lesung von Bruder Francis zu entgehen, der heute an der Reihe war, aus seinem alltäglichen Trott herausgerissen wurde, um mit Hugh durch die Stadt zum Schloß zu gehen und dort dem Gefangenen gegenübergestellt zu werden.

Er war so, wie der alte Mann ihn geschildert hatte, groß und kräftig, rothaarig und sicherlich fähig, weit kräftigere Eindringlinge als einen räudigen alten Vagabunden hinauszuwerfen. Und er war für ein unvoreingenommenes Auge ein so gut aussehendes Mannsbild, daß er eine feurige und selbstbewußte Frau, die sich in den Niederungen des Lebens genausogut auskannte wie er, durchaus für sich einnehmen konnte. Jedenfalls für einige Zeit. Wenn die beiden lange genug zusammengewesen waren, um leicht in Streit zu geraten, konnte es sehr wohl sein, daß er diese großen, sehnigen Hände allzu unbekümmert und einmal zuviel einsetzte, um dann zu entdecken, daß er getötet hatte, ohne es auch nur beabsichtigt zu haben. Und wenn er einmal in richtige Wut geriet, für die sein Schopf flammend roten Haars ein Garant zu sein schien, war ihm auch zuzutrauen, daß er mit Absicht tötete. Hier in der Zelle, in der Hugh ihm begegnen wollte, saß er mit seinen breiten Schultern an die Wand gelehnt, steif, aufrecht und auf der Hut. Sein Gesicht war so steinern wie die Wand, wären da nicht die wachsamen Augen gewesen, die Fragen und Fragende mit einem unerschütterlichen Starren abwehrten. Ein Mann, wie Cadfael ihn einschätzte, der schon früher in Schwierigkeiten gewesen war, und das mehr als nur einmal, und erfolgreich damit fertig geworden war. Wahrscheinlich kein tödliches Verbrechen, ein gewildertes Reh, hier und da ein gestohlenes Huhn, nichts, was sich vor Gericht nicht glaubwürdig erklären ließe, zumal in diesen etwas unruhigen Zeiten, in denen die Förster des Königs an vielen Orten weder Zeit noch Neigung hatten, die Forstgesetze mit aller Härte durchzusetzen.

Was seine jetzige Lage anging, ließ sich nicht ausmachen, welche Ängste und welche Spekulationen ihm durch den Kopf schossen, wieviel er vermutete oder welches fieberhaft zusammengezimmerte Lügengebäude er gegen das aufbaute, was seiner Meinung nach gegen ihn vorgebracht werden konnte. Er wartete ohne Murren und so steif und gespannt, daß selbst sein Haar sich aufzurichten und zu erzittern schien. Hugh schloß die Zellentür und musterte ihn ohne jede Eile von oben bis unten.

»Nun, Britric – das ist doch dein Name? Du hast in diesen letzten beiden Jahren die Messe besucht, nicht wahr?«

»Schon länger«, erwiderte Britric. Er sprach mit leiser und wachsamer Stimme, nicht bereit, mehr Worte zu äußern als unbedingt nötig. »Sechs Jahre insgesamt.« Ein

kleiner Seitenblick aus besorgten, flackernden Augen
musterte Cadfaels Gestalt in ihrem Habit, die ruhig in der
Zelle stand. Vielleicht erinnerte er sich an die Gebühren, die
er nicht gezahlt hatte, und fragte sich, ob der Abt es inzwischen leid war, bei den säumigen kleinen Übeltätern beide
Augen zuzudrücken.

»Es ist das letzte Jahr, das uns zu schaffen macht. Das ist
nicht so lange her, daß dein Gedächtnis versagen könnte.
Am Vorabend des Tages des Heiligen Petrus und an den
drei Tagen danach hast du deine Waren zum Verkauf ange-
boten. Wo hast du die Nächte verbracht?«

Er tappte jetzt völlig im dunkeln, und das machte ihn
noch vorsichtiger, aber er antwortete ohne ungebührliches
Zögern: »Ich wußte von einem Häuschen, das leer stand.
Auf dem Markt wurde davon gesprochen, daß der Töpfer
sich in den Kopf gesetzt habe, Mönch zu werden, und seine
Frau war weggegangen und hatte das Haus leer zurückgelassen. Drüben auf der anderen Flußseite von Longner. Ich
dachte mir, niemandem damit zu schaden, wenn ich dort
unterschlüpfe. Ist das der Grund, weshalb man mich hergebracht hat? Aber warum jetzt, nach so langer Zeit? Ich habe
nie etwas gestohlen. Ich habe alles so hinterlassen, wie ich es
vorgefunden hatte. Ich wollte nur ein Dach über dem Kopf
und ein Plätzchen, an dem ich mich behaglich ausstrecken
konnte.«

»Allein?« fragte Hugh.

Diesmal zögerte Britric keine Sekunde. Er hatte sich
bereits ausgerechnet, daß diese Frage schon von anderen
beantwortet sein mußte, bevor man ihn ergriffen hatte,
damit er selbst antworten konnte. »Ich hatte eine Frau bei
mir. Ihr Name war Gunnild. Sie bereiste die Messen und
Märkte und trat dort auf, um ihren Lebensunterhalt zu
verdienen. Ich habe sie in Coventry kennengelernt, und wir
sind eine Zeitlang zusammengeblieben.«

»Und als die Messe hier zu Ende war? Die im letzten Jahr? Seid ihr dann gemeinsam weggegangen und zusammengeblieben?«

Britrics schmal gewordener Blick flackerte von einem Gesicht zum nächsten, fand aber keinen hilfreichen Hinweis. Langsam erwiderte er: »Nein. Wir gingen getrennte Wege. Ich ging nach Westen, denn mein bestes Geschäft ist in den Dörfern an der Grenze.«

»Und wann und wo hast du dich von ihr getrennt?«

»Ich ließ sie in dem Häuschen zurück, in dem wir geschlafen hatten. Früh am vierten Tag des August. Es war kaum hell geworden, als ich mich auf den Weg machte. Sie wollte von dort aus nach Osten, so daß sie den Fluß nicht zu überqueren brauchte.«

»Ich kann in der Stadt oder im Foregate niemand finden«, sagte Hugh mit Betonung, »der sie je wiedergesehen hätte.«

»Das konnten sie auch nicht«, entgegnete Britric. »Wie ich schon sagte, ist sie nach Osten gegangen.«

»Und du hast sie seitdem nicht mehr wiedergesehen? Hast dich nie um schöner alter Zeiten willen bemüht, sie wiederzufinden?«

»Dazu habe ich nie Gelegenheit gehabt.« Er begann zu schwitzen, was immer das bedeuten mochte. »Wir sind uns zufällig begegnet, mehr war es nicht. Sie ist ihrer Wege gegangen und ich meiner.«

»Und es ist zwischen euch nie zum Streit gekommen? Du hast sie nicht mal geschlagen? Keine lauten Auseinandersetzungen? Immer sanft und liebenswürdig miteinander umgegangen, war das so, Britric? Es gibt eine Aussage über dich, die sich anders anhört«, sagte Hugh. »Da gab es doch noch einen Burschen, oder etwa nicht, der gehofft hatte, sich in diesem Häuschen gemütlich niederzulassen? Einen alten Mann, den du weggejagt hast. Er ist aber nicht weit gegangen. Er blieb in Hörweite von euch beiden, als ihr euch nachts gestritten habt. Seinen Worten zufolge muß es eine stürmische Beziehung gewesen sein. Und sie bedrängte dich, sie zu heiraten, nicht wahr? Und nach Heirat war dir nicht zumute. Was ist passiert? Wurde sie dir lästig? Oder zu streitsüchtig? Eine Hand wie deine auf ihrem Mund oder um ihren Hals hätte sie sehr leicht zum Schweigen bringen können.«

Britric hatte den Kopf zurückgeneigt und preßte ihn gegen den Stein wie ein in die Enge getriebenes Tier. Schweiß stand ihm unter dem roten Haarschopf in zitternden Tropfen auf der Stirn. Zwischen den Zähnen brachte er mit einer Stimme, die so atemlos war, daß sie ihm in der Kehle fast erstickte, mühsam heraus: »Das ist doch verrückt... verrückt... ich sage Euch, ich habe sie schnarchend dort zurückgelassen, gesund und munter wie eh und je. Was soll das? Was denkt Ihr von mir, Herr? Was soll ich denn getan haben?«

»Ich werde dir sagen, Britric, was du meiner Ansicht nach getan hast. Bei der diesjährigen Messe war nichts von einer Gunnild zu sehen, nicht wahr? Und seit du sie auf Rualds Acker zurückgelassen hast, hat man sie in Shrewsbury nicht mehr zu Gesicht bekommen. Ich glaube, ihr seid in einer jener Nächte, vielleicht der letzten, einmal zuviel miteinander in Streit geraten, und Gunnild ist daran gestorben. Und ich glaube, daß du sie dort nachts unterhalb des Knicks begraben hast, damit die Abtei sie in diesem Herbst beim Pflügen entdecken konnte. Was sie getan hat! Die Gebeine einer Frau, Britric, und das schwarze Haar einer Frau, eine Haarmähne, die immer noch auf dem Schädel saß.«

Britric ließ einen leisen, halb unterdrückten Laut hören und atmete mit einem tiefen, keuchenden Seufzen aus, als hätte man ihm mit einer eisenharten Faust gegen die Brust geschlagen. Als er schließlich wieder etwas hervorbringen konnte, wenn auch mit einem erstickten Flüstern, das seine Worte eher durch die Lippenbewegungen als durch Laute verständlich machte, brachte er immer und immer wieder heraus: »Nein... nein... nein! Nicht Gunnild, nein!«

Hugh ließ ihn in Ruhe, bis er wieder zu Atem gekommen war und vernünftig sprechen konnte. Er sollte ruhig Zeit haben, alles genau zu durchdenken, Zeit zu erkennen, daß Hugh die Wahrheit gesagt hatte, und seine Lage zu überdenken. Denn er war ein Mann, der sich schnell wieder in der Gewalt hatte und die Tatsache akzeptieren würde, wenn auch mit einiger Anstrengung, daß der Sheriff nicht log, daß dies der Grund für seine Festnahme und Einkerkerung war und daß er sich gut überlegen mußte, was er zu seiner Verteidigung vorbrachte.

»Ich habe ihr nie etwas getan«, sagte er schließlich langsam und mit Nachdruck. »Ich habe sie schlafend zurückgelassen. Seitdem habe ich sie nie mehr zu Gesicht bekommen. Sie war aber am Leben.«

»Die Leiche einer Frau, Britric, mindestens ein Jahr in der Erde. Schwarzes Haar. Wie ich höre, war Gunnild schwarzhaarig.«

»Das war sie. Das *ist* sie, wo immer sie jetzt sein mag. Das sind aber auch viele andere Frauen hier in den Grenzlanden. Die Gebeine, die Ihr gefunden habt, können nicht die von Gunnild sein.« Hugh hatte sich zu sorglos entschlüpfen lassen, daß sie buchstäblich nichts hatten außer einem Skelett, das weder an der Gestalt noch am Gesicht identifiziert werden konnte. Jetzt wußte Britric, daß es keine wohlerhaltene Leiche gab, die ihn anklagen konnte. »Ich sage es Euch aufrichtig, Herr«, sagte er und bemühte sich, seiner Stimme den Klang der beleidigten Unschuld zu geben, »sie war wirklich am Leben, als ich aus dem Haus ging und sie dort zurückließ. Ich will nicht leugnen, daß sie meiner zu sicher geworden war. Frauen wollen einen Mann besitzen, und das wird mit der Zeit lästig. Das war auch der Grund, weshalb ich früh aufstand, als sie noch in tiefem Schlaf dalag, und mich allein nach Westen aufmachte, um sie ohne viel Federlesens los zu sein. Nein, ich habe ihr nie etwas getan. Dieses arme Geschöpf, das man gefunden hat, muß eine andere Frau sein. Es ist nicht Gunnild.«

»Welche andere Frau, Britric? Ein abgelegener Ort, die Pächter sind nicht mehr da, weshalb sollte jemand auch nur dorthin gehen, geschweige denn dort sterben?«

»Woher soll ich das wissen, Herr? Bis zum Vorabend der Messe im letzten Jahr wußte ich doch nicht einmal, daß es das Haus überhaupt gibt. Diese Gegend auf der anderen Fluß-seite kenne ich gar nicht. Ich wollte nur ein gemütliches Schlafplätzchen.« Er hatte sich jetzt wieder voll in der Ge-walt, denn er wußte, daß man ein bloßes Bündel weiblicher Knochen nie sicher mit einem Namen belegen konnte, wie schwarz das Haar auf ihrem Schädel auch sein mochte. Das würde ihn vielleicht noch nicht retten, verlieh ihm aber so etwas wie eine Rüstung gegen Schuldspruch und Tod, und er würde sich daran klammern und sein Leugnen so oft und unermüdlich wiederholen, wie es nötig war. »Ich habe Gun-nild nie weh getan. Ich habe sie lebendig zurückgelassen.«

»Was hast du von ihr gewußt?« fragte Cadfael plötzlich, und schlug damit so unerwartet ein neues Thema an, daß Britric für einen Moment aus der Fassung geriet und vor-übergehend vergaß, sich auf seine einmal eingeschlagene Strategie zu konzentrieren, rundheraus alles zu leugnen. »Wenn ihr eine Zeitlang zusammengewesen seid, mußt du doch etwas über das Mädchen erfahren haben, woher sie kam, wo sie Verwandte hatte, wann sie im Lauf des Jahres wohin reiste. Du sagst, sie sei am Leben, oder du hättest sie zumindest lebendig zurückgelassen. Wo könnte man jetzt nach ihr suchen, um es zu beweisen?«

»Was weiß ich? Sie hat nie viel erzählt.« Die Worte kamen zögernd und unsicher, und offensichtlich wußte er wenig von ihr, denn sonst hätte er es zum Beweis seiner guten Absicht gegenüber dem Gesetz bereitwillig hervorgesprudelt. Er hatte auch nicht die Zeit gefunden, ein hübsches Bündel von Lügen zu schnüren, um die Aufmerksamkeit auf irgendeine ferne Gegend zu lenken, wo sie vielleicht ihr Vagabundenleben fortsetzte. »Ich habe sie in Coventry kennengelernt. Von dort sind wir gemeinsam hergekommen, aber sie war ziemlich wortkarg. Ich bezweifle, daß sie noch weiter nach Süden gegangen ist, aber sie hat nie gesagt, woher sie kam, und über Verwandte hat sie auch nie ein Wort verloren.«

»Du sagtest, sie sei nach Osten gegangen, nachdem du sie verlassen hast. Aber woher willst du das wissen? Sie hatte es nicht gesagt und sich auch nicht damit einverstanden erklärt, daß ihr euch dort trennt, denn sonst hättest du dich nicht so in aller Frühe davongestohlen, um ihr nicht mehr ins Gesicht sehen zu müssen.«

»Ich bin ein bißchen voreilig gewesen«, gestand Britric und wand sich. »Ich gebe es zu. Ich glaubte – und glaube – sie würde nach Osten gehen, wenn sie entdeckte, daß ich weg war. Es hätte keinen Sinn gehabt, sie als Sängerin und Akrobatin nach Wales mitzunehmen, nicht allein. Aber ich sage Euch aufrichtig, ich habe ihr nie etwas getan. Als ich ging, war sie noch am Leben.«

Und dies war seine einfache, beharrliche Antwort auf alle weiteren Fragen, das und die eine flehentliche Bitte, die er nach seinem hartnäckigen Leugnen gelegentlich hervorbrachte:

»Herr, behandelt mich gerecht. Macht bekannt, daß sie gesucht wird, laßt es in der Stadt ausrufen, bittet Reisende, es überall hinzutragen, daß sie Euch Nachricht geben und zeigen soll, daß sie noch lebt. Ich habe Euch nicht angelogen. Wenn sie hört, daß man mich ihres Todes beschuldigt, wird sie sich melden. Ich habe ihr nie weh getan. Das wird sie Euch bestätigen.«

»Wir werden ihren Namen also überall bekanntmachen lassen und sehen, ob sie auftaucht«, erklärte sich Hugh einverstanden, als sie Britric in seiner steinernen Zelle verschlossen, ihn seiner unbehaglichen Ruhe überließen und wieder zum Torhaus des Schlosses gingen. »Ich bezweifle aber, daß eine Dame, die so lebt wie Gunnild, sich bereit zeigen wird, in die Nähe des Gesetzes zu kommen, selbst um Britrics Hals zu retten. Was hältst du von ihm? Leugnen ist Leugnen, und für sich genommen kann man wenig daran erkennen. Doch er hat etwas auf dem Gewissen, und das hat auch etwas mit diesem Haus und dieser Frau zu tun. Wenn wir ihn auf diesen Ort festnageln, schreit er immer als erstes: ›Ich habe nie etwas gestohlen. Ich habe alles so zurückgelassen, wie ich es vorgefunden habe.‹ Also hat er gestohlen. Als Gunnilds Tod zur Sprache kam, hat er es mit der Angst zu tun bekommen, bis ihm aufging, daß ich in meiner Dummheit verraten hatte, daß sie nur noch aus Knochen besteht. Da wußte er, wie er sich verhalten mußte, und erst da begann er darum zu bitten, wir sollten sie suchen lassen. Das sieht gut aus und hört sich gut an, aber ich glaube, er weiß, daß man sie nie finden wird. Oder besser, er weiß nur zu gut, daß man sie schon gefunden *hat*, was, wie er hoffte, nie passieren würde.«

»Und wirst du ihn in Gewahrsam behalten?« fragte Cadfael ruhig.

»Und ob! Und seine Spuren weiterverfolgen, wo immer er sich seit jener Zeit aufgehalten hat. Ich werde jedem Kneipenwirt oder Schankgehilfen und jedem Dorfbewohner, der je mit ihm zu tun hatte, Löcher in den Bauch fragen. Es muß irgendwo jemanden geben, der über eine oder zwei Stunden seines Lebens Auskunft geben kann – und ihres. Jetzt, wo ich ihn habe, werde ich ihn festhalten, bis ich die Wahrheit kenne, ob so oder so. Warum? Hast du noch etwas hinzuzufügen, was mir entgangen ist? Ich bin für jedes Detail dankbar, das dir vielleicht aufgefallen ist.«

»Es ist nur so ein Gedanke«, erwiderte Cadfael geistesabwesend. »Laß ihn noch einen oder zwei Tage wachsen. Wer weiß, vielleicht wirst du nicht mehr allzu lange auf die Wahrheit warten müssen.«

Am folgenden Morgen, einem Sonntag, ritt Sulien Blount von Longner zur Abteikirche, um der Messe beizuwohnen. Er hatte das sorgfältig geschüttelte, gebürstete und sorgsam zusammengefaltete Habit bei sich, in dem er nach Hause gegangen war, nachdem der Abt ihn entlassen hatte. In seinem Wams und seiner Kniehose, dem Leinenhemd und mit den guten Lederschuhen schien er sich weniger zu Hause zu fühlen als in dem klösterlichen Gewand, so sehr war er so kurze Zeit nach seinem einjährigen Noviziat noch daran gewöhnt. Er hatte den federnden Gang eines jungen Mannes, der sich frei bewegen kann, ohne von einer Mönchskutte behindert zu werden, noch nicht zurückgewonnen. Seltsamerweise sah er auch weder glücklicher noch unbekümmerter aus, nachdem er seine Entscheidung getroffen hatte. Sein bewundernswert energisches Kinn wirkte feierlich und entschlossen, und zwischen seinen geraden Augenbrauen zeigte sich eine steile Falte, die von ernsten Gedanken zeugte. Der Haarring, der auf seiner Reise von Ramsey überlang geworden war, war inzwischen zurechtgestutzt worden, und der Flaum aus dunklen, goldenen Locken darin war zu achtbarer Länge herangewachsen, um mit den braunen Haaren drumherum zu verschmelzen. Er wohnte der Messe mit der gleichen ernsten Konzentration bei, die er in seiner Zeit beim Orden an den Tag gelegt hatte,

gab die Kleidung ab, die er für immer abgelegt hatte, erwies
Abt Radulfus und Prior Robert seine Reverenz und suchte
dann im Kräutergarten Bruder Cadfael auf.

»Sieh an, sieh an!« sagte Cadfael. »Ich hatte mir schon
gedacht, daß Ihr uns bald einmal besucht. Und wie findet
Ihr die Dinge draußen in der Welt? Ihr habt keinen Grund
gefunden, Euren Entschluß zu ändern?«

»Nein«, erwiderte der Junge heftig und hatte für den
Augenblick nichts weiter zu sagen. Er sah sich in dem von
hohen Mauern umschlossenen Garten mit seinen säuberlich
angeordneten Beeten um, die jetzt ein wenig lang und kahl
wirkten, nachdem das Laub gefallen war, und die buschi-
gen Stiele des Thymians waren dunkel wie Draht. »Hier bei
Euch hat es mir gefallen. Aber nein, ich werde nicht
zurückkommen. Es war falsch wegzulaufen. Ich werde
diesen Fehler nicht noch einmal machen.«

»Wie geht es Eurer Mutter?« erkundigte sich Cadfael, der
vermutete, daß sie wohl der unheilbare Kummer gewesen
war, vor dem Sulien einmal hatte flüchten wollen. Es
konnte für den jungen Mann sehr wohl unerträglich gewesen sein, mit dem unvermeidlichen Anblick ständigen
Schmerzes und des unerbittlich näherrückenden langsamen
Todes zu leben. Hugh hatte ihren jetzigen Zustand sehr
deutlich wiedergegeben. Wenn das der Kern der Angelegenheit war, hatte der Junge sich jetzt entschlossen, Wie-
dergutmachung zu leisten und seinen Teil der Bürde im
Haus zu tragen, was ihre Bürde gewiß leichter machen
würde.

»Schlecht«, erwiderte Sulien unverblümt. »Es ist nie
anders. Aber sie beklagt sich nie. Es ist, als würde irgendein
hungriges wildes Tier ständig von innen an ihrem Körper
nagen. An manchem Tage geht es etwas besser als an anderen.«

»Ich habe Kräuter, die vielleicht gegen den Schmerz helfen«, sagte Cadfael. »Vor einiger Zeit hat sie sie eine Weile benutzt.«

»Ich weiß. Wir haben ihr alle gesagt, sie soll sie weiter nehmen, aber sie verweigert sie jetzt. Sie sagt, sie brauche sie nicht. Trotzdem«, sagte er und taute etwas auf, »gebt mir etwas davon, vielleicht kann ich sie überreden.«

Er folgte Cadfael in die Werkstatt, duckte sich unter den raschelnden Bündeln getrockneter Kräuter, die an den Dachbalken hingen, und setzte sich auf die Holzbank, während Cadfael eine Flasche aus seinem Sirupvorrat füllte, den er aus Schlafmohn machte, dem Linderer von Schmerz und Einschläferer.

»Ihr habt vielleicht noch nicht gehört«, sagte Cadfael, der Sulien jetzt den Rücken zuwandte, »daß der Sheriff wegen des Mordes an der Frau, die wir für Generys hielten, bis Ihr uns zeigtet, daß sie es unmöglich sein kann, einen Mann ins Gefängnis gesperrt hat. Es ist ein Bursche namens Britric, ein Hausierer, der die Dörfer an der Grenze bereist und letztes Jahr in Rualds Häuschen übernachtete, und zwar während der Messe.«

Er hörte eine leichte Bewegung hinter sich, als Suliens Schultern sich gegen die Holzwand lehnten. Doch es wurde kein Wort gesprochen.

»Er hatte eine Frau bei sich, wie es scheint, eine gewisse Gunnild, eine Akrobatin und Sängerin, die die Leute auf der Messe unterhielt. Und seit dem Ende der Messe im letzten Jahr hat niemand sie mehr gesehen. Eine schwarzhaarige Frau, wie die Leute sagen. Sie könnte sehr wohl die arme Seele sein, die wir gefunden haben. Hugh Beringar hält sie dafür.«

Suliens Stimme ließ sich ein wenig knapp und leise vernehmen: »Was sagt dieser Britric dazu? Er wird es doch nicht zugegeben haben?«

»Wie nicht anders zu erwarten, hat er gesagt, daß er die

Frau dort am Morgen nach der Messe gesund und munter verlassen und seitdem nicht wiedergesehen hat.«

»Vielleicht ist es auch so gewesen«, ließ sich Sulien vernehmen.

»Es ist möglich. Aber niemand hat die Frau seitdem gesehen. Dieses Jahr ist sie nicht auf die Messe gekommen, und niemand weiß etwas über sie. Und soviel ich gehört habe, hatten die beiden öfter Streit miteinander, und es ist sogar zu Prügeleien gekommen. Und er ist ein kräftiger Mann mit einem hitzigen Temperament, der leicht zu weit gehen kann. Ich möchte nicht in seinen Schuhen stecken«, sagte Cadfael mit Nachdruck, »denn ich glaube, daß sich die Anschuldigung gegen ihn erhärten läßt. Ich würde für sein Leben keinen Pfifferling geben.«

Er hatte sich bis jetzt nicht umgedreht. Der Junge saß sehr still und reglos da und hielt die Augen fest auf Cadfaels Gesicht gerichtet. Mit einer Stimme verhaltenen Mitleids, der keine große Rührung anzumerken war, sagte er: »Armer Teufel! Ich würde sagen, er hat nie vorgehabt, sie zu töten. Wie war der Name noch? Wie hieß sie, diese Akrobatin?«

»Gunnild. Man nannte sie Gunnild.«

»Muß ein hartes Leben sein, immer unterwegs auf den Landstraßen«, sagte Sulien nachdenklich, »besonders für eine Frau. Im Sommer mag es ja noch angehen, aber was machen sie denn im Winter?«

»Was alle Jongleure tun«, sagte Cadfael im Tonfall eines Mannes, der sich auskennt. »Um diese Jahreszeit beginnen sie darüber nachzudenken, welches Gutshaus am ehesten bereit ist, sie für ihren Gesang und ihr Spiel aufzunehmen und über das schlimmste Winterwetter hinwegzubringen. Und wenn der Frühling kommt, sind sie wieder verschwunden.«

»Ja, ich nehme an, daß ein Platz am Feuer und eine

Mahlzeit selbst an der geringsten Tafel mehr als willkommen sein muß, wenn erst der Schnee fällt«, pflichtete Sulien gleichgültig bei und stand auf, um die kleine Flasche entgegenzunehmen, die Cadfael für ihn zugestöpselt hatte. »Ich werde jetzt wieder zurückreiten, denn Eudo kann im Stall Hilfe gebrauchen. Und ich danke Euch aufrichtig, Cadfael. Hierfür und für alles andere.«

ACHTES KAPITEL

Drei Tage später kam ein Reitknecht durch das Torhaus des Schlosses geritten. Hinter ihm saß eine weibliche Mitreiterin, die er auf dem äußeren Hof absetzte, damit sie mit den Wachen sprechen konnte. Bescheiden, aber durchaus selbstbewußt, fragte sie nach dem Herrn Sheriff und gab zu verstehen, sie komme in einer wichtigen Angelegenheit, die auch von dem Herrn, den sie aufsuchen wolle, für wichtig gehalten werde.

Hugh kam in Hemdsärmeln und einem Lederkoller aus der Rüstkammer. Man sah ihm an, daß er sich eben noch in Hitze und Rauch vor dem Brennofen des Waffenschmieds aufgehalten hatte. Die Frau betrachtete ihn mit ebensoviel Neugier wie er sie, denn seine Erscheinung war so unerwartet jung. Sie hatte den Sheriff der Grafschaft noch nie zu Gesicht bekommen und einen älteren und seiner Würde etwas bewußteren Mann erwartet als diesen hübschen, zartgliedrigen jungen Burschen mit seinen schwarzen Haaren und den schwarzen Augenbrauen, der immer noch in den Zwanzigern war und eher wie ein Lehrling des Waffenmeisters aussah als wie der Beamte des Königs.

»Ihr wolltet mich sprechen, Frau?« sagte Hugh. »Kommt herein und erzählt mir, was Ihr von mir wünscht.«

Sie folgte ihm gemessen in das kleine Vorzimmer im Torhaus, zögerte jedoch einen Augenblick, als er sie auffor-

161

derte, sich zu setzen, als müßte sie erst erklären, in welcher Angelegenheit sie komme, bevor sie es sich bequem machen konnte.

»Herr, ich denke, Ihr seid derjenige, der mich braucht, falls es stimmt, was ich gehört habe.« Ihre Stimme hatte den Tonfall einer Frau vom Land und hörte sich leicht rauh und heiser an, als wäre sie einmal durch übermäßigen Gebrauch oder unter Belastung überanstrengt worden. Und sie war nicht so jung, wie er sie zunächst eingeschätzt hatte, vielleicht um die Fünfunddreißig, sah aber gut aus, hielt sich aufrecht und bewegte sich mit anmutiger Grazie. Sie trug ein dunkles Gewand, das matronenhaft und nüchtern wirkte, und ihr Haar war zurückgekämmt und unter einer weißen Guimpe verborgen. Das Musterbild einer anständigen Bürgersfrau oder der Dienerin eines Edelmanns. Hugh wußte nicht im entferntesten, warum und auf welche Weise sie mit den Dingen zu tun haben sollte, mit denen er gerade beschäftigt war, war jedoch gerne bereit, sich aufklären zu lassen.

»Und was habt Ihr gehört?« fragte er.

»Auf dem Markt sagt man, Ihr hättet einen Mann namens Britric in Gewahrsam genommen, einen Hausierer, weil er eine Frau getötet haben soll, die ihn im letzten Jahr eine Zeitlang begleitet hat. Trifft das zu?«

»Durchaus«, erwiderte Hugh. »Ihr habt etwas in dieser Angelegenheit zu sagen?«

»Das habe ich, Herr!« Sie hielt die Augen unter den schweren langen Augenlidern halb verschlossen und blickte ihm nur gelegentlich und kurz direkt ins Gesicht. »Ich bringe Britric keine sonderlich herzlichen Gefühle entgegen, denn dazu hätte ich keinen Grund, aber ich will ihm auch nichts Böses. Er war mir für einige Zeit ein guter Gefährte, und selbst wenn wir uns am Ende zerstritten haben, möchte ich doch nicht, daß er wegen eines nie begangenen Mordes gehängt wird. Folglich bin ich persönlich hergekommen, um zu beweisen, daß ich gesund und munter bin. Mein Name ist Gunnild.«

»Und bei Gott, so war's, wie sich herausstellte!« sagte Hugh, der die ganze unwahrscheinliche Geschichte ein paar Stunden später in der Mußestunde des klösterlichen Nachmittags in Cadfaels Werkstatt zum besten gab. »Keine Frage, es ist Gunnild. Du hättest das Gesicht des Hausierers sehen sollen, als ich sie zu ihm in die Zelle brachte und er einen langen Blick auf ihre anständige, achtbare Gestalt warf, sich dann ihr Gesicht aus der Nähe ansah, um dann mit offenem Mund dazustehen, da er es kaum zu glauben schien. Aber: ›Gunnild!‹ schreit er da plötzlich los, als er wieder zu Atem gekommen ist. Oh, es ist ein und dieselbe Frau, da gibt es keinen Zweifel, aber sie muß sich so verändert haben, daß er einige Zeit brauchte, um seinen Augen zu trauen. Übrigens ist damals mehr vorgefallen, als er uns über seine Flucht am frühen Morgen erzählt hat. Kein Wunder, daß er auf Zehenspitzen aus dem Haus schlich und sie schlafen ließ. Er hat nämlich nicht nur sein Geld mitgenommen, sondern auch jeden Penny von dem, was sie verdient hatte. Ich sagte dir ja schon, daß er etwas auf dem Gewissen hat und daß es etwas mit der Frau zu tun hat. Und so war es auch, er hatte ihr alles geraubt, was irgendwie von Wert war, und es muß sehr schwer für sie gewesen sein, sich im letzten Jahr über den Herbst in den Winter zu retten.«

»Das hört sich an«, bemerkte Cadfael, der aufmerksam gelauscht hatte, aber keinerlei Überraschung zeigte, »als könnte ihre heutige Begegnung wieder stürmisch werden.«

»Nun, er freute sich so über ihr Kommen, war eitel Dankbarkeit und versprach, sich zu bessern, und überschlug sich fast, um ihr zu schmeicheln. Und sie weigert sich, den Diebstahl vor Gericht zu bringen. Ich glaube sogar, daß er schon daran dachte, sie wieder zu seinem Wanderleben zu überreden, doch davon will sie nichts wissen. Sie nicht! Sie ruft ihren Reitknecht, der hebt sie auf das Sitzkissen, und fort sind sie.«

»Und Britric?« Cadfael streckte den Arm aus, um nachdenklich den Topf umzurühren, dessen Inhalt auf dem Eisenrost, der eine Seite seiner Kohlepfanne bedeckte, sacht vor sich hin köchelte. Der scharfe, warme, dampfende Geruch von Hustenpastillen stach ihnen in die Nase. Unter den alten und gebrechlichen Brüdern in Edmunds Krankenstation gab es schon jetzt einige Fälle von Husten und Erkältung.

»Man hat ihn inzwischen freigelassen, und er machte sich sehr demütig davon, aber wie lange das anhält, kann kein Mensch wissen. Wir hatten keinen Grund, ihn noch länger festzuhalten. Wir werden ihn bei seinen Machenschaften zwar sorgfältig im Auge behalten, aber falls es ihm gelingen sollte, auf ehrliche Weise voranzukommen – nun, auf fast ehrliche Weise! –, hat er diesmal vielleicht genug Vernunft angenommen, um sich im Rahmen des Gesetzes zu halten. Wenn er nächstes Jahr wieder zur Messe erscheint, bekommt die Abtei vielleicht sogar ihre Gebühr. Aber da stehen wir wieder, Cadfael, mit einer Geschichte, die sich sehr hübsch und glaubwürdig wiederholt. Jetzt haben wir nicht nur einen möglichen Mörder freilassen müssen, sondern schon den zweiten. Ist das zu glauben?«

»Solche Dinge sind schon vorgekommen«, sagte Cadfael vorsichtig, »aber nicht oft.«

»Glaubst *du's*?«

»Ich glaube, daß es passiert ist. Aber daß es zufällig geschehen sein soll, gibt mir doch zwiespältige Gefühle ein. Nein«, korrigierte sich Cadfael mit Nachdruck, »mehr als nur zwiespältige.«

164

»Daß eine vermeintlich tote Frau ins Leben zurückkehrt, schön und gut. Aber auch die zweite? Und haben wir jetzt eine dritte zu erwarten, wenn wir eine dritte finden können, die erst stirbt und dann aufersteht? Und trotzdem haben wir noch diese arme, gekränkte Seele, die auf Gerechtigkeit harrt, und wenn nicht durch den Tod eines anderen, so doch zumindest durch die Gnade und das Andenken eines Namens. *Sie* ist tot und fordert Rechenschaft.«

Cadfael hatte mit Respekt und Zuneigung seiner Rede gelauscht, die auch Abt Radulfus hätte halten können, die aber mit jugendlicher und weltlicher Leidenschaft vorgetragen worden war. Es kam nicht oft vor, daß Hugh sich Entrüstung erlaubte, zumindest nicht laut.

»Hugh, hat sie dir erzählt, wie und wo sie davon erfahren hat, daß Britric bei dir im Gefängnis sitzt?«

»Nur ganz allgemein. Sprach von Gerüchten auf dem Markt. Mir ist gar nicht eingefallen«, sagte Hugh verblüfft, »sie ausführlicher danach zu fragen.«

»Und es ist kaum drei Tage her, seitdem du hast bekanntmachen lassen, wessen er verdächtigt wird und daß wir sie suchen. Neuigkeiten verbreiten sich schnell, aber wie weit diese Nachricht in der fraglichen Zeit gekommen sein kann, dürfte entscheidend sein. Ich nehme doch an, daß Gunnild über sich berichtet hat? Über die Veränderung ihrer Lebensumstände? Du hast mir noch nicht gesagt, wo sie jetzt lebt und dient.«

»Also, es hat den Anschein, als hätte Britric ihr nur einen Gefallen getan, als er sie mittellos dort in Rualds Häuschen zurückließ. Es war damals August, die Messe war gerade vorbei, und Geld ließ sich nicht leicht verdienen. Sie schaffte es kaum, sich durch die Herbstmonate zu bringen, hatte zwar genug zu essen, konnte aber nichts sparen. Wie du dich erinnern wirst – Gott weiß, daß du dich erinnern solltest! – kam der Winter früh und war sehr hart. Sie tat, was all dieses fahrende Volk tut, und begann zeitig, sich nach einem Gutshaus umzusehen, in dem es für eine gute Musikantin während der schlimmsten Winterzeit vielleicht ein Plätzchen gab. Das ist allgemein üblich, aber es ist ein Lotteriespiel. Entweder man gewinnt, oder man hat Pech.«

»Ja«, sagte Cadfael mehr zu sich selbst als zu seinem Freund, »das habe ich ihm auch gesagt.«

»Sie hatte jedoch Glück und traf es gut. Sie kam während der Schneefälle im Dezember zufällig in das Gutshaus von Withington. Dort sitzt Giles Otmere. Er ist neuerdings Pächter der Krone, seit FitzAlans Ländereien beschlagnahmt wurden. Er hat eine junge Familie, der eine Musikantin über die Weihnachtstage nur willkommen sein konnte, und so haben sie sie aufgenommen. Aber es kommt noch besser: Die junge Tochter ist gerade erst achtzehn geworden und fand Gefallen an ihr. Gunnild selbst sagt über sich, sie habe eine geschickte Hand fürs Frisieren und könnte mit Nadel und Faden umgehen, und so habe das Mädchen sie zu ihrer Kammerzofe gemacht. Du solltest mal sehen, wie schicklich sie jetzt geht und welch gute Zofenmanieren sie sich zugelegt hat. Sie ist für ihre Herrin ein Gewinn und hält selbst sehr viel von ihr. Gunnild wird nie mehr zu den Landstraßen und den Märkten zurückkehren, dazu hat sie zuviel Verstand. Wirklich, Cadfael, du solltest sie dir selbst einmal ansehen.«

»Wahrlich«, sagte Cadfael sinnend, »ich denke, das sollte ich. Nun, Withington ist nicht weit, nur ein kurzes Stück hinter Upton, aber wenn wir einmal davon absehen, daß Frau Gunnild gestern aus eigenem Antrieb in die Stadt kam, um auf den Markt zu gehen, oder daß jemand zufällig in Withington mit der Neuigkeit des Tages hereinschneite, scheint das Gerücht von allein über die Wiesen und den Fluß gelaufen zu sein. Ich gebe ja zu, daß Gerüchte sich manchmal schneller fortbewegen als Vögel, zumindest in der

Stadt und im Foregate-Viertel, aber sie brauchen doch bestimmt einen Tag oder mehr, um die Dörfer der Umgebung zu erreichen. Es sei denn, jemand macht sich eilig auf den Weg, um sie zu verbreiten.«

»Ob nun vom Markt mitgebracht oder vom Winde herübergetragen«, sagte Hugh, »dieses Gerücht ist jedenfalls bis Withington gedrungen, wie es scheint. Britric kann sich darüber freuen. Ich habe allerdings keine Ahnung mehr, wohin ich mich wenden soll, doch das ist mir immer noch lieber, als einen unschuldigen Mann zu verfolgen. Aber ich bin keinesfalls gewillt, aufzugeben und den Dingen einfach ihren Lauf zu lassen.«

»Jetzt ist es noch nicht nötig, so zu denken«, sagte Cadfael. »Warte noch ein paar Tage ab und widme dich unterdessen den Angelegenheiten des Königs, dann ergibt sich vielleicht ein Hinweis, dem wir folgen können.«

Cadfael begab sich noch vor dem Abendgebet zur Wohnung des Abts und bat um eine Audienz. Er brachte seine Bitte ein wenig reumütig vor, da er sich sehr wohl bewußt war, welche Freizügigkeit man ihm oft über das hinaus gewährte, was die Ordensregel normalerweise erlaubt, und dieses eine Mal war er sich seiner Sache nicht allzu sicher. Das zunehmende Vertrauen, das der Abt im Lauf der Zeit in ihn setzte, war schon in sich zu etwas wie einer Bürde geworden.

»Vater, ich nehme an, daß Hugh Beringar heute nachmittag bei Euch war und Euch erzählt hat, was mit diesem Britric geschehen ist. Die Frau, von der wir wissen, daß sie ein Jahr und mehr seine Gefährtin gewesen ist, ist tatsächlich von ihren gewohnten Aufenthaltsorten verschwunden, aber nicht durch Tod. Sie hat sich gemeldet, um zu zeigen, daß er ihr nichts angetan hat, woraufhin der Mann auf freien Fuß gesetzt wurde.«

»Ja«, erwiderte Radulfus, »das ist mir bekannt. Hugh ist vor einer Stunde bei mir gewesen. Ich kann mich nur freuen, daß der Mann keines Mordes schuldig ist und frei seiner Wege gehen kann. Doch unsere Verantwortung für die Tote bleibt erhalten, und wir müssen unsere Suche fortsetzen.«

»Vater, ich bin gekommen, Euch um die Erlaubnis zu bitten, morgen eine Reise zu machen. Ein paar Stunden würden genügen. Diese Errettung hat einen Aspekt, der bestimmte Fragen aufwirft, die beantwortet werden müssen. Ich habe Hugh Beringar eine solche Untersuchung nicht vorgeschlagen, zum Teil weil er im Moment sehr mit den Angelegenheiten des Königs beschäftigt ist, zum Teil aber auch, weil ich mit meiner Vermutung unrecht haben kann, und wenn sich das herausstellt, ist es nicht nötig, ihn damit zu behelligen. Und sollten sich meine Zweifel als berechtigt erweisen«, sagte Cadfael sehr nüchtern, »muß ich die Angelegenheit in seine Hände legen und sie dort belassen.«

»Darf ich mir die Frage erlauben«, sagte der Abt nach kurzem Nachdenken und mit dem Anflug eines schiefen Lächelns um die Lippen, »worum es sich bei diesen Zweifeln handelt?«

»Ich möchte jetzt lieber nichts sagen«, erklärte Cadfael offen, »bis ich selbst die Antworten habe, ja oder nein. Denn sollte ich inzwischen ein übertrieben spitzfindiger und mißtrauischer alter Mann geworden sein, der allzusehr dazu neigt, dort unrechtes Tun zu wittern, wo sich nichts davon findet, würde ich es lieber vorziehen, keinen weiteren Mann in diesen unwürdigen Morast hineinzuziehen oder falsche Anschuldigungen zu erheben, die sich leichter publik machen als unterdrücken lassen. Habt Nachsicht mit mir bis morgen.«

»Dann sag mir nur eins«, hakte Radulfus nach. »Es gibt

doch keinen Grund, hoffe ich, bei dem, was du vorhast, wieder Bruder Ruald zu verdächtigen?«

»Nein, Vater. Was mir vorschwebt, entlastet ihn.«

»Gut! Ich kann von dem Mann nichts Böses glauben.«

»Ich bin sicher, daß er sich nichts hat zuschulden kommen lassen«, entgegnete Cadfael fest.

»Damit kann wenigstens er in Frieden leben.«

»Das habe ich nicht gesagt.« Und auf den scharfen und durchdringenden Blick hin, den der Abt ihm zuwarf, fuhr er mit fester Stimme fort: »Uns allen in diesem Haus sind die Sorge und der Kummer um ein Geschöpf gemeinsam, das in Land der Abtei heimlich begraben worden ist, ohne einen Namen oder die vorgeschriebenen Totenriten und die Absolution. Insoweit kann niemand von uns in Frieden leben, bis das Rätsel gelöst ist.«

Radulfus schwieg eine ganze Weile und musterte Cadfael aufmerksam; dann brach er abrupt sein Schweigen und sagte sachlich: »Je eher du diesen Beweisgrund vorbringst, um so besser. Nimm dir ein Maultier aus dem Stall, wenn der Weg zu lang ist, um an einem Tag in beiden Richtungen bewältigt zu werden. Was ist dein Ziel? Darf ich das wenigstens fragen?«

»Keine große Entfernung«, sagte Cadfael. »Aber wenn ich reite, wird es Zeit sparen. Ich will nur zum Gutshaus von Withington.«

Am nächsten Morgen brach Cadfael gleich nach dem ersten Stundengebet zu dem sechs Meilen langen Ritt nach dem Gutshaus auf, in dem Gunnild vor den Unwägbarkeiten und Fährnissen der Landstraße Zuflucht gefunden hatte. Er überquerte den Fluß mit der Fähre stromaufwärts bei den Longner-Besitzungen und folgte auf der anderen Seite dem kleinen Bach, der dort in den Severn mündete und an dessen beiden Seiten sich sanft ansteigende Felder erhoben.

Eine Viertelmeile lang konnte er auf seiner Rechten den langen, mit Bäumen und Buschwerk bewachsenen Hügelkamm sehen, hinter dem der Töpferacker lag, der jetzt in ein Plateau frisch unter den Pflug genommenen Lands verwandelt war, unter dem sich der zweite Teil, die Wiese, sanft zum Fluß hin senkte. Was von dem Häuschen geblieben war, dürfte inzwischen abgerissen worden sein, und der Garten war wohl schon gerodet und der Bauplatz eingeebnet. Cadfael hatte sich nicht wieder dorthin begeben, um sich mit eigenen Augen zu überzeugen.

Sein Weg führte ihn bis zum Dorf Upton an offenen Feldern vorbei und stieg sehr sanft an. Hinter Upton führte ein ausgefahrener Weg die zwei oder mehr Meilen nach Withington durch flaches Land, das mit üppigem Grün bewachsen war. Zwei Bäche schlängelten sich gemächlich zwischen den Häusern des Dorfs hindurch, um sich an dessen Südrand zu verbinden und sich etwas weiter in den Fluß Tern zu ergießen. Die kleine Kirche, die inmitten all des Grüns lag, war Eigentum der Abtei wie die Nachbarkirche von Upton, die Bischof de Clinton den Benediktinern vor einigen Jahren geschenkt hatte. Jenseits des Dorfs, ein wenig abseits vom Bach, lag das Gutshaus hinter einem niedrigen Palisadenzaun und war auf allen Seiten von Scheunen, Kuh- und Pferdeställen umgeben. Der Unterbau bestand aus dicken Holzbalken, an deren oberem Ende sich das Erdgeschoß aus Stein befand, und eine kurze steile Treppe führte zur Eingangstür, die zu dieser frühen Arbeitsstunde, in der Bäcker und Milchmädchen geschäftig hinein und hinaus rannten, offenstand.

Cadfael saß am Tor ab und führte das Maultier gemächlich in den Hof. Er ließ sich Zeit, um sich umzusehen. Eine Magd kam mit einem riesigen Milchkrug aus dem Kuhstall und überquerte den Hof, um zur Meierei zu gehen. Bei seinem Anblick blieb sie zunächst stehen, ging aber weiter, als ein Reitknecht aus dem Pferdestall auftauchte und mit schnellen Schritten herankam, um das Zaumzeug des Maultiers zu nehmen.

»Ihr seid früh unterwegs, Bruder. Was können wir für Euch tun? Mein Herr ist schon in Richtung Rodington ausgeritten. Sollen wir jemanden hinter ihm herschicken, wenn Ihr ihn sprechen wollt? Wenn Ihr Zeit habt, bis zu seiner Rückkehr zu warten, seid Ihr im Haus willkommen. Für die Geistlichkeit ist seine Tür immer offen.«

»Ich möchte den Tagesablauf eines vielbeschäftigten Mannes nicht stören«, sagte Cadfael herzlich. »Ich bin einfach nur gekommen, um mich bei deiner jungen Herrin für ihre Liebenswürdigkeit und Hilfe in einer komplizierten Angelegenheit zu bedanken, und wenn ich der Dame des Hauses meine Aufwartung machen kann, werde ich mich bald wieder auf den Rückweg nach Shrewsbury machen. Ich kenne ihren Namen nicht, denn wie ich höre, hat dein Herr eine große Kinderschar. Die Dame, die ich sprechen möchte, könnte die Älteste sein. Ich glaube, es ist die, die eine Zofe namens Gunnild hat.«

Nach der selbstverständlichen Art zu schließen, in der der Reitknecht den Namen entgegennahm, nahm Gunnild in diesem Haushalt einen festen und anerkannten Platz ein, und selbst wenn es unter den anderen Mägden Gewisper und Groll über die Verwandlung einer schlampigen Akrobatin in eine bevorzugte Zofe gegeben haben sollte, gehörten diese Dinge inzwischen der Vergangenheit an und waren vergessen, was davon Zeugnis ablegte, mit welchem Geschick Gunnild zu Werke gegangen war, um sich in diesem Hause einzufügen.

»Oh, ja, das ist Fräulein Pernel«, sagte der Knecht, drehte sich um und rief einem vorbeigehenden Jungen zu, er solle ihm das Maultier abnehmen und sich darum kümmern, daß es versorgt werde. »Sie ist im Haus, meine Herrin ist allerdings mit dem Herrn ausgegangen. Sie wollte ihn ein Stück des Wegs begleiten; sie hat mit der Müllersfrau in Rodington etwas zu besprechen. Kommt herein, und ich werde Gunnild rufen.«

Als sie die Treppenstufen zur Eingangstür hinaufgingen, wich das Stimmengewirr auf dem Hof schrilleren Stimmen und dem Gelächter von Kindern, und zwei Jungen von etwa zwölf und acht schossen aus der offenen Tür und stürmten mit zwei oder drei Sätzen die Treppe hinunter, wobei sie Cadfael fast umstießen. Sie rannten sofort atemlos schreiend weiter und jagten auf die Felder zu. Ihnen folgte mit schnellen Sprüngen ein kleines Mädchen von fünf oder sechs Jahren, das die Röcke mit seinen pummeligen Händen raffte und hinter seinen Brüdern herschrie, sie sollten auf sie warten. Der Reitknecht fing sie geschickt auf und setzte sie am Fuß der Treppe sicher auf die Füße, worauf das Kind mit der größten Geschwindigkeit, die seine kurzen Beine hergaben, hinter den Jungen herrannte. Cadfael drehte sich einen Augenblick auf der Treppe um und folgte ihr mit den Augen. Als er sich wieder umdrehte, um auf der Treppe weiterzugehen, stand ein älteres Mädchen in der Türöffnung und sah ihn fragend und erstaunt, aber auch lächelnd an.

Das war gewiß nicht Gunnild, aber Gunnilds Herrin. Gerade achtzehn geworden, hatte Hugh gesagt. Achtzehn und noch nicht verheiratet, verlobt auch nicht, wie es schien, vielleicht wegen der Bescheidenheit ihrer Mitgift und der Verbindungen ihres Vaters, vielleicht aber auch, weil sie in dieser Brut munterer Küken die Älteste und sicher auch für den Haushalt wertvoll war. Die Erbfolge war mit zwei gesunden Söhnen gesichert, und die beiden Töchter, für die gesorgt werden mußte, stellten für Giles Otmeres Mittel wohl so etwas wie eine Belastung dar, aber trotzdem herrschte keine Eile. Ihr anmutiges Aussehen und ihr offensichtlich warmherziger Charakter würden eine große Mitgift wohl überflüssig machen, wenn der richtige junge Mann kam.

Sie war nicht hochgewachsen, aber sanft gerundet und strahlte Fröhlichkeit aus, als würde ihr ganzer Körper, von den weichen braunen Haaren bis zu den kleinen Füßen, so lächeln, wie es ihre Augen und ihre Lippen taten. Sie hatte ein rundes Gesicht, und die Augen waren groß, weitaufgerissen und leuchteten aufrichtig. Ihre vollen Lippen wirkten leidenschaftlich und entschlossen zugleich, obwohl sie sich in diesem Augenblick zu einem überraschten Lächeln teilten. Sie hielt das Holzpüppchen ihrer kleinen Schwester in der Hand, das sie gerade dort aufgehoben hatte, wo die Kleine es hingeworfen hatte.

»Hier ist das Fräulein Pernel«, sagte der Reitknecht fröhlich und zog sich einen Schritt in Richtung Hof zurück. »Herrin, der gute Bruder würde gern mit Euch sprechen.«

»Mit mir?« fragte sie und riß die Augen noch mehr auf. »Kommt herein, Sir, und seid willkommen. Wollt Ihr wirklich mich sprechen? Nicht meine Mutter?«

Ihre Stimme entsprach der Fröhlichkeit, die sie ausstrahlte. Es war eine hohe und fröhliche Stimme wie die eines Kindes, in ihrem singenden Tonfall aber sehr melodisch.

»Nun«, sagte sie lachend, »jetzt können wir einander wenigstens verstehen, wo die Kinder weg sind. Kommt, setzt Euch auf die Fensterbank und ruht Euch aus.«

Der Alkoven, in dem sich beide hinsetzten, hatte auf der Wetterseite einen halb geschlossenen Fensterladen, doch der andere war offen. An jenem Morgen herrschte kaum Wind, und trotz des wolkenverhangenen Himmels war das Licht gut. Diesem Mädchen gegenüberzusitzen war so, als hätte man eine glühende Lampe vor sich. Für einen Augenblick hatten sie die Halle für sich, obwohl Cadfael vom

Durchgang und der Küche her sowie vom Hof draußen etliche Stimmen hören konnte, die in geschäftiger Harmonie miteinander verschmolzen.

»Ihr seid von Shrewsbury gekommen?« fragte sie.

»Mit Erlaubnis meines Abts«, erwiderte Cadfael, »um Euch dafür zu danken, daß Ihr Eure Magd Gunnild so schnell zum Herrn Sheriff geschickt habt. Damit konnte der Mann freigelassen werden, der unter dem Verdacht, ihren Tod verursacht zu haben, im Gefängnis saß. Sowohl mein Abt als auch der Sheriff stehen in Eurer Schuld. Ihre Absicht ist, Gerechtigkeit zu üben. Ihr habt ihnen geholfen, Unrecht zu vermeiden.«

»Nun, anders hätten wir doch gar nicht handeln können«, entgegnete sie schlicht, »nachdem wir erfahren hatten, wie dringend es ist. Es möchte doch niemand einen armen Mann einen Tag länger im Gefängnis lassen als unbedingt nötig, wenn er nichts Unrechtes getan hat.«

»Und woher habt Ihr erfahren, wie dringend es ist?« wollte Cadfael wissen. Das war die Frage, deretwegen er hergekommen war, und sie beantwortete sie fröhlich und offen, ohne etwas von ihrer wirklichen Bedeutung zu ahnen.

»Man hat es mir erzählt. Wirklich, wenn in dieser Angelegenheit jemandem zu danken ist, dann nicht uns, sondern dem jungen Mann, der mir von dem Fall erzählte, denn er hatte sich überall nach Gunnild erkundigt, ob sie den Winter des letzten Jahres in irgendeinem Haushalt in diesem Teil der Grafschaft verbracht hat. Er hatte nicht erwartet, sie immer noch hier und überdies in so günstigen Lebensumständen zu finden, doch es war eine große Erleichterung für ihn. Ich habe nichts weiter getan, als Gunnild mit einem Reitknecht nach Shrewsbury zu schicken. Er war überall in der Gegend herumgeritten, um nach ihr zu fragen, um zu erfahren, ob sie am Leben und wohlauf sei, und sie zu bitten, sich zu melden und dies zu beweisen, denn sie wurde für tot gehalten.«

»Es ist ihm hoch anzurechnen«, sagte Cadfael, »daß er sich so um die Gerechtigkeit gesorgt hat.«

»Das ist es wirklich!« stimmte sie mit Wärme zu. »Wir waren nicht die ersten, die er besuchte. Er war sogar bis Cressage geritten, bevor er zu uns kam.«

»Ihr kennt seinen Namen?«

»Bis dahin hatte ich ihn nicht gekannt. Er sagte mir, er sei Sulien Blount von Longner.«

»Hat er ausdrücklich mit Euch sprechen wollen?« fragte Cadfael.

»O nein!« platzte sie überrascht und amüsiert heraus, und diesmal konnte er nicht sicher sein, daß sie sich der neugierigen Beharrlichkeit seiner Fragen nicht doch bewußt war. Sie sah jedoch keinerlei Grund, mit der Antwort zu zögern. »Er fragte nach meinem Vater, aber Vater war auf den Feldern und ich auf dem Hof, als er angeritten kam. Es war reiner Zufall, daß er mit mir gesprochen hat.«

Immerhin ein angenehmer Zufall, dachte Cadfael, einem Mann in bedrängter Lage unerwarteten Trost zu schenken.

»Und als er erfuhr, daß er die gesuchte Frau gefunden hatte, hat er darum gebeten, sie zu sprechen? Oder das Euch überlassen?«

»Ja, er hat mir ihr gesprochen. Er erzählte ihr in meiner Gegenwart, daß der Hausierer im Gefängnis sitze und daß sie sich melden und beweisen müsse, daß er ihr nie etwas angetan habe. Und das hat sie dann bereitwillig getan.«

Sie lächelte jetzt nicht mehr, sondern war eher ernst, aber immer noch offen, direkt und wohlwollend. Ihren intelligenten, klaren Augen war anzumerken, daß sie einen tieferen Zweck hinter seinen Fragen vermutete und sich um deren eigentliche Bedeutung sorgte, darin aber gleichwohl keinen Grund sah, etwas zurückzuhalten oder Ausflüchte zu machen, da die Wahrheit in ihren Augen nie schädlich sein konnte. So stellte er die letzte Frage, ohne zu zögern: »Hat er Gelegenheit gehabt, sie allein zu sprechen?«

»Ja«, erwiderte Pernel. Ihre sehr großen und fest auf Cadfaels Gesicht gerichteten Augen waren von einem goldenen, sonnendurchschienenen Braun und heller als ihr Haar. »Sie dankte ihm und ging mit ihm auf den Hof, als er aufsaß und wegritt. Ich war mit den Kindern im Haus. Die waren nämlich gerade hereingekommen, und es war fast schon Zeit für das Abendessen. Aber er wollte nicht bleiben.«

Aber sie hatte ihn gefragt. Er hatte ihr gefallen, und sie dachte auch jetzt gern an ihn und fragte sich, wenn auch ohne jede böse Ahnung, was dieser Mönch aus Shrewsbury über die Vorhaben und Liebenswürdigkeiten und das Tun und Lassen von Sulien Blount von Longner wissen wollte.

»Ich weiß aber nicht«, fuhr Pernel fort, »was sie miteinander sprachen. Ich bin sicher, daß es nichts Unrechtes war.«

»Das«, sagte Cadfael, »würde ich auch vermuten. Ich denke, der junge Mann hat sie vielleicht gebeten, beim Sheriff im Schloß nichts davon zu erwähnen, daß er es sei, der sie gesucht habe, sondern zu sagen, sie habe durch Gerüchte von Britrics Notlage und ihrem vermeintlichen Tod erfahren. Neuigkeiten reisen schnell. Sie hätte es am Ende ohnehin erfahren, aber nicht *so* schnell, wie ich fürchte.«

»Ja«, sagte Pernel, die vor Aufregung glühte, »das kann ich mir bei ihm vorstellen, daß er seine Herzensgüte nicht bekannt werden lassen wollte. Warum? Hat sie seine Bitte erfüllt?«

»Das hat sie. Daraus kann man ihr jedoch keinen Vorwurf machen, und außerdem hatte er das Recht, sie darum zu bitten.«

Vielleicht nicht nur das Recht, sondern auch den dringenden Wunsch! Cadfael machte Anstalten, aufzustehen und sich für die Zeit zu bedanken, die sie ihm gewidmet hatte, und wollte sich gerade verabschieden, doch sie streckte eine Hand aus, um ihn zurückzuhalten.

»Ihr dürft nicht gehen, ohne in unserem Haus eine Erfrischung zu Euch zu nehmen, Bruder. Wenn Ihr nicht bleiben und mit uns zu Mittag essen wollt, laßt mich wenigstens Gunnild rufen. Sie kann uns etwas Wein bringen. Vater hat auf der Sommermesse französischen Wein gekauft.« Damit war sie schon auf den Beinen und eilte quer durch die Halle zur Schiebetür, und bevor er annehmen oder ablehnen konnte, hatte sie schon gerufen. Es ist nur recht und billig, überlegte er. Er hatte bekommen, was er haben wollte, und sie hatte es ihm ohne Groll und furchtlos erzählt; jetzt wollte sie etwas von ihm. »Gunnild brauchen wir nichts zu sagen«, sagte sie bei ihrer Rückkehr leise. »Sie hat ein hartes Leben hinter sich, und wir sollten ihr erlauben, es zu vergessen und alles, was daran erinnert. Sie ist mir eine gute Freundin und Dienerin gewesen und liebt die Kinder.«

Die Frau, die mit Flasche und Gläsern aus Küche und Vorratskammer hereinkam, war hochgewachsen und wäre eher mager als schlank zu nennen gewesen, aber sie bewegte sich in ihrem einfachen dunklen Gewand gleichwohl mit natürlicher Anmut und elastisch. Das von ihrer weißen Haube umrahmte Gesicht hatte einen olivfarbenen Teint und war angenehm anzusehen, und die dunklen Augen, die Cadfael mit gelassener, aber wachsamer Neugier musterten und mit fast besitzergreifender Zuneigung auf Pernel ruhten, waren immer noch klar und schön. Sie bediente beide mit geschickter Hand und zog sich dann taktvoll zurück. Gunnild hatte einen sicheren Hafen gefunden, den sie nicht wieder zu verlassen gedachte, gewiß nicht auf Aufforderung eines Vagabunden wie Britric. Selbst wenn ihre Herrin heiratete, wäre da noch die kleine Schwester, die sie umsorgen mußte, und vielleicht stand eines Tages sogar für Gunnild eine Ehe in Aussicht, die komfortable, praktische Heirat zweier anständiger, alternder Diener, die lange genug gemeinsam gearbeitet hatten, um zu wissen, daß sie für den Rest ihrer Tage gut miteinander auskommen würden.

»Ihr seht«, sagte Pernel, »wie sehr es sich gelohnt hat, sie aufzunehmen, und wie zufrieden sie hier ist. Und jetzt«, fuhr sie fort und ging ohne Umschweife auf das los, was sie am meisten interessierte, »müßt Ihr mir von diesem Sulien Blount erzählen. Denn ich denke, Ihr müßt ihn kennen.«

Cadfael holte Luft und erzählte ihr alles, was sie seiner Ansicht nach über den einstigen Benediktiner-Novizen, dessen Heim und Familie und endgültige Entscheidung für die säkulare Welt wissen sollte. Bei der Geschichte des Töpferackers schloß das nicht mehr als die bloße Tatsache ein, daß dieser schrittweise von den Blounts in das Eigentum der Abtei gelangt war und beim ersten Pflügen den Leichnam einer Frau freigegeben hatte, nach deren Identität das Gesetz jetzt suchte. Das schien für einen Sohn der Familie Grund genug zu sein, ein persönliches Interesse an dem Fall zu zeigen und sich darum zu bemühen, den Unschuldigen von jedem Verdacht zu befreien. Es erklärte überdies zufriedenstellend die Sorge, die von dem Abt und dessen Abgesandten an den Tag gelegt wurde, diesem älteren Mönch, der jetzt mit Pernel in einer Fensterleibung saß und die ganze beunruhigende Geschichte mit kurzen Worten erzählte.

»Und seine Mutter ist so krank?« erkundigte sich Pernel, die mit großen, mitfühlenden Augen und gebannter Aufmerksamkeit zuhörte. »Wie froh sie sein muß, daß er sich letztlich doch entschieden hat, nach Hause zu kommen.«

»Der ältere Sohn hat im Sommer geheiratet«, sagte Cadfael, »so daß eine junge Frau im Haus ist, die sie trösten und umsorgen kann. Aber ja, gewiß wird sie froh sein, Sulien wieder bei sich zu haben.«

»Es ist gar nicht so weit weg«, sagte Pernel sinnend und halb zu sich selbst. »Wir sind fast Nachbarn. Glaubt Ihr, Frau Donata könnte sich je wohl genug fühlen, um Besucher empfangen zu wollen? Wenn sie nicht ausgehen kann, muß sie sich manchmal einsam fühlen.«

Cadfael verabschiedete sich. Als er ging, klang ihm dieser behutsame Vorschlag, den das Mädchen mit seiner warmen, energischen und lebensvollen Stimme vorgebracht hatte, noch im Ohr, und er sah ihr strahlendes und vertrauensvolles Gesicht vor Augen, das Gegenstück von Krankheit, Einsamkeit und Schmerz. Nun, warum nicht? Selbst wenn sie eher den jungen Mann wiedersehen wollte, als einer hinfälligen Edelfrau mit ihrem Zauber und ihrer Jugendfrische neuen Mut zu machen, konnte ihre Anwesenheit trotzdem Wunder tun.

Er ritt ohne Eile über die herbstlichen Felder zurück, doch statt am Torhaus der Abtei abzubiegen, setzte er seinen Weg über die Brücke und in die Stadt fort, um im Schloß Hugh aufzusuchen.

Kaum hatte er begonnen, die Rampe zum Torhaus des Schlosses hinaufzureiten, wurde offenkundig, daß etwas geschehen war, was ungeheure Aufregung ausgelöst hatte. Zwei leere Fuhrwerke wurden ächzend den Abhang hinaufgezogen und verschwanden unter dem tiefen Torbogen des Turms, und auf dem Innenhof herrschte zwischen Halle, Stall, Rüstkammer und Lagerräumen solche Geschäftigkeit, daß Cadfael inmitten dieses Kommens und Gehens viele Minuten unbemerkt auf seinem Maultier sitzen blieb. Er versuchte zu ermessen, was er sah, und bedachte, was es unvermeidlich bedeutete. An allem, was hier vorging, wirkte nichts verwirrt oder konfus, alles geschah absichtsvoll und lief nach einem unbekannten Muster ab, war der befehlsgemäße Höhepunkt berechneter und wohlgeplanter Vorbereitungen. Cadfael saß ab, und Will Warden, Hughs ältester und erfahrenster Lehnsmann, hielt für einen Augenblick damit inne, die Kutscher weiter zum Innenhof zu dirigieren, und kam zu ihm, um ihn über alles aufzuklären.

»Morgen früh sind wir auf dem Marsch. Wir haben erst vor einer Stunde die Nachricht erhalten. Geht zu ihm hinein, Bruder. Er befindet sich im Torturm.«

Und damit war er schon wieder unterwegs, winkte den Kutscher des zweiten Karrens durch den Torbogen zum Innenhof und verschwand hinter dem Karren, um dafür zu sorgen, daß er richtig beladen wurde. Der Troß mußte sich bereit machen, schon heute aufzubrechen, während der bewaffnete Trupp ihm beim ersten Tageslicht folgen würde.

Cadfael übergab sein Maultier einem Stalljungen und ging zu dem tiefen Portal des Wachraums im Torturm hinüber. Hugh erhob sich bei seinem Anblick von einem mit Akten überladenen Tisch, stapelte seine Unterlagen und schob sie zur Seite.

»Es ist so gekommen, wie ich gedacht habe. Der König mußte etwas gegen den Mann unternehmen, denn er kann nicht länger herumsitzen und nichts tun, ohne dabei sein Gesicht zu verlieren. Obwohl er ebensogut weiß wie ich«, gab Hugh besorgt und mit großer Heftigkeit zu, »daß die Chancen, Geoffrey de Mandeville zu einer offenen Feldschlacht zu zwingen, nur allzu gering sind. Was ist, wenn seine Nachschublinien in Essex gesichert sind, selbst wenn mal die Zeit kommt, in der er aus den Fens weder Getreide noch Vieh mehr herauspressen kann? Und all diese öden,

180

von Gewässern durchzogenen Flächen, die ihm so vertraut sind wie die Linien seiner Hand? Nun, wir werden ihm größtmöglichen Schaden zufügen, und vielleicht können wir ihn dort festnageln, wenn es uns schon nicht gelingt, ihn zu vertreiben. Wie immer die Aussichten sein mögen, Stephen hat sein Aufgebot nach Cambridge befohlen und von mir für eine begrenzte Zeit eine Kompanie verlangt, und einen Trupp soll er haben, und er wird so gut sein wie jeder, den er von seinen Flamen bekommt. Und wenn er nicht wieder so schnell marschiert wie der Blitz – was uns manchmal ebenso überrascht wie ihn selbst –, werden wir vor ihm in Cambridge sein.«

Nachdem er sich auf diese Weise von der Seele geredet hatte, was ihn bedrückte, und es damit keine besondere Eile hatte, da alles schon im voraus bedacht worden war, sah Hugh seinem Freund jetzt aufmerksamer ins Gesicht und bemerkte, daß König Stephens Kurier nicht der einzige Besucher gewesen war, der wichtige Neuigkeiten zu bringen gehabt hatte.

»Sieh an, sieh an!« sagte er mild. »Wie ich sehe, hat nicht nur Seine Gnaden der König etwas auf dem Herzen, sondern auch du. Und gerade jetzt muß ich fortziehen und dir die Last allein überlassen. Setz dich und erzähl mir, was es Neues gibt. Dazu ist noch Zeit, bevor ich aufbrechen muß.«

NEUNTES KAPITEL

Von Zufall kann keine Rede sein«, sagte Cadfael und legte seine verschränkten Arme auf den Tisch. »Du hattest recht. Die Geschichte hat sich aus gutem Grund wiederholt, denn es war ein und dieselbe Hand, die die Dinge dorthin lenkte, wohin ein und dasselbe Gemüt sie haben wollte. Zweimal! Das ging mir immer wieder im Kopf herum, und so wollte ich die Probe aufs Exempel machen. Ich sorgte dafür, daß der Junge erfuhr, daß ein anderer Mann in dem Verdacht stand, diesen Tod verursacht zu haben. Es mag vielleicht sogar sein, daß ich die Gefahr, in der Britric schwebte, etwas düsterer gezeichnet habe, als es der Wahrheit entsprach. Und sieh an, der Bursche nimmt sich zu Herzen, was ich ihm so treulich gesagt habe, nämlich daß das fahrende Volk sich im Herbst nach einer warmen Zuflucht umsieht, um gut durch den Winter zu kommen, und schon geht er los und sucht die ganze Gegend ab, um herauszufinden, ob eine gewisse Gunnild am Kaminfeuer irgendeines Gutshauses ein warmes Eckchen gefunden hat. Und dieses Mal hatte er wohlgemerkt keine Möglichkeit zu wissen, ob die Frau lebendig oder tot war, da er nur das über sie wußte, was ich ihm erzählt hatte. Er hatte Glück und fand sie. So, und jetzt frage ich mich, weshalb er sich Britrics wegen solche Mühe machen sollte, obwohl er den Namen dieser Gunnild nie zuvor gehört und sie noch nie zu Gesicht bekommen hatte?«

»Nun«, fiel Hugh ein, der ihm am Tisch Auge in Auge gegenübersaß, »es sei denn, er wußte, selbst wenn er sonst nichts wußte, daß unsere tote Frau nicht diese Gunnild war und nicht sein konnte? Und wie konnte er das wissen? Nur dann, wenn er nur allzu gut weiß, wer sie in Wahrheit ist. Und was mit ihr geschehen ist.«

»Vielleicht glaubt er es nur zu wissen«, entgegnete Cadfael vorsichtig.

»Cadfael, ich fange an, mich für deinen verlorenen Bruder zu interessieren. Laß uns doch mal sehen, was wir wissen. Da haben wir diesen Jüngling, der sich so urplötzlich, so kurze Zeit nachdem Rualds Frau aus dem Haus verschwand, höchst unerwartet dafür entscheidet, ebenfalls von zu Hause wegzugehen und die Mönchskutte anzulegen, und zwar nicht hier in der Nähe, wo man ihn kennt, bei euch oder in Haughmond, dem Haus und dem Orden, den seine Familie immer bevorzugt hat, sondern weit weg, in Ramsey. Will er sich von einem Schauplatz entfernen, den er als bedrückend und quälend empfindet? Oder vielleicht gar als gefährlich? Dann kehrt er notgedrungen nach Hause zurück, als Ramsey zu einem Räubernest wird, und es mag wirklich zutreffen, daß ihm jetzt Zweifel kommen, ob es klug war, ins Kloster zu gehen. Und was findet er hier vor? Daß man den Leichnam einer Frau gefunden hat, der auf Land begraben war, das einst zur Domäne seiner Familie gehörte, und daß hier verständlicherweise allgemein angenommen wird, daß es sich bei der Toten um Rualds verschwundene Ehefrau handelt und daß dieser ihr Mörder ist. Was tut er folglich? Er erfindet eine Geschichte, um zu beweisen, daß Generys noch am Leben und wohlauf ist. Sie lebt angeblich so weit weg, daß man sie nicht leicht finden und sie nicht für sich selbst sprechen kann, denn wir wissen ja, wie es in jenem Landesteil jetzt aussieht, aber er kann einen Beweis liefern. Er hat einen Ring, der einmal ihr gehört hat, einen Ring, den sie lange nach ihrem Verschwinden in Peterborough verkauft hat. Aus diesem Grund kann dieser Leichnam nicht der ihre sein.«

»Der Ring«, sagte Cadfael nachdenklich, »war ohne Frage der ihre und echt. Ruald hat ihn sofort erkannt und war froh und über alle Maßen dankbar, eine Bestätigung zu erhalten, daß sie noch lebt und bei guter Gesundheit ist und daß es ihr anscheinend auch ohne ihn einigermaßen gut geht. Du hast ihn ebenso gesehen wie ich. Ich bin sicher, daß er arglos war und ohne Falsch.«

»Das glaube ich auch. Ich glaube nicht, daß wir uns wieder Ruald zuwenden müssen, obwohl es weiß Gott sein kann, daß dies bei Generys der Fall sein mag. Aber höre, was dann folgt! Als nächstes bringt eine Suche einen anderen Mann ans Licht, der allen Anzeichen nach durchaus schuldig sein kann, eine andere Frau getötet zu haben, die an genau jenem Ort verschwunden ist. Und als Sulien Blount durch deine liebenswürdige Hilfe davon erfährt, interessiert er sich gleichwohl weiterhin für die Angelegenheit und macht sich sogar freiwillig auf, diese Frau aufzuspüren, um zu zeigen, daß sie noch am Leben ist. Und hat bei Gott das Glück, sie zu finden! Und befreit damit Britric von jedem Verdacht, wie er es schon bei Ruald getan hat. Und jetzt sag mir, Cadfael, sag mir aufrichtig, was sagt dir das alles?«

»Es sagt«, gab Cadfael ehrlich zu, »daß Sulien selbst schuldig ist, wer immer die Frau sein mag, und daß er vorhat, um sein Leben zu kämpfen, das ja, aber nicht auf Kosten von Ruald oder Britric oder eines anderen unschuldigen Mannes. Und das, denke ich, würde zu ihm passen. Ich traue ihm zu, daß er töten kann. Er würde aber nie zulassen, daß ein anderer dafür hängen muß.«

»So deutest du die Zeichen also?« Hugh musterte ihn aufmerksam und zog dabei seine schwarzen Augenbrauen hoch. Ein schiefes Lächeln kräuselte seinen ausdrucksvollen Mund.

»Ja, so deute ich die Zeichen.«

»Aber du glaubst es nicht!«

Das war eher eine Feststellung als eine Frage und wurde ohne Überraschung geäußert. Hugh kannte Cadfael inzwischen gut genug, um an ihm Neigungen zu erkennen, deren sich dieser selbst noch nicht bewußt war. Cadfael bedachte die Umstände einige stumme Augenblicke lang sehr ernsthaft. Dann bemerkte er kritisch: »Auf den ersten Blick ist es logisch, möglich, ja sogar wahrscheinlich. Wenn diese Frau letztlich doch Generys ist, wie es jetzt wieder nur zu wahrscheinlich wird, müssen wir bedenken, daß sie allgemein als sehr schöne Frau galt. Sie war fast alt genug, um die Mutter des Jungen zu sein, der sie seit seiner Kindheit kannte, und der hat so gut wie eingestanden, nach Ramsey geflüchtet zu sein, weil er schuldhaft und schmerzlich in sie verliebt gewesen sei. Das passiert manchem grünen Jungen, daß er sein erstes katastrophales Liebeserlebnis mit einer Frau hat, die ihm schon lange vertraut ist und die er auf seine Weise liebt, eine Frau, die nicht zu seiner Generation gehört und für ihn außer Reichweite ist. Aber was wäre, wenn mehr an der ganzen Geschichte ist als nur eine Flucht vor unlösbaren Problemen und unheilbarem Schmerz? Überlege dir mal die Situation. Ein Mann, den sie geliebt und dem sie vertraut hatte, reißt sich sozusagen mit Gewalt von ihr los, um sie gleichwohl gefesselt und einsam zurückzulassen. In ihrem Zorn und ihrer Bitterkeit über solch einen schmählichen Verrat könnte sich eine leidenschaftliche Frau sehr wohl vorgenommen haben, sich an allen Männern zu rächen, selbst den jungen und verletzlichen. Sie hätte ihn bei sich aufgenommen und sich am Anblick seiner treuen Hundeaugen getröstet, um ihn dann abzuschütteln. Eine solche Schmach empfinden junge

185

Leute in ihren ersten Liebesschmerzen als tödlich. Aber vielleicht es dann dazu gekommen, daß *sie* den Tod erlitt. Grund genug für ihn, vom Schauplatz zu flüchten und sich vor der Welt in einem fernen Kloster zu verstecken, um selbst dem Anblick der Bäume zu entrinnen, die ihr Haus beschatteten.«

»Es ist logisch«, sagte Hugh wie ein Echo auf Cadfaels Worte. »Es ist möglich, es ist vorstellbar.«

»Mein einziger Einwand ist«, erklärte Cadfael, »daß ich es einfach nicht glauben kann. Ich kann es nicht, aus guten, einleuchtenden Gründen – ich glaube es einfach nicht.«

»Deine Vorbehalte«, sagte Hugh philosophisch, »lassen mich immer innehalten und sehr behutsam weitergehen. Jetzt mehr denn je! Aber da fällt mir noch etwas ein: Was ist, wenn Sulien den Ring die ganze Zeit in seinem Besitz hatte, seit er sich zum letzten Mal von Generys trennte – ob nun von der lebenden oder der toten? Was ist, wenn sie ihm den Ring geschenkt hat? Wenn sie das Liebesgeschenk ihres Mannes aus Bitterkeit über seinen Verrat weggeworfen und es dem unschuldigsten und bemitleidenswertesten Geliebten gab, den sie je hätte haben können. Und sie hat tatsächlich gesagt, sie hätte einen Liebhaber.«

»Hätte er dieses Geschenk behalten«, sagte Cadfael, »wenn er sie getötet hätte?«

»Durchaus möglich! O ja, das hätte er sehr wohl. Solche Dinge sind schon vorgekommen, wenn nach der heißesten Liebe plötzlich Haß ausbricht und zwei Menschen miteinander kämpfen. Ja, ich glaube, daß er den Ring behalten hätte, selbst wenn er ihn in Ramsey ein ganzes Jahr vor Abt und Beichtvater hätte verstecken müssen.«

»Radulfus gegenüber hat er aber geschworen«, bemerkte Cadfael, dem dies plötzlich wieder einfiel, »er habe es nicht getan. Er könnte natürlich lügen, aber ich glaube nicht, daß er es ohne triftigen Grund tun würde.«

»Haben wir nicht herausgefunden, daß er Grund genug hatte zu lügen? Und angenommen, er hatte den Ring die ganze Zeit bei sich. Die Zeit kam, in der es um Rualds willen notwendig wurde, ihn zum Beweis vorzulegen, nämlich mit dieser falschen Geschichte, wie er zu dem Ring gekommen ist. *Falls* die Geschichte falsch ist. Wenn ich Beweise dafür hätte, daß sie es nicht ist«, sagte Hugh, dem es zu schaffen machte, wie entmutigend hoch die Zahl der Unwägbarkeiten war, »könnte ich Sulien fast – *fast* – als Verdächtigen streichen.«

»Dann ist da noch die Frage«, sagte Cadfael langsam, »warum er Ruald bei seiner Begegnung mit ihm nicht gleich erzählte, er habe in Peterborough von Generys gehört, und sie sei am Leben und wohlauf. Selbst wenn er vorgehabt hat, wie er sagt, den Ring zu behalten, hätte er dem Mann trotzdem erzählen können, was diesem große Erleichterung verschafft und ihm seinen Seelenfrieden wiedergegeben hätte, wie Sulien sehr wohl wußte. Er hat es aber nicht getan.«

»Der Junge wußte da aber noch nicht«, wandte Hugh gerechterweise ein, »daß wir eine tote Frau gefunden hatten oder daß ein Schatten des Verdachts auf Ruald lag. Er wußte nicht, wie dringend es war, Ruald von dessen Frau zu erzählen, denn das ging ihm erst auf, nachdem er auf Longner die ganze Geschichte gehört hatte. Er hätte tatsächlich glauben können, es sei besser, einfach zu schweigen, da Ruald dort, wo er sich befindet, gesegnet glücklich ist.«

»Ich bin nicht ganz sicher«, sagte Cadfael langsam und besann sich auf die kurze Zeit, in der Sulien ihm im Kräutergarten geholfen hatte, »daß er erst bei seiner Rückkehr nach Hause von dem Fall erfahren hat. An dem Tag, an dem er um Erlaubnis bat, Longner zu besuchen und seine Familie wiederzusehen, war Jerome mit ihm im Garten gewesen. Ich bin ihm nämlich begegnet, als er ging. Er hatte es überdies plötzlich sehr eilig und war eine Spur liebenswürdiger und brüderlicher als gewohnt. Und ich frage mich jetzt, ob bei der Unterhaltung der beiden nicht etwas davon gesagt worden ist, daß wir die Gebeine einer Frau gefunden haben und daß der gute Ruf eines Mannes bedroht ist. Noch am selben Abend begab sich Sulien zum Herrn Abt und erhielt Erlaubnis, nach Longner zu reiten. Er kam am nächsten Tag nur zurück, um seine Absicht zu erklären, den Orden zu verlassen, und den Ring vorzuzeigen und zu erzählen, wie er ihn bekommen habe.«

Hugh trommelte mit den Fingern leicht auf den Tisch. Seine Augen wurden zu grüblerischen schmalen Schlitzen. »Was hat er als erstes gesagt?« verlangte er zu wissen.

»Erst erbat und erhielt er seine Entlassung.«

»Würde es einem normalerweise aufrichtigen Mann leichter fallen, den Abt vor oder nach der Entlassung anzulügen? Was meinst du?«

»Deine Gedanken sind den meinen nicht unähnlich«, entgegnete Cadfael mürrisch.

»Also«, sagte Hugh und schüttelte seinen Kummer schnell ab, »zwei Dinge stehen fest. Erstens: Was immer die Wahrheit über Sulien sein mag, diese zweite Errettung ist zweifelsfrei bewiesen. Wir haben Gunnild gesehen und mit ihr gesprochen. Sie lebt, es geht ihr gut, und sie hat vernünftigerweise nicht die Absicht, sich wieder auf die Wanderschaft zu begeben. Und da wir keinen Anlaß haben, Britric mit irgendeiner anderen Frau in Verbindung zu bringen, ist auch er damit in Sicherheit, und ich wünsche beiden Glück. Und die zweite Gewißheit, Cadfael, ist, daß schon die Tatsache dieser zweiten Errettung große Zweifel aufwirft, was die erste betrifft. Generys haben wir *nicht* gesehen. Ring oder kein Ring, ich habe sehr zwiespältige Gefühle, ob es je möglich sein wird, sie wiederzusehen.

Und doch, und doch – Cadfael glaubt es nicht! Nicht beim jetzigen Stand der Dinge, so wie wir sie jetzt sehen.«

»Da gibt es noch etwas, was feststeht«, rief ihm Cadfael ernst ins Gedächtnis zurück, »nämlich daß du morgen früh von hier aufbrechen mußt. Da die Angelegenheiten des Königs keinen Aufschub dulden, müssen unsere eben warten. Falls du überhaupt etwas erledigt sehen möchtest – was soll getan werden, bis du wieder selbst die Zügel in die Hand nehmen kannst? Was mit Gottes Hilfe vielleicht nicht allzulange dauern wird.«

Als sich das Geräusch der beladenen Karren, die draußen lärmend unter dem Torbogen hindurchratterten, vernehmen ließ, waren beide aufgestanden. Das hohle Klappern der Räder unter dem steinernen Gewölbe dröhnte zu ihnen herüber wie ein Echo aus einer Höhle. Ein Trupp von Bogenschützen zu Fuß machte sich in diesem ersten Stadium des Marschs mit dem Troß auf den Weg, um in Coventry, wo die Lanzenträger zu ihnen stoßen sollten, frische Pferde zu übernehmen.

»Du darfst weder zu Sulien noch sonst jemandem auch nur ein Wort darüber verlauten lassen«, sagte Hugh, »und mußt nur beobachten, was dann folgt. Radulfus kannst du sagen, was du willst, denn wenn überhaupt jemand Stillschweigen bewahren kann, dann er. Den jungen Sulien laß ruhen, falls er ruhen kann. Ich bezweifle, daß er gut schlafen kann, selbst wenn er mir alle Mörder aus dem Weg geräumt hat oder es getan zu haben hofft, glaubt oder dafür betet. Sollte ich ihn brauchen, wenn die Zeit da ist, wird er hier sein.«

Sie gingen gemeinsam auf den Außenhof und blieben dort stehen, um sich zu verabschieden. »Wirst du Aline besuchen«, sagte Hugh, »wenn ich lange wegbleibe?« Über Bagatellen wie die, daß Männer auch bei regellosen kleinen Scharmützeln in einer regionalen Auseinandersetzung getötet werden konnten, war kein Wort gefallen, und es würde auch keins dazu geäußert werden, obwohl solche Kämpfe in den Fens zu erwarten waren. Und es konnte passieren. So wie Eudo Blount der Ältere nach dem schrecklichen Hinterhalt von Wilton bei einem Nachhutgefecht gestorben war. Geoffrey de Mandeville, der sich so gut darauf verstand, sein Mäntelchen nach dem Wind zu hängen und sich trotzdem unschätzbar zu machen und umwerben zu lassen, würde es zweifellos vorziehen, sich seine verschlagenen Optionen offenzuhalten, indem er einer offenen Feldschlacht mit den Streitkräften des Königs nach Möglichkeit aus dem Weg ging und niemanden im Rang eines Barons tötete, aber er würde es vielleicht trotzdem nicht immer schaffen, die Bedingungen eines Zusammentreffens zu diktieren, nicht einmal auf seinem von Wasserläufen durchzogenen Heimatboden. Und Hugh war nicht der Mann, der von hinten führte.

»Das werde ich«, versprach ihm Cadfael von Herzen. »Gott beschütze euch beide und die Männer, die mit dir gehen.«

Hugh ging mit ihm zum Tor und legte seinem Freund eine Hand auf die Schulter. Sie waren fast gleich groß und konnten miteinander Schritt halten. Unter dem Schatten des Torbogens blieben sie stehen.

»Mir ist noch ein Gedanke gekommen«, sagte Hugh, »der dir sicherlich auch schon längst eingefallen ist, ob du es nun ausgesprochen hast oder nicht. Die Entfernung von Cambridge nach Peterborough ist nicht besonders groß.«

»Es ist also soweit!« sagte Abt Radulfus düster, als Cadfael ihm nach dem Abendgebet ausführlich von allem berichtete, was er an diesem Tag unternommen hatte. »Es ist das erste Mal seit Lincoln, daß Hugh befohlen worden ist, sich dem Aufgebot des Königs anzuschließen. Ich hoffe, daß es diesmal erfolgreicher sein wird. Möge Gott dafür sorgen, daß sie in dieser Angelegenheit nicht sehr lange wegbleiben müssen.«

Cadfael konnte sich nicht vorstellen, daß diese Konfrontation leicht oder schnell vorbeigehen würde. Er hatte Ramsey noch nie gesehen, aber nach Suliens Beschreibung der Insel mit ihrem natürlichen und uneinnehmbar wirkenden Burggraben, der nur von einem einzigen schmalen Damm überspannt wurde, ließ es sich mit einer bloßen Handvoll Männer verteidigen und bot kaum Hoffnung auf eine leichte Eroberung. Und obwohl de Mandevilles Marodeure aus ihrer Festung ausbrechen mußten, um plündern zu können, hatten sie den Vorteil, aus der Gegend zu sein. Sie kannten all die festen Plätze in jener düsteren und offenen Wasserlandschaft und konnten sich bei jeder Annäherung des Feindes sofort in die Marschen zurückziehen.

»Da der November schon gekommen ist«, sagte er, »und der Winter vor der Tür steht, bezweifle ich, daß sich mehr tun läßt, als diese Gesetzlosen in ihren Fens festzunageln und damit zumindest den Schaden zu begrenzen, den sie anrichten können. Nach allem, was wir wissen, ist das jedoch für die armen Seelen, die dort in der Gegend leben, schon mehr als genug. Aber da wir hier den Earl von Chester zum Nachbarn haben, der in seiner Loyalität so schwankend ist, könnte ich mir vorstellen, daß König Stephen Hugh und seine Männer wieder nach Hause schicken will, um die Grafschaft und die Grenze zu sichern, sobald er sie erübrigen kann. Er hofft vielleicht, einen schnellen Schlag führen und einen schnellen Tod de Mandevilles erreichen zu können. Ich sehe für de Mandeville inzwischen kein anderes Ende, wie geschickt er mittlerweile auch gelernt haben mag, sein Fähnchen nach dem Wind zu drehen. Diesmal ist er zu weit gegangen, diesmal ist eine Rettung nicht mehr möglich.«

»Eine schlimme Notwendigkeit«, sagte Radulfus grimmig, »wenn man gezwungen ist, den Tod eines Menschen zu wünschen, aber dieser hat den Tod so vieler anderer verursacht, so vieler demutsvoller und wehrloser Seelen, und das mit so abscheulichen Mitteln, daß ich mich sogar für fähig halten könnte, für sein Ende als einer bitter nötigen Gnade für seine Nachbarn zu beten. Wie kann sonst je wieder Frieden und eine geordnete Verwaltung in diese verwüsteten Lande einkehren? In der Zwischenzeit, Cadfael, sind wir in der Frage dieses Todes, der sich in größerer Nähe zu uns ereignet hat, für eine Weile zur Untätigkeit verdammt. Hugh hat Alan Herbard für die Zeit seiner Abwesenheit als Kastellan zurückgelassen?«

Hughs Stellvertreter war ein feuriger und vielversprechender junger Mann. Er hatte bislang wenig Erfahrung in der Leitung einer Garnison, doch ihm standen kampferprobte Lehnsmänner aus der älteren Generation zur Seite, die jederzeit bereit waren, ihm den Rücken zu stärken, wenn ihre Erfahrung gebraucht wurde.

»Das hat er. Und Will Warden wird weiterhin die Ohren offenhalten für den Fall, daß er neue Anweisungen bekommt, obwohl er ebenso wie ich Befehl hat, die Zunge im Zaum zu halten und ein gleichmütiges Gesicht zu wahren, damit keine schlafenden Hunde geweckt werden. Aber du siehst doch, Vater, wie schon die Tatsache, daß diese Frau auf Veranlassung von Sulien plötzlich auftaucht, Zweifel an der Geschichte weckt, die er uns zunächst erzählt hat. Damals sagten wir, ja, das klingt sehr glaubwürdig, warum es in Frage stellen? Aber zweimal, die gleiche Errettung durch die gleiche Hand? Nein, das ist weder Zufall, noch kann man es leicht glauben. Nein! Sulien will nicht zulassen, daß Ruald oder Britric als Mörder gebrandmarkt werden, und gibt sich große Mühe zu beweisen, daß dies unmöglich ist. Wie kann er ihrer

Unschuld so gewiß sein? Es sei denn, er weiß, wer der wirkliche Schuldige ist? Oder er glaubt es zumindest zu wissen.«

Radulfus sah ihn mit undurchdringlicher Miene an und sagte laut heraus, was bisher weder Cadfael noch Hugh in Worte gekleidet hatten:

»*Oder er ist es selbst!*«

»Das ist der erste und logische Gedanke, der auch mir gekommen ist«, gab Cadfael zu. »Aber ich mußte feststellen, daß ich mir das nicht eingestehen konnte. Bis jetzt kann ich nur anerkennen, daß sein Verhalten seine Unwissenheit, wenn nicht gar seine Unschuld an diesem Todesfall in einem zweifelhaften Licht erscheinen läßt. Im Fall von Britric steht seine Unschuld außer Frage. Denn es geht hier nicht um das bloße Wort eines Mannes. Immerhin ist die Frau persönlich zu uns gekommen und hat selbst gesprochen. Sie lebt, ist glücklich und dankbar, und kein Mensch braucht sie in einem Grab zu suchen. Wir müssen uns wieder der ersten Errettung zuwenden. Wir haben nur Suliens Wort dafür, daß Generys noch in dieser Welt ist und lebt. *Sie* hat sich nicht gezeigt. *Sie* hat nicht gesprochen. Bis jetzt haben wir nichts weiter als Berichte aus zweiter Hand. Das Wort eines Mannes für die Frau, den Ring und alles andere.«

»Trotz des wenigen, das ich über ihn weiß«, sagte Radulfus, »glaube ich nicht, daß Sulien von Natur aus ein Lügner ist.«

»Ich auch nicht. Alle Menschen, selbst solche, die von Natur aus keine Lügner sind, können aber einmal gezwungen werden zu lügen, wenn sie es für unabweisbar notwendig halten. Und ich fürchte, genau das hat er getan, nämlich um Ruald von der Bürde des Verdachts zu befreien. Überdies«, sagte Cadfael mit Überzeugung und griff auf alte Erfahrungen mit fehlbaren Menschen außerhalb der Klosterenklave zurück, »werden sie gut lügen, wenn sie es nur aus einem solch verzweifelten Grund tun, besser jedenfalls als jene, denen eine Lüge leicht über die Lippen kommt.«

»Du redest wie einer«, sagte Radulfus trocken und erlaubte sich den Anflug eines feinen Lächelns, »der aus Erfahrung spricht. Nun, wenn das Wort eines Mannes ohne Beweis nicht mehr akzeptabel ist, sehe ich nicht, wie wir unsere Nachforschungen über dein ›bis jetzt‹ hinaus fortsetzen können. Vielleicht sollten wir die Angelegenheit einfach ruhen lassen, solange Hugh abwesend ist. Sag nichts zu irgendeinem Mann von Longner, nichts zu Bruder Ruald. In Stille und Ruhe ist Geflüster deutlich zu hören, und jedes Rascheln eines Blatts erhält eine Bedeutung.«

»Und ich bin daran erinnert worden«, sagte Cadfael, der sich mit einem ungestümen Seufzer erhob, um sich zum Refektorium zu begeben, »daß es von Cambridge nach Peterborough nicht allzu weit ist. Das war das letzte, was Hugh zu mir sagte.«

Der nächste Tag war der heiligen Winifred gewidmet und in der Abtei von Saint Peter und Saint Paul ein wichtiger Festtag, obwohl der Tag ihrer Überführung und Einsetzung auf ihrem jetzigen Altar in der Kirche, der zweiundzwanzigste Juni, mit größerem Zeremoniell begangen wurde. Ein Feiertag im Sommer bietet für Prozessionen und Festlichkeiten besseres Wetter und längeres Tageslicht als der dritte November, wenn die Tage schon kürzer werden und der Winter näherrückt.

Cadfael stand sehr früh am Morgen auf, lange vor dem ersten Stundengebet, nahm seine Sandalen und sein Skapulier und stahl sich im Licht der nächtlichen Gestirne aus dem dunklen Schlafsaal, in dem die kleine Lampe die ganze Nacht brannte, um stolpernde Füße, die nach dem Schlaf noch unsicher waren, ungefährdet zur Frühmesse und zu den Laudes zu geleiten. Der lange, mit niedrigen Trennwänden, die Zelle von Zelle abteilten, gesäumte Raum war voll leiser menschlicher Laute wie ein von sanften Geistern bewohntes Gewölbe; man hörte gedämpftes, seufzendes Atmen. ein unfreiwilliges Räuspern, das sich fast wie ein Schluchzen anhörte, die Folge eines wehmütigen Traums, die unbehaglichen Bewegungen von jemandem, der schon halb wach war, das dröhnende, zufriedene Schnarchen eines großen, kräftigen, traumlos schlafenden Körpers, und am Ende des langen Raums der tiefe, stille Schlaf Prior Roberts, verehrungswürdig zufrieden mit all seinen Taten und Worten, von Zweifeln ungetrübt, von Träumen unbehelligt. Der Prior schlief gewohnheitsmäßig so tief und fest, daß man leicht aufstehen und sich davonstehlen konnte, ohne fürchten zu müssen, ihn zu stören. Früher hatte Cadfael es aus weniger billigenswerten Gründen getan als gerade an diesem Morgen. So dürfte es auch mehreren der unschuldigen Schläfer im Raum ergangen sein.

Er ging leise die Treppe hinunter und betrat das Kircheninnere, das dunkel, leer und riesig dalag, erleuchtet nur durch die Glühwürmchenlampen auf den Altären, winzigen Sternen in einem nächtlichen Himmelsgewölbe. Wenn er so früh aufstand und reichlich Zeit hatte, war sein erstes Ziel stets der Altar der heiligen Winifred mit seinem silbernen Reliquiar, wo er innehielt, um mit seiner Landsmännin eine respektvolle und von Zuneigung geprägte kleine Unterhaltung zu führen. Er sprach immer Walisisch mit ihr, und die Mundarten seiner und ihrer Kindheit führten sie in einer willkommenen Intimität zusammen, die es ihm ermöglichte, sie alles zu fragen, ohne sich je abgewiesen zu fühlen. Er fühlte, daß sie Hugh sogar ohne seine Fürsprache mit ihrer Gunst und ihrem Schutz nach Cambridge begleiten würde, doch konnte es nicht schaden, die Notwendigkeit zu erwähnen. Es kam nicht darauf an, daß Winifreds schlanke walisische Gebeine immer noch in der Erde von Gwytherin ruhten, viele Meilen entfernt im Norden von Wales, wo sie ihr geistliches Amt versehen hatte. Heilige sind nicht körperlich, sondern Präsenzen. Sie können alles erreichen und berühren, was ihre Gnade und ihre Großmut wünschen.

An diesem besonderen Morgen kam es Cadfael in den Sinn, auch für Generys ein Wort zu sprechen, die Fremde, die dunkle Frau, die ebenfalls Waliserin war und deren schöner, beunruhigender Schatten nicht nur die Phantasie des Ehemanns heimsuchte, der sie verlassen hatte, sondern auch die vieler anderer. Ob sie nun den Rest ihres Lebens irgendwo in weiter Ferne von ihrer Heimat verlebte, in Landen, die sie nie hatte besuchen wollen, unter Menschen, die sie nie hatte kennenlernen wollen, oder ob sie jetzt in jener stillen Ecke des Friedhofs lag, auf Land der Abtei exhumiert, um in Land der Abtei gelegt zu werden, der Gedanke an sie rührte ihn an und mußte gewiß auch die Wärme und Zärtlichkeit der Heiligen erregen, die einem ähnlichen Exil entronnen war. Cadfael brachte ihren Fall mit Zuversicht vor. Er kniete auf der niedrigsten Stufe von Winifreds Altar nieder, wo Bruder Rhun seine überflüssig gewordenen Krücken hingelegt hatte, als sie ihn bei der Hand genommen und seine Lahmheit geheilt hatte.

Als Cadfael sich erhob, war die erste Aufhellung der Dunkelheit vor Anbruch der Morgendämmerung zu einer bleichen, perlmuttfarbenen Andeutung von Licht geworden, die sich in den hohen Umrissen der Fenster des Hauptschiffs deutlich abzeichnete und Säulen, Gewölbe und Altäre aus der Düsternis hervortreten ließ. Cadfael ging das Hauptschiff zum Westportal hinunter, das außer in Zeiten von Krieg oder Gefahr nie verriegelt wurde, und trat auf die

Treppenstufen hinaus, um am Foregate entlang auf die Brücke und die Stadt hinauszusehen.

Sie kamen. Noch eine Stunde und mehr bis zum ersten Stundengebet, und draußen herrschte gerade das erste Dämmerlicht, bei dem man ausreiten konnte, doch er konnte jetzt schon deutlich das Hufgetrappel hören, das auf der Brücke fest, schnell und ein wenig hohl ertönte. Er hörte den Schrittwechsel der Pferde, als sie den festen Boden des Foregate betraten, und sah sozusagen eine Bewegung der Dunkelheit, Bewegung ohne Gestalt, sogar noch bevor das schwache Glitzern von Licht, das auf Stahl tanzte, den Harnischen der Männer Umrisse verlieh und sie aus der Dunkelheit hervortreten ließ. Keine vollständige Rüstung, nur die Lanzenfähnchen, zwei um die Brust geschlungene Trompeten zu sehr praktischem Gebrauch sowie die kunstgerecht gefertigten leichten Waffen, mit denen sie ritten. Fünfunddreißig Lanzenträger und fünf berittene Bogenschützen. Der Rest der Bogenschützen war mit dem Troß vorausmarschiert. Hugh hatte für König Stephen Gutes geleistet; seine Soldaten waren ein bemerkenswerter Trupp, der vermutlich mehr Männer zählte, als verlangt worden waren. Cadfael sah sie vorüberreiten, Hugh an der Spitze auf seinem Lieblingspferd, dem grobknochigen Grauen. Unter den Männern waren Gesichter, die er kannte, erfahrene Soldaten der Garnison, Söhne von Händlerfamilien aus der Stadt, vorzügliche Bogenschützen, die auf dem Schießstand unter der Schloßmauer geübt hatten, junge Landedelleute von den Herrenhäusern der Grafschaft. In normalen Zeiten schuldete ein Krongut nur den Dienst vielleicht eines Waffenträgers mit seiner Ausrüstung und einem gepanzerten Schlachtroß, die vierzig Tage gegen die Waliser in der Nähe von Oswestry Dienst tun mußten. Bei Notfällen wie der gegenwärtigen Anarchie in Ostanglia war alle Normalität aufgehoben, doch eine bestimmte Dienstzeit mußte auch jetzt gefordert worden sein. Cadfael hatte nicht gefragt, wie viele Tage diese Männer sich wohl in Gefahr befinden würden. Da war Nigel Aspley unter den Lanzenträgern, der gut zu Pferde saß und sehr ansehnlich aussah. Dieser Bursche hatte es einmal vorsichtig mit Verrat versucht, wie sich Cadfael erinnerte, und das vor nur drei Jahren, und legte es jetzt offensichtlich darauf an, die Erinnerung durch besonders pflichteifrigen Dienst zu verwischen. Nun, wenn Hugh es für richtig hielt, ihn zu verwenden, dürfte er seine Lektion wohl gelernt haben und nicht versuchen, erneut vom Pfad der Tugend abzuirren. Und er war ein Mann, der seine Hände zu gebrauchen wußte, der athletisch und stark war und seinen Platz in diesem Trupp wohl verdiente.

Sie ritten an Cadfael vorüber. Das Trappeln der Hufe klang dumpf auf dem festgetretenen, trockenen Erdboden der Straße, und der Laut verebbte in der Ferne an der Klostermauer. Cadfael sah ihnen nach, bis sie in dem fahlen Licht fast außer Sichtweite waren und dann an der Biegung der Landstraße um die hohe Mauer des Klostergeländes verschwanden. Das Licht kam nur widerwillig, denn der Himmel hing tief mit seinen schweren dunklen Wolken. Es würde ein dunkler und wolkenverhangener Tag werden und später möglicherweise regnen. Regen war das letzte, was sich König Stephen in den Fens wünschen konnte, denn es würde alle Annäherung von Land her erschweren und das Vorrücken in den Marschen komplizieren. Es kostet viel Geld, eine Armee im Feld zu unterhalten, und obwohl der König eine bestimmte Zahl von Männern eingezogen hatte, die diesmal ihrer Dienstpflicht Genüge tun mußten, mußte er immer noch eine große Kompanie flämischer Söldner bezahlen, Männer, die von der Zivilbevölkerung gefürchtet und gehaßt und selbst von den Engländern verabscheut wurden, die an ihrer Seite kämpften. Beide

Rivalen des nicht enden wollenden Disputs um die Krone
setzten Flamen ein. Für diese Männer war die richtige Seite
die, die sie bezahlte, und wenn die Gegenseite mehr bot, fiel
es ihnen nicht schwer, sich für diese zu entscheiden; Cadfael
hatte jedoch früher viele Söldner gekannt, die getreulich an
ihren einmal geschlossenen Abmachungen festhielten,
während Barone und Earls wie de Mandeville ihr Mäntelchen so leicht nach dem Wind drehten wie der Wetterhahn
auf dem Dach, wenn sie es für vorteilhaft hielten.

Jetzt war Hughs straffe und kriegstüchtige kleine Streitmacht verschwunden. Selbst das letzte verebbende Erzittern und Widerhallen der Erde unter ihnen war zur Ruhe
gekommen. Cadfael drehte sich um und begab sich durch
das große Westportal wieder in die Kirche.

Darin befand sich noch eine Gestalt, die sich behutsam
um den Gemeindealtar herum bewegte, ein stummer
Schatten in der Dämmerung, die noch immer nur von den
ständig brennenden Lampen erhellt wurde. Cadfael folgte
ihm in den Chorraum und erkannte an einem glühenden
rötlichen Lichtschein, wie der andere einen Fidibus aus
Stroh entfachte und die für das erste Stundengebet bereit-
stehenden Kerzen anzündete. Diese Aufgabe wechselte tur-
nusmäßig, und Cadfael wußte in diesem Augenblick nicht,
wer an diesem Tag an der Reihe war, bis er den Mann, der
still und mit erhobenem Haupt dastand und den Altar
ansah, erreicht hatte und fast berühren konnte. Eine aufrechte Gestalt, hager, aber sehnig und stark, mit großen, an
der Taille gefalteten wohlgestalteten Händen und tiefliegenden, weit offenen Augen, die wie in einem verzückten
Traum starrten. Bruder Ruald hörte die näherkommenden
stetigen Schritte, spürte aber nicht das Bedürfnis, den Kopf
umzudrehen oder die Gegenwart eines weiteren Menschen
sonst irgendwie zur Kenntnis zu nehmen. Manchmal
schien er sich kaum bewußt zu sein, daß es noch andere gab,

die dieses auserwählte Leben und diese Zuflucht mit ihm teilten. Erst als Cadfael Ärmel an Ärmel neben ihm stand und die Bewegung die Kerzen kurz aufflackern ließ, drehte sich Ruald mit einem hörbaren Seufzen um, da er aus seinem Traum gerissen worden war.

»Du bist früh auf den Beinen, Bruder«, sagte er mild. »Konntest du nicht schlafen?«

»Ich bin aufgestanden, um den Sheriff und seinen Trupp aufbrechen zu sehen«, erwiderte Cadfael.

»Sie sind schon weg?« Ruald holte verwundert Luft und bedachte ein Leben und eine Disziplin, die so völlig anders waren als seine frühere oder jetzige Berufung. Die Hälfte des Lebens, das er erwarten konnte, hatte er als bescheidener Handwerker verbracht, in einem Beruf, der aus irgendeinem verborgenen Grund unter Handwerkern als der geringste geachtet wurde, doch weshalb ehrlichen Töpfern ein so niedriger Status zuerkannt wurde, war für Cadfael ein Rätsel. Jetzt würde Ruald das gesamte Leben, das ihm noch verblieb, hier mit dem hingebungsvollen Dienst an Gott verbringen. Er hatte nicht mal zum Spaß auf Zielscheiben geschossen, wie die jungen Burschen aus Shrewsburys Händlerfamilien es taten, hatte nicht einmal auf dem Exerzierplatz der Gemeinde mit Fechtstöcken oder stumpfen Schwertern gekämpft. »Vater Abt wird für ihre sichere Rückkehr täglich Gebete sprechen lassen«, sagte er. »Und Vater Boniface wird beim Gottesdienst das gleiche tun.« Was für ein beengtes Leben er geführt hat, überlegte Cadfael und blickte mit Dankbarkeit auf die Weite und Tiefe seines eigenen zurück. Und plötzlich begann ihm zu dämmern, daß alle Leidenschaft, die es je in der Ehe dieses Mannes gegeben hatte, alles Blut, das ihre Flamme am Leben gehalten hatte, von der Frau hatte kommen müssen.

»Wir wollen hoffen«, erwiderte er kurz, »daß ebenso viele wiederkommen, wie heute losgeritten sind.«

»Das wollen wir«, stimmte Ruald demütig zu, »doch wer zum Schwert greift, so steht es geschrieben, wird durch das Schwert umkommen.«

»Du wirst keinen guten, ehrlichen Schwertkämpfer finden, der diesem Satz widerspräche«, sagte Cadfael. »Es gibt weit schlimmere Methoden.«

»Das mag wahr sein«, erwiderte Ruald sehr ernst. »Ich weiß sehr wohl, daß ich Dinge zu bereuen habe, Dinge, für die ich Buße tun muß, und diese Buße wird so schrecklich sein, als würde Blut vergossen. Habe ich bei der Suche nach dem, was Gott von mir verlangte, nicht auch getötet? Selbst wenn sie dort im Osten noch leben sollte, habe ich ihr sozusagen den Lebensatem geraubt. Ich habe es damals nur nicht gewußt. Ich konnte nicht einmal klar in ihrem Gesicht lesen, verstand nicht, was ich ihr antat. Und jetzt bin ich unsicher, ob es wohlgetan war, dem zu folgen, was ich für einen heiligen Ruf hielt, oder ob ich um ihretwillen nicht selbst hierauf hätte verzichten müssen. Es mag sein, daß Gott mich auf die Probe stellen wollte. Sag mir, Cadfael, du hast in der Welt gelebt, die Welt bereist, weißt, wie sehr der Mensch zum Äußersten getrieben werden kann, ob zum Guten oder Bösen. Glaubst du, es hat je einen Menschen gegeben, der bereit war, selbst auf den Himmel zu verzichten, um mit einer anderen Seele, die ihn liebte, im Fegefeuer zu bleiben?«

Für Cadfael, der dicht neben ihm stand, schien dieser hagere und beschränkte Mann größer und charaktervoller geworden zu sein; vielleicht lag es auch einfach an der zunehmenden Stärke und Klarheit des Lichts, das jetzt durch jedes Fenster hereinleuchtete und die Kerzen auf dem Altar verblassen ließ. Gewiß war die milde und bescheidene Stimme nie so beredsam gewesen.

»Die Vielfalt auf Erden ist gewiß so groß«, sagte er langsam und mit Bedacht, »daß selbst das möglich ist. Ich bezweifle aber, daß ein solches Wunder je von dir verlangt wurde.«

»In drei Tagen«, sagte Ruald sanfter und sah, wie die Flammen, die er entzündet hatte, emporloderten und stetig und golden brannten, »haben wir den Tag des heiligen Illtud. Du bist Waliser und wirst wissen, was über ihn gesagt wird. Er hatte eine Frau, eine edle Dame, die bereit war, mit ihm am Fluß Nadafan in einer Strohhütte ein einfaches Leben zu führen. Ein Engel wies ihn an, seine Frau zu verlassen, und so stand er eines Tages am frühen Morgen auf, jagte sie allein in die Welt hinaus und verstieß sie auf höchst grobe Weise, wie wir lesen, um die Tonsur eines Mönchs des heiligen Dyfrig zu empfangen. Ich bin nicht grob mit Generys umgegangen, aber trotzdem ist es bei mir genauso gewesen, denn so habe ich mich von ihr getrennt. Cadfael, was ich fragen möchte, ist folgendes: War es ein Engel oder ein Teufel, der es von mir verlangte?«

»Du stellst mir eine Frage«, entgegnete Cadfael, »auf die nur Gott allein die Antwort weiß, und damit müssen wir uns zufriedengeben. Gewiß haben schon andere vor dir den gleichen Ruf erhalten wie du und sind ihm gefolgt. Der große Earl, der dieses Haus gegründet hat und dort zwischen den Altären ruht, hat ebenfalls seine Frau verlassen und den Habit angelegt, bevor er starb.« In Wahrheit sogar nur drei Tage vor seinem Tod und mit Zustimmung seiner Frau, doch in diesem Moment war es nicht nötig, das zu erwähnen.

Noch nie zuvor hatte Ruald die versiegelten Räume in sich geöffnet, in denen seine Frau versteckt gewesen war, sogar vor seinem eigenen Anblick, zunächst durch die Intensität seiner Sehnsucht nach Frömmigkeit, dann durch die menschliche Fehlbarkeit von Erinnerung und Gefühl, die es ihm schwergemacht hatte, sich auch nur ihre

Gesichtszüge wieder vor Augen zu führen. Die Bekehrung hatte ihn getroffen wie ein vernichtender Schlag, der jede Empfindung ausgelöscht hatte, und jetzt, nach so langer Zeit, kehrte er wieder zum Leben zurück, jetzt erst erfüllte die Erinnerung sein ganzes Wesen mit scharfem und stechendem Schmerz. Vielleicht wäre es ihm außer in dieser zeitlosen und unpersönlichen Einsamkeit mit nur einem einzigen Zeugen nie möglich gewesen, sein Herz so rückhaltlos zu entblößen und über sie zu sprechen.

Denn er sprach wie zu sich selbst mit klaren und einfachen Worten, erinnerte sich eher, als daß er erzählte. »Ich hatte nicht die Absicht, ihr weh zu tun – Generys... Mir blieb nur eine Wahl, ich konnte nur gehen. Man kann sich jedoch auf mehr als nur eine Weise verabschieden. Ich habe nicht klug gehandelt. Ich war ungeschickt und habe es nicht gut gemacht. Ich hatte sie ihrer Familie entrissen, und sie war in all diesen Jahren mit wenigem zufrieden, begnügte sich mit dem Mann, der ich bin, und wünschte sich nichts darüber hinaus. Ich kann ihr nicht einmal einen zehnten Teil von dem gegeben haben, was sie mir gab, nicht einmal einen Bruchteil davon.«

Cadfael lauschte reglos, als die leise Stimme mit ihrem Klagelied fortfuhr. »Dunkel war sie, sehr dunkel, sehr schön. Jeder nannte sie so, doch jetzt sehe ich, daß niemand je gewußt hat, wie schön sie wirklich war, denn für die Außenwelt war es, als wäre sie verschleiert gewesen, als hätte nur ich je gesehen, wie sie ihr Gesicht aufdeckte. Oder vielleicht auch Kinder – denen hat sie sich vielleicht auch unverhüllt gezeigt. Wir selbst hatten keine Kinder, wir waren nicht damit gesegnet. Das ließ sie den Kindern, die ihre Nachbarn gebaren, zärtlich und liebevoll begegnen. Und sie ist noch nicht jenseits aller Hoffnung, eigene Kinder zu gebären. Wer weiß? Vielleicht könnte sie mit einem anderen Mann noch welche empfangen.«

»Und würdest du dich für sie freuen?« fragte Cadfael sanft, um den Gesprächsfluß des anderen nicht zu unterbrechen.

»Ich würde mich freuen. Ich würde mich von ganzem Herzen freuen. Warum sollte sie unfruchtbar weiterleben, nur weil ich erfüllt bin? Oder gebunden sein, wo ich frei bin? Daran habe ich nie gedacht, als die Sehnsucht mich überkam.«

»Und glaubst du wirklich, daß sie bei eurer letzten Begegnung die Wahrheit sprach, als sie sagte, sie habe einen Geliebten?«

»Ja«, erwiderte Ruald schlicht und ohne jedes Zögern, »das glaube ich wirklich. Nicht daß sie mich nicht hätte anlügen können, denn ich war grob und hatte ihr bitteres Unrecht angetan, wie ich heute weiß, und ich habe ihr sogar dadurch ein Unrecht angetan, daß ich sie besuchte. Ich glaube es wegen des Rings. Erinnerst du dich an ihn? An den Ring, den Sulien bei der Rückkehr aus Ramsey mitbrachte.«

»Ich erinnere mich«, sagte Cadfael.

In diesem Augenblick ertönte die Glocke im Schlafsaal, um die Brüder zum ersten Stundengebet zu wecken. In irgendeiner entlegenen Ecke ihres Bewußtseins ertönte sie sehr schwach und wie von ferne, und keiner von ihnen schenkte ihr Beachtung.

»Der Ring hat ihren Finger nie verlassen, seit ich ihn ihr aufsteckte. Ich hätte nicht gedacht, daß er sich nach so langer Zeit über ihren Knöchel ziehen lassen würde. Als ich sie mit Bruder Paul zum ersten Mal besuchte, weiß ich noch, daß sie ihn trug wie eh und je. Doch beim zweiten Mal . . . ich hatte es vergessen, aber jetzt ist es mir klar. Der Ring war nicht an ihrem Finger, als ich sie das letzte Mal sah. Sie hatte mit dem Ring auch ihre Ehe mit mir vom Finger gestreift und einem anderen gegeben, so wie sie mich aus ihrem Leben strich und es einem anderen gab. Ja, ich glaube, daß Generys einen Geliebten hatte. Einen, der ihrer Liebe würdig ist, wie sie sagte. Ich hoffe von ganzem Herzen, daß er sich würdig erwiesen hat.«

ZEHNTES KAPITEL

Während der Zeremonien, Gottesdienste und Lesungen des Tages der heiligen Winifred beschäftigte sich ein Winkel von Cadfaels Gemüt beharrlich und unerbittlich und sehr gegen seinen Willen mit Angelegenheiten, die nichts mit der aufrichtigen Anbetung zu tun hatten, die er für seine besondere Heilige empfand, an die er immer so dachte, wie sie gewesen war, als ihr erstes kurzes Leben so brutal beendet wurde: ein Mädchen von etwa siebzehn Jahren, frisch, schön und strahlend, geradezu überquellend vor Liebenswürdigkeit und Süße, so wie die Wasser ihrer Quelle stets rein und perlend hervorquollen, dem Frost trotzten und Gesundheit für Leib und Seele ausstrahlten. Er wäre nur zu gern den ganzen Tag lang nur von ihr erfüllt gewesen, doch immer wieder mußte er an Rualds Ring denken und an den blassen Kreis an dem Finger, von dem Generys ihn abgestreift und ihren Mann so aus ihrem Leben verbannt hatte wie dieser sie.

Es wurde immer klarer, daß es tatsächlich einen zweiten Mann gegeben hatte. Sie war mit ihm aufgebrochen, um sich in Peterborough oder sonstwo in jener Gegend anzusiedeln, wie es schien, vielleicht an einem Ort, der den Greueltaten von de Mandevilles Barbaren noch mehr ausgesetzt war. Und als die Herrschaft von Mord und Terror begann, hatte sie mit ihrem Mann ihre neuen flachen Wurzeln ausgegraben, alles an Wertsachen, was sie besaßen, zu

Geld gemacht und war mit ihm vor der Bedrohung geflüchtet und hatte den Ring zurückgelassen, damit der junge Sulien ihn finden und zu Rualds Errettung nach Hause bringen konnte. Das war zumindest das, was Ruald glaubte. Jedes Wort, das er an jenem Morgen vor dem Altar gesprochen hatte, trug das Siegel der Aufrichtigkeit. Jetzt hing also vieles von rund vierzig Meilen zwischen Cambridge und Peterborough ab. Letztlich keine ganz so kurze Entfernung, aber wenn mit den Angelegenheiten des Königs alles gutging und dieser sich entschloß, sich einer Streitmacht zu entledigen, die besser damit beschäftigt wäre, den Earl von Chester im Auge zu behalten, würde ein Abstecher nach Peterborough den Heimweg nicht sonderlich verlängern.

Und wenn die Antwort ja lautete und somit jedes Wort von Suliens Geschichte bestätigte, dann war Generys tatsächlich noch am Leben und nicht der Einsamkeit überantwortet, und die tote Frau aus dem Töpferacker wäre dann immer noch heimat- und namenlos. Doch wenn dem so war: Weshalb hätte sich Sulien so entschlossen bemühen sollen zu beweisen, daß Britric, der ihm nichts bedeutete, so unschuldig war wie Ruald? Wie hätte er wissen können, ja, wie hätte er sich auch nur die Möglichkeit vorstellen können, daß der Hausierer unschuldig war? Oder daß diese Frau Gunnild noch lebte oder daß auch nur die Möglichkeit bestand, daß sie noch am Leben war?

Und wenn die Antwort nein war und Sulien jene Nacht nicht bei dem Silberschmied in Peterborough verbracht hatte, diesen Ring nie von ihm erbeten hatte, sondern diese Geschichte zur Verteidigung Rualds von vorn bis hinten erfunden und mit einem Ring gestützt hatte, der die ganze Zeit in seinem Besitz gewesen war, dann hatte er gewiß ein Seil für den eigenen Hals geknüpft, während er so bemüht gewesen war, die Fesseln eines anderen Menschen zu lösen.

Doch bis jetzt gab es noch keine Antwort und auch keine Möglichkeit, sie zu beschleunigen, und so tat Cadfael sein Bestes, dem Gottesdienst die gebotene Aufmerksamkeit zu schenken, doch gleichwohl verging das Fest der heiligen Winifred mit zerstreuten Grübeleien. An den folgenden Tagen ging er seiner Arbeit im Kräutergarten gewissenhaft, doch ohne die gewohnte, von Herzen kommende Konzentration nach und war schweigsam und leicht geistesabwesend im Umgang mit Bruder Winfrid, dessen gleichmütiges Temperament und jungenhafter Appetit auf Arbeit ihn zum Glück befähigten, die Launenhaftigkeit anderer Männer zu ertragen, ohne sich in seinem eigenen Gleichgewicht erschüttern zu lassen.

Als Cadfael jetzt den Ablauf der ersten Novembertage bedachte, schien dieser Teil des Monats hauptsächlich von walisischen Heiligen bevölkert zu sein. Ruald hatte ihn daran erinnert, daß der sechste Tag dem heiligen Illtud geweiht war, der dem Gebot seines diktatorischen Engels in dieser Angelegenheit mit so großer Bereitwilligkeit und so wenig Rücksicht auf die Gefühle seiner Frau gefolgt war. Der heilige Tysilio, dessen Tag am achten November folgte, wurde in englischen Häusern vielleicht nicht so sehr verehrt, aber er besaß hier an der Grenze von Powys eine ganz besondere Bedeutung, und sein Einfluß machte sich auch diesseits der Grenzen in den benachbarten Grafschaften bemerkbar. Zentrum seines religiösen Amts war nämlich die Hauptkirche von Powys in Meifod, nur wenige Meilen in Wales gelegen, und der Heilige stand in dem Ruf, nicht nur religiöse, sondern auch militärische Tugenden besessen und in der Schlacht von Maserfield in der Nähe von Oswestry auf der christlichen Seite gekämpft zu haben, wo der königliche Heilige, Oswald, von den Heiden gefangengenommen worden war und den Märtyrertod erlitten hatte. So kam es, daß seinem Festtag eine gewisse Achtung entgegengebracht wurde, und die Waliser aus der Stadt und dem Foregate-Viertel erschienen an jenem Morgen in großer Zahl zur Messe. Gleichwohl hatte Cadfael kaum erwartet, eine Gläubige hier erscheinen zu sehen, die von noch weiter her kam.

Sie ritt am Torhaus herein und saß hinter einem ältlichen Reitknecht auf einem Damenreitkissen. Sie erschien noch rechtzeitig zur Messe und wurde von einem jüngeren Reitknecht ehrerbietig auf das Kopfsteinpflaster des Hofs gesetzt. Dieser zweite Reitknecht war auf einem weiteren kräftigen Pferd mit der Zofe Gunnild hinter sich erschienen. Beide Frauen schüttelten zunächst kurz ihre Röcke, bevor sie mit züchtigen Mienen auf die Kirche zuschritten, die Dame vorneweg, die Zofe aufmerksam und respektvoll einen Schritt hinter ihr, während die Reitknechte mit dem Pförtner ein paar Worte wechselten und die Pferde dann zu den Ställen führten. Pernel bot das vollkommene Bild einer jungen Frau, die sich allen gesellschaftlichen Anforderungen unterwirft, was ihr Verhalten und ihre Bewegungen angeht, sie hatte ihre Zofe als Begleiterin und Anstandsdame bei sich und ließ sich von ihren Reitknechten eskortieren. So stellte Pernel sicher, daß dieser Ausflug aus ihrer gewohnten Umgebung in jeder Einzelheit zu korrekt verlief, um irgendwelche böswilligen Bemerkungen auszulösen. Sie mochte die Älteste der Kinderschar von Withington sein, war aber trotzdem noch sehr jung, und so war es zwingend geboten, ihre natürliche Direktheit und Kühnheit durch Behutsamkeit zu zügeln. Alle, die sie sahen, mußten zugeben, daß sie es mit beträchtlichem Stil und großer Anmut tat und in der erfahrenen Gunnild überdies eine bewundernswerte Helferin besaß. Sie überquerten den großen Hof mit gefalteten Händen und bescheiden niedergeschlagenen Augen und verschwanden durch den Südeingang in der Kirche, ohne auch nur einmal zu riskieren, dem

Blick eines dieser Zölibatäre zu begegnen, die sich auf dem Hof und dem Klostergelände um sie herum bewegten.

Wenn sie tatsächlich vorhat, was ich glaube, überlegte Cadfael, der sie in die Kirche gehen sah, wird sie alle weltliche Weisheit Gunnilds brauchen, um ihrer Vernunft und Entschlossenheit auf die Sprünge zu helfen. Und ich glaube tatsächlich, daß diese Frau ihr ergeben ist und sie auch, wenn es nötig sein sollte, mit Zähnen und Klauen verteidigen wird.

Er bekam sie kurz wieder zu sehen, als er mit den Brüdern in die Kirche eintrat und zu seinem Platz im Chorraum vorging. Das Hauptschiff war mit Gläubigen gut gefüllt; einige standen neben dem Gemeindealtar, von wo aus sie zu dem dahinterliegenden Hochaltar hinübersehen konnten. Einige gruppierten sich um die massiven runden Säulen, die das Gewölbe trugen. Pernel kniete dort nieder, wo das Licht von dem erleuchteten Chorraum her zufällig auf ihr Gesicht fiel. Sie hielt die Augen geschlossen, aber ihre Lippen blieben unbewegt. Ihre Gebete blieben stumm. Sie wirkte sehr ernst und für die Kirche angemessen streng gekleidet; ihr weiches braunes Haar war unter einer weißen Guimpe verborgen, über die sie die Kapuze ihres Umhangs gezogen hatte, denn in der Kirche war es nicht allzu warm. Sie sah aus wie eine sehr junge Novizin; ihr rundes Gesicht wirkte kindlicher als je zuvor, aber ihr Mund verriet Reife und eine nicht zu unterschätzende Festigkeit. Dicht hinter ihr kniete Gunnild, und obwohl ihre Augen von langen Augenwimpern halb verborgen wurden, blickten sie offen und strahlend und sehr besitzergreifend auf ihre Herrin. Wehe jedem, der den Versuch machte, Pernel Otmere zu nahe zu treten, wenn ihre Zofe in der Nähe war!

Nach der Messe hielt Cadfael wieder nach ihnen Ausschau, doch sie waren in der Menschenmenge verborgen, die sich langsam zum Westportal drängte, um die Kirche zu verlassen. Er verließ das Gotteshaus durch das Südportal, betrat das Kloster und tauchte von dort aus auf dem Hof auf, wo er sie still wartend vorfand. Sie wartete darauf, daß die Prozession der Brüder sich auflöste, damit jeder seinen Pflichten zustreben konnte. Es überraschte ihn nicht, als ihr Gesicht sich bei seinem Anblick straffte und ihre Augen aufleuchteten. Sie ging einen einzigen Schritt auf ihn zu, genug, um ihn stehenbleiben zu lassen.

»Bruder, darf ich Euch sprechen? Ich habe den Herrn Abt um Erlaubnis gebeten.« Sie hörte sich praktisch und resolut an, hatte aber, wie es schien, auch nicht die kleinste Unbesonnenheit riskiert. »Ich habe mich erkühnt, gerade eben, als er ging, an ihn heranzutreten«, sagte sie. »Wie es scheint, kennt er schon meinen Namen und meine Familie. Ich nehme an, die kann er nur von Euch erfahren haben.«

»Vater Abt ist in allem«, sagte Cadfael, »über das unterrichtet, was mich dazu gebracht, Euch zu besuchen. Ihm ist es ebensosehr um Gerechtigkeit zu tun wie uns. Gerechtigkeit für die Toten und die Lebenden. Er wird sich keinem Gespräch in den Weg stellen, das diesem Ziel dient.«

»Er war freundlich«, sagte sie und zeigte plötzlich ein warmes Lächeln. »Und jetzt, wo wir alle schicklichen Formen gewahrt haben, kann ich wieder frei atmen. Wo können wir uns unterhalten?«

Er brachte sie zu seiner Werkstatt im Kräutergarten. Es wurde allmählich zu kühl, sich längere Zeit im Freien zu unterhalten. Unter seiner Kohlepfanne brannte zwar ein Feuer, aber es war abgedämpft, und da die Holztüren weit offen standen und Bruder Winfred wieder hinausging, um das letzte Stück Boden an der Umfassungsmauer noch vor dem Winter umzugraben, und Gunnild in achtungsvollem Abstand in der Werkstatt stand, hätte nicht einmal Prior Robert wegen mangelnden Anstands dieser kleinen Konferenz die Augenbrauen heben können. Pernel hatte klug daran getan, sich direkt an den Superior zu wenden, der schon von der Rolle wußte, die sie gespielt hatte, und gewiß keinerlei Grund fand, dieses Gespräch zu mißbilligen. Hatte sie sich nicht bemüht, einen Leib und eine Seele zu retten? Und nun war sie selber gekommen, um ihn einen Blick in ihre eigene Seele tun zu lassen.

»Doch jetzt«, sagte Cadfael und rüttelte die Kohlepfanne ein wenig, bis sich unter den dämpfenden Torfstücken ein rotes Glitzern zeigte, »setzt Euch und fühlt Euch beide wie zu Hause. Und sagt mir, was Ihr vorhabt und was Euch zum Gottesdienst herführt, obwohl Ihr doch, wie ich weiß, eine eigene Kirche und einen eigenen Priester besitzt. Ich weiß es, denn sie gehört wie Upton zu diesem Haus von Saint Peter und Saint Paul. Und Euer Priester ist ein selten begabter Mann und Gelehrter, wie ich von Bruder Anselm weiß, der sein Freund ist.«

»Das ist er«, erwiderte Pernel mit Wärme, »und Ihr dürft nicht denken, ich hätte mit ihm in dieser Angelegenheit nicht schon sehr ernsthaft gesprochen.« Sie hatte sich dekorativ auf einem Ende der Bank niedergelassen und lehnte sich gelassen und aufrecht gegen die Wand. Ihr Gesicht hob sich hell vor dem dunklen Holz ab, und ihre Kapuze war ihr auf die Schultern gefallen. Gunnild, durch ein Lächeln und eine Geste aufgefordert, glitt aus dem Schatten heraus und setzte sich auf das andere Ende der Bank. Somit ließ sie eine taktvolle Lücke zwischen sich und ihrer Herrin, um den Standesunterschied zu betonen, doch sie setzte sich auch nicht zu weit weg, was betonen sollte, wie eng sie sich Pernel verbündet fühlte. »Es war Vater Ambrosius«, sagte diese, »der das Wort äußerte, das mich ausgerechnet an diesem Tag hierher gebracht hat. Vater Ambrosius hat ein paar Jahre in der Bretagne studiert. Wißt Ihr, Bruder, wessen Tag wir feiern?«

»Das sollte ich wohl«, sagte Cadfael und ließ den Blasebalg sinken, der in seiner Kohlenpfanne eine rote Glut erzeugt hatte. »Er ist ebensosehr Waliser wie ich und ein enger Nachbar dieser Grafschaft. Was ist mit dem heiligen Tysilio?«

»Aber habt Ihr auch gewußt, daß er in die Bretagne hinübergegangen sein soll, um vor der Verfolgung durch eine Frau zu flüchten? Und in der Bretagne erzählt man sich auch Geschichten aus seinem Leben, solche wie die, die Ihr heute bei der Zusammenkunft hören werdet. Aber dort kennt man ihn unter einem anderen Namen. Dort nennt man ihn Sulien.«

»O nein«, sagte sie, als sie sah, wie prüfend Cadfael sie musterte, »ich habe es nicht als Zeichen des Himmels betrachtet, als Vater Ambrosius mir das erzählte. Es war nur so, daß der Name mich zum Handeln veranlaßte, während ich zuvor nur brütete und unruhig war. Warum nicht an seinem Tag? Ich glaube nämlich, Bruder, Ihr haltet Sulien Blount nicht für das, was er zu sein scheint, daß Ihr glaubt, er sei nicht so offen, wie er sich gibt. Ich habe viel über diese Sache nachgedacht und mich nach vielem erkundigt. Ich denke, die Dinge stellen sich so dar, daß er in dem Verdacht steht, in dieser Angelegenheit der armen Toten, die Euer Pflüger unter dem Knick auf dem Töpferacker fand, zu viel zu wissen. Zuviel Wissen, vielleicht sogar Schuld. Stimmt das?«

»Zuviel Wissen gewiß«, erwiderte Cadfael. »Schuld, das ist reine Vermutung, obwohl es Anlaß zum Verdacht gibt.« Er schuldete ihr Aufrichtigkeit, und sie erwartete sie auch.

»Wollt Ihr mir nicht«, sagte sie, »die ganze Geschichte erzählen? Ich kenne nämlich nur den Klatsch. Laßt mich klar sehen, in welcher Gefahr er vielleicht schwebt. Ob schuldig oder nicht, er würde nicht zulassen, daß ein anderer Mann unberechtigt beschuldigt wird.«

213

Cadfael erzählte ihr alles, angefangen bei der ersten Furche, die von dem Pflug der Abtei aufgeworfen worden war. Sie hörte aufmerksam und ernst zu, wobei sich ihre runde Stirn nachdenklich in Falten legte. Sie konnte nicht an eine böse Absicht des jungen Mannes glauben, der sie in so großherziger Absicht aufgesucht hatte, und tat es auch nicht, übersah aber ebensowenig die Gründe, die andere zu Zweifeln veranlaßt haben konnten. Am Ende holte sie langsam und tief Luft und biß sich einen Moment lang nachdenklich auf die Lippe.

»Haltet *Ihr* ihn für schuldig?« fragte sie dann rundheraus.

»Ich glaube, er weiß etwas, was er uns nicht verraten will. Mehr als das werde ich nicht sagen. Alles hängt davon ab, ob er uns über den Ring die Wahrheit gesagt hat.«

»Aber Bruder Ruald glaubt ihm?« fragte sie.

»Ohne Frage.«

»Und er kennt ihn, seit er ein kleines Kind war.«

»Und ist deswegen vielleicht parteiisch«, warf Cadfael lächelnd ein. »Aber ja, er kennt den Jungen weit besser als Ihr oder ich und erwartet offensichtlich nicht weniger als die Wahrheit von ihm.«

»Ich ebenfalls. Aber eins bereitet mir Kopfzerbrechen«, sagte Pernel mit großem Ernst. »Ihr sagt, Eurer Ansicht nach habe er schon vor seinem Besuch zu Hause von dieser Sache gewußt, obwohl *er* sagte, er habe erst dort davon erfahren. Wenn Ihr recht habt und er es von Bruder Jerome erfuhr, bevor er um die Erlaubnis bat, Longner zu besuchen, warum hat er dann nicht gleich den Ring gezeigt und erzählt, was er zu sagen hatte? Warum bis zum nächsten Tag damit warten? Ob er den Ring nun so erhalten hat, wie er sagte, oder ihn schon längst in seinem Besitz hatte, hätte er Bruder Ruald doch eine weitere unglückliche Nacht ersparen können. Er scheint eine so mitfühlende Seele zu sein. Warum hat er Bruder Ruald seine Bürde auch nur eine

Stunde länger als nötig ertragen lassen, geschweige denn einen Tag?«

Es war genau die Überlegung, die Cadfael seit Suliens überraschendem Auftauchen im Hinterkopf herumspukte, von der er aber noch nicht wußte, wohin sie führte. Wenn Pernel den gleichen Zweifel hegte, sollte sie ruhig für ihn sprechen und sich etwas weiter vortasten, als er es bisher getan hatte. So sagte er einfach: »Ich habe den Gedanken nicht weiterverfolgt. Es würde bedeuten, daß ich Bruder Jerome befragen müßte, was ich nur sehr ungern täte, solange ich noch keinen festen Boden unter den Füßen habe. Ich kann mir aber nur einen einzigen Grund denken. Aus irgendeiner uns unbekannten Erwägung heraus wollte er sich weiterhin den Anschein geben, erst bei seinem Besuch auf Longner von dem Fall gehört zu haben.«

»Warum hätte er das wünschen sollen?« hakte sie nach.

»Ich nehme an, er wollte vielleicht mit seinem Bruder sprechen, bevor er irgend etwas preisgab. Er war mehr als ein Jahr weg gewesen und wollte vielleicht sicherstellen, daß seine Familie durch eine Angelegenheit, von der er gerade erst erfahren hatte, in keiner Weise bedroht war. Natürlich war er darauf bedacht, die Interessen der Familie zu wahren, dies um so mehr, als er sie so lange nicht gesehen hatte.«

Dem stimmte sie mit einem nachdenklichen und emphatischen Kopfnicken zu. »Ja, das würde er. Aber ich kann mir einen weiteren Grund vorstellen, weshalb er mit seiner Neuigkeit hinter dem Berg hielt, und ich bin sicher, daß Ihr auch schon daran gedacht habt.«

»Und das wäre?«

»Daß er den Ring nicht hatte«, erklärte Pernel mit fester Stimme, »und somit nicht zeigen konnte, bis er zu Hause gewesen war, um ihn an sich zu nehmen.«

Sie hatte wirklich unverblümt und furchtlos gesprochen,

und Cadfael konnte ihre Zielstrebigkeit nur bewundern. Sie glaubte nur eins: daß über Sulien auch nicht ein Schatten von Schuld lag, und ihr einziges Ziel war es, es der Welt zu beweisen, aber ihr Zutrauen in die Wirksamkeit der Wahrheit trieb sie dazu, geradewegs darauf zuzugehen, in der Gewißheit nämlich, daß sie, wenn sie sie erst einmal gefunden hatte, auf ihrer Seite sein müsse.

»Ich weiß«, sagte sie, »daß ich etwas behaupte, was ihm schädlich zu sein scheint, aber letztlich kann es das nicht sein, weil ich überzeugt bin, daß er nichts Unrechtes getan hat. Es gibt keinen anderen Weg, als jede Möglichkeit in Betracht zu ziehen. Ich weiß, daß Ihr gesagt habt, Sulien habe sich in diese Frau verliebt und dies sogar selbst bestätigt, und wenn sie ihren Ring aus Bosheit gegen ihren Mann einem anderen Mann gegeben hat, ja, dann könnte es Sulien gewesen sein. Es hätte aber auch ein anderer sein können. Und obwohl ich nicht versuchen würde, dadurch den Fluch von einem Mann zu nehmen, daß ich ihn auf einen anderen herabbeschwöre, war Sulien nicht der einzige junge Mann, der in enger Nachbarschaft des Töpfers wohnte. Da wohnt noch sein Bruder, der älter ist als er. Der hätte sich genausogut zu einer Frau hingezogen fühlen können, die nach Aussagen aller schön war. Falls Sulien schuldig ist, etwas zu wissen, was er nicht offenbaren kann, könnte er mit seinem Schweigen genausogut seinen Bruder beschützen wie sich selbst. Ich kann nicht glauben«, sagte sie heftig, »daß Ihr nicht auch an diese Möglichkeit gedacht habt.«

»Ich habe an viele Möglichkeiten gedacht«, gab Cadfael gelassen zu, »ohne vieles an Tatsachen zu besitzen, was eine dieser Möglichkeiten erhärten würde. Ja, es kann sein, daß er entweder für sich selbst oder seinen Bruder lügt. Oder für Ruald. Doch nur dann, wenn er weiß, daß unsere arme tote Dame tatsächlich Generys ist, und dieses Wissens muß er so sicher sein wie der Tatsache, daß jeden Morgen die

Sonne aufgeht. Und vergeßt nicht, da ist noch die Möglichkeit, wie gering sie nach seinen Bemühungen für Britric
auch erscheinen mag, daß er *nicht* gelogen hat, daß Generys
irgendwo dort im Osten *lebt* und gesund und munter ist,
und zwar mit dem Mann, dem sie aus freien Stücken
gefolgt ist. Dann werden wir vielleicht niemals erfahren,
wer die dunkelhaarige Frau war, die jemand mit einigem
Respekt auf dem Töpferacker begraben hat.«

»Aber das glaubt Ihr nicht«, sagte sie mit Überzeugung.

»Ich glaube, daß die Wahrheit irgendwann ans Licht
kommen wird, so wie eine Blumenzwiebel in der Erde dem
Licht zustrebt, wie tief sie auch gesät worden ist.«

»Und wir können nichts tun, um es zu beschleunigen«,
sagte Pernel und ließ einen resignierten Seufzer hören.

»Im Augenblick können wir nur warten.«

»Und beten, vielleicht?« erwiderte sie.

Gleichwohl konnte Cadfael nichts anderes tun, als sich zu
fragen, was sie als nächstes unternehmen würde, denn
Untätigkeit mußte für sie jetzt, wo sie sich mit ihrer ganzen
Energie für diesen jungen Mann einsetzte, den sie nur einmal zu Gesicht bekommen hatte, unerträglich quälend sein.
Ob Sulien ihr ebenso große Aufmerksamkeit geschenkt
hatte, war unmöglich zu wissen, aber Cadfael hatte den
bestimmten Eindruck gewonnen, daß er es früher oder
später würde tun müssen, denn sie hatte nicht die Absicht,
sich von ihm abzuwenden. Ebenso hatte Cadfael das
Gefühl, daß es der Junge wesentlich schlimmer hätte treffen
können. Das heißt, wenn es ihm gelang, mit heiler Haut
und einem guten Gewissen aus diesem Gewebe von Unge-
wißheit und Täuschung herauszukommen, doch davon
konnte im Augenblick nicht im mindesten die Rede sein.

Aus Cambridge und den Fens gab es keinerlei Neuigkeiten. Doch bis jetzt hatte auch niemand welche erwartet.

Reisende aus dem Osten berichteten allerdings, das Wetter verschlechtere sich zusehends, es gebe schwere Regenfälle und die ersten Winterfröste. Keine sehr reizvolle Aussicht für eine Armee, die in einer sumpfigen Gegend herumirrte, die ihr unvertraut, dem flüchtigen Feind jedoch bestens bekannt war. Cadfael rief sich sein Versprechen ins Gedächtnis zurück, das er seinem jetzt seit mehr als einer Woche abwesenden Freund gegeben hatte, und bat um die Erlaubnis, in die Stadt zu gehen und Aline und sein Patenkind zu besuchen. Der Himmel war bewölkt, und das Wetter aus dem Osten rückte nach und nach an Shrewsbury heran, zunächst mit einem feinen Nieselregen, der kaum mehr war als Nebel, der sich im Haar und in den Fasern der Kleidung festsetzte und die schiefergraue Erde des Foregate kaum dunkler werden ließ. Auf dem Töpferacker war die Wintersaat schon in der Erde, und auf dem unteren Landstreifen, der Weide, würde Vieh grasen. Cadfael hatte sich nicht wieder dorthin begeben, um es sich mit eigenen Augen anzusehen, doch er sah es sehr deutlich vor sich, dunkle, fruchtbare Erde, die schon bald neues Leben hervorbringen würde; grünes, feuchtes Gras und verfilztes Brombeergestrüpp unterhalb des mit Büschen und Bäumen bestandenen Hügelkamms. Daß sich dort einmal ein ungeweihtes Grab befunden hatte, würde bald vergessen sein. Der graue, dunstige Tag war für eine melancholische Stimmung wie geschaffen.

Es war für Cadfael Vergnügen und Erleichterung zugleich, beim Tor von Hughs Hof abzubiegen und von einem kleinen, lärmenden Jungen an den Schenkeln umarmt zu werden, der ihn entzückt und laut schreiend begrüßte. In etwa einem Monat würde Giles vier Jahre alt sein. Er packte Cadfaels Habit mit seiner kleinen Faust und zerrte ihn fröhlich ins Haus. Da Hugh abwesend war, war Giles der Herr des Hauses und sich all seiner Pflichten und Vorrechte sehr wohl bewußt. Er forderte Cadfael mit feierlicher Würde auf, frei über die Annehmlichkeiten seines Heims zu verfügen, bot ihm formvollendet einen Platz an und rannte selbst zur Speisekammer, um einen Humpen voll Bier zu holen, den er mit seinen noch rundlichen Kinderhänden vorsichtig zurückbrachte; der Humpen war übervoll, und das Bier drohte jeden Moment überzuschwappen. Das weizenblonde Haar des Jungen stand ihm in wirren Strähnen vom Kopf ab, und als er das Bier balancierte, erschien in einem Mundwinkel seine kleine Zungenspitze. Seine Mutter folgte ihm in diskreter Entfernung in die Halle, da sie weder sein Gleichgewicht noch seine Würde in Gefahr bringen wollte. Sie lächelte Cadfael über den blonden Kopf ihres Sohnes hinweg an, und urplötzlich strahlte Cadfael die Ähnlichkeit der beiden entgegen, als würde die Sonne unvermutet durch Wolken brechen. Das runde, ernste Gesicht mit den vollen, noch kindlichen Wangen, und das reine Oval mit der breiten Stirn und dem schmal zulaufenden Kinn, das so anders und doch so ähnlich war, hatten die bleiche, leuchtende Färbung und die samtglatte Haut gemeinsam, ebenso die feinen Gesichtszüge und den festen Blick. Hugh ist wirklich ein glücklicher Mann, dachte Cadfael und schickte ein abergläubisches Stoßgebet zum Himmel, dieses Glück möge ihm erhalten bleiben, wo immer er in diesem Augenblick war.

Falls Aline irgendwelche Befürchtungen hatte, ließ sie sich nichts davon anmerken. Sie setzte sich so fröhlich wie immer zu ihm und sprach über den Haushalt und die Verwaltung des Schlosses durch Alan Herbard und legte dabei die gewohnte praktische Vernunft an den Tag; und Giles kletterte nicht auf den Schoß seines Patenonkels, wie er es noch vor ein paar Wochen vielleicht getan hätte, sondern setzte sich neben ihm auf die Bank wie ein Mann und Altersgenosse.

»Ja«, sagte Aline, »ein Bogenschütze des Trupps ist erst heute nachmittag angekommen und hat die ersten Nachrichten gebracht, die wir überhaupt bekommen haben. Er hat bei einem Scharmützel einen Streifschuß erhalten, und Hugh schickte ihn nach Hause, als er sah, daß er noch reiten konnte, und überdies hatten sie unterwegs überall Pferde zum Wechseln zurückgelassen. Die Wunde wird gut verheilen, sagt Alan, schwächt aber seinen Zugarm.«

»Und wie ergeht es ihnen?« wollte Cadfael wissen. »Haben sie es geschafft, Geoffrey herauszulocken?«

Sie schüttelte entschieden den Kopf. »Die Chancen sind mehr als gering. Überall steigt das Wasser, und es regnet immer noch. Sie können nur warten und den Stoßtrupps auflauern, wenn diese sich vorwagen, um die Dörfer zu plündern. Doch auch dabei ist der König im Nachteil, wenn er sehen muß, daß Geoffreys Männer jeden gangbaren Pfad kennen und es nur zu leicht erreichen können, sie in die Sümpfe zu treiben. Trotzdem haben sie es geschafft, sich einige dieser kleinen Trupps vorzunehmen. Es ist nicht gerade das, was Stephen will, aber alles, was er bekommen kann. Ramsey ist so gut wie abgeschnitten, und niemand kann darauf hoffen, sie dort herauszubekommen.«

»Und dieses mühselige Geschäft, sich in den Hinterhalt zu legen und zu warten«, sagte Cadfael, »kostet zuviel Zeit. Stephen kann es sich nicht leisten, damit allzu lange weiterzumachen. Es ist ein kostspieliges und weitgehend wirkungsloses Verfahren, so daß er sich bald wird zurückziehen müssen, um sich etwas anderes einfallen zu lassen. Wenn Geoffreys Streitmacht inzwischen so groß geworden ist, muß er seinen Nachschub von jenseits der Fen-Dörfer erhalten. Vielleicht sind seine Nachschublinien verwundbar. Und Hugh? Ist er wohlauf?«

»Durchnäßt und schlammverschmiert, und frieren dürfte er auch, würde ich sagen«, sagte Aline mit einem bekümmerten Lächeln, »und wahrscheinlich flucht er auch nach Herzenslust, aber er ist jedenfalls heil und unversehrt oder war es jedenfalls, als sein Bogenschütze ihn zurückließ. Für dieses mühselige Geschäft, wie du es genannt hast, spricht wenigstens eins: Die Verluste, die es überhaupt gegeben hat, sind auf de Mandevilles Seite gewesen. Aber es waren zu wenige, um ihm nachhaltig zu schaden.«

»Jedenfalls nicht genug«, bemerkte Cadfael nachdenklich, »um sich für den König noch lange zu lohnen. Ich glaube, Aline, daß du vielleicht nicht mehr lange warten mußt, bis du Hugh wieder zu Hause hast.«

Giles drängte und kuschelte sich noch etwas enger an seinen Paten, sagte aber nichts. »Und Ihr, mein Herr«, sagte Cadfael, »werdet Euer Gutshaus dann wieder zurückgeben und über Eure Verwaltung Rechenschaft ablegen müssen. Ich hoffe, Ihr habt Euch die Dinge nicht entgleiten lassen, während der Herr Sheriff fortgewesen ist.«

Schon bei der bloßen Vorstellung, sein eisernes Regiment könnte je herausgefordert werden, ließ sich Hughs Stellvertreter einen zornigen kleinen Laut entfahren. »Ich mache meine Sache *gut*«, erklärte er fest. »Das sagt mein Vater. Er sagt, ich halte die Zügel fester in der Hand als er. Und setze öfter die Sporen ein.«

»Dein Vater«, sagte Cadfael feierlich, »ist immer gerecht und großzügig, selbst zu denen, die ihm überlegen sind.« So etwas wie Alchimie von Seelenverwandtschaft und Zuneigung machte ihm das Lächeln bewußt, das Aline sich ihrem Gesicht nicht anmerken ließ.

»Besonders den Frauen gegenüber«, bemerkte Giles selbstgefällig.

»Das«, sagte Cadfael amüsiert, »kann ich mir sehr gut vorstellen.«

Um König Stephens Ausdauer, bei welchem Vorhaben auch immer, war es seit jeher nicht gut bestellt gewesen. Es war gewiß nicht Mangel an Mut oder auch nur an Entschlossenheit, was ihn dazu brachte, Belagerungen schon nach wenigen Tagen aufzugeben und sich einem lohnenderen Angriffsziel zuzuwenden. Es waren eher Ungeduld, enttäuschter Optimismus, sein Abscheu vor Untätigkeit, die ihn dazu brachten, ein Vorhaben abzubrechen, um sich einem neuen zuzuwenden. Gelegentlich, wie etwa in Oxford, nahm er sich zusammen und blieb hart, wenn die Lage begründete Hoffnung auf einen endgültigen Triumph bot, doch wo eine Pattsituation offenkundig war, ermüdete er schnell und wandte sich neuen Zielen zu. In den winterlichen Regenfällen der Fens ließen ihn Zorn und persönlicher Haß länger aushalten als gewohnt, aber seine Erfolge blieben mager, und in der letzten Novemberwoche dämmerte ihm, daß er nicht darauf hoffen konnte, das Werk zu Ende zu bringen. Beim Umherirren in den Sümpfen jener düsteren Ebenen hatten es seine Streitkräfte zwar geschafft, sich einigermaßen methodisch und mit Nachdruck vorzukämpfen, um de Mandevilles Territorium zu verkleinern, und es war ihnen sogar gelungen, seine Mordbanden um eine ansehnliche Zahl von Männern zu dezimieren, als diese sich auf trockeneres Gelände vorwagten, doch es war offenkundig, daß der Feind über reichlichen Nachschub verfügte und selbst ohne Überfälle und Plünderungen eine Zeitlang aushalten konnte. Es bestand keine Hoffnung, die Gegner aus ihrem Loch auszugraben. Stephen wandte sich mit der frischen Spannkraft, die ihm bei Bedarf zur Verfügung stand, einer veränderten Politik zu. Er wollte die Aufgebote seiner Lehnsmänner, besonders solche aus potentiell verwundbaren Gegenden wie etwa den an Wales angrenzenden Gebieten oder denen, die mit zweifelhaften Freunden wie dem Earl von Chester benachbart waren, wieder dort

wissen, wo sie am nützlichsten waren. Er nahm sich vor,
hier in den Fens eher eine Armee aus Bautrupps als eine aus
Soldaten aufzustellen, einen Ring eilig errichteter, aber
strategisch plazierter Bollwerke aufzubauen, um das Territorium der Gegner zu begrenzen und, wo immer dies möglich war, weiter zu verkleinern und Geoffreys ungeschützte
Nachschublinien zu bedrohen, wenn dessen Vorräte zur
Neige gingen. Ein solcher Festungsring, bemannt mit den
erfahrenen flämischen Söldnern, die mit dem Kampf im
Flachland und in einem Gewirr von Wasserstraßen vertraut
waren, konnte halten, was im Winter gewonnen worden
war, bis sich die Bedingungen für offene Truppenbewe-
gungen verbesserten.

Der November näherte sich dem Ende, als Hugh und
sein Aufgebot mit einem Dank des Königs kurzerhand
entlassen wurden. Hugh hatte keine Männer durch Tod
verloren, in seinem Aufgebot zählte er nur einige kleinere
Verwundungen und Streifschüsse, und so war er von Herzen froh, sich mit seinen Leuten zurückziehen zu können,
statt weiter in den Sümpfen um Cambridge herumzuwa-
ten. Er machte sich mit ihnen in nordwestlicher Richtung
nach Huntington auf, wo das Königsschloß der Stadt eine
relative Sicherheit bewahrt und die Straßen offengehalten
hatte. Von dort schickte er die Männer direkt nach Westen,
auf Kettering zu, während er selbst nach Norden ritt, nach
Peterborough.

Bis er die Brücke über den Nene-Fluß erreichte und in die
Stadt hineinritt, hatte er keinen Gedanken an die Überlegung verschwendet, was er dort zu finden erwartete. Vielleicht war es besser, die Dinge ohne irgendwelche Erwartungen auf sich zukommen zu lassen. Die Straße von der
Brücke führte ihn auf den Marktplatz, auf dem es lebhaft
und geschäftig zuging. Die Bürger, die es vorgezogen hat-

ten zu bleiben, hatten recht daran getan, denn bis jetzt hatte sich die Stadt als zu mächtig erwiesen, um für de Mandeville eine Versuchung darzustellen, solange es an abgelegeneren Orten noch wehrlose Opfer für ihn gab. Hugh fand einen Stall für sein Pferd und machte sich zu Fuß auf die Suche nach Priestgate.

Da war der Laden oder zumindest die gutgehende Werkstatt eines Silberschmieds. Sie war geöffnet und zeigte der Welt eine wohlhabende Fassade. Das war die erste Bestätigung. Hugh trat ein und erkundigte sich bei dem jungen Burschen, der im hinteren Teil der Werkstatt unter einem Fenster, das seine Werkbank erleuchtete, über eine Silberarbeit gebeugt saß, nach Meister John Hinde. Der Name wurde fröhlich zur Kenntnis genommen, und der junge Mann legte sein Werkzeug beiseite und ging durch eine Hintertür hinaus, um seinen Meister zu rufen. Bis jetzt gab es also keine Diskrepanzen. Die Werkstatt und der Mann existierten, so wie Sulien sie zurückgelassen hatte, als er von Ramsey aus nach Westen gegangen war.

Als Meister John Hinde mit seinem Gehilfen aus seiner Wohnung kam und die Werkstatt betrat, erkannte Hugh sofort, daß er ein Mann war, der in der Stadt etwas darstellte und von dem auch zu erwarten stand, daß er sich seinem bevorzugten religiösen Haus gegenüber wohltätig zeigte und mit Äbten auf vertrautem Fuß verkehrte. Er war um die Fünfzig, eine hagere, agile, aufrechte Gestalt in einem Gewand mit reichem Pelzbesatz. Lebhafte dunkle Augen in einem schmalen, energischen Gesicht waren weitere Details, die Hugh mit einem schnellen Blick erfaßte.

»Ich bin John Hinde. Wie kann ich Euch helfen?« Hughs Kleidung und seinem Harnisch waren die Spuren ermüdenden Wartens in feuchten, winddurchtosten Hinterhalten sowie gelegentliche Gewaltritte in offenem Gelände deutlich anzusehen. »Ihr kommt vom Aufgebot des Königs? Wie wir hören, zieht er seine Streitmacht zurück. Ich hoffe, er überläßt de Mandeville nicht einfach das Feld?«

»Keine Rede davon«, versicherte ihm Hugh, »obwohl ich zurückgeschickt worden bin, damit ich mich um eigene Angelegenheiten kümmern kann. Nein, auch wenn wir abziehen, wird Euch keine größere Gefahr drohen, denn zwischen Euch und der Gefahr stehen die Flamen. Sie verfügen über mindestens eine strategisch gut gelegene Festung, um sie auf ihrer Insel eingepfercht zu halten. Jetzt, wo der Winter vor der Tür steht, könnte er kaum mehr oder Besseres unternehmen.«

»Nun, wir leben wie Kerzen im Atem Gottes«, sagte der Silberschmied philosophisch, »wo immer wir uns befinden. Ich weiß das schon zu lange, um mich leicht einschüchtern zu lassen. Und was kann ich für Euch tun, Sir, bevor Ihr nach Hause reitet?«

»Erinnert Ihr Euch«, fragte Hugh, »an einen jungen Mönch, der um den ersten oder zweiten Oktober herum bei Euch übernachtet hat? Es war kurz nach der Plünderung Ramseys. Der Junge kam von dort und war Euch, wie er sagte, von seinem Abt anempfohlen. Abt Walter schickte ihn nach Hause, zu dem Bruderhaus in Shrewsbury, um die Nachricht vom Fall Ramseys zu überbringen. Erinnert Ihr Euch an den Mann?«

»Sehr genau«, erwiderte John Hinde ohne jedes Zögern. »Er stand kurz vor dem Ende seines Noviziats. Die Brüder zerstreuten sich in alle Winde, um sich in Sicherheit zu bringen. Diese Zeit dürfte niemand von uns so leicht vergessen. Ich hätte dem Jungen für die ersten paar Meilen gern ein Pferd geliehen, doch er sagte, er werde zu Fuß besser durchkommen, denn die Feinde schwärmten in der ganzen Umgegend wie die Bienen. Was ist aus ihm geworden? Ich hoffe, er ist sicher in Shrewsbury angekommen?«

»Das ist er, und er hat auch überall dort, wo er durchkam, die Neuigkeit weitergegeben. Ja, es geht ihm gut, obwohl er inzwischen den Orden verlassen hat und in das Gutshaus seines Bruders zurückgekehrt ist.«

»Er erzählte mir damals, er zweifle, ob er den richtigen Weg gewählt habe«, bestätigte der Silberschmied. »Walter ist nicht der Mann, der einen Jüngling gegen dessen Neigung bei sich behält. Kann ich Euch, was diesen jungen Mann betrifft, noch etwas sagen?«

»Ist ihm«, fragte Hugh mit Betonung, »in Eurer Werkstatt ein bestimmter Ring aufgefallen? Und hat er etwas über diesen Ring gesagt und nach der Frau gefragt, von der Ihr ihn etwa zehn Tage vorher gekauft hattet? Es ist ein schlichter silberner Ring mit einem kleinen gelben Stein, in den Initialen eingraviert sind. Und hat er Euch um diesen Ring gebeten, weil er die Frau seit seiner Kindheit kannte und ihr seitdem große Zuneigung entgegenbrachte? Entspricht etwas davon den Tatsachen?«

Es folgte ein langes Schweigen, während der Silberschmied ihm Auge in Auge gegenüberstand und ihn mit einem intelligenten Blick, der seine hageren Gesichtszüge noch schärfer hervortreten ließ, prüfend musterte. Es ist denkbar, daß er sich überlegte, ob er dem Fremden noch weitere Dinge anvertrauen sollte, da er nicht wußte, welche Folgen seine Antworten für einen jungen Mann haben konnten, der vielleicht unschuldig in ein Mißgeschick geraten war, das er nicht herbeigeführt hatte. Geschäftsleute haben gelernt, daß man Fremden nicht zu schnell allzuviel anvertrauen darf. Sollte es jedoch so gewesen sein, verwarf er aber den Impuls, alles zu leugnen, nachdem er Hugh aufmerksam gemustert hatte und, wie es schien, zu einem Urteil gekommen war.

»Kommt herein!« sagte er dann mit der gleichen Bedachtsamkeit und gleicher Festigkeit. Er wandte sich der

Tür zu, aus der er gekommen war, und forderte Hugh mit einer Handbewegung auf, ihm zu folgen. »Kommt! Laßt mich mehr hören. Da wir nun schon so weit gegangen sind, können wir auch gemeinsam damit fortfahren.«

ELFTES KAPITEL

Julien hatte zwar den Habit abgelegt, aber der streng geregelte Tagesablauf, der dazugehörte, ließ sich nicht so leicht abstreifen. Er entdeckte, daß er rechtzeitig zur Frühmette und zu den Laudes um Mitternacht aufwachte und auf das Läuten der Glocke wartete, und ihn erschütterten und erschreckten die Stille und die Einsamkeit, da er noch gewohnt war, die leisen Geräusche vieler schlafender Brüder zu hören, die sich umdrehten und leise Seufzer vernehmen ließen, das sanfte Gemurmel von Stimmen, die sich bemühten, die Tiefschläfer zu wecken, und ihm fehlte das Glühen der kleinen Lampe am Absatz der Treppe, die sie in der Dunkelheit sicher in die Kirche geleitete. Selbst die Bewegungsfreiheit seiner Kleidung verursachte ihm noch Unbehagen, nachdem er ein Jahr lang das Gewand mit dem Rock getragen hatte. Er hatte ein Leben abgelegt, ohne in der Lage zu sein, das alte dort wiederaufzunehmen, wo er es beendet hatte, und der Neuanfang war unerwartet mühsam und schmerzlich. Überdies hatte sich das Leben auf Longner seit seinem Aufbruch nach Ramsey verändert. Sein Bruder war mit einer jungen Frau verheiratet, hatte sich in seiner Herrschaft eingerichtet und war glücklich über die Aussicht auf einen Erben, denn Jehane war schwanger. Die Ländereien von Longner waren ein sehr ansehnlicher Besitz, aber nicht groß genug, um zwei Familien zu ernähren, selbst wenn man sich von einer solchen

Aufteilung je etwas Gutes erwartet hätte, und ein jüngerer Sohn würde sich ein eigenes Leben aufbauen müssen, so wie seit jeher das Los der jüngeren Söhne gewesen war. Das Klosterleben hatte er probiert und aufgegeben. Seine Familie ertrug ihn mit Toleranz und Geduld, bis er seinen Weg finden würde. Eudo war der offenste und liebenswürdigste junge Mann, den man sich nur denken konnte, und seinem Bruder sehr zugetan. Sulien durfte sich all die Zeit nehmen, die er brauchte, und bis er sich entschieden hatte, war Longner sein Zuhause und freute sich, ihn wieder da zu haben.

Jedoch konnte niemand recht sicher sein, daß Sulien sich freute. Er füllte seine Tage mit jeder Arbeit, die sich anbot, in den Ställen und bei den Kühen, er arbeitete mit Jagdfalken und Hunden, half bei den Schafen und beim Vieh auf den Feldern aus, fuhr Brennholz und Bretter für schadhafte Zäune heran, zeigte sich bereitwillig und eifrig, alles zu tun, was nötig war, als hätte er soviel aufgestaute Energie in sich, daß er sie um jeden Preis aus seinem Körper herauspressen oder daran erkranken mußte.

Im Haus war er ein stiller Gesellschafter, aber das kannte seine Familie schon von ihm. Seiner Mutter gegenüber war er sanft und aufmerksam und ertrug mit stoischer Ruhe ganze Stunden ihrer gepeinigten Gegenwart, der Eudo nach Möglichkeit zu entgehen suchte. Die stählerne Selbstbeherrschung, mit der sie jedes Anzeichen von Schmerz unterdrückte, war zwar bewundernswert, aber fast noch schwerer zu ertragen als offen gezeigte Qual. Sulien verwunderte sich darüber und litt mit ihr, da er sonst nichts für sie tun konnte. Und sie war gütig und würdevoll, doch es war unmöglich zu sagen, ob sie sich über seine Gesellschaft freute oder ob diese ihre Bürde noch schwerer erträglich machte. Er hatte immer angenommen, daß Eudo ihr Lieblingssohn war und den Löwenanteil ihrer Liebe erhielt. Das war die gewohnte Ordnung der Dinge, und Sulien hatte nichts daran auszusetzen.

Seine Zurückgezogenheit und Wortkargheit wurden von Eudo und Jehane kaum bemerkt. Sie erwarteten ein Kind, sie waren glücklich, sie fanden das Leben erfüllt und angenehm und hielten es für selbstverständlich, daß ein Jüngling, der ein Jahr seines Lebens irrtümlich an eine Berufung verschwendet hatte, die er gerade noch rechtzeitig als Irrweg erkannt hatte, diese ersten Wochen seiner Freiheit damit zubrachte, angestrengt über seine Zukunft nachzudenken. Folglich überließen sie ihn seinen Grübeleien, versorgten ihn mit der harten Arbeit, die er zu brauchen schien, und warteten mit selbstverständlicher Zuneigung darauf, daß er irgendwann, wenn er es für richtig hielt, sozusagen wieder auftauchte.

Mitte November ritt er eines Tages mit Befehlen für Eudos Viehhirten auf den abgelegenen Feldern der Longner-Ländereien nach Osten am Fluß Tern entlang, fast bis nach Upton, und als er seinen Auftrag erledigt hatte, ritt er zurück, doch dann riß er das Pferd nochmals herum und ritt sehr langsam weiter. Er ließ das Dorf Upton linker Hand liegen, ohne recht zu wissen, was er eigentlich wollte. Er hatte keine Eile. Selbst sein ganzer Fleiß konnte ihn nicht davon überzeugen, daß er zu Hause gebraucht wurde, und der Tag war zwar wolkenverhangen, aber trocken, und die Luft war mild. Er ritt voran und entfernte sich dabei allmählich etwas weiter vom Flußufer, und erst als er den niedrigen Hügelkamm erreichte, den höchsten Punkt dieser flachen, offenen Felder, erkannte er, wohin er ritt. Vor ihm tauchten in nicht allzugroßer Entfernung hinter einem zarten Filigran kahler Äste die Dächer von Withington auf, und der gedrungene, rechteckige Turm der Kirche war über dem Hain mit den niedrigen Bäumen gerade noch zu erkennen.

Ihm war nicht aufgegangen, wie sehr sie ihm seit seinem Besuch dort im Kopf herumgegangen war, daß sie sich tief ins Gedächtnis eingegraben hatte, unauffällig, aber allezeit gegenwärtig. Er brauchte jetzt nur die Augen zu schließen und konnte ihr Gesicht so deutlich vor sich sehen wie damals, als sie das Hufgetrappel seines Pferdes zum ersten Mal auf dem festgetretenen Boden des Hofs gehört und sich umgedreht hatte, um zu sehen, wer da angeritten kam. Schon wie sie innegehalten und sich ihm zugewandt hatte, erinnerte ihn an eine in einem leichten Windhauch schwankende Blume, und das Gesicht, das sie ihm entgegenhob, war offen wie ein Blütenkelch, ohne Vorbehalt oder Furcht, so daß er bei jenem ersten Blick gemeint hatte, tief in ihr Wesen hineinzusehen. Als wäre ihr zwar gerundetes, volles und festes Fleisch außen durchsichtig gewesen und als hätte es von innen geleuchtet. An jenem Tag hatte ein bleicher Sonnenschein geherrscht, der durch ihre Augen, rotgoldene Augen, an Strahlungskraft gewonnen und auf ihrer breiten Stirn unter dem weichen braunen Haar einen Widerschein erhalten hatte. Sie hatte ihn freimütig angestrahlt und Wärme um sich verbreitet, um die Kühle der Besorgnis schmelzen zu lassen, die sich ihm auf Gemüt und Herz gelegt hatte, obwohl sie ihn zuvor noch nie zu Gesicht bekommen und keinerlei Anlaß hatte, ihn je wiederzusehen oder wieder an ihn zu denken.

Aber er hatte an sie gedacht, ob er wollte oder nicht.

Und jetzt hatte er kaum erkannt, daß er immer noch auf den hinteren Dorfrand zu ritt, wo das Gutshaus lag. Vor ihm erhoben sich der Palisadenzaun, der aus den Feldern emporwuchs, das steil ansteigende Dach dahinter, das rechteckige Muster der Feldstreifen jenseits der Einfriedung, ein rechteckiger Garten mit Obstbäumen, die alle abgeerntet und fast entlaubt waren. Er war durch den ersten Fluß hindurchgeritten, daß das Wasser um die Hufe des Pferdes

231

aufspritzte, fast ohne es zu merken, aber der zweite, der jetzt so nahe an dem weit offenen Tor des Hofzauns lag, veranlaßte ihn, urplötzlich innezuhalten und zu bedenken, was er tat und nicht tun durfte, wozu er kein Recht hatte.

Er konnte den Hof hinter dem Zaun sehen und den älteren Jungen, der ein Pony, auf dessen Rücken das kleine Mädchen saß, behutsam herumführte, so daß es geziemende Kreise beschrieb. Die beiden tauchten in regelmäßigen Abständen auf, passierten und verschwanden aus dem Blickfeld, bis sie am fernen Ende ihres Kreises wieder erschienen, um wiederum zu verschwinden. Der Junge erteilte mit wichtigtuerischer Stimme Befehle, während sich das kleine Kind mit seinen winzigen Fäusten in der Mähne des Ponys festklammerte. Einmal kam Gunnild kurz ins Blickfeld. Sie lächelte und sah ihrer jüngsten Schutzbefohlenen zu, die wie ein Junge rittlings auf dem Pony saß und dem dickbäuchigen Tier mit ihren runden nackten Fersen in die Flanken trat. Dann zog sich Gunnild wieder zurück, räumte den Exerzierplatz und verschwand aus Suliens Blickfeld. Er nahm sich mit einiger Anstrengung zusammen, riß sein Pferd herum und ritt wieder auf das Dorf zu.

Und da war sie. Sie kam ihm aus der Richtung der Kirche entgegen. Unter den Falten ihres Umhangs trug sie einen Korb über dem Arm, und ihr braunes Haar war zu einem dicken Zopf geflochten und mit einem scharlachroten Band zusammengebunden. Ihre Augen ruhten auf ihm. Sie hatte ihn erkannt, bevor er sich ihrer auch nur bewußt geworden war, und näherte sich ohne jede Hast und ohne jedes Zögern mit zutraulicher Freude. So wie er sie noch vor einem Augenblick vor seinem geistigen Auge gesehen hatte, nur daß sie da keinen Umhang getragen hatte und ihr Haar ihr gelöst auf die Schultern gefallen war. Aber ihr Gesicht hatte die gleiche strahlende Offenheit, und das

Leuchten ihrer Augen ließ wie eben noch erkennen, daß er in ihrem Herzen willkommen war.

Wenige Schritte von der Stelle entfernt, an der er die Zügel angezogen hatte, blieb sie stehen. Sie sahen sich einen langen Augenblick schweigend an. Dann sagte sie: »Wolltet Ihr wirklich wegreiten, wo Ihr gerade erst gekommen seid? Ohne ein Wort? Ohne hereinzukommen?«

Er wußte, daß er irgendeinem scharfsinnigen Winkel seines Hirns Witz und Worte genug entlocken mußte, um zu zeigen, daß seine Anwesenheit nichts mit ihr oder seinem früheren Besuch zu tun hatte, sondern daß er hier nur vorbeigeritten war, weil er etwas zu erledigen hatte, daß er betonen mußte, wie dringend es sei, daß er ohne Verzögerung wieder nach Hause reiten müsse. Er fand jedoch kein einziges Wort, wie falsch oder grob es auch geklungen hätte, um sie von sich zu stoßen.

»Kommt herein. Ihr müßt Euch mit meinem Vater bekannt machen«, sagte sie schlicht. »Er wird sich freuen, denn er weiß, weshalb Ihr beim letzten Mal gekommen wart. Natürlich hat Gunnild es ihm erzählt. Woher hätte sie sonst wohl ein Pferd und einen Reitknecht bekommen, um nach Shrewsbury zum Sheriff zu reiten? Keiner von uns wird es je nötig haben, etwas hinter dem Rücken meines Vaters zu tun. Ich weiß, daß Ihr Gunnild gebeten habt, Euch in dem Gespräch mit Hugh Beringar nicht zu erwähnen, und daran hat sie sich gehalten, aber in diesem Haus gibt es keine Geheimnisse. Wir haben keinen Grund dazu.«

Das glaubte er ihr aufs Wort. Ihre Natur sprach für ihre Abstammung, ihr Erbteil eines sorglosen Selbstbewußtsein, das in vielen Generationen gewachsen war. Und obwohl er wußte, daß es gleichwohl für ihn zwingend geboten war, sich von ihr zurückzuziehen, ihr aus dem Weg zu gehen, ihr ihren Seelenfrieden zu lassen und ihre Eltern vor jedem möglichen Kummer um ihretwillen zu bewahren, brachte er es nicht über sich. Er saß ab und ging mit dem Zügel in der Hand, immer noch stumm und verwirrt, mit ihr durch das Tor von Withington.

Bruder Cadfael sah sie bei der gesungenen Messe zum Tag der heiligen Cecilia, dem zweiundzwanzigsten November, gemeinsam in der Kirche. Es blieb der Mutmaßung überlassen, weshalb sie sich entschieden hatte, der Messe gerade in der Abtei beizuwohnen, obwohl sie eigene Gemeindekirchen besaßen. Vielleicht hatte sich Sulien noch eine unbestimmte Zuneigung zu dem Orden bewahrt, den er verlassen hatte, weil er in ihm eine Beständigkeit und Gewißheit gefunden hatte, die es in der Welt draußen nicht gab, und vielleicht spürte er noch immer das Bedürfnis, von Zeit zu Zeit mit ihm Verbindung aufzunehmen, während er dabei war, sein Leben neu auszurichten. Vielleicht wollte sie die bewunderte Musik Bruder Anselms hören, besonders an diesem Tag, der sich von denen aller anderen Heiligen so unterschied. Oder vielleicht hielten sie, überlegte Cadfael, die Kirche für einen ihren Bedürfnissen entgegenkommenden und höchst achtbaren Treffpunkt für zwei junge Menschen, deren Beziehung noch nicht so weit gediehen war, daß sie sich näher an zu Hause gemeinsam in der Öffentlichkeit zeigen konnten. Was immer der Grund war: Hier waren sie nun in der Kirche in der Nähe des Gemeindealtars, von wo sie in den Chorraum sehen und dem Gesang lauschen konnten, der hier durch die stummen Stellen hinter einigen der massiven Säulen unbeeinträchtigt blieb. Sie standen eng nebeneinander, berührten sich aber nicht – nicht einmal die leise Berührung eines Ärmels –, waren sehr still, sehr aufmerksam mit ernsten, feierlichen Gesichtern und weit offenen, klaren Augen. Cadfael sah das Mädchen zum ersten Mal ernst, obwohl sie immer noch von innen zu leuchten schien, und der Junge war wenigstens dieses eine Mal ausgeglichen und ruhig, obwohl der Schatten seiner Unruhe sich in der steilen kleinen Falte zwischen seinen Augenbrauen immer noch bemerkbar machte.

Als die Brüder nach dem Gottesdienst die Kirche verließen, waren Sulien und Pernel schon durch das Westportal hinausgegangen, und Cadfael begab sich wieder zu seiner Arbeit im Garten. Er fragte sich, wie oft sie sich so getroffen hatten und wie das erste Treffen zustande gekommen war, denn obwohl die beiden sich nie angesehen oder während des Gottesdienstes mit den Händen berührt, ja nicht einmal durch irgendein Zeichen zu erkennen gegeben hatten, daß sie sich der Gegenwart des anderen bewußt waren, war schon an ihrer bloßen Haltung und der Festigkeit ihrer Aufmerksamkeit etwas, was ihren Zusammenhalt über jeden Zweifel erhaben machte.

Cadfael fand es nicht schwierig, den Grund für diese ambivalente Aura zu finden, die sie umgab und sie einerseits so deutlich als zusammengehörig erscheinen ließ, andererseits mit stillschweigendem Einverständnis trennte. Es würde so lange jedoch kein Ende und keine Lösung dieser Zweiteilung geben, wie die eine, alles andere in den Schatten stellende Frage unbeantwortet blieb. Ruald, der den Jungen am besten kannte, hatte nie auch nur den geringsten Anlaß gefunden zu bezweifeln, daß er die Wahrheit sagte, und die Tatsache, daß Ruald das einfach als Tatsache akzeptiert hatte, war zu seiner eigenen Errettung geworden. Cadfael jedoch sah noch auf keiner Seite Gewißheit. Zudem waren Hugh und seine Lanzenreiter und Bogenschützen noch viele Meilen entfernt, ihr Schicksal war noch unbekannt, und so blieb nichts anderes übrig als zu warten.

Am letzten Tag des November ritt ein Bogenschütze der Garnison, über und über mit Straßenschmutz bedeckt und völlig durchnäßt, von Osten her heran und hielt erst in Saint Giles inne, und die Neuigkeit auszurufen, das Aufgebot des Sheriffs sei nicht weit hinter ihm und so intakt, wie es die Stadt verlassen habe, abgesehen von ein paar leichten Blessuren und Schürfwunden, und daß die Truppenkontingente des Königs aus den Grafschaften, die anderswo am meisten gebraucht wurden, zumindest für den Winter in ihre Garnisonen zurückgeschickt worden seien. Die Taktik König Stephens habe sich insofern verändert, als nicht mehr versucht werde, den Feind zu werfen und zu vernichten, sondern man wolle ihn jetzt auf seinem Territorium binden und damit den Schaden begrenzen, den er bei seinen Nachbarn anrichten könne. Das sah eher nach einem verschobenen als einem beendeten Feldzug aus, bedeutete aber die sichere Rückkehr der Männer von Shropshire zu ihren Feldern und Viehweiden. Als der Kurier in das Foregate-Viertel hineinritt, war ihm die Neuigkeit schon vorausgeeilt, so daß er sein Tempo verlangsamte, um sie im Vorüberreiten erneut auszurufen und auf einige der begierigen Fragen zu antworten, die ihm die Bewohner der Stadt zuriefen. Die Menschen liefen mit ihren Werkzeugen in der Hand aus Häusern, Werkstätten und Hofstätten, die Frauen aus ihren Küchen, der Schmied ließ seine Esse im Stich, und Vater Boniface verließ sein Zimmer über dem Vorbau an der Nordseite der Kirche; alle liefen vor Freude und Erleichterung durcheinander und riefen einander Einzelheiten zu, so wie sie sie zufällig von den Lippen des Kuriers erfahren hatten.

Als der einsame Reiter das Torhaus der Abtei passiert hatte und der Brücke zustrebte, hatte geordnetes Hufgetrappel und das leise Klirren von Rüstungen Saint Giles erreicht, und die Bevölkerung des Foregate-Viertels blieb auf der Straße, um den heimkehrenden Trupp willkommen zu heißen. Die Arbeit konnte jetzt ein paar Stunden warten.

Selbst auf dem Klostergelände machte die Nachricht die Runde, und einige Brüder versammelten sich, ohne getadelt zu werden, außerhalb der Klostermauer, um der Rückkehr beizuwohnen. Cadfael, der aufgestanden war, um die Männer losreiten zu sehen, erschien jetzt ebenfalls voller Dankbarkeit, sie wieder sicher zu Hause zu wissen.

Ihre Kleidung und Ausrüstung war bei der Rückkehr verständlicherweise nicht mehr ganz so makellos wie bei ihrem Aufbruch. Die Lanzenfähnchen waren beschmutzt und ausgefranst, hier und da sogar zerfetzt, einige der leichten Waffen waren verbeult und stumpf, man sah einige verbundene Köpfe, ein paar Arme hingen in Schlingen, und einige Männer trugen Bärte, die sie beim Abmarsch nicht gehabt hatten. Die Männer ritten jedoch in guter Ordnung und boten trotz der Flecke und des Schlamms, den sie vergeblich von ihrer Kleidung zu bürsten versucht hatten, einen sehr beachtlichen Anblick. Hugh hatte seine Männer eingeholt, lange bevor sie Coventry erreichten, und dort lange genug Rast gemacht, damit Männer wie Pferde sich ausruhen und zu Kräften kommen konnten. Die Troßkarren und Bogenschützen zu Fuß konnten sich von Coventry an Zeit lassen, denn dort waren die Straßen offen und gut, und die Nachricht von ihrer sicheren Heimkehr war ihnen schon vorausgeeilt.

Hugh, der an der Spitze der Marschkolonne ritt, hatte seinen Kettenpanzer abgelegt, um in Rock und Umhang angenehmer reiten zu können. Er wirkte wachsam und angeregt, und sein Gesicht war leicht gerötet vor Vergnügen, das laute Stimmengewirr der Erleichterung und Freude zu hören, das ihn auf dem Foregate begleitete und ihm wohl durch die ganze Stadt folgen würde. Hugh machte sich stets über Lob und lauten Beifall lustig, denn ihm war nur zu bewußt, wie wenig ihn und seine Männer von den grollenden Vorwürfen trennte, mit denen sie empfangen worden wären, wenn er, auch in einer noch so verzweifelten Situation, Männer verloren hätte. Es war jedoch menschlich, sich über das Wissen zu freuen, daß er nicht einen verloren hatte. Die fast drei Jahre zurückliegende Rückkehr aus Lincoln war ganz anders gewesen; jetzt konnte er es sich leisten, diesen Empfang zu genießen.

Am Torhaus der Abtei hielt er in der Schar rasierter Scheitel nach Cadfael Ausschau und entdeckte ihn auf den Stufen des Westportals. Hugh flüsterte seinem Rittmeister etwas ins Ohr und zog sein Pferd aus der Marschkolonne, um längsseits aufzuschließen, obwohl er nicht absaß. Cadfael griff hochzufrieden nach dem Zaumzeug.

»Ich muß sagen, mein Junge, dies ist ein willkommener Anblick, wenn es je einen gegeben hat. An dir ist kaum ein Kratzer zu sehen, und nicht ein Mann fehlt! Wer könnte mehr wollen?«

»Was ich wollte«, entgegnete Hugh aus tiefster Brust, »war de Mandevilles Haut, aber er trägt sie noch, und Stephen kann nicht das geringste dagegen tun, bis wir diese Ratte aus ihrem Loch jagen können. Hast du Aline gesehen? Ist zu Hause alles wohlauf?«

»Leidlich, aber wenn sie dein Gesicht in der Tür sieht, wird sie sich gleich viel besser fühlen. Willst du Radulfus besuchen?«

»Noch nicht! Nicht jetzt! Ich muß dafür sorgen, daß die Männer nach Hause kommen und bezahlt werden, um dann selbst nach Hause zu eilen. Cadfael, willst du mir einen Gefallen tun?«

»Mit Freuden«, erwiderte Cadfael herzlich.

»Ich will den jungen Blount sehen, gleichgültig wo, aber nicht auf Longner, denn ich nehme an, daß seine Mutter nichts von dieser Angelegenheit weiß, in die er verwickelt ist. Sie geht ja nie aus dem Haus, so daß sie nicht hören kann, was die Leute reden, und die Familie würde alles

daran setzen, ihr jeden weiteren Kummer zu ersparen. Sollten sie ihr kein Wort von der Leiche erzählt haben, die du
gefunden hast, dann verhüte Gott, daß ich jetzt aus heite-
rem Himmel den Pfeil auf sie abschieße. Sie hat auch so
schon Kummer genug. Kannst du dich vom Abt beurlau-
ben lassen und Mittel und Wege finden, den Jungen ins
Schloß zu bringen?«

»Dann hast du also etwas herausgefunden!« Aber er
fragte nicht, was. »Es wäre leichter, ihn herzubringen, und
außerdem wird auch Radulfus es anhören müssen, jetzt
oder später, was immer es sein mag. Sulien ist einer von uns
gewesen und wird kommen, wenn man ihn ruft. Radulfus
kann sich irgendeinen Vorwand ausdenken. Sorge um
einen früheren Sohn. Und das wäre keine Lüge!«

»Gut!« erklärte sich Hugh einverstanden. »Das wird
genügen! Bring ihn her und behalte ihn bei dir, bis ich
komme.«

Er stieß dem Pferd die Fersen in die grauen, gescheckten
Flanken, und Cadfael ließ das Zaumzeug los. Hugh ritt in
leichtem Galopp hinter seinem Trupp her und hielt auf die
Brücke und Stadt zu. Man konnte den Weg der Männer am
verebbenden Geräusch ihrer Begrüßung nachvollziehen,
einer Welle, die auf das Ende der Stadt zubrandete, während das befriedigte und dankbare Stimmengewirr hier am
Foregate zu einem leisen Summen geworden war wie bei
Bienen auf einer blühenden Wiese. Cadfael wandte sich um
und begab sich wieder auf den großen Hof, um beim Abt
um einen Audienz zu bitten.

Es war gar nicht so schwer, sich einen glaubwürdigen
Grund für einen Besuch auf Longner auszudenken. Dort
befand sich eine kranke Frau, die sich einmal seiner Künste
bedient hatte, um zumindest ihren Schmerz zu lindern, und
da war noch der vor kurzem zurückgekehrte jüngere Sohn,

der sich bereit erklärt hatte, seiner Mutter etwas von dem gleichen Sirup mitzubringen und den Versuch zu machen, sie zu überreden, ihn erneut zu nehmen, nachdem sie sich lange Zeit geweigert hatte, solche Tröstungen anzunehmen. Wenn er, Cadfael, sich nach dem Befinden der Mutter erkundigte und dabei dem Sohn die väterliche Einladung des Abts überbrachte, in dessen Obhut er noch vor kurzem gestanden hatte, würde das nicht allzu unglaubwürdig klingen. Cadfael hatte Donata Blount nur einmal gesehen, als sie noch stark genug gewesen war, sich außerhalb des Gutshauses zu bewegen und anderen einen Rat zu erteilen oder Ratschläge von ihnen anzunehmen. Nur einmal war sie erschienen, um Bruder Edmund zu konsultieren, der für die Krankenpflege verantwortlich war, und war von ihm zu Cadfaels Werkstatt geleitet worden. Dieser hatte ein paar Jahre nicht mehr an diesen Besuch gedacht, und in dieser Zeit war sie fast unmerklich immer mehr dahingesiecht und außerhalb des Hofs von Longner nicht mehr gesehen worden, und neuerdings selbst dort nur noch selten. Hugh hatte recht. Die Männer ihrer Familie mußten alles Böse und Unangenehme von ihr ferngehalten haben, das der ohnehin mühsamen Last, die sie schon trug, noch weitere Sorgen hinzugefügt hätte. Wenn es sich nicht vermeiden ließ, daß sie am Ende doch von dem Bösen erfuhr, dann doch erst, wenn alles bewiesen war und feststand, wenn der Erkenntnis nicht zu entrinnen war.

Cadfael erinnerte sich, wie sie damals bei ihrer einzigen Begegnung ausgesehen hatte, eine Frau, die seine bescheidene Körpergröße ein wenig überragte, schon damals schlank wie eine Weidenrute und mit schwarzem Haar, das schon von einigen grauen Strähnen durchzogen war, und mit Augen von einem tiefen, leuchtenden Blau. Nach Aussage Hughs war sie jetzt zu einem dürren Stock zusammengeschrumpft, und jede Bewegung machte ihr Mühe, jeder

Augenblick bereitete ihr Schmerz. Wenigstens konnten die Mohnblüten der Lethe, des Flusses des Vergessens, ihr etwas Schlaf schenken, wenn sie sie nur benutzen würde. Und irgendwo tief in seinem Inneren fragte sich Cadfael unwillkürlich, ob sie darauf verzichtete, um ihren Tod zu beschleunigen und damit frei zu sein. Doch jetzt, als er das kleine braune Pferd sattelte und am Foregate entlang nach Osten ritt, beschäftigte ihn zunächst ihr Sohn, der weder alt noch leidend und dessen Schmerz geistiger, vielleicht sogar seelischer Natur war.

Es war früher Nachmittag und ein düsterer Tag. Seit dem frühen Morgen hatten sich Wolken aufgetürmt, die tief am Himmel hingen und keinen Fernblick erlaubten, doch es herrschte kein Wind, und von Regen war nichts zu sehen, und sobald Cadfael die Stadt verlassen hatte und auf die Fähre zuritt, wurde er sich einer lastenden, bedrückenden und lautlosen Stille bewußt, in der sich nicht einmal ein Blatt oder ein Grashalm regte, um die bleierne Luft zu stören. Als er an den Wiesen entlangritt, blickte er zu dem Hügelkamm mit den Bäumen über dem Töpferacker hoch. Das fruchtbare dunkle Ackerland zeigte den ersten schwachen grünen Schatten von Pflanzenwachstum, der jedoch noch so flüchtig und zart war wie ein Schleier. Selbst das Vieh unten am Fluß war reglos, als schliefe es.

Er ritt weiter durch den aufgeräumten, gepflegten Waldgürtel jenseits der Wiesen und setzte seinen Weg über den sanften Hang der Lichtung zu den offenen Toren von Longner fort. Ein Stalljunge lief ihm entgegen, um das Zaumzeug des Pferds zu ergreifen, und eine Magd, die gerade von den Milchkühen kam und den Hof überquerte, hielt inne, um sich mit einiger Überraschung und Neugier nach seinen Wünschen zu erkundigen, als wären unerwartete Besucher hier eher selten. Was sie vielleicht auch waren, denn das Gutshaus lag abseits der großen Landstraßen, an denen

Reisende für die Nacht vielleicht ein Dach über dem Kopf oder bei ungünstigem Wetter Schutz suchten. Wer hier zu Besuch erschien, kam nicht zufällig, sondern in einer bestimmten Absicht.

Cadfael fragte im Namen des Abts nach Sulien, und sie nickte verständnisvoll und zustimmend. Ihre Höflichkeit entspannte sich zu einem etwas wissenden Lächeln. Natürlich gefällt es dem Mönchsorden nicht, einen jungen Mann ziehen zu lassen, den sie einmal in den Händen gehabt haben, und es lohnt sich vielleicht, so kurze Zeit nach seiner Flucht einen besorgten Besuch zu machen, während das Urteil noch zweifelhaft und unsicher ist. Vielleicht kann Überredungskunst ihn zur Rückkehr bewegen? Etwa solche Gedanken schossen ihr durch den Kopf, wenn auch nachsichtig. Ihr sollte es recht sein. Vielleicht würde sie es auch der übrigen Dienerschaft des Hauses sagen, und Suliens Abreise auf Befehl des Abts würde die Geschichte nur bestätigen, vielleicht sogar neue Zweifel wecken, ob Suliens Entschluß denn wirklich so unumstößlich gewesen war.

»Geht hinein, Sir, Ihr werdet sie im Wintergarten finden. Geht einfach durch, Ihr werdet willkommen sein.«

Sie sah ihn die ersten Treppenstufen zur Eingangstür hinaufgehen, bevor sie sich selbst ins Untergeschoß begab, wo die breiten Türen offenstanden und jemand zu sehen war, der im Keller Fässer rollte und übereinanderstapelte. Cadfael betrat die Halle, die im Gegensatz zu dem Hof draußen im Halbdunkel lag, das wegen des wolkenverhangenen Himmels noch düsterer wirkte, und hielt kurz inne, damit sich seine Augen an die Dunkelheit gewöhnen konnten. Um diese Stunde war das Kaminfeuer gut mit Brennholz bestückt und brannte schon längst, war aber abgedämpft, damit es langsam bis zum Abend weiterbrannte, wenn der gesamte Haushalt sich hier versammeln und sich sowohl an der Wärme wie am Licht erfreuen würde. Im Augenblick war jeder bei der Arbeit oder in Küche und Vorratsräumen beschäftigt, und die Halle war leer. In der fernen Ecke des Raums war der schwere Vorhang jedoch vor einer Tür zur Seite gezogen, und die Tür, die er verbarg, stand halb offen. Cadfael konnte aus dem angrenzenden Raum Stimmen hören, eine davon die eines Mannes, eine junge und angenehm leise Stimme. Eudo oder Sulien? Da war er nicht sicher. Und die der Frau... Nein, die der Frauen, denn es waren zwei, eine davon fest, tief, langsam und klar in ihren Äußerungen, als kostete es Anstrengung, die Worte zu bilden und sie über die Lippen zu bringen; die andere war jung, klar und lieblich und hörte sich erfrischend offen an. Diese Stimme erkannte Cadfael. So weit waren sie also schon gekommen, daß es entweder ihr selbst, den Umständen oder gar dem Schicksal gelungen war, Sulien zu veranlassen, sie in sein Heim zu bringen. Es mußte also Sulien sein, der mit ihr im Wintergarten saß.

Cadfael zog den Vorhang ganz zur Seite und klopfte an die Tür, als er sie weit öffnete und auf der Schwelle innehielt. Die Stimmen waren abrupt verstummt, die von Sulien und Pernel, die ihn sofort erkannt hatten und sich ebenso augenblicklich reserviert verhielten, und die von Lady Donata mit der leicht erschreckten, aber anmutigen Toleranz einer Frau ihres Schlages. Eindringlinge waren hier selten, und wenn jemand kam, dann überraschend, aber ihre beständige, in vielen Stürmen erprobte Würde würde sich nie aus der Fassung bringen lassen.

»Der Friede sei mit euch!« sagte Cadfael. Die Worte waren ihm wie von selbst entschlüpft, denn es war ein üblicher Segensspruch, aber er empfand sofort einen Stich von Schuldgefühl, sie verwendet zu haben, da ihm nur zu bewußt war, daß das, was er den Menschen hier auf Longner brachte, vielleicht alles andere als Frieden sein würde.

»Ich bedaure sehr, Ihr habt mich nicht kommen hören. Man sagte mir, ich sollte zu Euch durchgehen. Darf ich eintreten?«

»Tretet ein und seid herzlich willkommen, Bruder!« erwiderte Donata.

Ihre Stimme hatte fast mehr Fülle als ihre körperliche Hülle, obwohl es sie Mühe und Vorsicht kostete, sie zu gebrauchen. Sie hatte sich auf der breiten Bank an der hinteren Wand unter einer einzigen Fackel niedergelassen, die in der Halterung über ihr einen flackernden Lichtschein verbreitete. Donata lehnte sich gegen Kissen, die behutsam übereinandergetürmt waren, um sie aufrecht zu halten, und ihre Füße ruhten auf einem gepolsterten Hocker. Das schmale Oval ihres Gesichts hatte die durchsichtige bläuliche Farbe von Schatten auf jungfräulichem Schnee und wurde erhellt durch riesige, tief in den Höhlen liegende Augen von dem tiefen, leuchtenden, ins Violette changierenden Blau von Ochsenzungenblüten. Die Hände, die auf den Kissen ruhten, waren so zart wie Spinnweben, und der Leib in ihrem dunklen Gewand und dem brokatenen Bliaut war kaum mehr als Haut und Knochen. Doch sie war immer noch die Herrin hier und wurde dieser Rolle auch gerecht.

»Ihr seid von Shrewsbury hergeritten? Eudo und Jehane wird es leid tun, Euch verpaßt zu haben. Sie sind zu Vater Eadmer nach Atcham geritten. Setzt Euch, Bruder, hier bei mir. Das Licht ist schwach. Ich sehe meinen Besuchern gern ins Gesicht, aber meine Augen sind nicht mehr so scharf wie früher. Sulien, bring unserem Gast einen Trunk Bier. Ich bin überzeugt«, sagte sie und schenkte Cadfael ein dünnes, gefaßtes Lächeln, das den stoischen Ausdruck ihrer Lippen milderte, »daß Euer Besuch in Wahrheit meinem Sohn gilt. Seine Rückkehr hat mir eine weitere Freude gebracht.«

Pernel sagte kein Wort. Sie saß sehr ruhig und still zur Rechten Donatas und sah Cadfael an. Diesem kam es vor, als hätte sie schneller als selbst Sulien gespürt, daß dieser unerwartete Besuch einen tieferen und dunkleren Zweck hatte. Wenn ja, unterdrückte sie, was sie wußte, verhielt sich weiter wie bisher und spielte das ausgeglichene junge Edelfräulein, das einem älteren Menschen gegenüber respektvoll und aufmerksam auftritt. Ein erster Besuch hier? Cadfael glaubte es der leichten Anspannung anzumerken, von der beide junge Leute erfaßt waren.

»Mein Name ist Cadfael. Euer Sohn ist im Kräutergarten der Abtei mein Gehilfe gewesen, solange er bei uns war. Ich habe bedauert, ihn zu verlieren«, sagte Cadfael, »aber es hat mir nicht leid getan, daß er zu dem von ihm erwählten Leben zurückgekehrt ist.«

»Bruder Cadfael war ein angenehmer Meister«, sagte Sulien und reichte ihm den Becher mit einem etwas angestrengten Lächeln.

»Das glaube ich gern«, sagte sie, »nach all dem, was du mir von ihm erzählt hast. Und ich erinnere mich auch an Euch, Bruder, und die Medizin, die Ihr mir vor einigen Jahren gemacht habt. Ihr hattet die Freundlichkeit, Sulien wieder einen kleinen Vorrat mitzugeben, als er Euch besuchte. Er liegt mir dauernd in den Ohren, ich solle ihn nehmen. Aber ich brauche nichts. Wie Ihr seht, wird für mich sehr gut gesorgt, und ich bin recht zufrieden. Ihr solltet die Flasche zurücknehmen. Andere können sie vielleicht besser gebrauchen.«

»Das war einer der Gründe für diesen Besuch«, erwiderte Cadfael, »mich zu erkundigen, ob Euch dieses Medikament wohlgetan hat oder ob es sonst noch etwas gibt, was ich Euch anbieten könnte.«

Sie lächelte ihm offen in die Augen, sagte jedoch nur: »Und der zweite Grund?«

»Der Herr Abt«, sagte Cadfael, »hat mich geschickt, um zu fragen, ob Sulien mit mir zurückreiten und ihn besuchen kann.«

Sulien stand mit einem unergründlichen Gesicht vor ihm, verriet sich aber für eine Sekunde, indem er seine trocken gewordenen Lippen anfeuchtete. »Jetzt?«

»Jetzt.« Das Wort fiel wie ein Peitschenhieb und brauchte etwas Zeit, um voll und ganz erfaßt zu werden. »Er würde es Euch sehr danken.« Zu Donata gewandt, sagte Cadfael: »Er hat Euren Sohn eine Zeitlang angesehen, als wäre es sein eigener. Und er hat ihm dieses väterliche Wohlwollen nicht entzogen. Er würde sich freuen, zu sehen und zu wissen«, sagte er mit Nachdruck und sah Sulien wieder ins Gesicht, »daß mit Euch alles zum besten steht. Nichts wäre uns lieber als das.« Was immer folgen mochte, dies war jedenfalls die Wahrheit. Ob sie darauf hoffen konnten, zu bekommen und zu behalten, was sie wollten, war eine andere Frage.

»Würdet Ihr mir eine Verzögerung von ein oder zwei Stunden erlauben?« fragte Sulien mit fester Stimme. »Ich muß Pernel nach Hause begleiten, nach Withington. Vielleicht sollte ich das als erstes tun.« Was für Cadfael, der zwischen den Zeilen zu lesen wußte, bedeutete: Es kann lange dauern, bevor ich von der Abtei zurückkomme. Vorher sollte ich am besten alles Unerledigte regeln.

»Das ist nicht nötig«, sagte Donata gebieterisch. »Pernel wird über Nacht bei mir bleiben, falls sie so liebenswürdig sein will. Ich werde einen Jungen nach Withington schikken, um ihren Vater wissen zu lassen, daß sie hier bei mir sicher untergebracht ist. Ich habe nicht so viele junge Besucher, daß ich es mir leisten könnte, sie gleich wieder gehen zu lassen. Reite du nur ruhig mit Bruder Cadfael, und bis zu deiner Rückkehr werden wir einander angenehme Gesellschaft leisten.«

246

Diese Äußerung ließ auf den Gesichtern Suliens und Pernels ein wachsames Glitzern aufleuchten. Sie wechselten einen blitzschnellen Blick, worauf Pernel sofort sagte: »Ich würde sehr gern bleiben, wenn Ihr mich wirklich aufnehmen wollt. Gunnild kann sich um die Kinder kümmern, und meine Mutter kann mich bestimmt einen Tag entbehren.«

Ist es möglich, fragte sich Cadfael, daß Donata sich trotz ihrer eigenen schlimmen Lage Gedanken um ihren jüngeren Sohn macht und dieses Zeichen von Interesse an einer passenden jungen Frau begrüßt? Vielleicht wollen auch willensstarke Mütter, die sich mit ihrem langsamen Tod längst abgefunden haben, alle unerledigten Angelegenheiten regeln.

Ihm war soeben aufgegangen, was ihn am meisten an ihr bestürzte. Dieser Feind, der sie dahinsiechen ließ, hatte zwar ihr Haar ergrauen und sie bis auf die Knochen abmagern lassen, es jedoch nicht geschafft, sie alt aussehen zu lassen. Sie wirkte vielmehr wie das zerbrechliche Trugbild eines jungen Mädchens, das schon in der Blüte seiner Jahre verkümmert, das verwittert und verhungert, wenn sich die Knospe gerade entfalten soll. Neben der strahlenden Erscheinung Pernels war sie ein verwehtes Phantom, der Geist eines Kindes. Gleichwohl wäre sie in diesem oder jedem anderen Raum die beherrschende Gestalt.

»Dann werde ich mein Pferd satteln«, sagte Sulien fast so leichthin, als hätte er nichts anderes vor als einen kleinen Ausritt in die Wälder, um Luft zu schnappen. Er bückte sich, um seiner Mutter die eingefallene Wange zu küssen, und sie hob eine Hand, die sich wie das Flattern des filigranen Skeletts eines toten Blatts anfühlte, als sie sein Gesicht berührte. Er sprach kein Wort des Abschieds, weder zu ihr noch zu Pernel. Die Worte hätten ihm leicht entgleiten und eine böse Vorbedeutung erhalten können. Er ging mit raschen Schritten durch die Halle, und Cadfael verabschiedete sich so höflich und unverfänglich, wie es ihm unter den gegebenen Umständen möglich war, und eilte auf den Hof, um sich in den Stall zu Sulien zu begeben.

Sie saßen auf dem Hof auf und ritten Seite an Seite los, ohne daß ein Wort gesprochen wurde, bis sie durch den Waldgürtel trabten.

»Ihr werdet schon gehört haben«, sagte Cadfael dann, »daß Hugh Beringar und sein Aufgebot heute zurückgekommen sind? Ohne Verluste!«

»Ja, das haben wir gehört. Ich habe schon begriffen«, sagte Sulien mit einem schiefen Lächeln, »wessen Stimme es war, die mich rief. Aber es war richtig, den Abt für ihn sprechen zu lassen. Wohin werden wir wirklich reiten? Zur Abtei oder zum Schloß?«

»Zur Abtei. Das zumindest entsprach den Tatsachen. Sagt mir, wieviel weiß sie *tatsächlich*?«

»Meine Mutter? Nichts. Nichts von Mord, nichts von Gunnild, Britric oder Rualds Fegefeuer. Sie weiß nicht, daß euer Pflüger auf Land, das einst uns gehört hat, die Leiche einer Frau zutage gefördert hat. Eudo hat ihr mit keinem Wort davon erzählt, und andere auch nicht. Ihr habt sie ja gesehen«, sagte Sulien einfach. »In ihrer Nähe ist keine Menschenseele, die es zulassen würde, daß ihre Bürde auch nur durch einen einzigen Kummer, und sei er noch so klein, noch schwerer gemacht wird. Ich wollte Euch dafür danken, daß Ihr die gleiche Rücksicht gezeigt habt.«

»Wenn sich das aufrechterhalten läßt«, bemerkte Cadfael, »wird es geschehen. Aber um die Wahrheit zu sagen, bin ich mir nicht sicher, daß Ihr ihr überhaupt einen Dienst erwiesen habt. Habt Ihr je daran gedacht, daß sie vielleicht stärker ist als jeder von euch? Und daß sie am Ende vielleicht doch alles erfahren muß, was ihren Kummer nur verschlimmern könnte?«

Sulien ritt eine Zeitlang schweigend neben ihm her. Er reckte den Kopf in die Höhe, blickte starr geradeaus, und sein Profil, das sich deutlich vor dem offenen Himmel mit seinen schweren Wolken abzeichnete, wirkte blaß und hatte die Starrheit einer Maske. Noch ein Stoiker, der viel von seiner Mutter in sich hatte.

»Was ich am meisten bereue«, sagte er schließlich mit Nachdruck, »ist, daß ich mich Pernel genähert habe. Ich hatte kein Recht dazu. Hugh Beringar hätte Gunnild irgendwann auch so gefunden, und sie hätte sich gemeldet, wenn sie erfahren hätte, wie wichtig es ist, auch ohne meine Einmischung. Und jetzt seht Euch an, was für ein Unheil ich angerichtet habe!«

»Ich bin der Meinung«, sagte Cadfael mit achtungsvoller Behutsamkeit, »daß die junge Dame dabei eine genauso große Rolle gespielt hat wie Ihr. Und ich möchte bezweifeln, daß sie es bedauert.«

Sulien ritt vor seinem Begleiter in die Furt hinein, so daß das Wasser um die Hufe seines Pferdes aufspritzte. Seine Stimme drang klar und entschlossen zu Cadfael. »Vielleicht gibt es eine Möglichkeit wiedergutzumachen, was wir getan haben. Und was meine Mutter betrifft, ja, da habe ich das Ende schon bedacht. Selbst dafür habe ich Vorsorge getroffen.«

ZWÖLFTES KAPITEL

Nach dem Abendgebet hatten sich alle vier im Empfangszimmer des Abts versammelt. Die Fensterläden waren zugezogen, und die Tür war fest gegen die Außenwelt verschlossen. Sie mußten noch auf Hugh warten. Er mußte sich um seine Garnison kümmern, hatte ausgehobene Truppen, die soeben aus dem Lehnsdienst entlassen worden waren, zu bezahlen und zu ihren Familien nach Hause zu schicken, mußte darauf achten, daß ein paar Verwundete angemessen versorgt wurden, und erst da konnte er steifbeinig auf seinem eigenen Hof absitzen, Frau und Sohn umarmen, sich seiner schmutzigen Reisekleidung entledigen und an der eigenen Tafel wieder zu Atem kommen. Die weitere Befragung eines zweifelhaften Zeugen, dessen Glaubwürdigkeit inzwischen ohnehin nicht mehr sehr groß war, konnte jetzt getrost noch ein paar Stunden warten.

Doch nach dem Abendgebet erschien er, gelöst und erfrischt, aber erschöpft. Er legte an der Tür seinen Umhang ab und erwies dem Abt seine Reverenz. Radulfus schloß die Tür, und es folgte ein kurzes, aber intensives Schweigen. Sulien saß reglos und stumm auf der an der Wandtäfelung befestigten Bank. Cadfael hatte sich in die Ecke neben dem verschlossenen Fenster zurückgezogen.

»Ich muß Euch dafür danken, Vater«, sagte Hugh, »daß Ihr uns diesen Treffpunkt zur Verfügung gestellt habt. Es hätte mir sehr leid getan, der Familie auf Longner lästig zu fallen, und schließlich interessiert auch Ihr Euch für diese Angelegenheit, und Euer Wunsch nach Aufklärung ist genauso gerechtfertigt wie meiner.«

»Wir haben alle ein Interesse an Wahrheit und Gerechtigkeit, denke ich«, sagte der Abt. »Überdies kann ich mich nicht all meiner Verantwortung für einen Sohn entledigen, nur weil er in die Welt hinausgegangen ist. Wie Sulien wohl weiß. Verfahrt, wie Ihr es für richtig haltet, Hugh.«

Er hatte hinter seinem Schreibtisch, von dem jetzt alle Pergamente und Angelegenheiten des Tages weggeräumt waren, neben sich für Hugh Platz gemacht. Hugh akzeptierte den ihm angewiesenen Platz und setzte sich mit einem tiefen Seufzer hin. Er war immer noch verkrampft von dem langen Sitzen im Sattel und hatte frisch verheilte Schürfwunden, die allmählich verschorften, hatte seinen Trupp jedoch von den Fens intakt zurückgebracht, und das war Leistung genug. Was er sonst noch mitgebracht hatte, wollte er nun sorgfältig untersuchen, und diese drei Männer, mit denen er jetzt zusammensaß, würden es gleich erfahren.

»Sulien, ich brauche weder Euch noch diese Männer, die Zeugen waren, an die Aussage zu erinnern, die Ihr in der Frage des Rings von Rualds Frau gemacht habt, nämlich wie Ihr ihn in der Werkstatt von John Hinde in Priestgate in Peterborough in die Hand bekommen habt. Ich habe nach dem Namen und Ort gefragt, und Ihr habt es mir gesagt. Von Cambridge aus, wo wir aus dem Dienst entlassen wurden, habe ich mich nach Peterborough begeben. Priestgate habe ich gefunden. Die Werkstatt habe ich gefunden. John Hinde habe ich gefunden. Ich habe mit ihm gesprochen, Sulien, und werde Euch seine Aussage so wiedergeben, wie ich sie von ihm gehört habe. Ja«, sagte Hugh bedächtig, wobei sein Blick auf Suliens kreideweißem, aber gefaßtem Gesicht ruhte, »Hinde erinnert sich sehr gut an

Euch. Ihr seid mit dem Namen von Abt Walter, der Euch empfahl, zu ihm gekommen, und er hat Euch für eine Nacht bei sich aufgenommen und dafür gesorgt, daß Ihr Euch am nächsten Tag auf den Heimweg begabt. Das ist wahr. Das bestätigt er.«

Als Cadfael sich ins Gedächtnis zurückrief, wie bereitwillig Sulien den Namen des Silberschmieds und den Ort genannt hatte, in dem seine Werkstatt zu finden war, hatte er kaum Zweifel am Wahrheitsgehalt dieses Teils der Geschichte gehabt. Damals war es auch nicht als wahrscheinlich erschienen, daß der Rest je geprüft werden würde. Aber Suliens Entschlossenheit ließ sein Gesicht auch weiterhin so ausdruckslos wie Marmor erscheinen, und sein Blick verließ Hughs Gesicht nicht für eine Sekunde.

»Doch als ich ihn nach dem Ring fragte, stellte er mir die Gegenfrage, was für ein Ring? Und als ich ihn ihm beschrieb, erklärte er kategorisch, einen solchen Ring nie gesehen und von einer Frau, wie ich sie beschrieb, weder ihn noch sonst etwas gekauft zu haben. Eine angeblich erst so kurz zurückliegende Transaktion hätte er unmöglich vergessen können, selbst wenn er nicht so sorgfältig Buch führen würde, was er aber tut. Er hat Euch nie den Ring gegeben, weil er ihn nie besessen hat. Was Ihr uns erzählt habt, war ein reines Lügengewebe.«

Jetzt senkte sich das Schweigen wie ein Felsblock auf den Raum und schien an Suliens gefaßter Reglosigkeit innezuhalten. Er sprach nicht und senkte auch nicht den Blick. Nur das kleine Zucken von Radulfus' muskulöser Hand auf dem Schreibtisch brach die Spannung im Raum. Was Cadfael von dem Augenblick an vorausgesehen hatte, als er die Vorladung des Abts überbrachte und den Gesichtsausdruck von Sulien beobachtete, war für Radulfus ein Schock. Es gab nicht viele Spielarten menschlichen Verhaltens, denen er in seinem Leben noch nicht begegnet war. Er hatte Lügner gekannt und war mit ihnen fertig geworden, ohne überrascht zu werden, aber dies hatte er nicht erwartet.

»Trotzdem habt Ihr uns den Ring gezeigt«, fuhr Hugh unbeirrt fort, »und Ruald hat ihn erkannt und als den seiner Frau bezeichnet. Ihr habt ihn nicht von dem Silberschmied erhalten. Wie ist er dann in Eure Hände gelangt? Eine von Euch erzählte Geschichte hat sich als falsch erwiesen. Jetzt habt Ihr Gelegenheit, eine neue und wahrere zu erzählen. Nicht allen Lügnern wird diese Gnade zuteil. Jetzt sagt, was Ihr zu sagen habt.«

Sulien öffnete die Lippen mit größter Mühe wie jemand, der einen Schlüssel in einem Schloß dreht, das nicht reagieren will.

»Ich besaß den Ring schon«, sagte er. »Generys hat ihn mir gegeben. Ich habe dem Herrn Abt schon erzählt und erzähle es Euch jetzt auch, daß ich ihr mein ganzes Leben lang in tiefer Zuneigung zugetan gewesen, die sogar tiefer war, als mir selbst bewußt war. Selbst als ich zum Mann heranreifte, habe ich nie verstanden, wie diese Zuneigung sich veränderte, bis Ruald sie verließ. Ihr Zorn und ihr Kummer ließen es mich verstehen. Was sie bewegte, weiß ich kaum. Vielleicht wollte sie sich an allen Männern rächen, sogar an mir. Sie hat mich angenommen und benutzt. Und sie hat mir den Ring gegeben. Es hat nicht lange gedauert«, sagte er ohne Bitterkeit. »Ich war ein grüner Junge und konnte ihr nicht genügen. Ich war nicht Ruald und auch nicht bedeutend genug, um Ruald auszustechen.«

In seiner Wortwahl, dachte Cadfael, liegt etwas Seltsames. Manchmal hört es sich an, als würde das Blut der Leidenschaft in seinen Worten pulsieren, und andere lassen etwas von distanzierter Behutsamkeit ahnen, wirken gemessen und konstruiert. Vielleicht hatte Radulfus das gleiche Unbehagen gespürt, denn diesmal ergriff er das Wort und verlangte ungeduldig nach einfacheren Worten.

»Willst du damit sagen, mein Sohn, daß du der Geliebte dieser Frau warst?«

»Nein«, entgegnete Sulien. »Ich sage nur, daß ich sie liebte und daß sie mir erlaubte, sie ein wenig in ihrem Kummer zu trösten, als sie ihn am nötigsten hatte. Falls meine Pein der ihren Linderung gebracht hat, dann ist diese Zeit nicht verschwendet gewesen. Wenn Ihr meint, ob sie mich je in ihr Bett gelassen hat, nein, das hat sie nie getan, und darum habe ich weder gebeten noch darauf gehofft. So hoch waren meine Bedeutung und meine Nützlichkeit nie.«

»Und als sie verschwand«, hakte Hugh mit unerbittlicher Geduld weiter nach, »was habt Ihr davon gewußt?«

»Nichts, nicht mehr als jeder andere.«

»Was ist Eurer Meinung nach aus ihr geworden?«

»Meine Zeit«, erwiderte Sulien, »war da schon vorbei. Sie war meiner überdrüssig geworden. Ich glaubte damals, was alle Welt glaubte, daß sie ihre Wurzeln hier herausriß und von dem Ort flüchtete, der für sie verabscheuungswürdig geworden war.«

»Mit einem anderen Geliebten?« fragte Hugh in gleichmütigem Ton. »Die Welt glaubte es.«

»Mit einem Geliebten oder allein. Woher sollte ich das wissen?«

»Wahrlich! Ihr wußtet nicht mehr als jeder andere Mann. Doch als Ihr wieder herkamt und hörtet, wir hätten auf dem Töpferacker die Leiche einer Frau gefunden, wußtet Ihr, daß sie es sein mußte.«

»Ich wußte«, entgegnete Sulien mit schmerzhafter Sorgfalt, »daß allgemein angenommen wurde, daß sie es sein müsse. Ich wußte nicht, daß sie es war.«

»Wieder wahr! Ihr hattet kein geheimes Wissen, und so

konntet Ihr auch nicht wissen, daß es *nicht* Generys war. Trotzdem habt Ihr es sofort für nötig gehalten, Eure Lügengeschichte zu erfinden und den Ring zu zeigen, den sie Euch angeblich gegeben hatte, um, wie Ihr jetzt sagt, zu beweisen, daß sie noch am Leben war, weit genug weg, um eine Bestätigung zu erschweren und um Ruald von dem Schatten des Verdachts zu befreien. Ohne jede Achtung vor seiner Schuld oder Unschuld, denn dem Bericht zufolge, den Ihr jetzt von Euch gebt, habt Ihr nicht gewußt, ob sie noch lebte oder tot war oder ob er sie getötet hatte oder nicht.«

»Nein!« widersprach Sulien mit einem so plötzlichen Anflug von Energie und Entrüstung, daß sein angespannter Körper von der Wandtäfelung vorstürzte. »Das habe ich gewußt, weil ich ihn kenne. Es ist unvorstellbar, daß er ihr je ein Leid hätte antun können. Dieser Mann ist einfach nicht zu einem Mord fähig.«

»Glücklich der Mann, dessen Freunde seiner so sicher sein können!« bemerkte Hugh trocken. »Nun gut, erzählt weiter, was dann geschah. Wir hatten damals keinen Anlaß, Euer Wort anzuzweifeln; Ihr hattet doch bewiesen, nicht wahr, daß Generys noch lebte? Deshalb haben wir uns nach anderen Möglichkeiten umgesehen und eine zweite Frau gefunden, die sich oft in dieser Gegend aufgehalten hatte und seit einiger Zeit nicht mehr gesehen worden war. Und siehe, schon wieder ist Eure Hand dabei, die Dinge zurecht-zubiegen. Von dem Augenblick an, in dem Ihr von der Festnahme des Hausierers erfuhrt, begannt Ihr mit der Jagd nach einem Gutshaus, in dem die Frau vielleicht für den Winter Unterschlupf gefunden hatte, wo jemand vielleicht in der Lage war zu bezeugen, daß sie nach der Trennung von Britric noch am Leben war. Ich bezweifle, daß Ihr erwartet habt, sie dort noch vorzufinden, bin aber sicher, daß Ihr darüber froh wart. Es bedeutete nämlich, daß Ihr nicht in Erscheinung zu treten brauchtet, da sie sich allein melden konnte, nachdem sie erfahren hatte, ein Mann werde beschuldigt, sie ermordet zu haben. Zweimal, Sulien? Zweimal sollen wir akzeptieren, daß Euer Fingerzeig so etwas ist wie ein Fingerzeig Gottes, obwohl Ihr uns kein überzeugenderes Motiv bieten könnt als reine Gerechtigkeitsliebe? Da Ihr so unfehlbar bewiesen hattet, daß die tote Frau nicht Generys sein konnte, wie konntet Ihr da so sicher sein, daß es nicht Gunnild war? Zwei solche wundersamen Rettungen sind zuviel, um daran zu glauben. Gunnilds Überleben wurde bewiesen. Sie erschien, sie sprach, sie war ohne jeden Zweifel Fleisch und Blut. Doch für das Leben von Generys hatten wir nur Euer Wort. Und Euer Wort hat sich als falsch erwiesen. Ich denke, wir brauchen nicht weiter nach einem Namen für die Frau zu suchen, die wir gefunden haben. Ihr habt ihr einen Namen gegeben, indem Ihr ihr den einen verweigert habt.«

Sulien preßte die Lippen aufeinander und biß die Zähne zusammen, als würde er nie mehr ein Wort äußern. Es war zu spät, es mit weiteren Lügen zu versuchen.

»Ich glaube«, sagte Hugh, »daß Ihr keinen Augenblick an ihrem Namen gezweifelt habt, als Ihr davon erfuhrt, was der Pflug der Abtei aus der Erde geholt hatte. Ich glaube, Ihr wußtet sehr genau, daß sie dort lag. Und Ihr wart so gut wie überzeugt, daß Ruald nicht ihr Mörder war. Oh, das kann ich mir vorstellen! Eine Gewißheit, Sulien, zu der nur Gott berechtigt sein kann, der allein alle Dinge mit Sicherheit weiß. Nur Gott und Ihr, denn Ihr wußtet nur zu gut, wer der Mörder war.«

»Kind«, ließ sich Radulfus in dem langandauernden Schweigen vernehmen, »wenn du eine Antwort darauf hast, dann sprich jetzt. Wenn Schuld auf deiner Seele lastet, dann gib deine Verstocktheit auf und gestehe. Wenn nicht, sag uns, wie deine Antwort lautet, denn du hast dir diesen

Verdacht selbst zuzuschreiben. Es spricht für dich, daß du es anscheinend nicht zulassen willst, daß ein anderer Mann, ob nun ein Freund oder ein Fremder, die Bürde eines Verbrechens tragen soll, das er nicht zu verantworten hat. Das erwarte ich auch von dir. Aber Lügen sind unwürdig, sogar in einem solchen Fall. Es ist bei weitem besser, alle anderen von jedem Verdacht zu befreien und rundheraus zu sagen: Ich bin der Mann, ihr braucht nicht weiter zu suchen.«

Wieder senkte sich eine Stille auf die kleine Versammlung, und diesmal dauerte sie sogar noch länger, so daß Cadfael diese extreme Stille im Raum als ein Gewicht empfand, das auf seinem Körper lastete und ihm das Atmen schwer machte. Draußen vor dem Fenster senkte sich die Abenddämmerung wie eine dünne, tiefhängende, formlose Wolke auf das Land, und ein bleifarbenes Grau entzog der Welt alle Farbe. Sulien saß reglos und zog die Schultern zurück, um zu spüren, wie die feste Wand ihn stützte, die Augenlider halb über das matte Blau seiner Augen gesenkt. Nach einer langen Zeit bewegte er sich und hob beide Hände, um sich mit steifen Fingern die Wangen einzudrükken, als hätte die Verzweiflung, die ihn befallen hatte, selbst sein Fleisch verkrampfen lassen, als müßte er die lähmende Kühle loswerden, bevor er sprechen konnte. Doch als er schließlich sprach, tat er es mit einer leisen, vernünftigen und überzeugenden Stimme, hob den Kopf und trat Hugh mit der Gefaßtheit eines Mannes entgegen, der zu einem Entschluß und einer Haltung gekommen ist, von denen er sich nicht leicht wieder abbringen lassen will.

»Nun gut! Ich habe gelogen und immer wieder gelogen, und ich liebe Lügen nicht mehr als Ihr, mein Herr. Wenn ich mit Euch aber eine Abmachung treffe, schwöre ich, sie getreulich zu halten. Ich habe bis jetzt noch nichts gestanden. Aber unter bestimmten Bedingungen werde ich Euch einen Mord gestehen!«

»Bedingungen?« sagte Hugh und hob die schwarzen Augenbrauen halb ärgerlich, halb amüsiert.

»Diese Bedingungen sollen dem, was mit mir geschehen kann, keinesfalls Grenzen setzen«, fuhr Sulien so sanft fort, als setzte er sich für eine vernünftige Sache ein, der kein verständiger Mensch seine Zustimmung versagen konnte, sobald er von ihr erfahren hatte. »Ich will nur eins: daß meine Mutter und meine Familie durch mich weder Unehre noch Schande erleiden. Warum sollten wir keine Abmachung treffen, auch wenn es um Leben und Tod geht, wenn dadurch all jene geschont werden können, die keine Schuld trifft, und nur der Schuldige vernichtet wird?«

»Ihr bietet mir ein Geständnis an«, sagte Hugh, »und erwartet als Gegenleistung, daß wir die ganze Angelegenheit mit dem Mantel der Nächstenliebe zudecken?«

Der Abt war aufgesprungen und hob eine Hand zum Zeichen seines entrüsteten Protests. »Wenn es um Mord geht, kann es keinen Handel geben. Zieh dich jetzt zurück, mein Sohn, denn du fügst deinem Verbrechen noch eine Beleidigung hinzu.«

»Nein«, sagte Hugh, »laßt ihn sprechen. Jeder Mann verdient, daß man ihn anhört. Fahrt fort, Sulien. Was bietet Ihr an, und worum bittet Ihr?«

»Etwas, was sich sehr einfach machen läßt. Ihr habt mich hierher kommen lassen, an den Ort, an dem ich meiner Berufung entsagt habe«, begann Sulien mit der gleichen gemessenen und überzeugenden Stimme. »Wäre es so sonderbar, wenn ich mich erneut darauf besinne und als Büßender zu meiner Berufung zurückkehre? Ich bin sicher, daß Vater Abt mich zurückgewinnen könnte, wenn er es versucht.« Radulfus runzelte in diesem Moment in beherrschter Mißbilligung die Stirn, jedoch nicht wegen des Mißbrauchs seines Einflusses und seines Amts, sondern wegen des Tonfalls verzweifelnder Leichtfertigkeit, der sich jetzt in der Stimme des jungen Mannes bemerkbar machte. »Meine Mutter ist auf den Tod erkrankt«, sagte Sulien, »und mein Bruder trägt einen angesehenen Namen wie unser Vater vor uns, hat eine Frau und ein Kind, das nächstes Jahr zur Welt kommt, und er hat keinem Menschen ein Unrecht angetan und weiß auch von keinem. Laßt diese Menschen um Gottes willen in Frieden, laßt ihnen ihren guten Namen und sorgt dafür, daß ihr Ruf so unbefleckt bleibt, wie er immer gewesen ist. Laßt sie wissen, daß ich meinen Widerruf bereut habe und in den Orden zurückgekehrt bin, und sagt ihnen, daß man mich von hier weggeschickt hat, um Abt Walter aufzusuchen, wo immer er sich jetzt aufhalten mag, um mich seiner Disziplin zu unterwerfen und meine Rückkehr in den Orden zu verdienen. Er würde mich nicht ablehnen, und sie werden es glauben können. Die Ordensregel erlaubt es dem Verirrten, zurückzukehren und selbst ein drittes Mal akzeptiert zu werden. Tut das für mich, und ich werde euch einen Mord gestehen.«

»Als Gegenleistung für Euer Geständnis«, sagte Hugh und gebot dem Abt mit einer warnenden Handbewegung zu schweigen, »soll ich Euch also laufen lassen, aber ins Kloster zurückschicken?«

»Das habe ich nicht gesagt. Ich habe nur gesagt, laßt sie das glauben. Nein, bitte, tut dies für mich«, sagte Sulien, der jetzt bleicher war als sein Hemd, in vollem Ernst. »Und ich werde jede Todesart auf mich nehmen, die Ihr für mich wählt, und dann könnt Ihr mich irgendwo in der Erde verscharren und vergessen.«

»Ohne daß Euch der Prozeß gemacht wird?«

»Was soll ich mit einem Prozeß? Ich wünsche, daß man sie in Ruhe läßt, daß sie nichts erfahren. Ein Leben ist eine gerechte Buße für ein anderes. Welchen Unterschied macht es dann, ob man etwas in Worte kleidet?«

Das war schändlich, und nur ein zutiefst verzweifelter Sünder hätte es gewagt, Hugh so etwas zu bieten, einem Mann, der sein Amt fest in der Hand hatte und es gewissenhaft, wenn auch gelegentlich etwas unorthodox ausübte. Doch Hugh blieb immer noch ruhig und wehrte den Abt mit einem Seitenblick aus seinen schwarzen Augen ab. Er tippte mit den Fingerspitzen seiner langen Hand auf den Tisch, als dächte er ernsthaft nach. Cadfael ahnte, was er vorhatte, konnte aber nicht erraten, wie er es anfangen würde. Eins war jedenfalls gewiß: Ein so schändlicher Handel war völlig unannehmbar. Es war undenkbar, einen Mann kaltblütig und insgeheim einfach auszulöschen, ob er ein Mörder war oder nicht. Nur ein unerfahrener junger Mann, der nicht mehr ein noch aus wußte, hatte einen solchen Vorschlag überhaupt machen oder auch nur wünschen können, daß man ihn ernst nahm. Das hatte er also damit gemeint, als er sagte, er habe Vorsorge getroffen. Diese Kinder, dachte Cadfael mit aufbrausender Entrüstung über diese Erkenntnis, wie können sie es wagen, ihren Vorfahren mit so fehlgeleiteter Verehrung eine solche Beleidigung und ein solches Verbrechen anzutun? Und sich selbst so bitter zu schaden!

»Ihr interessiert mich, Sulien«, sagte Hugh schließlich und sah ihm über den Schreibtisch hinweg in die Augen. »Ich muß aber noch mehr über diesen Tod erfahren, bevor ich Euch antworten kann. Es gibt Einzelheiten, die das Böse vielleicht verringern. Ich würde sie Euch sowohl um Eures wie auch meines Seelenfriedens willen gern anrechnen, was immer danach geschehen mag.«

»Ich vermag nicht zu sehen, daß das nötig ist«, entgegnete Sulien erschöpft, aber resigniert.

»Vieles hängt davon ab, wie sich dieser Tod ereignete«, beharrte Hugh. »Hat es einen Streit gegeben? Bei dem sie Euch abwies und beschämte? War es vielleicht bloß ein unglücklicher Zufall, ein Kampf und dann ein Sturz? Wir wissen nämlich durch die Art ihrer Beerdigung dort unter den Büschen neben Rualds Garten . . .« Bei diesen Worten verstummte er, denn Sulien war plötzlich erstarrt, drehte den Kopf zur Seite und fixierte ihn. »Was ist?«

»Ihr seid verwirrt oder versucht, mich zu verwirren«, sagte Sulien, der sich erneut in die Apathie der Erschöpfung zurückzog. »Da war es nicht, das müßt Ihr doch wissen. Es war unter dem Brombeergestrüpp oben am Knick.«

»Ach ja, das hatte ich vergessen. Es ist seitdem so viel geschehen, und ich war nicht dabei, als das Pflügen begann. Ich wollte gerade sagen, daß wir wissen, daß Ihr sie mit so etwas wie Achtung, Bedauern und Reue in die Erde gelegt habt. Und Ihr habt mit ihr ein Kreuz begraben. Ein einfaches Silberkreuz«, sagte Hugh. »Wir haben es weder zu Euch noch einem anderen zurückverfolgen können, aber es lag da.«

Sulien sah ihn fest an und erhob keine Einwände.

»Das bringt mich zu der Frage«, fuhr Hugh behutsam fort, »ob das Ganze nicht einfach ein unglücklicher Zufall war, eine Katastrophe, die nicht beabsichtigt war. Das kann leicht passieren. Es kommt zu einem Kampf, die Frau versucht zu flüchten, ein zorniger Schlag, ein Sturz, dann ist der Schädel einer Frau gebrochen, so wie bei unserer Toten. Andere Knochen waren bei ihr nicht gebrochen, nur der Schädel. Also sagt uns, Sulien, wie es zu all dem gekommen ist, denn das mag Euch in gewisser Weise entlasten.«

Sulien war zu einer marmornen Blässe erbleicht und widersetzte sich ihm mit traurigem und erschöpftem Gesicht. Dann stieß er zwischen den Zähnen hervor: »Ich habe Euch alles erzählt, was Ihr wissen müßt. Jetzt sage ich kein Wort mehr.«

»Nur«, sagte Hugh und stand abrupt auf, als hätte er die Geduld verloren, »ich würde sagen, es ist genug. Vater, ich habe draußen zwei Bogenschützen mit Pferden. Ich schlage vor, den Gefangenen bis auf weiteres im Schloß bewachen zu lassen, bis ich mehr Zeit habe, mit der Vernehmung fortzufahren. Dürfen meine Männer hereinkommen und ihn holen? Sie haben ihre Waffen am Tor abgegeben.«

Der Abt hatte die ganze Zeit stumm dagesessen, war aber allem, was gesagt worden war, sehr aufmerksam gefolgt, und dem intelligenten Blick seiner schmalen Augenschlitze in dem strengen Gesicht war anzusehen, daß ihm von der Bedeutung des Gesagten nichts entgangen war. Jetzt sagte er: »Ja, ruft sie herein.« Und als Hugh zur Tür ging und den Raum verließ, zu Sulien gewandt: »Mein Sohn, wie viele Lügen man uns auch auftischen mag, denn wir glauben, daß du uns anlügst, am Ende gibt es nur einen Ausweg: die Wahrheit. Das ist der einzige Weg, der nicht böse sein kann.«

Sulien wandte den Kopf ab, und der Kerzenschein erfaßte und erhellte das abgestumpfte Blau seiner Augen und die erschöpfte Blässe seines Gesichts. Er öffnete mit Mühe die Lippen. »Vater, werdet Ihr meine Mutter und meinen Bruder in Eure Gebete einschließen?«

»Immer«, erwiderte Radulfus.

»Und die Seele meines Vaters?«

»Und die deine.«

Hugh erschien wieder an der Tür. Die beiden Bogenschützen der Garnison folgten ihm auf den Fersen, und Sulien stand unaufgefordert mit erleichterter Bereitwilligkeit von der Bank auf und ging zwischen den beiden hinaus, ohne noch ein Wort zu sagen oder sich umzublicken. Hugh schloß die Tür hinter ihm.

»Ihr habt gehört«, sagte Hugh. »Was er wußte, hat er bereitwillig zugegeben. Als ich ihn in die Irre führte, wußte er, daß er seine Behauptung nicht mehr aufrechterhalten konnte, und wollte gar nicht mehr antworten. Er ist dort gewesen, ja, und hat auch gesehen, wie sie begraben wurde. Aber er hat sie weder getötet noch begraben.«

»Mir war klar«, sagte der Abt, »daß Ihr ihn zu Dingen hingeführt habt, die ihn verraten hätten . . .«

»Die ihn verraten haben«, unterbrach Hugh.

»Aber da ich nicht alle Einzelheiten kenne, kann ich nicht genau ausmachen, was Ihr aus ihm herausbekommen habt. Da ist natürlich einmal die Frage, wo genau sie gefunden wurde. Das habe ich verstanden. Er hat Euch korrigiert. Das war etwas, was er wußte, und es bestätigt seine Geschichte. Ja, er war ein Zeuge.«

»Aber kein Mittäter und nicht einmal ein Zeuge, der alles aus der Nähe mitangesehen hat«, sagte Cadfael. »Er befand sich nicht nahe genug, um das Kreuz zu sehen, das ihr auf die Brust gelegt wurde, denn es war nicht aus Silber, sondern in aller Hast aus zwei Stöckchen von den Büschen zusammengesetzt worden. Nein, er hat sie weder begraben noch getötet, denn wenn er es getan hätte, hätte er uns bei seiner Neigung, die Schuld auf sich zu nehmen, wegen ihrer Verletzungen korrigiert – oder wegen des Fehlens von Verletzungen. Ihr wißt ebensogut wie ich, daß man ihr nicht den Schädel eingeschlagen hat. Sie wies keine erkennbaren Anzeichen einer Verletzung auf. Wenn Sulien gewußt hätte, wie sie gestorben ist, hätte er es uns gesagt. Er wußte es aber nicht und war zu klug, sich auf Vermutungen einzulassen. Vielleicht ist ihm sogar aufgegangen, daß Hugh ihm Fallen stellte. Da zog er es vor zu schweigen. Was man nicht sagt, kann einen nicht verraten. Aber bei den Augen, die der Junge im Kopf hat, kann nicht einmal das Schweigen ihn beschützen. Dieser Junge ist durchsichtig wie Kristall.«

»Ich bin sicher«, sagte Hugh, »daß er vor Liebe zu dieser Frau ganz krank gewesen ist. Das ist die Wahrheit. Er liebte

sie blind, ohne nachzudenken, seit seiner Kindheit. Wie
eine Schwester oder ein Kindermädchen. Schon das bloße
Mitgefühl und der Zorn, die er um ihretwillen empfand, als
sie verlassen wurde, muß die Fesseln der männlichen Leidenschaft in ihm gesprengt haben. Es dürfte wahr sein,
denke ich, daß sie sich damals auf ihn stützte und ihm
Grund zu der Annahme gab, sie habe ihn erwählt, obwohl
sie ihn in Wahrheit nur als einen Jungen sah, ein Kind, dem
sie zugetan war und das ihr den Trost eines Kindes bot.«
    »Stimmt es auch«, fragte der Abt, »daß sie ihm den Ring
gegeben hat?«
    Diesmal war es Cadfael, der sofort sagte: »Nein.«
    »Ich hatte noch meine Zweifel«, sagte Radulfus sanft,
»aber du sagst nein?«
    »Eins hat mir immer Kopfzerbrechen bereitet«, sagte
Cadfael, »nämlich wie er zu dem Ring gekommen ist. Wie
Ihr Euch erinnern werdet, kam er zu Euch, Vater, um die
Erlaubnis zu erbitten, sein Elternhaus zu besuchen. Er blieb
mit Eurer Erlaubnis dort über Nacht und gab uns nach
seiner Rückkehr zu verstehen, er habe erst während dieses
Besuchs von seinem Bruder erfahren, daß man die Leiche
der Frau gefunden habe und welchen verständlichen Verdacht das auf Ruald lenke. Und dann zeigte er uns den Ring
und erzählte seine Geschichte, an der zu zweifeln wir
damals keinen Grund hatten. Ich glaube aber, daß er schon
von dem Fall erfahren hatte, bevor er zu Euch kam, um
Euch um Eure Einwilligung zum Besuch seines Elternhau-
ses zu bitten. Das war nämlich genau der Grund, weshalb
sein Besuch auf Longner notwendig wurde. Er mußte nach
Hause, weil sich der Ring dort befand, und er mußte ihn in
die Hand bekommen, bevor er sich zur Verteidigung
Rualds äußern konnte. Und zwar mit Lügen, denn es war
unmöglich, die Wahrheit zu sagen. Wir können jetzt sicher
sein, daß der arme Junge wußte, wer Generys begraben

hatte und wo. Weshalb hätte er sonst in ein fernes Kloster flüchten sollen, so weit weg von einem Ort, an dem er es nicht länger aushalten würde?«

»Wir kommen nicht darum herum«, sagte Radulfus nachdenklich. »Er beschützt einen anderen. Einen Menschen, der ihm nahesteht und teuer ist. Seine ganze Sorge gilt seiner Familie und der Ehre seines Hauses. Kann es sein Bruder sein?«

Hugh sagte: »Nein. Eudo scheint der einzige Mensch zu sein, der aus der Sache heraus ist. Was immer auf dem Töpferacker geschehen ist, auf Eudo ist nicht einmal ein Schatten davon gefallen. Er ist glücklich und hat, von der Sorge um seine Mutter abgesehen, keinen Kummer, ist mit einer liebenswürdigen Frau verheiratet und blickt voller Hoffnung der Geburt eines Sohnes entgegen. Mehr noch, sein Denken ist von der Sorge um sein Gut erfüllt, um die Arbeit seiner Hände und die Früchte seines Bodens, und er blickt nur selten auf die dunklen Dinge hinab, die weniger schlichten Menschen zu schaffen machen. Nein, Eudo können wir vergessen.«

»Es waren zwei Eudos«, sagte Cadfael leise, »die nach Generys' Verschwinden von Longner flüchteten. Der eine ging ins Kloster, der andere begab sich aufs Schlachtfeld.«

»Sein Vater!« sagte Radulfus und überlegte einen Augenblick lang schweigend. »Ein Mann von hervorragendem Ruf, ein Held, der in der Nachhut des Königs bei Wilton kämpfte und dort starb. Ja, ich kann mir vorstellen, daß Sulien lieber sein Leben opfern würde als zu erleben, daß dieser Ruf beschmutzt und befleckt wird. Um seiner Mutter, seines Bruders und der Zukunft von dessen Söhnen willen nicht weniger als wegen des Andenkens an seinen Vater. Aber natürlich«, fügte er schlicht hinzu, »können wir es dabei nicht bewenden lassen. Was sollen wir jetzt also tun?«

Cadfael hatte sich das gleiche gefragt, seit Hughs Fall-stricke selbst einen hartnäckigen Schweiger wie Sulien dazu brachten, sich so beredsam zu äußern, und zur Gewißheit werden ließen, was Cadfael schon immer im Kopf herum-gespukt war. Sulien besaß ein Wissen, das ihn nieder-drückte, als wäre er schuldig, obwohl er an keiner eigenen Schuld trug. Er wußte nur, was er gesehen hatte. Aber wieviel hatte er gesehen? Den Tod nicht, denn sonst hätte er jedes bestätigende Detail als Beweis gegen sich selbst ange-boten. Nur die Beerdigung. Ein Junge in der Agonie seiner ersten unerfüllbaren Liebe, der in einen Kummer und einen Zorn hineingezogen worden war, der alles andere zu ver-schlingen drohte, ein Junge, der dann aber fallengelassen wurde, vielleicht aus keinem schlimmeren Grund, als daß Generys ihm sehr zugetan gewesen war und verhindern wollte, daß er von ihrem Feuer noch mehr verbrannt und verstümmelt wurde, als er schon war, oder weil vielleicht schon ein anderer seinen Platz eingenommen hatte, den es unwiderstehlich zu der gleichen Glut hinzog, so daß eine Enttäuschung unentrinnbar mit der anderen verwoben war. Denn Donata wußte schon seit mehreren Jahren nur zu gut um ihren unentrinnbaren Tod, und Eudo Blount, ein leidenschaftlicher und feuriger Mann in der Blüte seiner Jahre, war ebenso viele Jahre gezwungen gewesen, so zöli-batär zu leben wie je ein Priester oder Mönch. Zwei ausge-hungerte Geschöpfe wurden gesättigt. Und ein gepeinigter Junge ertappte sie, vielleicht nur einmal, vielleicht mehr-mals, in jedem Fall aber einmal zuviel, seiner Qual durch seine Eifersucht auf einen Rivalen, den er nicht einmal hassen konnte, weil er ihn verehrte, immer neue Nahrung gebend.

Es war vorstellbar. Es war wahrscheinlich. Und wie erfolgreich waren Vater und Sohn bei ihren Versuchen gewesen, ihre beiderseitige und wechselseitig zerstörerische Obsession zu verbergen? Und wieviel hatten andere in jenem Haus von der Gefahr geahnt?

Ja, so konnte es gewesen sein. Denn Generys war, wie alle Welt sagte, eine sehr schöne Frau gewesen.

»Ich glaube«, sagte Cadfael, »daß ich mit Eurer Erlaubnis, Vater, noch einmal nach Longner muß.«

»Nicht nötig«, sagte Hugh zerstreut. »Wir könnten die Dame zwar nicht die ganze Nacht ohne Nachricht lassen, aber ich habe einen Mann von der Garnison hingeschickt.«

»Der ihr nichts weiter sagen soll, als daß er über Nacht hierbleibt? Hugh, wir haben die ganze Zeit den großen Fehler gemacht, ihr nur ein paar unverfängliche Halbwahrheiten zu erzählen, um sie zufriedenzustellen, damit sie nicht neugierig wird. Oder, schlimmer noch, ihr gar nichts zu erzählen. Solche Torheiten werden im Namen des Mitgefühls begangen! Wir müssen diesen oder jenen Ärger von ihr fernhalten! Um ihren Mut und ihre Kraft und ihren Willen auszuhungern, bis sie zu einem schwachen Abglanz dessen wurde, was sie einmal aufbieten konnte, so wie die Krankheit ihren Körper zerfressen hat. Wenn sie sie so gekannt und geachtet hätten, wie sie es hätten tun sollen, hätte sie ihnen die Hälfte der Bürde abnehmen können. Wenn sie nicht einmal vor dem Ungeheuer Angst hat, mit dem sie ihr Leben teilt, gibt es nichts, wovor sie sich fürchten kann. Es ist nur natürlich«, sagte er in bedauerndem Ton, »daß das Menschenkind das Gefühl hat, Schild und Schwert seiner Mutter zu sein, aber es erweist ihr keinen Dienst damit. Das habe ich ihm gesagt, als wir kamen. Ihr wäre es viel lieber, einen vollen Überblick zu haben, um ihren Willen zu bekommen und ihre Ziele zu verfolgen und ihm Schild und Schwert zu sein, ob er es versteht oder nicht. Um so besser, wenn er es nicht versteht.«

»Du meinst«, sagte Radulfus und sah ihn schwermütig an, »sie sollte es erfahren?«

»Ich meine, daß sie schon längst alles hätte erfahren müssen, was es in dieser Sache zu sagen gibt. Ich glaube, man sollte es ihr selbst jetzt noch sagen. Aber ich kann es nicht tun oder es zulassen, wenn ich es verhindern kann. Ich habe ihm nun einmal allzu leichtfertig versprochen, daß wir ihr die Wahrheit vorenthalten würden, wenn es sich noch machen ließe. Nun, wenn Ihr es auf morgen verschieben wollt, dann sei es. Es ist jetzt natürlich zu spät, sie zu stören. Aber wenn Ihr erlaubt, Vater, werde ich morgen früh hinreiten.«

»Wenn du es für notwendig hältst«, sagte der Abt, »dann geh nur. Wenn es möglich ist, ihr ihren Sohn wiederzugeben, ohne allzuviel Unheil anzurichten und das Andenken an ihren Mann für sie zu erhalten, ohne daß etwas Unehrenhaftes bekannt wird, um so besser.«

»Eine Nacht«, sagte Hugh mild und stand auf, als sich Cadfael erhob, »kann an den Dingen selbst aber nichts ändern. Wenn sie diese ganze Zeit in glücklicher Unwissenheit gelebt hat und heute abend in der Annahme zu Bett geht, Sulien sei hier von dem Herrn Abt ohne den Schatten eines Verdachts festgehalten worden, kannst du sie getrost ihrer Ruhe überlassen. Wir werden noch Zeit haben zu überlegen, wieviel sie wissen muß, wenn wir Sulien die Wahrheit entlockt haben. Es muß nicht tödlich ausgehen. Was für einen Sinn hätte es jetzt, den Namen eines toten Mannes zu verdunkeln?«

Das war vernünftig genug, doch Cadfael schüttelte selbst wegen dieser wenigen Stunden Verzögerung zweifelnd den Kopf. »Dennoch, gehen muß ich. Ich muß ein Versprechen halten. Und mir ist etwas zu spät aufgegangen, daß dort jemand ist, der keine Versprechungen gemacht hat.«

DREIZEHNTES KAPITEL

Cadfael machte sich mit Anbruch der Morgendämmerung auf den Weg und ließ sich mit dem Ritt Zeit, da es keinen Sinn hatte, in Longner anzukommen, bevor alle im Haus aufgestanden waren. Überdies war er froh, langsam zu reiten und Zeit zum Nachdenken zu finden, obwohl dieses ihn nicht sehr weit brachte. Er wußte kaum, ob er hoffen sollte, alles so vorzufinden, wie er es verlassen hatte, als er mit Sulien wegritt, oder eher daß er an diesem Morgen entdecken würde, daß dieser unter Eid schon allem abgeschworen hatte, womit über Nacht die Geheimhaltung weggewischt worden wäre. Schlimmstenfalls befand sich Sulien zumindest nicht in Gefahr. Sie hatten sich darauf geeinigt, daß der Junge nur die Wahrheit unterdrückt hatte und sich sonst nichts hatte zuschulden kommen lassen, und wenn die Schuld tatsächlich bei einem inzwischen verstorbenen Mann lag – welches Bedürfnis bestand dann noch, seinen Makel der Welt bekanntzumachen? Die Tat war jetzt sowohl Hughs Zuständigkeit als auch der König Stephens entzogen, und wenn dieser Fall vor Gericht verhandelt wurde, waren keine Anwälte nötig. Alles, was sich an Anschuldigungen oder mildernden Umständen vorbringen ließ, war dem Richter bereits bekannt.

Alles, was wir brauchen, dachte Cadfael, ist also etwas Einfallsreichtum, wenn wir uns mit Suliens Gewissen beschäftigen, und überdies müssen wir die Wahrheit ein

269

wenig manipulieren, wenn wir den Fall allmählich ad acta legen, und die Dame braucht nie mehr oder Schlimmeres zu erfahren, als sie gestern wußte. Zu gegebener Zeit würde der Klatsch der Affäre überdrüssig werden und sich der nächsten kleinen Krise oder dem nächsten Skandal in der Stadt zuwenden. Irgendwann werden sie endlich auch vergessen, daß ihre Neugier nie befriedigt und kein Mörder je zur Rechenschaft gezogen wurde.

Und genau damit, erkannte er, geriet er unweigerlich mit seiner unbefriedigten Sehnsucht nach der Wahrheit in Konflikt; diese sollte zwar nicht der Allgemeinheit zugänglich gemacht, doch zumindest ans Licht gebracht, erkannt und bestätigt werden. Wie konnte es sonst eine wirkliche Versöhnung mit Leben und Tod und den Sakramenten Gottes geben?

Unterdessen ritt Cadfael durch einen frühen Morgen, der wie jeder andere Novembermorgen war, trübe, windstill und ruhig; das Grün der Felder war inzwischen etwas ausgebleicht und verdorrt, das Filigran der Bäume der Hälfte seines Laubs beraubt, die Oberfläche des Flusses war eher bleigrau als silbern und wurde nur an einigen Stellen gekräuselt, wo die Strömung schneller war. Die Vögel waren jedoch schon munter und sangen eifrig und laut; sie waren Herren ihrer eigenen kleinen Reiche und zwitscherten ihre Rechte und Privilegien herausfordernd zur Abwehr von Eindringlingen hinaus.

Cadfael verließ die Landstraße bei Saint Giles und ritt auf dem sanft ansteigenden, hochliegenden Pfad, der teils Wiese, teils Heide mit vereinzelten Bäumen war und den zur Fähre hin ansteigenden Hang überquerte. All der Lärm und die Geschäftigkeit des erwachenden Foregate-Viertels, das Ächzen und Rattern der Karren, das Gebell der Hunde und das Gewirr vieler Stimmen, verstummten allmählich hinter ihm, und die Brise, die zwischen den Häusern kaum

wahrnehmbar gewesen war, hatte sich zu einem spürbaren
Wind aufgefrischt. Cadfael überquerte den Hügelkamm
mit den ihn säumenden Bäumen und sah auf die geschwungene Kurve des Flusses und das auf der anderen Seite scharf
ansteigende Ufer und die dahinterliegenden Wiesen hinunter. Und dann zog er plötzlich scharf die Zügel an und
starrte erstaunt und leicht konsterniert auf das Floß des
Fährmanns hinunter, das in der Flußmitte angelangt war.
Die Entfernung war nicht so groß, daß er nicht klar hätte
sehen können, welche Fracht es an das diesseitige Ufer
brachte.

Eine schmale Tragbahre auf vier kurzen, stämmigen Beinen stand genau in der Mitte des Floßes, um während der
Überfahrt möglichst wenig erschüttert zu werden. Eine
leinene Zeltbahn schützte das Kopfende vor Wind und
Wetter, und auf einer Seite stand ein kräftig gebauter Reitknecht, auf der anderen, in einem braunen Umhang und
mit entblößtem Kopf, eine junge Frau, deren rotbraunes
Haar von der Brise zersaust wurde. Am hinteren Ende des
Floßes, wo der Fährmann seine Ladung mit einer Schiffer-
stange durch die friedlichen Wasser stakte, hielt der zweite
Träger ein geschecktes kleines Pferd am Zaum, das mit
unerschütterlichem Gleichmut hinterherschwamm. Tatsächlich brauchte der Schecke nur in der Flußmitte zu
schwimmen, denn der Wasserstand war hier noch recht
niedrig. Die Träger hätten ebensogut Knechte aus irgendeinem Haus der Gegend sein können, doch das Mädchen dort
war unverkennbar. Und wen würde man wohl bei erträgli-
chem Wetter auf Tragbahren über ein paar Meilen hinweg
tragen, wenn nicht die Kranken, Alten, Versehrten oder
Toten?

So früh es auch war, er hatte seinen Ritt zu spät angetre-
ten. Frau Donata hatte ihren Wintergarten verlassen, ihre
Halle, hatte sogar, und Gott allein mochte wissen aus wel-

chen Gründen, ihren fürsorglichen und besorgten Sohn verlassen und erschien jetzt, um selbst herauszufinden, was Abt und Sheriff in Shrewsbury mit ihrem zweiten Sohn Sulien vorhatten.

Cadfael trieb sein Maultier mit einem behutsamen Schenkeldruck durch die Bäume und ritt langsam den langen Abhang des Pfads hinunter, um sie zu begrüßen, als der Fährmann sein Floß mit geübter Hand an das sandige Ufer gleiten ließ.

Pernel überließ es den Trägern, das Pferd auf das Ufer zu führen und die Tragbahre sicher an Land zu tragen, und rannte Cadfael entgegen, als er absaß. Die frische Luft, ihre Eile und die unvermutete Aufregung dieser noch viel unvermuteteren Expedition hatten ihre Wangen gerötet. Sie ergriff ihn besorgt, aber resolut am Ärmel und sah ihm ernst ins Gesicht.

»Sie hat es befohlen! Sie weiß, was sie tut! Warum konnten sie es nie verstehen? Habt Ihr gewußt, daß man ihr nie etwas von dieser ganzen Angelegenheit erzählt hat? Der ganze Haushalt... Eudo hätte sie auch weiterhin im dunkeln tappen lassen, behütet und in Daunen gewickelt. Sie alle haben nur getan, was er wollte. Alles aus Zärtlichkeit, aber was soll sie mit Zärtlichkeit anfangen? Cadfael, außer Euch und mir hat sich niemand frei gefühlt, ihr die Wahrheit zu sagen.«

»Ich habe mich nicht frei gefühlt«, entgegnete Cadfael kurz. »Ich habe dem Jungen versprochen, sein Schweigen zu respektieren, so wie sie es alle getan haben.«

»*Respektieren!*« hauchte Pernel verwundert. »Und wo ist der Respekt vor ihr geblieben? Ich habe sie erst gestern kennengelernt, und es kommt mir vor, als würde ich sie besser kennen als all die, die sich jeden Tag von morgens bis abends mit ihr unter einem Dach bewegen. Ihr habt sie doch gesehen! Nichts als eine Handvoll zarter Knochen mit Schmerz als Fleisch und Mut als Haut. Wie kann es ein Mann nur wagen, sie anzusehen und dann von einer Sache zu sagen, wie erschreckend sie auch immer sein mag: Das dürfen wir ihr nicht zu Ohren kommen lassen, *sie könnte es nicht ertragen!*«

»Ich habe Euch verstanden«, sagte Cadfael und ging auf den sandigen Uferstreifen zu, wohin die Träger die Tragbahre gebracht hatten. »Ihr wart immer noch frei, als einzige.«

«Eine genügt! Ja, ich habe es ihr erzählt, alles, was ich weiß, doch da ist noch mehr, wovon ich nichts weiß, und sie will alles erfahren. Sie hat jetzt ein Ziel, einen Grund zum Leben, einen Grund, sich so wie jetzt aus dem Haus zu begeben. Für wie verrückt Ihr das auch halten mögt – es ist immer noch besser, als zu Hause zu sitzen und auf den Tod zu warten.«

Eine dünne Hand zog den Leinenvorhang zur Seite, als Cadfael sich zum Kopfende der Tragbahre hinunterbeugte. Die Liegefläche war aus Hanf geflochten, so daß sie bei jeder Bewegung nachgab und zudem wenig wog. Darauf ruhte Donata, in übereinandergelegte Decken und Kissen gehüllt. So mußte sie auch schon vor einem Jahr und noch früher gereist sein, als sie ihre letzten Ausflüge in die Welt außerhalb von Longner gemacht hatte. Was sie jetzt ertragen mußte, konnte man kaum ermessen. Unter der leinenen Zeltbahn war ihr ausgezehrtes Gesicht zu sehen. Es war wächsern und verhärmt. Ihre Lippen schimmerten blaugrau und waren fest aufeinandergepreßt, so daß sie sie nur mit Mühe öffnen konnte, um zu sprechen. Ihre Stimme war jedoch noch immer klar und hatte nichts von ihrer höflichen, aber stählernen Autorität verloren.

»Wolltet Ihr mich besuchen, Bruder Cadfael? Pernel vermutete, Ihr hättet etwas auf Longner zu erledigen. Ihr könnt Euch die Mühe sparen. Ich bin auf dem Weg zur Abtei. Soviel ich weiß, hat sich mein Sohn in Dinge verwickelt, die sowohl für den Herrn Abt als auch für den Sheriff von Bedeutung sind. Ich glaube in der Lage zu sein, alles zu klären und Rechenschaft abzulegen.«

»Ich werde gern mit Euch zurückreiten«, sagte Cadfael, »und Euch zu Diensten sein, wo ich nur kann.«

Es hatte jetzt keinen Sinn, zur Vorsicht zu mahnen und ihr gut zuzureden, ebensowenig, sie zur Rückkehr zu bewegen oder zu fragen, wie sie der besorgten Obhut Eudos und seiner Frau entronnen war, um diese Reise zu unternehmen. Ihr grimmig entschlossener Gesichtsausdruck sprach für sich. Sie wußte, was sie tat, und kein Schmerz und kein Risiko hätte sie abschrecken können. Unstetige Energie war in ihr aufgeflammt wie in einem frisch geschürten Feuer. Und genau das war sie, ein frisch geschürtes Feuer, das zu lange zu Resignation abgedämpft worden war.

»Dann reitet vor, Bruder«, sagte sie, »wenn Ihr so gut sein wollt, und fragt Hugh Beringar, ob er uns in der Wohnung des Abts treffen will. Wir werden auf der Straße langsamer vorankommen, so daß Ihr und er vielleicht vor uns da sein werdet. Aber nicht mein Sohn«, fügte sie hinzu. Sie hob bei diesen Worten leicht den Kopf, und in ihren Augen war ein kurzes tiefes Funkeln zu sehen. »Laßt ihn in Ruhe! Es ist besser, denke ich, daß die Toten ihre Sünden auf sich nehmen und sie nicht den Lebenden aufbürden.«

»Das ist besser«, bestätigte Cadfael. »Eine schuldenfreie Erbschaft ist angenehmer.«

»Gut!« sagte sie. »Was es zwischen meinem Sohn und mir zu regeln gibt, kann auf sich beruhen, bis die richtige Zeit gekommen ist. Ich werde mich damit befassen. Niemand sonst braucht sich die Mühe zu machen.«

Einer ihrer Träger war gerade dabei, den Sattel des Pferdes trockenzureiben und die durchnäßten Flanken abzuwischen, damit Pernel wieder aufsitzen konnte. Im Schritttempo würden sie noch eine Stunde bis zur Ankunft brauchen. Donata war gefaßt und still wieder auf die Kissen gesunken, und die fleischlosen Züge ihres Gesichts waren würdevoll und zu stoischem Erdulden erstarrt. Selbst auf ihrem Totenbett würde sie vielleicht so aussehen und sich trotzdem kein einziges Stöhnen entschlüpfen lassen. Wenn sie tot war, würde alle Anspannung wie weggewischt sein, so sicher wie das Hinstreichen einer Hand die Augen für immer schließt.

Cadfael bestieg sein Maultier und ritt den Hang hinauf, um dem Foregate und der Stadt zuzustreben.

»Sie *weiß* es?« sagte Hugh mit fassungslosem Erstaunen. »Das einzige, worauf Eudo von dem Tag an bestand, an dem ich ihn das erste Mal aufsuchte; der einzige Mensch, den er um keinen Preis in eine so finstere Angelegenheit hineinziehen wollte! Und das letzte, was du selbst sagtest, als wir gestern abend auseinandergingen, war, du hättest geschworen, ihr dieses ganze Gestrüpp vorzuenthalten. Und jetzt hast du es ihr *erzählt*?«

»Ich nicht«, entgegnete Cadfael. »Aber sie weiß Bescheid, ja. Sie hat es von Frau zu Frau gehört. Und sie ist jetzt zu der Wohnung des Abts unterwegs, um das, was sie zu sagen hat, sowohl der geistlichen wie der weltlichen Gewalt gegenüber zu erklären, damit sie es nur einmal sagen muß.«

»In Gottes Namen«, verlangte Hugh mit offenem Mund zu wissen, »wie ist sie bloß auf die Idee gekommen, diese Reise zu unternehmen? Als ich vor nicht allzu langer Zeit bei ihr war, erschöpfte sie jede Handbewegung. Sie war seit Monaten nicht mehr aus dem Haus gewesen.«

»Damals hatte sie keinen zwingenden Grund«, sagte

Cadfael. »Jetzt hat sie einen. Sie hatte keinen Grund, gegen die Fürsorge und die Besorgtheit anzukämpfen, die sie ihr aufdrängten. Jetzt hat sie einen. Ihr Wille zeigt keinerlei Anzeichen von Schwäche. Sie haben sie diese paar Meilen auf einer Tragbahre hergebracht, was sie einiges gekostet hat, ich weiß, aber sie wollte es nicht anders haben, und mir würde es jedenfalls nicht einfallen, es ihr zu verweigern.«

»Mit einer solchen Anstrengung«, sagte Hugh, »kann sie sich leicht den Tod geholt haben.«

»Und wäre es ein so schlechtes Ende, wenn es so käme?«

Hugh warf ihm einen langen, nachdenklichen Blick zu und vermochte es nicht zu leugnen.

»Was hat sie dir denn gesagt, um ein solches Wagnis zu rechtfertigen?«

»Bis jetzt hat sie nur erklärt, die Toten sollten ihre Sünden selbst tragen und sie den Lebenden nicht als Erbschaft hinterlassen.«

»Das ist mehr, als wir aus dem Jungen herausbekommen haben«, bemerkte Hugh. »Nun, soll er ruhig noch eine Weile dasitzen und nachdenken. Er mußte den Ruf seines Vaters retten, und sie will ihren Sohn retten. Während unterdessen Söhne und Gesinde und alle anderen sehr wohlwollend und eifrig damit beschäftigt gewesen sind, sie zu retten. Wenn sie jetzt die Musik macht, bekommen wir vielleicht ein anderes Lied zu hören. Warte einen Moment, Cadfael, und entschuldige mich bei Aline, während ich mein Pferd sattele.«

Sie hatten die Brücke erreicht und ritten so langsam, daß es den Anschein hatte, als wollten sie ihre Ankunft bei dieser Konferenz noch etwas hinauszögern, um noch einmal über alles nachzudenken, als Hugh sagte: »Und sie will nicht, daß Sulien dabei ist und alles anhört?«

»Nein. Sie hat ganz entschieden erklärt: Nicht mein

Sohn! Was zwischen ihnen zu klären sei, sagte sie, habe Zeit, bis die Zeit reif sei. Bei Eudo weiß sie, daß sie ihn jederzeit in der Hand hat und ihm auftischen kann, was sie will, solange wir nichts sagen. Und was hat es für einen Sinn, die Verbrechen eines toten Mannes an die große Glocke zu hängen? Er kann nicht mehr zur Rechenschaft gezogen werden, und die Lebenden sollten es nicht.«

»Aber Sulien kann sie nicht täuschen. Er hat das Begräbnis mitangesehen. Er weiß Bescheid. Was kann sie anderes tun, als ihm die Wahrheit zu sagen? Die ganze Wahrheit, denn die halbe kennt er schon.«

Erst jetzt kam es Cadfael in den Sinn, sich zu fragen, ob sie oder auch nur Sulien die Hälfte davon kannten. Sie waren ihrer Sache sehr sicher, weil sie glaubten, jede andere Möglichkeit ausgeschlossen zu haben, als wäre das, was sie übriggelassen hatten, unweigerlich die Wahrheit. Doch jetzt meldete sich der Zweifel, der bislang abseits gewartet hatte, urplötzlich als eine Welt unbedachter Möglichkeiten, und noch soviel Nachdenken konnte nicht alle davon ausschließen. Wieviel von dem, was selbst Sulien wußte, war gar nicht Wissen, sondern Vermutung? Wieviel von dem, was er gesehen zu haben glaubte, war nicht Augenschein, sondern Illusion?

Auf dem Hof vor dem Stall der Abtei saßen sie ab und zeigten sich an der Tür des Abts.

Es war schon hoher Vormittag, als sie sich schließlich im Empfangszimmer des Abts versammelten. Hugh hatte am Torhaus auf Donata gewartet, um sicherzustellen, daß man sie sofort über den großen Hof direkt zur Tür von Radulfus' Wohnung trug. Seine Besorgtheit erinnerte sie vielleicht an Eudo, denn als er sie zwischen den herbstlich kahlen Beeten im Garten des Abts geleitete, ließ sie sich das mit einem feinen, schmallippigen, aber nachsichtigen Lächeln gefallen und ertrug die überbesorgten Aufmerksamkeiten von Jugend und Gesundheit mit der mühsam erlernten Geduld, die Alter und Krankheit sie gelehrt hatten. Sie ließ es zu, daß er sie am Arm durch den Vorraum führte, in dem normalerweise Bruder Vitalis, der Kaplan und Sekretär, zu dieser Stunde gearbeitet hätte, und Abt Radulfus ergriff ihre Hand auf der anderen Seite und führte sie zu einem für sie vorbereiteten bequem gepolsterten Platz, auf dem sie sich mit dem Rücken gegen die Wandtäfelung lehnen konnte.

Cadfael, der dieser umständlichen Zeremonie zusah, ohne den Versuch zu machen, sich daran zu beteiligen, dachte, daß sie etwas von der Inthronisierung einer Herrscherin an sich hatte. Vielleicht amüsierte es sie insgeheim sogar. Die Privilegien ihrer tödlichen Krankheit waren ihr fast aufgezwungen worden, und was sie darüber dachte, würde vielleicht nie jemand erfahren. Gewiß war nur, daß sie eine unzerstörbare Würde besaß sowie ein großes und nachsichtiges Verständnis für die Besorgtheit und selbst das Unbehagen, das sie bei anderen auslöste und so gnädig ertragen mußte. Mit ihrer für diesen Anlaß, der für sie sowohl eine Prüfung als auch einen Höflichkeitsbesuch darstellte, sorgfältig ausgewählten Kleidung legte sie sogar eine spröde und bewundernswerte Eleganz an den Tag. Ihr Gewand war so tiefblau wie ihre Augen und wie diese ein wenig verblaßt, und das ärmellose und bis zu den Hüften ausgeschnittene Bliaut, das sie darüber trug, war von dem gleichen Blau und an den Säumen in Rosa und Silber bestickt. Die Weiße ihrer leinenen Guimpe ließ ihre abgemagerten Wangen in dem mittäglichen Licht in einem durchsichtigen Grau erscheinen.

Pernel war ihr schweigend in den Vorraum gefolgt, betrat aber nicht das Empfangszimmer. Sie stand mit ihren goldbraunen, runden und ernst dreinblickenden Augen in der Tür.

»Pernel Otmere ist so liebenswürdig gewesen, mich den ganzen Weg zu begleiten«, sagte Donata, »und ich bin ihr dafür mehr als dankbar, aber man sollte sie nicht der Ermüdung aussetzen, der langen Konferenz beizuwohnen, die ich Euch, wie ich fürchte, wohl aufzwingen muß, meine Herren. Wenn ich als erstes fragen darf... wo befindet sich mein Sohn jetzt?«

»Er ist im Schloß«, erwiderte Hugh einfach.

»Hinter Schloß und Riegel?« fragte sie unverblümt, aber ohne Vorwurf oder Erregung. »Oder steht er unter Arrest?«

»Er darf sich auf dem Schloßgelände frei bewegen«, sagte Hugh, fügte aber kein weiteres aufklärendes Wort hinzu.

»Hugh, könntet Ihr dann so freundlich sein, Pernel mit einer Art Vollmacht auszustatten, die ihr Zutritt zu ihm verschafft, dann könnten die beiden die Zeit gemeinsam angenehmer verbringen als getrennt, während wir beraten? Ohne daß ich damit irgendwelchen Dingen vorgreifen will«, sagte sie sanft, »die Ihr für später vielleicht geplant habt.«

Cadfael sah, wie Hughs schwarze Augenbrauen verräterisch zuckten und sich anerkennend hoben, und dankte Gott inbrünstig für ein Verständnis, das zwischen zwei so verschiedenen Menschen höchst selten ist.

»Ich werde ihr meinen Handschuh geben«, sagte Hugh und warf einen scharfen, anerkennenden Seitenblick auf das stumm dastehende Mädchen in der Tür. »Niemand wird dieses Zeichen in Zweifel ziehen, mehr ist nicht nötig.« Dann ging er zu Pernel, nahm sie bei der Hand und verließ mit ihr den Raum.

Sie hatten diese Pläne natürlich schon am Vorabend oder an diesem Morgen im Wintergarten von Longner geschmiedet, wo die Wahrheit ans Licht gekommen war, soweit sie bekannt war, oder frühmorgens auf dem Ritt hierher, bevor sie überhaupt die Fähre über den Severn erreichten, wo Cadfael sie getroffen hatte. Eine Verschwörung unter Frauen, ausgeheckt in der Halle von Eudos Gutshaus, die einerseits Eudos Rechte und Bedürfnisse ebenso angemessen berücksichtigte wie die zufriedene Schwangerschaft seiner Frau, andererseits aber auch Pernel Otmeres entschlossene Suche nach einer Wahrheit nährte und förderte, die Sulien Blount von jeder Heimsuchung und jeder ritterlichen Last befreien würde, die ihn niederdrückte. Die junge Frau und die alte − alt nicht an Jahren, nur in der Geschwindigkeit, mit der sie sich dem Tod näherte − waren zusammengekommen wie Magnetit und Metall, um ihre eigene Gerechtigkeit zu schmieden.

Hugh kehrte mit einem Lächeln in den Raum zurück, obwohl dieses Lächeln nur für Cadfael sichtbar war. Gleichwohl war es etwas gequält, denn auch er war auf der Suche nach einer Wahrheit, die vielleicht nicht die von Pernel war. Er schloß die Tür gegen die Außenwelt.

»Und nun, Madame, wie können wir Euch zu Diensten sein?«

Donata hatte sich bequem in einer reglosen Haltung zurechtgesetzt, die sich über eine längere Besprechung hinweg aufrechterhalten ließ. Ohne ihren Umhang wirkte sie so zart von Gestalt, daß es den Anschein hatte, als könnte ein Mann sie mit den Händen umfassen.

»Ich muß Euch dafür danken, meine Herren«, sagte sie, »daß Ihr mir diese Audienz gewährt habt. Ich hätte schon früher darum bitten sollen, aber ich habe erst gestern von dieser Angelegenheit erfahren, die Euch beiden schon so lange zusetzt. Meine Familie ist allzusehr um mich besorgt und hatte die Absicht, mir alles Wissen zu ersparen, das mir Kummer bereiten könnte. Ein Fehler! Nichts bereitet mir mehr Kummer, als so spät herauszufinden, daß diejenigen, die um mich herum Lebensumstände verändern, um mir

Schmerz zu ersparen, selbst Tag und Nacht gelitten haben. Und das so unnötig, denn es hat nichts genützt. Ihr müßt mir doch darin recht geben, daß es eine Schmach ist, von Menschen beschützt zu werden, von denen man sehr wohl weiß, daß sie selbst schutzbedürftiger sind, als man je gewesen ist oder sein wird. Dennoch, es ist ein Fehler, der aus Zuneigung begangen wurde. Ich kann mich nicht darüber beklagen. Aber ich brauche ihn nicht länger zu ertragen. Pernel hat die Vernunft besessen, mir zu erzählen, was mir sonst niemand erzählen wollte. Es gibt jedoch noch immer Dinge, die ich nicht weiß, da sie sie selbst noch nicht wußte. Erlaubt Ihr mir zu fragen?«

»Fragt, was immer Ihr wollt«, erwiderte der Abt. »Laßt Euch Zeit damit, und sagt uns, wenn Ihr Ruhe braucht.«

»Wahrlich«, sagte Donata, »jetzt ist keine Eile mehr nötig. Die Toten sind vor jeder Verfolgung sicher, und die noch Lebenden, die in diesen Wirrwarr verwickelt sind, sind ebenfalls sicher, wie ich hoffe. Ich habe erfahren, daß mein Sohn Sulien Euch Grund zu der Annahme gegeben hat, er trage die Schuld an diesem Todesfall, über den hier gerichtet werden soll. Steht er immer noch unter Verdacht?«

»Nein«, erwiderte Hugh ohne Zögern. »Gewiß nicht unter dem Verdacht, einen Mord begangen zu haben. Obwohl er gesagt hat und daran festhält und sich nicht davon abbringen lassen will, er sei bereit, einen Mord zu gestehen. Und, falls nötig, dafür zu sterben.«

Donata nickte langsam mit dem Kopf. Diese Neuigkeit schien sie nicht zu überraschen. Die steifen Falten ihres Leinengewands raschelten leise an ihren Wangen. »Das habe ich mir fast schon gedacht. Als Bruder Cadfael ihn gestern aufsuchen wollte, wußte ich noch nichts, was mich hätte zweifeln oder Fragen stellen lassen können. Ich dachte, alles sei so, wie es zu sein schien, und daß Ihr, Vater, immer noch einige Zweifel hättet, ob er nicht eine falsche Entscheidung getroffen habe und vielleicht doch den Rat erhalten solle, noch einmal über die Aufgabe seiner Berufung nachzudenken. Doch als Pernel mir erzählte, wie Generys gefunden worden ist und wie mein Sohn es unternommen hat, Ruald von jedem Makel zu befreien, indem er bewies, daß es sich nicht um Generys handeln könne... Und wie er sich dann erneut die größte Mühe gab, diese Frau Gunnild zu suchen und lebend zu finden... Da ging mir auf, daß er einen unvermeidlichen Verdacht auf sich gelenkt hatte, nämlich als ein Mann, der viel zuviel weiß. So viel vergebliche Mühe. Wenn ich nur davon gewußt hätte! Und er war bereit, diese Last auf sich zu nehmen? Nun, wie es den Anschein hat, habt Ihr diesen Vorwand auch ohne meine Hilfe durchschaut. Gehe ich recht in der Annahme, Hugh, daß Ihr in Peterborough gewesen seid? Wie wir hörten, seid Ihr erst vor kurzem aus den Fens zurückgekommen, und da Sulien so unmittelbar nach Eurer Rückkehr herzitiert wurde, mußte ich daraus den Schluß ziehen, daß es da eine Verbindung gibt.«

»Ja«, gab Hugh zu, »ich bin nach Peterborough geritten.«

»Und Ihr habt herausgefunden, daß er gelogen hatte?«

»Ja, das hatte er. Der Silberschmied hat ihn zwar über Nacht bei sich aufgenommen, das ist richtig, aber er hat ihm nie den Ring gegeben, diesen nie gesehen und von Generys nie etwas gekauft. Ja, Sulien hat gelogen.«

»Und gestern? Was hat er Euch gestern erzählt, nachdem er bei seinen Lügen ertappt worden war?«

»Er sagte, er habe den Ring die ganze Zeit in seinem Besitz gehabt, und Generys habe ihn ihm gegeben.«

»Eine Lüge gebiert die nächste«, sagte sie mit einem tiefen Seufzen. »Er hatte das Gefühl, gute Gründe dafür zu haben, aber kein Grund ist je gut genug. Lügen bringen am

Ende immer Kummer. Ich kann Euch sagen, woher er den Ring hat. Er nahm ihn aus einer kleinen Schachtel, die ich in meinem Wäscheschrank aufbewahre. Es liegen noch ein paar andere Dinge darin, eine Nadel zum Befestigen eines Umhangs, ein einfacher silberner Halsring, ein Band... Alles Kleinigkeiten, aber man hätte sie erkennen und ihr so einen Namen geben können, selbst nach Jahren noch.«

»Wollte Ihr etwa sagen«, fragte Radulfus, der dem leisen, distanzierten Tonfall der Stimme, die solche Dinge äußerte, ungläubig gelauscht hatte, »daß diese Dinge der toten Frau weggenommen wurden? Daß sie tatsächlich Generys ist, Rualds Frau?«

»Ja, es ist wirklich Generys. Ich hätte es sofort sagen können, wenn mich jemand gefragt hätte. Ich hätte auch sofort ihren Namen genannt. Ich pflege nicht zu lügen. Ja, der Schmuck gehörte ihr.«

»Es ist eine schreckliche Sünde«, ließ sich der Abt ernst vernehmen, »von den Toten zu stehlen.«

»Diese Absicht hat nie bestanden«, entgegnete sie mit unerschütterlicher Ruhe. »Aber ohne diese Dinge wäre schon nach kurzer Zeit niemand mehr in der Lage gewesen, sie zu benennen. Wie Ihr erfahren habt, ist niemand dazu in der Lage gewesen. Aber es war nicht meine Entscheidung, ich wäre nicht so weit gegangen. Ich glaube, daß Sulien die Schachtel gefunden haben muß, als er nach Wilton den Leichnam meines Gemahls von Salisbury nach Hause brachte und wir ihn begruben und all seine Angelegenheiten und Schulden regelten. Er kannte den Ring. Als er seinen Beweis brauchte, um zu zeigen, daß sie noch lebte, kam er nach Hause und nahm ihn an sich. Sonst hat niemand ihre Habseligkeiten getragen oder angerührt. Sie befinden sich einfach in sicherem Gewahrsam. Ich bin gern bereit, sie Euch oder jedem anderen zu übergeben, der ein Recht darauf hat. Bis gestern abend hatte ich die Schachtel nicht mehr geöffnet, seit ich sie in meinen Wäscheschrank gelegt. Ich wußte nicht, was er getan hatte. Eudo auch nicht. Er weiß nichts von dieser Sache. Und soll auch nie etwas davon erfahren.«

Aus seiner geschützten Ecke, aus der er beobachten konnte, ohne sich beteiligen zu müssen, ließ sich Cadfael zum ersten Mal vernehmen. »Ich denke auch, daß Ihr vielleicht noch nicht alles über Euren Sohn Sulien wißt, was Ihr zu wissen wünscht. Erinnert Euch an die Zeit, in der Ruald in dieses Haus eintrat, nachdem er seine Frau verlassen hatte. Wieviel wußtet Ihr von dem, was damals in Sulien vorging? Habt Ihr gewußt, wie tief seine Zuneigung zu Generys war? Eine erste Liebe, wie immer die verzweifeltste. Habt Ihr gewußt, daß sie ihm in ihrer Verlassenheit eine Zeitlang Anlaß gab zu glauben, dem könnte abgeholfen werden? Obwohl es in Wahrheit nicht so war?«

Sie hatte den Kopf gedreht und fixierte Cadfaels Gesicht mit ihren tiefliegenden dunklen Augen. Dann sagte sie mit fester Stimme: »Nein, das habe ich nicht gewußt. Ich wußte, daß er sie oft in ihrem Häuschen besuchte. Das hatte er seit seiner frühen Kindheit getan, denn sie hatten ihn gern. Aber falls es eine so extreme Veränderung gegeben haben sollte, nein, davon hat er nie etwas verlauten oder erkennen lassen. Sulien war ein verschwiegenes Kind. Was Eudo hingegen Kummer machte, habe ich immer gewußt, denn in ihm kann ich lesen wie in einem aufgeschlagenen Buch. Bei Sulien war das nicht möglich!«

»Er hat uns erzählt, daß es so war. Und habt Ihr gewußt, daß er wegen dieser Bindung selbst dann noch hinging, als sie es für richtig gehalten hatte, seiner Illusion ein Ende zu machen? Und daß er dort in der Dunkelheit auf dem Feld stand«, sagte Cadfael mit trauriger Sanftheit, »als Generys begraben wurde?«

»Nein«, erwiderte Donata, »das habe ich nicht gewußt.

Erst jetzt hatte ich begonnen, es zu befürchten. Daß er das oder etwas anderes gewußt hat, was für ihn nicht weniger schrecklich war.«

»Schrecklich genug, um vieles zu erklären. Etwa weshalb er sich entschloß, die Kutte anzulegen, aber nicht hier in Shrewsbury, sondern weit weg, in Ramsey. Was habt Ihr Euch denn dabei gedacht?« wollte Hugh wissen.

»Für ihn war das gar nicht so sonderbar«, erwiderte sie und sah mit einem schwachen und wehmütigen Lächeln in die Ferne. »Das war bei Sulien ohne weiteres möglich. Stille Wasser sind tief, heißt es doch, und er grübelte viel. Und dann herrschten Bitternis und Schmerz in unserem Haus, und ich weiß, daß er das unweigerlich spüren und darunter leiden mußte. Ich glaube, ich war damals nicht traurig, daß er dieser Sache entkam und sich befreite, auch wenn es bedeutete, daß er ins Kloster gehen mußte. Von einem schlimmeren Grund weiß ich nicht. Daß er dort gewesen ist und es gesehen hat – nein, das habe ich nicht gewußt.«

»Und was er sah«, sagte Hugh nach einem kurzen und lastenden Schweigen, »war sein Vater, der den Leichnam von Generys begrub.«

»Ja«, sagte sie. »Es muß so gewesen sein.«

»Wir konnten keine andere Möglichkeit finden«, sagte Hugh, »und ich bedaure, sie Euch mitteilen zu müssen. Obwohl ich noch immer keinen Grund zu erkennen vermag, weshalb oder wie es dazu kam, daß er sie tötete.«

»O nein!« widersprach Donata. »Nein, das hat er nicht. Er hat sie begraben, ja. Aber getötet hat er sie nicht. Warum sollte er? Mir ist jetzt klar, daß Sulien es glaubte und um keinen Preis zulassen wollte, daß die Welt es erfuhr. Aber so ist es nicht gewesen.«

»Wer hat es dann getan?« fragte Hugh verwirrt. »Wer war ihr Mörder?«

»Niemand«, erwiderte Donata. »Es war kein Mord.«

Vierzehntes Kapitel

In die ungläubige Stille hinein, die dann folgte, fragte Hughs Stimme: »Wenn dies kein Mord war, warum dann das heimliche Begräbnis, warum einen Todesfall verbergen, der niemandem vorzuwerfen war?«

»Ich habe nicht gesagt«, erwiderte Donata geduldig, »daß man niemandem etwas vorwerfen kann. Ich habe nicht gesagt, es habe keine Sünde gegeben. Es ist nicht meines Amts zu richten, aber einen Mord hat es nicht gegeben. Ich bin hier, um Euch die Wahrheit zu erzählen. Das Urteil muß ich Euch überlassen.«

Sie sprach als jemand und als der einzige Mensch, der Licht auf alles werfen konnte, was geschehen war, und als der einzige Mensch, der darüber in Unwissenheit gehalten worden war, daß diese Notwendigkeit bestand. Ihre Stimme blieb jedoch rücksichtsvoll, gebieterisch und freundlich zugleich. Mit sehr einfachen und klaren Worten trug sie ihren Bericht vor, wobei sie nichts entschuldigte, aber auch nichts bereute.

»Als Ruald sich von seiner Frau abwandte, war sie untröstlich und verzweifelt. Ihr werdet es nicht vergessen haben, Vater, denn Ihr müßt ernste Zweifel gehabt haben, was seine Entscheidung betraf. Als sie entdecken mußte, daß sie ihn nicht halten konnte, kam sie zu meinem Gemahl, um ihn als Herrn und Freund beider zu bitten, Ruald gut zuzureden und den Versuch zu machen, ihn davon zu überzeugen, daß er schreckliches Unrecht begangen hatte. Und ich glaube aufrichtig, daß er sein Bestes für sie tat und sich immer wieder für sie einsetzte. Er hat wohl auch versucht, sie zu trösten und zu beruhigen, daß sie durch Rualds Verrat weder das Haus noch ihren Lebensunterhalt verlieren würde. Mein Herr war gut zu seinen Leuten. Aber Ruald ließ sich nicht von dem Weg abbringen, den er erwählt hatte. Er verließ sie. Sie hatte ihn über jedes Maß hinaus geliebt«, sagte Donata leidenschaftslos, denn sie sagte die reine Wahrheit, »doch genauso haßte sie ihn auch. Und in all diesen Tagen und Wochen hatte mein Gemahl für ihr Recht gekämpft, es aber nicht erringen können. Er war noch nie so oft und so lange mit ihr zusammen gewesen.«

Sie hielt einen Moment lang inne, sah von Gesicht zu Gesicht, um dann mit großen, illusionslosen Augen ihren Ruin zu schildern.

»Seht mich an, meine Herren. Seit jener Zeit bin ich dem Grab vielleicht ein paar kurze Schritte nähergekommen, aber die Veränderung ist nicht sehr groß. Ich war schon damals, was ich heute bin. Ich war es schon seit einigen Jahren gewesen. Es waren mindestens drei Jahre her, glaube ich, seit Eudo das Bett mit mir geteilt hatte. Er verzichtete aus Mitleid mit mir darauf, ja, enthielt sich aber auch selbst ohne ein Wort der Klage bis zum völligen Ausgehungertsein. Die Schönheit, die ich einmal besessen hatte, war verschwunden und verwelkt und zu dieser schmerzenden Hülle geworden. Er konnte mich nicht berühren, ohne mir Schmerz zu verursachen. Und sich selbst noch schlimmeren Schmerz, ob er mich nun berührte oder sich enthielt. Und sie war, wie Ihr Euch erinnern werdet, falls Ihr sie je gesehen habt, sehr schön. Was alle Männer sagten, sage auch ich. Wunderschön, voller Zorn und verzweifelt. Und ausgehungert wie er. Ich fürchte, ich quäle Euch, meine Herren«, sagte sie, als sie sah, wie alle drei vor Ehrfurcht über ihre Haltung und ihre erbarmungslose Offenheit erstarrt waren, voller Bewunderung für eine Offenheit, die sich ohne Emphase, ja sogar mit Mitgefühl äußerte. »Ich hoffe aber nicht. Ich habe einfach nur den Wunsch, alles zu erklären. Es ist nötig.«

»Es besteht keine Notwendigkeit, diese Dinge zu vertiefen«, sagte Radulfus. »Dies ist alles nicht schwer zu verstehen, aber ebenso schwer anzuhören, wie es sein muß, es zu erzählen.«

»Nein«, sagte sie beruhigend, »ich empfinde kein Widerstreben dabei. Macht Euch um mich keine Sorgen. Ich schulde ihr die Wahrheit ebensosehr wie Euch. Doch genug davon. Er liebte sie. Sie liebte ihn. Wir wollen es kurz machen. Sie liebten sich, und ich wußte es. Niemand sonst. Ich konnte es ihnen nicht verdenken. Aber vergeben habe ich ihnen auch nicht. Er war mein Gemahl, ich hatte ihn fünfundzwanzig Jahre geliebt, und obwohl ich eine leere Hülle war, konnte ich ihm nicht vergeben. Er gehörte mir, und ich konnte es nicht ertragen, ihn mit ihr zu teilen.

Und jetzt«, fuhr sie fort, »muß ich etwas erzählen, was mehr als ein Jahr zuvor geschehen war. Damals verwendete ich die Medikamente, die Ihr mir geschickt hattet, Bruder Cadfael, um meine Schmerzen zu lindern, als sie zu schlimm wurden. Und ich versichere Euch, daß der Mohnsirup tatsächlich eine Zeitlang hilft, doch nach einer Weile versagt der Zauber, der Körper gewöhnt sich daran, oder aber der Dämon in einem wird stärker.«

»Das ist wahr«, sagte Cadfael nüchtern. »Ich habe schon gesehen, daß er seine Wirkung verliert. Und die Behandlung kann über ein bestimmtes Maß nicht hinausgehen.«

»Das war auch mir klar. Jenseits davon gibt es nur ein Heilmittel, und es ist uns verboten, zu ihm zu greifen. Nichtsdestoweniger«, sagte Donata unerbittlich, »überlegte ich, wie ich mir den Tod geben könnte. Eine Todsünde, Vater, das wußte ich, aber ich habe trotzdem daran gedacht. Oh, bitte keinen Seitenblick auf Bruder Cadfael, deswegen wäre ich nie zu ihm gegangen, denn ich wußte, daß er mir die Mittel nicht geben würde, wenn ich ihn darum bäte. Ich hatte aber auch nie die Absicht, mein Leben leichtfertig wegzuwerfen. Ich sah jedoch eine Zeit voraus, in der ich die Bürde nicht mehr würde tragen können, und ich wünschte, ich hätte irgendeine Kleinigkeit bei mir, ein kleines Fläschchen mit einem Mittel zur Erlösung, etwas, was mir Frieden versprach, das ich vielleicht nie benutzen würde, sondern nur als Talisman bei mir haben wollte, dessen bloße Berührung mir Trost schenken konnte, falls es zum Schlimmsten käme... Wenn es zum Äußersten kam, blieb mir damit wenigstens ein Fluchtweg. Mit dieser Gewißheit konnte ich weiterleben und alles weitere ertragen. Kann man mir das zum Vorwurf machen, Vater?«

Abt Radulfus wurde aus einer Reglosigkeit gerissen, die so lange aufrechterhalten worden war, daß er heftig Luft holend hochfuhr, als verspürte er urplötzlich an sich selbst einen Anhauch ihres Leidens.

»Ich bin mir nicht sicher, ob ich das Recht habe, einen Tadel auszusprechen. Ihr seid hier, und Ihr habt der Versuchung widerstanden. Die Verlockungen des Bösen zu überwinden ist alles, was von Sterblichen verlangt werden kann. Aber Ihr erwähnt nichts von jenen anderen Tröstungen, die der christlichen Seele offenstehen. Ich weiß, daß Euer Priester ein Mann der Tugend ist. Habt Ihr ihm nicht die Möglichkeit gegeben, Euch einen Teil Eurer Bürde abzunehmen?«

»Vater Eadmer ist ein herzensguter und liebenswürdiger Mann«, erwiderte Donata mit dem Anflug eines feinen Lächelns, »und seine Gebete haben meiner Seele ohne Zweifel geholfen. Aber der Schmerz sitzt hier im Körper und hat eine sehr laute Stimme. Manchmal konnte ich nicht einmal hören, wie ich selbst Amen! sagte, so laut heulte der Dämon. Nichtsdestoweniger habe ich mich nach anderer Hilfe umgesehen, ob das nun richtig war oder falsch.«

»Hat es mit dieser Angelegenheit zu tun?« fragte Hugh sanft. »Denn es kann Euch nicht angenehm sein, und Gott weiß, daß es Euch erschöpfen muß.«

»Es hat sehr viel damit zu tun. Ihr werdet sehen. Habt Geduld mit mir, bis ich zu Ende bringe, was ich begonnen habe. Ich habe meinen Talisman bekommen«, sagte sie. »Ich werde Euch nicht sagen, von wem. Ich konnte damals noch immer gehen, konnte zwischen den Verkaufsständen auf der Messe der Abtei herumwandern oder auf dem Markt. Ich habe das, was ich wollte, von einer fahrenden Händlerin bekommen. Inzwischen kann sie selbst tot sein, denn sie war schon alt. Ich habe sie seitdem nicht wiedergesehen und dies auch nicht erwartet. Aber sie machte für mich, was ich haben wollte, einen Trank, enthalten in einem winzigen Fläschchen, meine Erlösung von Schmerz und von der Welt. Sie sagte, das Mittel werde seine Macht nicht verlieren, wenn ich das Fläschchen immer gut verschlossen hielte. Sie erklärte mir die Eigenschaften des Mittels, denn in sehr kleinen Dosen wird es gegen Schmerz eingesetzt, wenn andere Mittel versagen, aber in dieser Stärke würde es dem Schmerz für immer ein Ende machen. Es ist Schierling.«

»Man weiß vom Schierling«, sagte Cadfael traurig, »daß er dem Schmerz manchmal selbst dann für immer ein Ende macht, wenn der Leidende gar nicht beabsichtigt hat, sein Leben aufzugeben. Ich verwende ihn nicht. Seine Gefahren sind zu groß. Man kann eine Lösung daraus machen, die man gegen Geschwüre und Schwellungen und Entzündungen einsetzen kann, aber es gibt andere Heilmittel, die sicherer sind.«

»Ohne Zweifel!« sagte Donata. »Ich habe jedoch eine

andere Art von Sicherheit gesucht. Ich hatte jedenfalls meinen Zauber und hatte ihn immer bei mir und griff sogar oft danach, wenn der Schmerz sich kaum noch ertragen ließ, aber ich zog die Hand immer zurück, ohne den Stöpsel herauszuziehen. Als wäre schon der bloße Besitz des Fläschchens eine Stütze meiner Kraft. Habt Nachsicht mit mir, ich werde jetzt auf die fragliche Angelegenheit zu sprechen kommen. Im letzten Jahr, als mein Herr sich ganz der Liebe zu Generys hingab, machte ich mich zu einer Zeit am Nachmittag, als Eudo anderswo auf seinem Gut zu tun hatte, auf den Weg zu ihrem Häuschen. Ich nahm eine Flasche guten Weins mit, zwei passende Becher und mein Fläschchen mit Schierling. Und ich schlug ihr einen Glückshandel vor.«

Sie hielt nur inne, um Luft zu holen und ein wenig die Stellung zu verändern, in der sie schon so lange reglos dagesessen hatte. Keinem ihrer drei Zuhörer wäre es jetzt in den Sinn gekommen, ihre Erzählung zu unterbrechen. All ihre Vermutungen waren jetzt ohnehin in dem Wind ihrer kühlen Distanziertheit verflogen, denn sie sprach in ausgeglichenem und ruhigem Tonfall von Schmerz und Leidenschaft, fast gleichgültig, nur mit dem Ziel, alle Schatten des Zweifels zu zerstreuen.

»Ich bin nie ihre Feindin gewesen«, sagte sie. »Wir kannten uns schon seit vielen Jahren, und als Ruald sie im Stich ließ, empfand ich mit ihr und war wütend und verzweifelt. Dies geschah nicht aus Haß, Neid oder Bosheit. Wir waren zwei Frauen, die mit den Fesseln unserer Rechte auf ein und denselben Mann unrettbar zusammengebunden waren, und keine von uns konnte die Verstümmelung ertragen, ihn mit der anderen teilen zu müssen. So schlug ich ihr einen Ausweg aus der Falle vor. Wir würden zwei Becher mit Wein füllen und in den einen noch den Schierlingstrank geben. Falls ich sterben sollte, sollte sie ein volles Anrecht auf meinen Gemahl haben, und Gott weiß, daß sie auch meinen Segen dazu hatte, wenn sie ihm Glück schenken konnte, wozu ich nicht mehr die Macht besaß. Und falls sie sterben sollte, schwor ich ihr, daß ich mein Leben bis zum bitteren Ende weiterführen würde, ohne mich zu schonen und ohne je wieder Linderung zu suchen.«

»Und Generys hat sich mit einem solchen Handel einverstanden erklärt?« fragte Hugh ungläubig.

»Sie war ebenso verbittert, kühn und entschlossen wie ich, und es quälte sie genausosehr, meinen Herrn zu haben und zugleich nicht zu haben. Ja, sie war einverstanden. Ich glaube sogar mit Freuden.«

»Aber es war doch keine leichte Angelegenheit, das auf gerechte Weise zu regeln.«

»Da keine von uns die Absicht hatte, die andere zu täuschen, war es doch sehr leicht«, erwiderte sie schlicht. »Sie ging aus dem Zimmer und hörte nicht zu und sah nicht hin, als ich die Becher füllte. Aber nur einer enthielt den Schierling. Dann ging ich hinaus, begab mich weit auf den Töpferacker, während sie die Becher trennte und verstellte, wie es ihr gerade einfiel. Den einen stellte sie auf den Wäscheschrank, den anderen auf den Tisch, und dann ging sie hinaus und rief mich herein. Ich wählte. Es war Juni, der zweiundzwanzigste Tag des Monats, ein wunderschöner Mittsommer. Ich weiß noch, daß die Wiesengräser gerade zu blühen begannen, und als ich in das Häuschen zurückkehrte, waren meine Röcke mit dem Silber ihrer Samen bestreut. Dann setzten wir uns in dem Häuschen zusammen, tranken unseren Wein und fühlten uns mit uns und der Welt im reinen. Und hinterher einigten wir uns darauf, uns zu trennen, denn ich wußte, daß das Mittel eine Starre des ganzen Körpers herbeiführte, die an den Extremitäten beginnt und dann zum Herzen hin fortschreitet. Sie sollte ruhig dort sitzen bleiben, wo sie war, und ich wollte mich nach Longner zurückbegeben, damit diejenige von uns, die Gott – darf ich Gott sagen, Vater, oder muß ich Zufall oder Schicksal sagen? –, damit diejenige von uns, die für den Tod auserwählt war, zu Hause sterben konnte. Ich verspreche Euch, Vater, ich hatte Gott nicht vergessen, ich hatte nicht das Gefühl, daß er mich aus seinem Buch gestrichen hatte. Es war so einfach, wie es bei Euch geschrieben steht: Von zweien wird einer auserwählt und der andere übrigbleiben. Ich ging nach Haus und spann, während ich wartete. Stunde um Stunde – denn das Gift hat keine Eile – wartete ich auf die Taubheit in den Händen, die mich am Spinnrocken unsicher machen und mich nach der Wolle tasten lassen würde, doch immer noch spannen meine Finger, und mein Handgelenk drehte sich, und an meiner Geschicklichkeit änderte sich nichts. Ich wartete darauf, daß sich die Kälte in den Füßen bemerkbar machte und an den Beinen hochkroch, doch da war keine Kühle und keine Unbeholfenheit, und ich konnte ungehindert atmen.«

Sie ließ einen tiefen, befreiten Seufzer hören und lehnte den Kopf gegen die Wandtäfelung, da sie sich der Hauptlast der Bürde entledigt wußte, die sie ihnen gebracht hatte.

»Ihr hattet Eure Wette gewonnen«, sagte der Abt mit leiser und kummervoller Stimme.

»Nein«, entgegnete Donata, »ich hatte sie verloren.« Und kurz darauf fügte sie gewissenhaft hinzu: »Da gibt es noch ein Detail, das ich zu erwähnen vergaß. Wir küßten uns beim Abschied wie zwei Schwestern.«

Sie hatte noch nicht geendet, sondern sammelte sich nur, um bis zum Ende fortfahren zu können, aber das Schweigen währte ein paar Minuten. Hugh stand von seinem Stuhl auf und goß aus der Flasche auf dem Tisch des Abts Wein in einen Becher, mit dem er zu ihr ging und ihn auf die Bank neben sie stellte, damit sie ihn leicht erreichen konnte. »Ihr seid sehr müde. Wollt Ihr Euch nicht ein wenig ausruhen? Ihr habt vollbracht, was Ihr tun wolltet. Was immer dies gewesen sein mag, Mord war es nicht.«

Sie sah ihn mit der wohlwollenden Nachsicht an, die sie für alle jungen Menschen empfand, als hätte sie nicht fünfundvierzig, sondern schon hundert Jahre gelebt und gesehen, daß alle Tragödien irgendwann vorübergehen und der Vergessenheit anheimfallen.

»Ich danke Euch, aber ich möchte diese Angelegenheit lieber zu Ende bringen. Um mich braucht Ihr Euch keine Sorgen zu machen. Laßt mich zum Ende kommen, und dann werde ich ruhen.« Um seine höfliche Geste anzuerkennen, streckte sie eine Hand nach dem Becher aus, und als Hugh sah, wie sehr selbst dieses geringe Gewicht ihr Handgelenk zum Zittern brachte, stützte er es, während sie trank. Das Rot des Weins verlieh ihren grauen Lippen für einen Augenblick den Glanz und die Farbe von Blut.

»Laßt mich zum Ende kommen! Eudo kam nach Hause, und ich erzählte ihm, was wir getan hatten, und daß das Los, den tödlichen Becher zu trinken, mir erspart geblieben sei. Ich wollte nichts verbergen und war bereit, wahrheitsgemäß Zeugnis abzulegen, doch er wollte nichts davon wissen. Er hatte sie verloren, aber er wollte nicht zulassen, daß auch ich, seine Ehre oder die seines Sohnes verlorenging. Er begab sich in jener Nacht allein hinaus und begrub sie. Jetzt ist mir klar, daß Sulien, der selbst in einer tiefen Trauer gefangen war, ihm gefolgt sein muß. Er vermutete wohl, sein Vater sei zu einem Stelldichein unterwegs, doch statt dessen entdeckte er ihn bei einem Beerdigungsritus. Mein Herr hat aber nie davon erfahren. Es wurde nie ein Wort darüber gesprochen und durch nichts zu erkennen gegeben. Eudo erzählte mir, wie er sie gefunden habe. Sie habe wie schlafend auf dem Bett gelegen. Als die Erstarrung einsetzte, muß sie sich hingelegt und darauf gewartet haben, daß der Tod zu ihr kam. Die kleinen Dinge, die sie bei sich hatte, die ihr einen Namen und ein Sein gaben, nahm er mit und behielt sie, hielt es aber nicht vor mir geheim. Zwischen uns gab es keine Geheimnisse mehr, auch keinen Haß, sondern nur eine gemeinsame Trauer. Ob er die Dinge um meinetwillen wegnahm, weil er das, was ich getan hatte, als ein schreckliches Verbrechen ansah, wie man es, wie ich zugeben muß, durchaus könnte, und die Konsequenzen für mich fürchtete, oder ob er die Dinge selbst behalten wollte, da sie jetzt alles waren, was er noch von ihr haben konnte, habe ich nie erfahren.

Es ging vorbei, so wie alles irgendwann zu Ende geht. Als sie vermißt wurde, dachte niemand daran, auch nur einen Seitenblick auf uns zu werfen. Ich weiß nicht, wo das Gerücht aufkam, sie sei aus freien Stücken mit einem Liebhaber auf und davon gegangen, aber es war schnell herum, wie es bei Klatsch nun einmal ist, und die Menschen glaubten es. Was Sulien betrifft, so war er der erste, der aus dem Haus flüchtete. Mein älterer Sohn hatte nie etwas mit Ruald oder Generys zu tun gehabt, wenn man von einem höflichen Gruß absieht, wenn sie auf den Feldern vorbeikamen oder auf der Fähre gemeinsam den Fluß überquerten. Er hatte auf dem Gut viel zu tun, und da er sich mit Heiratsgedanken trug, spürte er nie den Schmerz, der im Haus herrschte. Aber Sulien ist ein anderer Mensch. Ich spürte sein Unbehagen schon, bevor er uns überhaupt anvertraute, daß er vorhabe, in Ramsey einzutreten. Jetzt erkenne ich, daß er für seinen Kummer mehr Grund besaß, als ich damals annahm. Sein Weggang lastete jedoch noch schwerer auf meinem Gemahl, und es kam die Zeit, in der er es nicht einmal mehr über sich brachte, in die Nähe des Töpferackers zu gehen oder sich den Ort anzusehen, an dem sie gelebt hatte und gestorben war. Er machte das Land Haughmond zum Geschenk, um es los zu sein, und als das

vollbracht war, ritt er davon, um sich König Stephen anzuschließen. Und was ihm danach widerfuhr, wißt Ihr.

Ich habe nicht um das Privileg der Beichte gebeten,
Vater«, sagte sie förmlich, »da ich von denen, die über mich
richten können, sei es Gesetz oder Kirche, keine weitere
Verschwiegenheit will. Ich bin da, und jetzt tut, was Ihr für
richtig haltet. Ich habe Generys nicht betrogen, als sie noch
lebte, denn es war eine ehrliche Wette, und jetzt, wo sie tot
ist, habe ich sie auch nicht betrogen. Ich habe mein Wort
gehalten. Ich nehme keine Linderungsmittel, in welchem
Zustand ich mich auch befinde. Ich zahle meine Buße jeden
Tag meines restlichen Lebens bis zum Ende. Ungeachtet
dessen, was Ihr seht, bin ich stark. Es kann noch lange
dauern, bis das Ende da ist.«

Es war vollbracht. Sie ruhte jetzt still aus und mit einer
sonderbaren Zufriedenheit, die sich in dem vergleichsweise
gleichmütigen Ausdruck ihres Gesichts zeigte. Von jenseits
des Hofs läutete die Glocke des Refektoriums die Mittags-
stunde.

Der Offizier des Königs und der Vertreter der Kirche wechselten nur einen langen Blick, um sich abzustimmen. Cadfael bemerkte es und fragte sich, wer von ihnen als erster
sprechen und wem von diesen beiden Autoritäten in einem
so seltsamen Fall wirklich der Vortritt zustand. Verbrechen
fielen in Hughs Zuständigkeit, Sünden in die des Abts, aber
wie sollte hier Gerechtigkeit aussehen, wo die beiden so
bemitleidenswert miteinander verwoben waren, daß es
nicht mehr möglich zu sein schien, sie zu entwirren? Generys tot, Eudo tot, wer hatte von einer weiteren Verfolgung
noch etwas zu gewinnen? Als Donata gesagt hatte, die
Toten sollten ihre Sünden tragen, hatte sie sich selbst dazu-
gezählt. Und wie unendlich langsam der Tod für sie auch
nähergerückt war, jetzt mußte er sehr nahe sein.

Hugh sprach als erster. »Hier gibt es nichts«, erklärte er, »was in meine Zuständigkeit fällt. Was immer getan wurde, was immer daran Recht und Unrecht war, Mord war es nicht. Es war ein Unrecht, die Tote ungesegnet in die Erde zu legen, doch der, der es getan hat, ist inzwischen selbst tot, und was würde es dem Gesetz des Königs oder der guten Ordnung in meiner Grafschaft nützen, es jetzt noch zu seiner Unehre bekanntzumachen? Ebensowenig könnte jemand wünschen, Euren Kummer zu vergrößern oder Eudos Erben Kummer zu machen, der an allem unschuldig ist. Ich sage, dieser Fall ist abgeschlossen, wenn auch ungelöst, und so soll es bleiben, das nehme ich auf mich. Ich bin nicht so unfehlbar, daß ich nicht wie jeder andere Mensch fehlen und es zugeben könnte. Es gibt jedoch einige Forderungen, denen entsprochen werden muß. Ich sehe keine andere Möglichkeit, als daß wir bekanntmachen müssen, daß Generys Generys ist, obwohl nie bekannt werden wird, wie sie zu Tode gekommen ist. Sie hat das Recht auf ihren Namen und darauf, daß ihr Grab als das ihre bestätigt wird. Ruald hat das Recht zu erfahren, daß sie tot ist, und sie gebührend zu betrauern. Mit der Zeit werden die Menschen die Angelegenheit in die Vergangenheit absinken und der Vergessenheit anheimfallen lassen. Aber für Euch bleibt noch Sulien.«

»Und Pernel«, fügte Donata hinzu.

»Und Pernel. Ja, sie kennt schon die halbe Wahrheit. Was werdet Ihr ihnen sagen?«

»Die Wahrheit«, sagte sie mit fester Stimme. »Wie sollten sie sonst je zur Ruhe kommen können? Sie verdienen es, die Wahrheit zu hören, und können sie ertragen. Aber nicht mein älterer Sohn. Laßt ihm seine Unschuld.«

»Wie wollt Ihr ihm diesen Besuch befriedigend erklären?« fragte Hugh, der ein praktischer Mann war. »Weiß er überhaupt, daß Ihr hier seid?«

»Nein«, gestand sie mit ihrem matten Lächeln, »er war schon früh auf den Beinen und draußen auf den Feldern. Er wird mich ohne Zweifel für verrückt halten, aber wenn mein Zustand bei der Rückkehr nicht schlimmer ist als bei meinem Aufbruch, wird es nicht schwer sein, ihn damit auszusöhnen. Jehane weiß Bescheid. Sie hat versucht, mich davon abzubringen, aber ich ließ mich nicht beirren, so daß er ihr keinen Vorwurf machen kann. Ich sagte ihr, ich hätte vor, hier am Reliquienschrein der heiligen Winifred zu beten. Und das möchte ich mit Eurer Erlaubnis auch tun, Vater, bevor ich zurückkehre. Falls«, fügte sie hinzu, »ich zurückkehren darf?«

»Was mich betrifft, ja«, erwiderte Hugh. »Und damit Ihr bald wieder aufbrechen könnt«, sagte er und erhob sich, »werde ich jetzt gehen und Euch Euren Sohn herbringen, wenn der Herr Abt einverstanden ist.«

Er harrte auf die Zustimmung des Abts, die lange auf sich warten ließ. Cadfael konnte zumindest etwas davon ahnen, was in jenem strengen und aufrechten Gemüt vorging. Ein Handel um Leben und Tod ist nicht sehr weit von Selbstmord entfernt, und die Verzweiflung, die es mit sich bringen kann, daß man eine solche Wette akzeptiert, ist in sich schon eine Todsünde. Doch die tote Frau suchte das Gemüt mit Mitleid und Schmerz heim, und die lebende saß hier vor seinen Augen, unerschütterlich stoisch in ihrem endlosen Sterben, und hielt unerbittlich an der Strafe fest, die sie sich für den Fall des Verlusts ihrer Wette selbst auferlegt hatte. Das Urteil eines Gerichts mußte genügen, nämlich des Jüngsten, und dessen Tag war noch nicht gekommen.

»So sei es!« sagte Radulfus schließlich. »Ich kann weder vergeben noch verdammen. Es mag sein, daß die Gerechtigkeit schon selbst ihr Gleichgewicht hergestellt hat, doch dort, wo es keine Gewißheit gibt, muß sich das Gemüt dem Licht und nicht dem Schatten zuwenden. Ihr seid selbst

Eure Buße, meine Tochter, wenn Gott Buße fordert. Für mich bleibt hier nichts zu tun außer zu beten, daß alles, was noch bleibt, für die Gnade zusammenwirken möge. Laßt also kein Wort mehr darüber verlauten, außer zu diesen wenigen, die um ihres eigenen Seelenfriedens willen das Recht haben, alles zu erfahren. Ja, Hugh, geh und hol den Jungen, wenn du willst, und die junge Frau, die, wie es scheint, ein so willkommenes Licht auf diese schmerzlichen Schatten geworfen hat. Und, Madame, wenn Ihr geruht und hier in meinem Haus gegessen habt, werden wir Euch auf dem Weg in die Kirche zum Altar der heiligen Winifred behilflich sein.«

»Und ich werde dafür Sorge tragen«, sagte Hugh, »daß Ihr sicher nach Hause kommt. Ihr tut, was für Sulien und Pernel richtig und notwendig ist. Vater Abt, da bin ich sicher, wird das tun, was für Bruder Ruald richtig und notwendig ist.«

»Das werde ich übernehmen«, sagte Cadfael, »wenn ich darf.«

»Mit meinem Segen«, sagte Radulfus. »Geh, such ihn nach dem Essen im Speisesaal auf und laß ihn wissen, daß Generys' Geschichte in Frieden endet.«

All das taten sie, noch bevor der Tag zu Ende ging.

Sie standen unterhalb der hohen Mauer des Friedhofs in der entlegensten Ecke, wo einfache Laienpatrone sowie Haushalter und gute Diener der Abtei einen Ruheplatz gefunden hatten. Unter einem niedrigen Hügel, der sich noch nicht gesetzt hatte und noch grünte, lag die nach dem Tod verlassene und verwaiste Frau, der benediktinisches Mitgefühl eine letzte Ruhestätte gegeben hatte.

Cadfael war nach dem Abendgebet mit Ruald hinausgegangen. Jetzt standen sie in dem leichten Regen, der im Gesicht kaum mehr war als ein waberndes, kühles und

stummes Nebelnässen. Es würde nicht mehr lange hell
bleiben. Das Abendgebet fand schon um seine Winter-
stunde statt, und sie waren jetzt allein hier im Schatten der
Mauer in dem feuchten Gras, um sie herum der erdige
Geruch welkenden Laubs und herbstliche Melancholie.
Eine Melancholie ohne Schmerz. Ein Genuß für das
Gemüt, nachdem Bitterkeit und Leid vergangen waren.
Und es erschien gar nicht seltsam, daß Ruald keine große
Überraschung gezeigt hatte, als er erfuhr, daß dieses umge-
bettete heimatlose Erdenkind letztlich doch seine Frau war,
und er hatte ohne Verwunderung akzeptiert, daß Sulien aus
mißverstandener Sorge um einen alten Freund eine falsche
und törichte Geschichte erfunden hatte, um ihren Tod zu
widerlegen. Er hatte auch nicht gegen die Wahrscheinlichkeit rebelliert, daß er nie erfahren würde, wie sie gestorben
oder wie es dazu gekommen war, daß man sie heimlich und
ohne Riten begraben hatte, bevor man sie an diesem ange-
messeneren Ort zur Ruhe gebettet hatte. Rualds Gelübde
des Gehorsams ging wie alle seine Gelübde bis zur höchsten
Pflichterfüllung, bis zu völliger Selbstaufgabe. Wie immer
entschieden wurde, war es für ihn am besten. Er stellte
nichts in Frage.

»Es ist sonderbar, Cadfael«, sagte er und blickte nachdenklich auf das frische Gras, das Generys bedeckte, »daß
ich jetzt ihr Gesicht wieder klar vor mir zu sehen beginne.
Als ich in den Orden eintrat, war ich wie ein Mann im
Fieberwahn. Ich war mir nur dessen bewußt, was ich
ersehnt und gewonnen hatte. Ich konnte mich nicht daran
erinnern, wie sie aussah. Es war, als wären sie und mein
ganzes Leben davor aus der Welt verschwunden.«

»Das ist immer so, wenn man in ein zu intensives Licht
starrt«, sagte Cadfael kühl, denn er hatte sich nie verwirren
lassen. Was er getan hatte, hatte er bei vollem Verstand
getan, hatte seine Wahl, die keine leichte Wahl gewesen

war, bewußt getroffen, war auf breiten nackten Füßen, die fest auf der Erde standen, zu seinem Noviziat gegangen und hatte sich nicht auf Wolken voller Seligkeit dorthin tragen lassen. ›Auf gewisse Weise ein sehr schönes Erlebnis«, sagte er, »aber schlecht für das Augenlicht. Wenn man zu lange hineinstarrt, kann man erblinden.«

»Aber jetzt sehe ich sie deutlich vor mir. Aber nicht so, wie ich sie zuletzt sah, nicht zornig oder verbittert. Vielmehr so, wie sie in all den Jahren, in denen wir zusammen lebten, immer war. Und jung«, sagte Ruald staunend. »Alles, was ich früher einmal wußte und tat, kommt mit ihr wieder. Ich erinnere mich an das Häuschen, den Brennofen und all die kleinen Dinge, die im Haus ihren Platz hatten. Es war ein sehr angenehmer Ort, wenn man von dem Hügelkamm auf den Fluß und das andere Ufer blickte.«

»Er ist es noch«, erwiderte Cadfael. »Wir haben das Feld gepflügt und die Sträucher oben am Knick gestutzt, und es könnte sein, daß du die Feldblumen und die Schmetterlinge um die Mittsommerzeit vermißt, wenn die Wiesengräser reifen. Aber dafür wird jetzt das junge Grün in den Furchen wachsen, und die Vögel in den Bäumen des Knicks sind da wie eh und je. Ja, ein sehr schöner Ort.«

Sie gingen durch das nasse Gras zum Stiftshaus zurück, und die Abenddämmerung um sie herum war von einem weichen Blaugrün, das feucht in den halb entlaubten Ästen der Bäume hing.

»Sie hätte in dieser geweihten Erde nie eine Ruhestätte gefunden«, sagte Ruald aus dem Schatten seiner Kapuze, »wenn man sie nicht auf Land ausgegraben hätte, das der Abtei gehört, und wenn sie einen anderen Gönner gefunden hätte, der sich um ihren Leichnam hätte kümmern können. So wie der heilige Illtud seine Frau in die Nacht hinausjagte, obwohl sie nichts Unrechtes getan hatte, so wie ich Generys im Stich ließ, ohne daß sie etwas verschuldet hatte, hat

Gott sie am Ende in die Obhut des Ordens zurückgebracht und ihr ein beneidenswertes Grab verschafft. Vater Abt hat empfangen und gesegnet, was ich mißbrauchte und nicht zu schätzen wußte.«

»Vielleicht ist es so«, sagte Cadfael, »daß unsere Gerechtigkeit nur ein Spiegelbild der Wirklichkeit sieht. Sie sieht links, wo rechts sein sollte, das Böse spiegelt sich als Gutes wider, Gutes als Böses, dein Engel als ihr Teufel. Aber die Gerechtigkeit Gottes macht keine Fehler, wenn sie sich nur Zeit läßt.«

Ellis Peters

Spannende und unterhaltsame Mittelalter-Krimis mit Bruder Cadfael, dem Detektiv in der Mönchskutte.
»Ellis Peters bietet Krimi pur.« NEUE ZÜRICHER ZEITUNG

Im Namen der Heiligen
01/6478

Ein Leichnam zuviel
01/6528

Die Jungfrau im Eis
01/6629

Das Mönchskraut
01/6702

Der Aufstand auf dem Jahrmarkt
01/6820

Der Hochzeitsmord
01/6908

Zuflucht im Kloster
01/7617

Des Teufels Novize
01/7710

Lösegeld für einen Toten
01/7823

Ein ganz besonderer Fall
01/8004

Mörderische Weihnacht
01/8103

Der Rosenmord
01/8188

Der geheimnisvolle Eremit
01/8230

Pilger des Hasses
01/8382

Bruder Cadfael und das fremde Mädchen
01/8669

Wilhelm Heyne Verlag
München

Ellis Peters

Bruder Cadfael und die schwarze Keltin

Roman

April 1144 - Bruder Cadfael ahnt nichts Böses, als er mit dem blutjungen Mönch Mark, der eine Kirchenmission zu erfüllen hat, und der verwirrend schönen Heledd, die verzweifelt versucht, der von ihrem Vater arrangierten Ehe zu entfliehen, durch Wales reist. Doch als er Zeuge des Mordes am Abgesandten Cadwaladrs wird und sich die Nachricht verbreitet, daß Cadwaladr mit wikingischen Söldnern in Wales eingefallen ist, hat Bruder Cadfael, der die Spürnase einer Miss Marple besitzt, einen neuen Fall...

Kann Cadfael den Mord aufklären? Hat Heledd etwas damit zu tun, der der Tote nachgestellt hatte? Inmitten der sich zuspitzenden Lage hat sie einen tollkühnen und leidenschaftlichen Plan geschmiedet, um der Heirat zu entgehen. Mit untrüglichem Instinkt ahnt Bruder Cadfael, was sie vorhat, doch er zögert, sich ihr in den Weg zu stellen. *304 Seiten, gebunden*

HOFFMANN UND CAMPE